沉月之鑰
水泉——著
竹官——繪
愛藏版・第部・卷五

THE SUNKEN MOON

Content

〈晦影〉

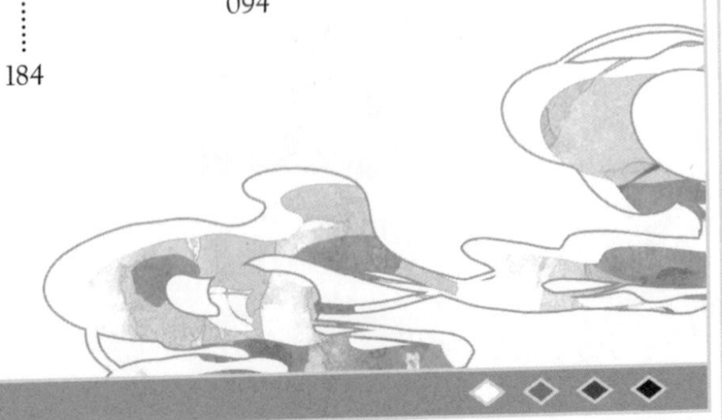

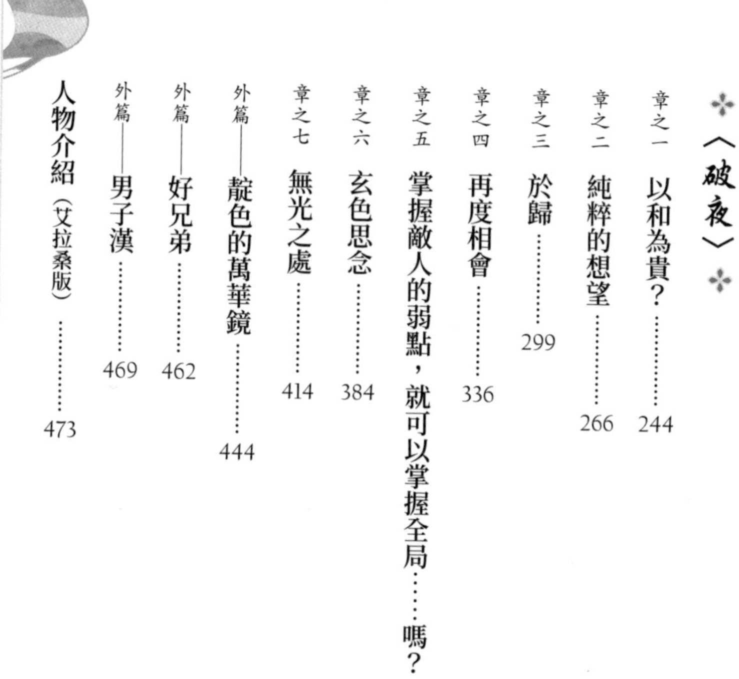

〈破夜〉

晦影

范統的事前記述

唉，我明明是清醒著面對來到西方城後的所有事情，但腦袋怎麼還是有一片模糊、充滿混亂的感覺呢？

我覺得來到這裡後，我們好像沒做什麼事——應該說，沒做什麼該做的事。璧柔成天出門聊天，美其名是調查消息；硃砂成天拉著月退約會，美其名是上學；月退成天陪硃砂去學校約會，美其名是沒事做出門透氣……

好吧，搞不好他們真的在探聽消息，真的有上學學習，真的想外出透氣，一切都是我小心眼善猜疑，反正我自己也號稱要練符咒，結果大概花了一半的時間在虛空二區給魔獸追著玩……但是這種情況有改善啦！已經有改善了！特訓這種事情就是要瞞著大家偷偷進行的，這樣等到我有了突飛猛進的進步，大家才會大吃一驚啦！

……不過，再怎麼突飛猛進，這輩子只怕也不可能超越月退，甚至搞不好並駕齊驅都有很大的問題，我到底要怎麼樣才能抬得起頭來，不需要靠人保護啊？雖然靠人保護比較簡單也比較爽啦，那跟自己保護自己是不一樣的爽感……

總而言之，我們的王位奪回大業終於展開了第一步，雖然我有種置身事外的感覺。

即使我們現在很嚴肅地在做正經事，我還是不由得要去想一些莫名其妙的事情，像是鬼牌劍衛府……這個廳堂裡的座位，感覺就是為了矮子特別設計過的？藉由階梯之類的建築格局將座位墊高，才能凸顯居高臨下的落差感，不然他一面充滿氣魄地站起來，卻一站起來就矮了人家一截，整個營造出來的氣勢就虛掉不見啦，那可是很感傷的事情呢。

嗯——月退現在答應了矮子的比武要求，我應該要為他緊張一下才對，但……畢竟不是至死方休的決鬥，或許也可以平常心看待吧？況且，他都說他會贏了，那我就更沒有擔心的理由了嘛，乖乖跟去看戲就好了，雖然這樣的狀況，總會讓我覺得我們好像很多餘，到底是跟來西方城做什麼的，可是，要是我真的問出這樣的問題，月退大概就會回答「因為有你們在，我才有勇氣去做這些事情」之類的話，接著就會演變成即將上演感動人心的青春友情喜劇的氣氛……我覺得這樣還是有點雞皮疙瘩啦，所以還是……

還是讓我不免俗地徵婚一下吧！

東方城新生居民范統，現入籍西方城，嗯，總有一天會拿到合法的居民資格。家世清白，沒有負債也沒有案底，認真負責又溫柔體貼，除了嘴巴有點小毛病，身邊有把善妒的拂塵以外，基本上應該是您不容忽視的好選擇，錯過這次機會，下次就未必會有了，有沒有哪個單身的正常女孩子要考慮一下？我們可以先從交往開始，無論是什麼生日、情人節、結婚紀念日還是交往週年紀念日，就算我覺得很無聊，我也會記得送花送禮物的！快點看到這裡有個誠心徵婚的好男人啊！

唉，我累了。這種好像喊給空氣聽似的感覺是怎麼回事呢？徵不到就徵不到吧，反正這次徵不到還有下次，我是不會放棄的，我想要女朋友啦——！

噢！呼，這次手沒握在噗哈哈哈的柄上，還好。不然要是這些話被他聽到，那可是丟臉丟到不知道該說什麼了……

✣ 章之一 **擬態**

『那時的我之所以強悍，是因為我無所畏懼。而現在……』——月退

『現在你怕硃砂！』——范統

『現在你總是擔心范統會不會隨時死掉。』——硃砂

『咦——這是什麼先搶先贏的快問快答嗎？可是我想不出更好的答案耶。』——璧柔

『……就算你的身邊只有這種莫名其妙的部下，我也不會可憐你而放水的，恩格萊爾。』——伊耶

獨立建於西方城外，可以不受地方限制的鬼牌劍衛府，整體格局面積都比璧柔的鑽石劍衛府大得多。

所以他們光是讓伊耶從大廳帶往練武場，就走了十分鐘的路。

「喂，璧柔，你們領的是不一樣的薪水嗎？怎麼人家的房子比妳的小那麼多？」

走了這十分鐘的路，范統忍不住低聲跟璧柔說起了破壞氣氛的話，當然，講出來又是反話。

「我那房子是新蓋的！城裡本來就已經很滿了，當然沒多少地方可以讓我用啊！況且人家還有他祖上家業，一輩子不工作也不愁吃穿啦！」

噢……我是小聲問妳的，妳回答得也太大聲太激動了吧？這樣子人家還得裝作沒聽見，很尷尬啊……

「范統，我們是來做正經事的，你自己在那裡研究人家房子格局做什麼？」

璧柔是沒再說話了，但硃砂卻接續了這個話題。

我哪有……我才沒有研究人家房子的格局呢！我只是單純感嘆矮子家很大，明明人矮又獨居還挑高設計，感覺有點浪費空間罷了，我既沒研究他家的氣場，也沒仔細看有沒有什麼不乾淨的東西啊！甚至也沒評判房子這樣蓋穩不穩，地震會不會垮之類的，講得好像我很不關心月退都在關心房子一樣，聽了真不舒服！

「我們之間沒有誤會也不是一天兩天的事情了，我看還是繼續這個話題吧。」

不，我是說我們之間有誤會已經是很長久的事了，這個話題可以結束了！謝謝！

「現在不是該繼續這種話題的時候吧？」

硃砂的眼神顯得很冷淡。

「我當然知道！所以你不要故意當作不知道我會說正常話啊！」

范統對於這陷入奇妙境地的話題有點絕望，月退朝他們看過來的時候，表情也有點困擾，看起來彷彿在說「你們讓我醞釀一點比試的情緒好嗎」……然後，前方的伊耶也停下了腳步，眼睛掃向范統跟硃砂，帶了點不悅。

「那邊那個女人是鑽石劍衛，那麼，這兩個又是誰？」

這句話頗有「站在自稱少帝的人身邊的同伴，總該有點地位」的意思在，可惜的是……他們就只是普通人而已。

「我的朋友。」

月退先回答了這個問題，范統頓時鬆了一口氣。

如果要我自我介紹，也只能介紹「東方城的新生居民」這個身分啊，講出來搞不好還會變成西方城的原生居民，我們還不怎麼熟，無法讓矮子了解我的語障問題，讓我來回答只會造成大家的困擾吧。

「我們應該是試圖交往的關係。」

只是，月退回答完，硃砂還嫌不夠似的，又補充了這麼一句。

在伊耶以震驚的眼神打量硃砂，彷彿在努力分析他的性別時，月退慌忙地澄清了。

「沒有這回事！我們快點開始吧！」

為了逃避難以解釋的感情問題，月退異常積極地催促起了比鬥的事情，硃砂也只嘀咕了一句「否認得真用力」就沒再糾纏下去了。

比起月退的私生活，伊耶大概也對跟他打一場比較感興趣，所以，他便帶他們走過最後一扇門，前往他的練武場。

所謂的練武場是一個戶外的場地，場地範圍就跟他的房子一樣，大得有點奢侈，只是對伊耶來說，這樣的大小是必須的，之所以弄成戶外場地，也是因為練武場內所有的東西被掃到破壞的機率都很高，還不如不要搭蓋建築物，以免每次毀了都要重蓋。

從地面與周圍的各種痕跡來看，練武場使用的頻率應該很高，右側擺了好幾欄的武器，種類不少，不過，基本上還是以劍為主。

如同呼吸練武場的空氣就會使心情變好一般，伊耶的臉色在進到這裡後，也好看了許多，他審視了一下場地的狀況，覺得沒有問題後，便轉向了月退。

「這裡的武器你可以自由挑選，我使用的是我自己的武器。」

聽他這麼說，璧柔頓時就忍不住抗議了。

「這不公平啊！恩格萊爾稱手的武器又不在身邊，這裡的武器也沒有你自己的好吧？這樣的話……」

「等級差不多的武器這裡不是沒有，我可沒有故意讓對手處於不利條件下的興趣，只是不想換武器縛手縛腳施展不開罷了。」

伊耶冷冷地回答後，看的依然是月退。

「你的意思呢？」

「只要不是天羅炎，拿什麼劍都一樣，給我一把最差的就好。」

月退在這麼說之後，注意到伊耶的臉色一下子變得很難看，連忙在他開口之前補充。

「我沒有看輕這場比鬥的意思，只是無論什麼劍，接觸到我右手的武器殘留氣息，都會變成壞掉的武器，所以，給我好劍也是浪費而已。」

聽了他的解釋，伊耶似乎有點錯愕，璧柔則又開了口。

「恩格萊爾！你要用右手？但你的右手不是還沒好嗎？」

其實之前月退也曾經嘗試用王血治療自己的右手，但他發現在身上被東方城下的限制沒有解開的情況下，王血的效力也會受到影響，所以要治療還是該等限制解除再說。

至於請伊耶幫他暫時解除限制，讓他用用看王血能不能治好右手，然後休息一天等後遺症過去再打……他只想著盡快解決這件事，沒有想過這個辦法。

「硬要用的話還是可以用的……左手不是慣用手，用左手的話，我覺得……」

月退說到這裡停頓了一下，大家本來以為他會說出「覺得不夠尊重對手」之類的話，沒想到他苦笑說出來的，卻不是這一句。

「我覺得，我可能沒有把握。」

如果范統剛才還抱持著很想拿零食來邊吃邊看戲的心情，那麼現在就是徹底緊張起來了。

沒、沒有把握？你看一眼就知道？也對，之前比武大會你也是看一眼就知道……所以這個矮子到底有多強！讓你一定得用你的右手！可是右手狀況不好啊！狀況不好的右手真的有比左手強嗎？

由於擔心的關係，范統也湊了過去，跟月退說起悄悄話。

「月退，真的行嗎？拿沒壞掉的劍，還是強了一截吧？要不要噗哈哈借你啊？他好歹也很弱的樣子，還可以變成劍，而且被你拿也不會壞掉。」

現在不是跟對方講求公平的時候啦，我也知道噗哈哈是很犯規的武器，不過這一場比鬥我們必須贏吧？所以還是增加一點勝算比較好吧？萬一打輸了怎麼辦，我們必須爭取到矮子當同伴啊！

「拿噗哈哈？可是……他肯嗎？」

月退愣了幾秒後，問了一個很實際的問題。

「喔……你等兩下，我問問他。」

這的確是需要溝通的部分，所以范統便抓起噗哈哈詢問了。

『噗哈哈，有事情問你一下。』

『呼嚕……呼嚕……』

為什麼又在睡覺！為什麼每次都在睡覺！你到底有沒有不睡覺的時候啊！噗哈哈哈！

由於手抓握著拂塵柄，范統內心的吶喊噗哈哈也聽到了，這才醒了過來。

『范統，你怎麼總愛吵我睡覺……』

不！明明是你無時無刻不在睡覺，我不管什麼時候找你都是在睡覺啊！

『嗯——好像有點道理，所以你為什麼要吵我，不要吵我不就沒事了嗎……』

在發現噗哈哈可以跟自己內心的吶喊對話後，范統才驚覺自己又做了蠢事，默默把噗哈哈插回腰間，然後用心靈溝通對話。

『噗哈哈哈，你可不可以變成劍，然後借月退用一下啊？』

『不要。』

噗哈哈拒絕得相當果斷乾脆。

『怎麼這麼快就拒絕了啊！只是一下子而已嘛！只要一次就好了啦！』

『才不要，他又不是本拂塵的主人。』

這……意思是你只肯給我拿？有必要這樣嗎？

『可是，難得有機會給高手使用，難道不好嗎？』

『本拂塵自尊心很強的，才不給外人用呢，范統你要是把我給別人用，我就跟你絕交。』

所謂的絕交，認真程度不知道有多少，當然，范統也不敢嘗試。

『范統你為什麼要對他那麼好啊？居然還想出借本拂塵給他用……啊，對了，本拂塵差點忘了，你還沒有告訴我為什麼有可能會死還是要去救他啊，你說順利活下來就要回答我的，本拂塵會幫你們脫困有一半的原因也是因為想聽答案耶，快點把說好的答案交出來。』

正在商量事情的時候，忽然被扯離了原本的話題，范統微微一呆，一時還想不起來是哪回事，然後伊耶就不耐煩地出聲了。

「你們討論武器的問題到底討論好了沒？還要多久才能決定？」

他本來就是個沒什麼耐心的人，看這種狀況，要快速擺平噗哈哈的問題然後說服他，只怕是沒什麼可能的事情，范統只能沮喪地放棄了。

「月退，抱歉，他同意。」

雖然不同意又被詛咒顛倒成同意了，但只要看范統的態度，月退也可以明白他的意思。

「嗯。隨便給我一把劍吧。」

月退這麼表示後，伊耶沒說什麼，就直接從武器欄抽了一把拋給他了。

『范統，問題的答案呢？怎麼又不回答了？』

眼見比鬥就要開始，范統現在實在沒心情理會噗哈哈的糾纏。

『等打完再說啦，打完我再搞清楚你問的是什麼……』

『你怎麼可以賴帳，難道要本拂塵變成人向你逼問你才肯說嗎？』

『不不不！不要在這裡變成人！對面那個矮子現在還不是同伴，有些祕密還不能讓他知道啊！我沒有要賴帳，只是讓你等等嘛！你也不想我在腦袋不清楚的情況下隨便回答吧？現在真的不適宜啊！』

武器可以變成人這種驚悚的事情，范統研判大多數的人都是不知道的，雖然戰場上天羅炎算是公開變過，璧柔也被月退喊過愛菲羅爾，只是未必大家都搞得清楚那是怎麼一回事，所以范統覺得還是先隱瞞著比較好。

況且……他這樣一個普通的新生居民，身上居然帶著這麼驚人的武器，他認為財不露白，還是不要暴露出來引人注目才是，以免生命會有危險。

『哼，本拂塵就讓你拖延最後一次，要是再沒交出答案來，看我怎麼修理你。』

噗哈哈的威脅聽在范統耳裡，其實沒什麼威脅性。

我也挺想知道你會怎麼修理我啊，不，應該說，我對武器能怎麼修理主人感到好奇……

壓下這無聊的想法後，范統便重新將注意力轉移到月退跟伊耶身上了。

❀

在開打之前，必須先做的事情，就是幫月退暫時解除他身上的限制。

從伊耶察看月退的狀況時皺眉的樣子，可以看出東方城所設的力量限制頗為棘手，但他在研究一陣子後還是出手了，只見幾串紫黑色的咒文鏈從他掌心閃現，旋繞著他的手掌，直到整串咒文鏈完善，才倏地竄向月退，消失在他身上。

「我用邪咒來壓制，如同我所說的，大概只能壓制三十分鐘。不管比試的結果是什麼，要完全解除限制，不是我辦得到的事，我對夜止的符咒研究得不多，這部分可能必須求助別人。」

這算是個不好的消息。要在西方城找到通符咒的人，可能是件很難的事，就連去了東方城的暉侍跟在東方城待過的月退也學不好符咒，由此可知符咒的特殊性，似乎讓西方城的人難以吸收貫通。

「不必顧忌出招造成的影響，場地損壞了也沒有關係。」

伊耶的意思應該是要月退不要留手，全力施展開來，但范統聽到這句話的時候的反應卻跟別人不太一樣。

等一下，你們如果要毫不克制地在這裡開打，我們……還是別觀戰了吧？我們可以閃遠一點吧？被餘波掃到，死回東方城還算是小事，萬一你們噬魂之力盡出，我們被那光不幸打死，到底該找誰賠命啊？

雖然我知道，像是那種很誇張的英雄主義的故事裡，不管是什麼樣的槍林彈雨，多麼近的距離開槍，正義的主角一方還是可以毫髮無傷，口中說著「我身上還背負著千千萬萬人的希望與光明的使命，你的子彈怎麼可能打得中我」之類的囂張話語，但是──那是故事情節啊！現實根本沒這回事吧！我還是會中彈，或者該說以我的倒楣程度，我絕對會中彈啊！讓我保持距離以策安全，拜託！

「璧柔，我們可以去迎喜嗎？」

我是說避難啦！並不是見紅就是喜好嗎！我可沒有抽到血光之災！

「聽不懂你在說什麼……」

可能是這句反話有點難以理解，璧柔看著他的眼神帶著疑惑。

「我的意思是，他們要水力全關的話，我們是不是靠近一點比較好啊？」

唉，火力全開，離遠一點……我真的無力了。

「你不想觀戰？」

硃砂挑眉質疑了他，璧柔則要他不必擔心。

「我會負責你們的安全啦，波及到我們的攻擊我會化解的。」

喔……這樣啊。這樣好像比較安心一點。噗哈哈你多少也學學吧？人家愛菲羅爾都肯保護主人以外的人，你怎麼就不肯給主人以外的人用一下呢？

「他們兩個的攻擊，你擋得下來？」

硃砂這次開口質疑的，是愛菲羅爾的性能。

「只是餘波而已，當然擋得下來！不要太小看我！」

這個問題刺激到了璧柔身為護甲的尊嚴，所以她回答的時候也顯得有點氣急敗壞。

上次女王拿希克艾斯揮出的攻擊，她都有擋下來了，我想應該沒什麼問題……吧……？慢著，那次看起來彷彿是拿命來擋的啊，雖然後來也沒死，可是……真的沒有問題嗎？

「妳也不需要太勉強，要是辦不到我們還是可以自己閃一下。」

硃砂似乎也想起了神王殿上發生的事情，他可不太想看璧柔為了擋下攻擊又受重傷。

「反正即使鮮血淋漓、支離破碎，我也會自己好的啦！我說沒問題就是沒問題！」

范統不知道該說她好強還是自尊心高，至少這話在他聽來是頗有問題的。

鮮血淋漓、支離破碎的畫面可以不要讓我們看到嗎？這樣好像我們逼妳死也要保護我們似的，我不想背負這種莫名其妙的罪惡感啊！難怪月退不喜歡穿妳打鬥，當年他才幾歲，要他看妳這樣死了又活、活了又死，心理壓力鐵定很大。

在他們站在場地邊緣討論這些沒營養的話題時，中央的兩個人也準備開始了。

邪咒入體後，壓制原有限制的效果是立即的。月退感覺自己熟悉的力量回到了身上，只是之前在虛弱狀態下強行催動天羅炎器化所造成的後遺症，依然存在他的右臂，揮舞了一下右手，那難以忽視的疲憊感，讓他確認了自己仍舊狀況不佳。

儘管如此，他還是決定以右手持劍。戰鬥將至的感覺使他心情逐漸平靜，彷彿讓他想起了過去——他還住在聖西羅宮時，也是這個樣子的。

黑暗寂寞的世界中，唯有與劍為伍時能讓他感到安寧。

修練時他可以忘記所有的事，放空自己，一心一意就只投入其中，不會去注意時間的流動，不會去思考自己已經多久沒有跟人交談過，也不必藉由曾有的記憶，想像周遭世界的模樣。

他其實是討厭進行想像的。因為他只能想像，他失去了真正親身接觸、體驗、看見的能力，就只能幻想而已。他總是想著，這是多麼無能為力的處境，而過去的他，也已經麻木到不懂得悲哀。

現在他已經不需要靠幻想來支撐起自己的世界了，站在他身後的同伴是真實的，立於他面前的對手也是真實的。拔劍出鞘後，他的注意力便全然投注於伊耶身上，伊耶也是一樣的，短暫的對峙，只為了尋找一個好的出手時機。

他們不單只做劍術的較量，因此能使用的，是所有的能力。

相較於伊耶的急性子，月退顯得一點也不急躁。就算知道限制解除只有三十分鐘，他仍有相當的耐心等待對方先出手。

隨著紫紅色的光芒縈繞上伊耶的劍，場內的空氣也出現了明顯的變化，那種瞬間緊繃起來的肅殺感，是不容人忽視的，彷彿一開始就打算拿出真正的實力，伊耶採取的攻擊方針，顯然完全不想浪費時間。

以劍做為攻擊手段的話，首先要做的就是拉近距離，當伊耶的身形在原地消失，月退也動了他的右手，看似平凡無奇的一揮，角度與位置卻剛好架下伊耶的劍。

只是兩把劍的接觸，時間短到只留下清脆的交撞聲，隨即分開另做攻防，兩人快速出手所留下的劍光殘影，錯雜著金屬的撞擊音，現下的交手考驗的是彼此的反應與速度，而擋架揮劍中削出去的每分氣勁，都在地面留下了一條又一條銳利的痕跡，激盪出的塵土碎屑，幾乎遮蔽視野。

看……看不……

站在場邊觀戰的范統，內心有著淡淡的哀傷。

看不見啊——不，嚴格來說，很用力去看的話，還是可以稍微跟上速度，可是——要一直睜大眼睛、聚精會神，連眼皮都不能眨，也太累了吧！

以前的觀戰，如果看不清楚，至少還可以問身邊的月退戰況，但這次月退是交戰的兩人之一，范統自然就沒人可問了，他不覺得問硃砂會是個好主意，問璧柔也好不到哪去。

唉，矮子果然很強，想當初在虛空一區的時候，月退一劍就可以屠掉一隻魔獸，現在都不曉得幾劍了，矮子還是一副跟他勢均力敵的樣子……噢，劍光也好閃，我認真覺得觀賞這種戰鬥對我的眼睛會造成過大的負荷，很傷眼啊！難道要把眼睛閉上？如果轉過身好像看不下去很不支持月退的樣子……或者看看角落休息一下？

范統心中的掙扎猶豫還沒有個結論，場中的戰況就已經進展到了下一個階段。

每當遇到值得一戰的對手時，伊耶就會感受到一種渴求戰勝的興奮，如果發現對手有著無法超越的某些特殊性，這種興奮的感覺甚至還可能轉變為欣喜若狂。

欣喜若狂的情緒之所以會產生，在於對方是個值得殺的對象，但是，今天這場比鬥他卻必須壓抑、克制住自己的衝動，儘管是難得一見的對手，卻注定了他無法盡興。

預先有這樣的認知，是很鬱悶的事情，即使如此，他還是覺得不該草草放過這個機會，就算得在冷靜的情況下戰鬥，他也想逼出對方的極限，知道彼此的實力落差。

以目前的狀況，伊耶還不能判定自己究竟比較強還是比較弱，然而這樣的戰鬥水準對他來說是不夠滿意的，要讓對手以更強的姿態來回擊，就得先讓自己的攻勢更凶猛才行。

魔法劍衛，顧名思義，除了劍術，魔法自然也是強項，將魔法摻入戰鬥中，確實也有助提升攻擊的威力，只是魔法一向被伊耶當作輔助，他還是偏好以劍取勝，這也算是他個人的小小固執。

做出決定後，從伊耶體內輸出的魔力，讓他劈出的下一劍無預警地凌厲倍增，這樣的突襲倒也沒有打亂月退的腳步，只是擋架的劍被震得退縮了一點，但依然及時補上了空隙。

只有身在戰局中的人，才能真正體會對手的強悍，以及那種退一步、出個錯就會被狠辣的劍削斷手腳的顫慄。

月退從來不畏戰，也幾乎從來沒有在戰鬥中感受過生命受到威脅的壓力，可是這一次卻不得不謹慎應對。

現在的他沒有完美的身體狀況，也沒有天羅炎，雖然這些還是可以靠別的方法來彌補，不過他還是想試試看這樣的情況下，自己能戰鬥到什麼程度。

在伊耶擴大了劍勁橫掃的範圍後，他相對地守大於攻，彷彿被壓著打，手上的劍不能給予他支援，也沒有讓他發動術法的功效，強行使用尚未恢復的右手，連環攻防的震盪下，甚至在運用氣勁上也逐漸困難，為了扭轉局勢，他藉著兩劍交撞時產生的風壓取得距離，然後躍至空中。

這麼做只是想稍作喘息——只是，伊耶並不給他這個機會。

以魔法維持空中的停留，不是只有月退才會的事，即便他飄浮在半空中，伊耶也一樣可以立刻追擊。

右手的問題讓他覺得力不從心，但伊耶的攻勢已經緊迫而至，當他想舉劍抵擋時，卻出現了意外的滯礙，讓他沒有辦法準確地將劍移到他預想的位置，這個誤差是不應該犯的，重擊在劍身上的一劈使他的手一麻，伊耶順勢斬過來的下一劍，竟使他的劍脫手而出。

「……！」

失去武器無疑形同陷入非常不利的狀況中，他的視線下意識追著被伊耶強勁的力道擊飛墜落的劍，想使之回到自己手裡，然而戰鬥仍在進行著，襲上腰側的攻擊確實命中了他，令他整個人朝地面摔去。

痛覺主掌神經之下，他只來得及穩住自己的身形，減緩落地時的衝擊，讓自己不至於狼狽地直撞到地上。原以為下一波攻擊會緊接著啃咬上來，但預想中的第二次痛楚卻沒有來臨。

「就這樣而已嗎？」

伊耶停滯在空中，將劍轉回正常的持劍姿勢。剛才擊落月退時，他倒轉了劍身，使用的是劍柄，只是，雖然沒有在月退身上造成讓戰鬥無法繼續的重傷，他盯著月退的眼神卻十分冷淡，似乎已沒有繼續打下去的興致了。

「千年難得一見的天才、史上最年輕的金線三紋，以一人之力守護了西方城的少帝……就這樣而已？」

他的語氣中夾帶的，不知道是失望還是蔑視，而他的動作也說明了，這樣的對手，連讓他認真打完的價值也沒有。

結、結束了嗎？月退已經敗了？他們已經判定沒必要再打下去了？

范統睜大眼睛，有點不敢相信這樣的結果。在他心中月退是不敗的，居然會被伊耶擊倒，簡直讓人不知道該有什麼樣的情緒。

矮子真有這麼強嗎！那、那現在……接下來該怎麼辦？他會把我們趕出去嗎？還是把我們抓起來綁一綁交給那爾西？月退你怎麼了，你的實力不只這樣吧？快點拿出來讓他心服口服啊！

他看了看身邊兩個同伴的神色，璧柔緊抿著唇，硃砂皺著眉頭，看來大家都覺得不太樂觀。

雖然沒能打敗伊耶，讓范統很驚恐，但相較之下，至少月退沒受重傷，這似乎是比較值得欣慰的事情……

站在場邊的他們沒有做決定的權利。能夠決定這場戰鬥是否就此結束的人，終究還是場上的月退跟伊耶。

月退按著右臂，看向跌落遠處的劍，伊耶說的話他當然聽見了，而面對這樣的提問，他的神情一片茫然。

也許就這麼斷定，對他來說並不公平，沒有稱手的武器、沒有完好的身體狀況，都是會帶來巨大影響的……至少，是無法勝過伊耶的，如果就只有這樣的話。

他會落於下風，不是因為伊耶的武器比借給他的那把優秀。伊耶用以壓制他的，是他本身的實力，雖然那把劍也不差了，但仍配不上伊耶，沒辦法產生共鳴般的加乘效果，達成有效的輔助。

要贏伊耶，現在這樣子是不夠的。

他感覺靈魂上難以抑止的那股幽闇溢了出來，慢慢地飄移出他的身體，洗掉周遭環境的色彩——這是他的領域，能夠給予他極大的優勢，但是，這不是他自己的力量。

這是質變的能力，猶如是那爾西給予他的能力，他不應該、也不願意靠這樣的能力打贏伊耶，而且，讓憎恨滿溢自己的身心，他只怕到最後會失控，讓他徹底被殺戮的意識主宰。

他必須使用自己的東西。在那漫長的十一年間，他犧牲了一切所拿到的東西。

不是沒有天羅炎就不行，而是天羅炎已經成為了他擁有的「實力」，是他投入了外人無法想像的努力取得的——融入了他的身體，實力的一部分。

伊耶從空中降下後，看著月退身上擴散出領域的氣息後又散去，似是覺得他已失去了戰意，但他還是將地上的劍踢到月退身邊，然後開口了。

「拿起你的劍，面對你的對手，右手不行就用左手，你難道連你擅長的事情都做不好了嗎？」

伊耶沒有直接宣布戰鬥終止，不曉得對他們來說算不算是好事，而月退也確實站起來了，只是，他沒有伸手去碰地上那把劍。

「你不拿劍？」

看著他這樣的舉動，伊耶挑了挑眉。

「不，我只是要換一把。我想，這才是對你的尊重。」

月退這麼說完後，向外平伸出的，依舊是他的右手，而他空蕩蕩的右手，也在這個時候起了肉眼可見的劇烈變化。

若說他手拿著天羅炎的時候，從劍柄向上蔓延出金屬線條，附著到他的手臂，與之結合的過程稱為器化，那麼，現在他的右手產生的狀況，或許就如同逆器化一般……

從肌膚上遽然生長出來的金屬紋飾，反向地往他的手掌迅速延伸過去，那可視的光澤看來有股虛幻的瑩透感，覆蓋到他掌心時，自他手中爆出的光線瞬間拉長定形，化為一把他們都看過，卻也絕無可能出現在這裡的劍。

那宛若不是實體的半透明劍型，赫然就是四弦劍天羅炎。

不見他做出什麼動作，天羅炎的四道符文光弦便自動幻化了三道出來，而光弦現形開始環繞劍身旋轉後，恍若君臨現場的壓迫感，也宣告了這把劍某種程度以上的貨真價實。

「擬態……！不只是器化，居然還修成了擬態！」

伊耶的表情已經和剛剛完全不同了，他像是在看著一個幾乎不可能存在世界上的奇蹟，視線完全嵌在那把「天羅炎」上，手也微微顫抖了起來。

若說那是一種眾人夢寐以求的境界，還不如說是即使知道，也沒有人會痴心妄想的東西，畢竟「器化」就已是艱難至極的目標了，更加深入的「擬態」，大家根本不認為有人修得成功。

而成功的例子此刻就在他的眼前。這個年僅十五歲，被東方城視為怪物的少年……

「我會回應你的期待，展露我所擁有的事物，然後，戰勝你。」

右手狀況不佳的情況下，再進行擬態，其實是會讓他的身體雪上加霜的事情，但是，他不能在這裡認輸。

既然唯有實力可以讓這個人認可他，那他唯一能做的事情，就是在這裡擊敗他。

沒有其他的答案。

范統的事後補述

事情的發展有點……嗯，出人意表？

我本來以為在經歷月退是少帝，璧柔不是人，音侍大人不是人，綾侍大人也不是人，然後噗哈哈哈又可以變成人，我居然變成了殺刀手的這一大批震驚後，已經再也沒有事情能驚嚇到我了，但事實證明，我好像太天真了點。

誰來告訴我那把天羅炎到底是哪裡變出來的？

如果我沒搞錯的話，天羅炎應該在聖西羅宮裡吧？還在那爾西身邊啊，對吧？

月退你身上到底還有多少驚奇可以讓我們發現啊！

總而言之，矮子說出了一個我沒聽過的專有名詞，我想應該是很專業的術語吧，偏偏他們現在又要進入第二回合了，也沒人有空可以停下來跟我們講解一下「擬態」是什麼東西，這種時候，人只能自立自強，所幸我還有暉侍導覽，不懂的東西就從他記憶裡翻，這功能真的還挺方便的，哈哈哈哈。

我不得不說，暉侍懂得的東西真不少，比東方城的課本教的還多，這種查一下就有答案的感覺還不錯。所謂的擬態，大概就是能夠跟武器完全器化之後修成的下一個進階階段，雖說器化一般被認知為最終境界，但那是指「發揮出武器最高效果」的最終境界。

藉由長期融合武器產生的同化與熟悉，來模擬武器的性能威力，使用身上殘留的武器氣息，憑空擬現一把一模一樣的武器出來——大概就是這個樣子，也就是說，月退現在手上那把天羅炎，跟真貨有著差不多的性能……這……到底是什麼樣的概念啊？

那麼強的武器，是可以模擬出來使用的？雖然好像會元氣大傷，有時間限制，但是月退，你連模擬出來的樣子都是器化型態，你到底還是不是人啊？

同樣是人，你為什麼可以做到這麼多別人辦不到的事情？這真的是努力就可以達成的嗎？你騙誰啊？

話說回來……我也是到今天才知道矮子真的很強耶，鬼牌劍衛名不虛傳，這到底是好事還是壞事？

我想應該是好事？畢竟月退都說會打敗他了，只要打敗他，他就肯跟我們談談，成為我們的夥伴了？

我看他雖然很囂張，但也沒到全然不友善的地步嘛，明明可以砍傷月退，卻只用劍柄揍，還以為會把我們趕出去，卻也沒真的這麼做……

不過，現在這種態勢……這種因為過度認真而逐漸轉為殺氣的狀況是怎麼樣？

一弦震其心，二弦奪其志，三弦破其體，四弦喪其魂，月退你現在開了三弦，你想把他殺了嗎？就算你考量四弦是噬魂之力，所以沒開到四弦，但他是原生居民耶？你是不是忘了這一點？你要是殺了他，他可是不會重生的唷？

矮子那邊也是啊，是因為發現難能可貴的對手，就太興奮了嗎？你的殺氣根本比月退還強啊！你們就這麼發展成不死不休的決鬥啦？這樣是對的嗎！有沒有誰來阻止一下——！

✣ 章之二

一個家如果有少爺，就一定有老爺

『老爺是什麼？我只知道老頭啊。』——音侍

『基本上你不需要知道那麼多。』——綾侍

『老頭當久了也不會變成老爺，但是老爺當久了就會變成老頭，不，明明也沒有當很久啊，唉。』——艾拉桑

『雖然這樣好像很冒失，不過，您是……？』——月退

「恩格萊爾總是這樣勉強自己……」

看見月退用出擬態，璧柔的臉色難看了不少，身為法袍，她自然很清楚使用擬態所要耗費的精力與代價，所以她的神色才會這麼凝重。

雖然她是在為月退擔心，可是范統看著她，還是忍不住想在心裡唸個幾句。

我越來越覺得妳該檢討了啦。不只是器化，甚至還有擬態耶！月退他可以跟天羅炎達到擬態的境界，而妳卻連心靈溝通都沒有！過去的妳失責到讓人絕望透頂啦！如果有反省，現在就好好彌補回來吧，真是的……

『范統、范統。』

范統在心裡唸到一半，忽然又聽見了噗哈哈哈喊他的聲音。

『什麼事？』

『我忽然想到，你總是在說肉體相通，該不會說的是器化吧？』

什麼忽然想到……你是看見擬態所以觸發了靈感嗎？肉體相通純粹只是精神相通的反話而已，沒有那麼深奧的意思，你不要自己一個人想太多好不好，按照你對外型的喜好與堅持，我們如果修成器化，你鐵定是讓我跟拂塵融合，簡直是惡夢般的合體啊！我早就想過這個問題了，反正只要你還是拂塵，器化這檔事就免談啦！

『你知道我的嘴巴被詛咒，肉體相通只是精神相通的反話，沒在指器化。』

范統對這個話題不太感興趣，回答得意興闌珊，現在比較重要的應該是觀戰，而非跟噗哈哈閒聊。

『那你要不要修器化啊？』

噗哈哈居然就這麼順勢提起了，范統愣了一下後，反射性地拒絕。

『不要！』

可能是他拒絕得太直接乾脆，噗哈哈馬上就生氣了。

『范統你怎麼還是這麼不上進！總是不想加強自己的實力！你朋友都可以擬態了啊！你怎麼可以輸給他！』

等一等，現在這個話題方向又是怎麼回事？關月退什麼事？我怎麼……我怎麼可以輸給他？我當然可以輸給他啊！我理所當然輸給他吧！你這要求也太強人所難了，他用不曉得多麼變態的方式勤練，也花了很多年才有現在的成就啊！你卻要求我不到一年速成？你會不會太看得起我了！

『你為什麼要把廢材跟天才放在一起比較啊，這樣要求我很不公平耶！』

『范統你哪裡是廢材，不是都淺黑色流蘇了，你不要以為故意把自己說得很爛就可以掩蓋你不求上進的事實。』

『那個是暉侍的實力啦！哪是我的！』

范統有點崩潰地跟噗哈哈喊完後，忽然感覺到一道可怕的陣風迫臨，在他意識到那是劍勁餘波時，璧柔正好眼明手快地將之化解。

呃啊……開始了嗎？我所擔心的誤傷終於要來了嗎？三弦天羅炎等級的餘波啊——！

「喂，妳真的沒問題嗎？」

儘管沒被打中，硃砂仍能感覺出掃到場邊來的餘波相當恐怖，也不是他不想信任璧柔，只是完全不多做確認就拿生命相信她……他們好像還沒有那麼熟。

「當然沒問題！就說只是餘波而已！」

璧柔一面不悅地回答，一面展開護罩將盪到場邊來的三弦餘波通通消掉，因為天羅炎的攻擊範圍相當大，波及他們的機率比伊耶的劍勁高得多，但也幸好掃過來的餘波幾乎都是月退那邊的，在抵擋來自伊耶的攻擊時，璧柔明顯比較吃力，畢竟她擅長的是法術類防禦，而非物理防禦。

『反正已經是你的了，你應該要追求更進一步啊！范統你怎麼可以滿足於現狀！』

噗哈哈哈還沒有結束剛才的話題的意思，范統根本無法在耳邊有個人一直吵的情況下仔細觀察戰況。

別再跟我說話了，噗哈哈哈，他們已經打起來了啊！我已經錯過很多過程跟鏡頭了……噢噢噢噢！剛才那招好凶險！你們是怎麼回事，打成這樣也太可怕了吧！你們是以取對方的命為優先毫無保留了嗎？不要這樣，月退你也克制一下，想想血光之災！那滿滿的血光之災啊！你今年度的分量搞不好還沒用完呢……哇啊！

迎面削來的一道銳勁讓范統嚇了一大跳，所幸他反應快，往旁邊撲倒，不然剛才那道氣勁可能就送他回老家了。

「啊，不好意思，范統，剛才那道漏了──」

璧柔慌忙間道的歉，讓范統不知道該回她什麼話。

喂……是誰拍著自己的平胸保證沒有問題的！是誰啊！現在出了問題道聲歉就想了結嗎！我可是差點死了耶！妳根本一點也不可靠嘛──哇啊啊！

眼見又是一道撕裂空氣的劍氣撲面而來，范統驚恐地不曉得是不是該原地滾一圈閃開，而這個時候，忽然一隻手從他身旁伸了出去，輕而易舉地化解了那道攻擊。

「范統你好沒用，有攻擊閃快一點好不好？」

噗哈哈哈右手搭著他的肩膀，收回剛剛施法的左手抱怨，看樣子是為了幫忙抵銷餘波而變成了人形，而且剛剛才說他不是廢材，現在就又說他沒用了。

「你——不是叫你要變成鬼——」

范統一驚之下，忍不住又用嘴巴說話了，噗哈哈哈聞言立即瞪向他。

「范統你不要跟我說話！用心靈溝通！你以為本拂塵喜歡變成人啊，本拂塵也是因為你太不中用才只好勉為其難幫你的啊！」

噗哈哈哈，你居然叫我閉嘴，這也太傷感情了吧？但……你應該比璧柔可靠得多？啊……你怎麼搭著我的肩膀！不要偷聽我心裡想什麼啦！

因為身體有接觸的關係，范統想的東西也讓噗哈哈哈聽到了，他頓時悻悻然地移開自己的手，然後隨手張開了結界。

「待在本拂塵的結界裡，或者死於非命，自己選一個，哼。范統你雖然很笨，至少也選得出來吧。」

你這什麼看不起人的語氣，一下子要我不能輸給月退，一下子又把我貶成這樣，相差太多的標準讓我很難適應耶。

「范統，你明明有自己的可以用，還讓別人的法袍幫你擋做什麼？」

硃砂不屑地嘲諷了一句，這讓范統一時有點無話可說。

什麼話，噗哈哈哈他是武器，是武器啊！他不是護甲！你講這話還能聽嗎！

想歸想，范統還是不想死的，當即決定忽略臉皮的問題，躲在自己武器的防護罩內。他們這邊的舉動璧柔跟硃砂當然也都看到了，不過璧柔忙著消解那邊的攻擊餘波，硃砂大概寧可自己閃閃看也不想求助於范統，所以他們並沒有靠過來。

伊耶正專注在戰鬥中，還不會發現這邊的情況，因此現在變回去還好，要是被他看見，范統覺得會有不少麻煩。

『噗哈哈哈，你既然結界做好了，那趕緊變回去吧？』

「要維持人形才能維持結界啊，是我施的又不是你施的，況且本拂塵要變回去就會變回去，還用你管，你對本拂塵的人形有什麼意見嗎？」

噗哈哈哈好像很喜歡跟他唱反調似的，明明說維持人形很累、說比較喜歡當拂塵的都是他，現在又一副賭氣不肯變回拂塵的樣子，范統真是拿他沒辦法。

『沒有意見。我還能有什麼意見？反正你再怎麼樣也不會從公的變成母的，要是可以改的話，綾侍大人早就修正他的長相去了……』

「你只想跟女性武器修器化？」

噗哈哈哈的眼神一下子惡狠狠了起來。

『不是這個問題！不要再研究器化了啦！我說，既然你都張結界了，要不要張大一點，讓璧柔跟硃砂也進來躲啊？』

范統還是多少有點良心的，就算平常大家總是對他冷嘲熱諷，畢竟還是同伴，只有自己安逸地躲著，他覺得似乎有點自私，所以提出了這樣的要求。

「本拂塵才不管主人以外的人。」

說得好像你很在乎我一樣，可是你明明對我很凶又充滿不屑啊！

『你就不能稍微通融一下嗎？你擋得比那邊那個護甲還要好，這種純熟優秀的技術也讓他們見識見識嘛？』

要讓噗哈哈打破原則，就是得適時地加上一點奉承，范統正在努力把握這中間的分寸，他覺得自己似乎越來越有心得了。

「……哼，本拂塵很優秀也不需要讓那麼多人知道，范統你不提升自己的實力，只想炫耀自己的武器，這種心態很糟糕，本拂塵鄙視你。不過既然你都這麼說了，就照顧他們一下好了，本拂塵還是會做好事的。」

噗哈哈一面說得一副不太甘願的模樣，一面伸手比劃，在璧柔跟硃砂那邊也布下了結界，似是即使答應幫忙也不想把人叫過來擠的樣子。

范統則是對他的話語無言。

我只不過是拒絕修器化而已，還是有在練符咒——跟劍術啊！不提升自己的實力從何說起！你要答應就答應，還要先損我好幾句是怎樣啦！鄙視我什麼，鄙視我口是心非的稱讚很厚顏無恥嗎！

對話發展到這種地步，范統已經不知道該絕望還是無奈了，搞不好兩者皆有，混雜在一起的感覺相當難以言喻。

不過在噗哈哈的結界保護下，他總算可以不必費神顧慮自己的性命安全，好好了解現在的戰況了。

當然，要是噗哈哈可以安靜一點的話就更好了……

也許正如同范統所感覺到的——戰鬥中的兩人，彷彿都以殺死對方為訴求，在進行沒有留手的攻擊。

模擬出天羅炎只是使月退的力量往上提升一個水平，並未恢復到完全狀態，在這樣的條件下，彼此的實力沒有十分懸殊的距離，那麼想要取得勝利，就不是數招之間那麼容易的事，也不是可以控制出手強弱的時候。

揉合著術法、魔法與邪咒的劍勁一再對撞，擴散出去的餘勁是他們無暇顧及的，在對勝利的渴求越發強盛的情況下，他們的眼中都只有對手，正面衝撞造成的痛覺，也在嗜戰的神經極端運作的情況下被忽略。

即使身上出現了大大小小的表面傷口，他們揮出的每一劍仍沒有收勢之意。藉由危險與疼痛將自己逼上極限，從身體擠壓出更強的力量，就算下場會是兩敗俱傷，也沒有哪個人想在此刻喊停。

這幾乎已經是無法制止的，在其中一個人遭到重創或者喪失性命之前。月退跟伊耶這種置生死於度外的戰法，讓觀戰的人緊張著急，卻也插不上手。

仍而戰鬥是不會持續太久的，如此高力度的氣勁輸出，只怕根本難以長時間維持，而且只要三十分鐘一到，壓制限制的邪咒失效，月退就會失去戰鬥能力，那自然也打不下去了。

但對月退而言，這也就代表，他無法在時限內擊敗伊耶的話，就形同他輸了。

高速運轉在擬態天羅炎周圍的三弦，音震的強度已是連散射出去的餘波都十分可怕的狀態了，伊耶的劍雖然能在高密度壓縮的震波中尋到破口，近他的身，但處在這種可怖環境下的劍震動得恍若悲鳴，他的手也難以讓劍靈巧地舞動，強行破開的缺口轉瞬即逝，攻擊變得極為吃力，他的武器亦瀕臨毀滅。

月退橫劍一掃，正面轟來的劍氣混雜著術法建構成的侵蝕震波，疊加上來的前後有三層，伊耶的護身氣勁擋掉了第一層即宣告破裂，第二層被他用以硬碰硬的勁力爆開抵銷，而來不及防禦的第三層，他只能改變身體的姿勢與角度，做基本的保護，卸掉一半後，仍硬生生吃了一記。

不輕的內傷讓伊耶悶哼了一聲，但他仍然忽略這樣的傷勢，直接忍下，即便承受著痛苦還是情不自禁地想笑，只因沉溺於戰鬥中的喜悅——而眼前的對手有著他所追求的強度。

受了傷無所謂，只要不是無法動彈，他就會繼續再戰下去，他喜歡這種伴隨著死亡風險，出生入死的感覺，也一直想要有一個能讓他絕招盡出的對手，他只是受傷，還沒有倒下，所以勝負也就未定，在他知道這個人完好的狀態下還比現在更強的情況下，他不由得感到期待與興奮都洶湧地興起，恨不得能將他的一切都挖出來，見識那樣的強度，也親身體驗那種壓迫感能帶給他什麼樣的顫慄。

他並沒有被月退全面壓制，從他的劍尖迸射出去的銳利劍氣，一樣在月退身上劃出一道又一道的血痕，他們受創的程度都在加深，感官卻因而更加敏銳清晰，他想，他會如此喜歡與強者戰鬥的感覺，就是因為可以在戰鬥中體察自己的進化。

一來一往的交手間，他享受著這樣的過程，只是在天羅炎的威壓下，早已緊繃的劍卻再也承受不住，忽然在戰鬥間發出了一個清脆的不協調聲音，就這麼毀在音震之下。

這個突發狀況讓伊耶有點措手不及，危險的交戰中也不容他產生任何想法，他以已經壞掉的劍身抵擋了月退的下一波攻擊，長年伴隨他的劍隨即斷裂，抓準了這個瞬間追擊的月退彷彿想利用這個機會奪下勝利，連發過來的攻擊幾乎沒有時間差。

伊耶一咬牙，打算以加大氣勁輸出的方式來應付這次的危機，然而這個時候，突然有個聲音插入了這緊繃的氣氛中，傳進他的耳裡。

「伊耶——你怎麼又在玩命，你這是在做什麼啊——！」

那個聲音的接近代表著對方的距離也靠近了，伊耶睜大了眼睛，神色劇變，一下子做出判斷、改變決定，棄劍之後雙手收緊護住頭部，只願將這波攻擊產生的餘波影響範圍減至最低。

月退在看見他異樣的舉動後，情急之下就撤勁了，只是發出一半的攻勢無法完全撤銷，仍有一部分轟在伊耶身上，他們本來從地上打到了空中，伊耶吃了這波攻擊後便給轟到了地面，有點不明白是什麼狀況的月退也降了下去，他這時才注意到奔到伊耶身邊的那名男子。

旁邊的范統等人也因為事發突然，沒來得及阻止他，現在人都過去了，打鬥也停了下來，自然也沒有阻止的必要了。

「伊耶，你還好吧？」

這名不看狀況就直接闖入場中的男子，頂著一頭燦爛的金髮，有著高挑的身材和英俊的臉孔，外表年齡莫約三十幾歲，不曉得是什麼來歷，自地上撐起身子的伊耶則在吐出一口血後，也不顧查看傷勢就狠瞪了過去，破口大罵。

「死老頭！你有沒有長眼睛！你以為你那破爛實力可以橫著走？我們在決鬥你衝過來是想自殺嗎？急著投胎不會早說啊！」

他那惡狠狠的樣子充分表達了他的憤怒，彷彿恨不得把眼前這個人撕了一樣，不過他的話語跟他的所作所為完全是兩回事，最後那硬吃攻擊的決定分明就是為了不讓對方受到戰鬥的波及，在場的人通通有看到。

「我急急忙忙回家一趟就聽說你又在做危險的事情，當然要過來了解啊！」

「你為什麼不死在外面永遠不要回來！失蹤這麼久還回來做什麼！」

「當然是因為聽說你辭了魔法劍衛啊！伊耶，你怎麼會辭職？我好不容易養出一個鬼牌劍衛，你就這麼辭掉了，爸爸脆弱的心靈怎麼能夠承受呢！」

男子話語中的某個關鍵詞彙刺激到了眾人的聽覺神經，伊耶還沒接口，一名慌忙跑來的僕人又插了話進來。

「少、少爺！對不起！我們實在攔不住老爺——」

這種事後的道歉對伊耶來說根本不具任何意義，所以他也只臉孔扭曲地回答了一個字。

「滾！」

在聽了這些談話後，男子的身分也差不多明朗了。

「都已經二十五歲了，你粗魯粗暴的德性為什麼還是不能改一改呢，而且還總是跟別人說家裡那個老頭子已經不在了，結果讓一堆人都誤會我已經死了，我只不過是離家在外而已，我年紀也沒到多老啊，有必要說成這樣嗎……」

男子如同心靈受到創傷一般，沉痛地搖了搖頭，掩面說出了這樣的話。

「無法符合您的期待真是令人遺憾，父·親·大·人。」

伊耶幾乎是抽搐著嘴角，咬牙切齒地說著這句話，也讓大家終於確認了男子是什麼人。

……父親？

范統的事後補述

父親！居然是父親！騙誰啊！我到底該先驚訝一百九十公分生出一百六十公分，還是驚訝矮子二十五歲居然還能長那樣一張欺騙世人的臉！不，還有一個疑點啊！矮子他二十五歲了，他爹看起來卻是三十幾歲的模樣，就算保養得宜也不對啊！幾歲生的啊！幾歲！

幻世的基因到底是怎麼回事，矮子你爹目測有一百九，你為什麼會長那麼矮？這樣成天在家裡面對又高又帥的爸爸，不是很心酸嗎？我都想為你掬一把同情淚了——不，現在不是感情用事的時候，所以……爸爸出現了，然後呢？

你爹是挺少帝的嗎？挺哪一個？這影不影響你的立場啊？還有，你跟月退什麼時候變成決鬥了，我們怎麼都不知道？拜託你別堅持要打完！月退你也是，見好就收吧！

半路殺出一個爸爸來，到底是不是好事呢……這種忽然冒出來的變數讓人好頭痛啊，啊，還有一個問題。

矮子你都會叫伊耶這種名字了……那麼你爹，叫做什麼呢？

親人的名字總該有點關聯吧？尤其是父子。所以他該不會也有個很勁爆的名字？就好像我叫范統，我爹叫范池一樣，說到這裡，以前聽說了我們父子名字的人，也常常說出「好經典喔，那你娘該不會叫范婉吧」之類的話來，會說出這種話真是沒常識，拜託，我媽怎麼會姓范呢！她叫艾婉弓啦！

唉，可惜每次我澄清後，換得的就是一場大笑。聽說當年我父母結婚，喜帖上印的就是飯匙愛碗公，這對夫妻還真有閒情逸致拿自己的名字開玩笑，能夠這樣自娛娛人，我也真服了他們了，但也有可能是我老爸自己出的餿主意，老媽那麼嫁雞隨雞嫁狗隨狗的人，也就這麼隨他去了……

我到底應該感到淒涼，還是慶幸自己的思路與幽默感比較接近普通人的水準呢？

啊，糟、糟糕，戰鬥停止了，他們很快就會注意到這邊，噗哈哈哈你快點變回去啊！

章之三　在別人家就當作是自己家吧，沒關係

『沒關係嗎……？』——雅梅碟

『沒關係。』——硃砂

『假的沒關係？』——范統

『沒關係啦，當然沒關係。』——艾拉桑

『有關係！』——伊耶

范統在從呆滯的狀態中清醒過來後，便緊張地看向了噗哈哈哈。

『噗哈哈哈！快變回去！不要讓他們看到你啦！』

對於他的慌張，噗哈哈哈顯得有點不以為然。

「他們真的沒注意到嗎？搞不好他們已經看到了，突然消失才奇怪吧？」

他這麼一反駁，范統也不敢肯定了起來。

唔……到底有沒有看到？這……

而另一邊，璧柔跟硃砂也討論起了這個突然出現的人物。

「鬼牌劍衛的父親？璧柔，妳有消息嗎？」

「噢，這個我沒有特別調查耶，我現在只記得……他們家應該是皇室的遠親分支吧？只是不知道父親還是母親那邊的血統就是了。」

他們倒也沒有很想得到這個人的情報，不過范統聽了有點在意。

皇室的遠親分支？不太對啊？矮子可沒有長暉侍月退那爾西他們那牌的臉啊？同父母生的是一模一樣，有點血緣的就算沒到月退七八分像的程度，至少也該有三四分像吧，這不是幻世的規矩嗎？矮子連金髮都沒有……難道是偷生的？

他們父子進行完這幾句一點也不溫馨的對話後，男子才像忽然想到什麼一樣，轉向了月退。

「你們是伊耶的朋友嗎？」

他首先講出的這句話，讓范統不知道該作何感想。

您是哪裡覺得我們跟矮子像是朋友關係的？這樣打打殺殺難道是矮子特有的交朋友方式？

月退被問了這個問題，愣了一下，還坐在地上沒能站起的伊耶就厲聲抗議了。

「死老頭子你不要自己亂假設！才不是！他們是我的客人！」

哦？原來我們還算是客人啊，至少這還算是個友善的定位……

「什麼？你不是總是喜歡帶朋友回來打架嗎？現在連不熟的客人來拜訪，你也對人家出手？」

男子露出了驚恐的表情，接著不等伊耶說話，就面帶歉意地跟月退說了下去。

「真是不好意思，我家伊耶總是這麼亂來，我是艾拉桑，他的父親，不知道你怎麼稱呼？」

月退看了看他，再看看坐在地上、似乎已經放棄跟艾拉桑溝通的伊耶，想了想，收掉了擬態天羅炎，然後悶悶地開口。

「恩格萊爾。」

艾拉桑面上的笑容一下子凝固了。

噢，這個反應有點微妙呢。范統正這麼想著，艾拉桑就重新問了一次。

「抱歉，我好像沒有聽清楚，可以再說一次嗎……」

「我的名字是恩格萊爾，艾拉桑先生。」

這次，艾拉桑的笑容凍結得很完全，等到他轉頭朝向伊耶時，凍結的表情便徹底崩碎。

「伊耶耶耶耶耶——你解釋一下這是怎麼回事啊——！」

伊耶一副懶得跟他多說什麼的模樣，以手背擦抹唇邊的血漬後，便冷淡地開了口。

「不就是西方城少帝嗎？死老頭你會不清楚？」

「我是說他們是誰啊啊啊啊啊！真的是嗎？真的是嗎！這裡的人都是些什麼人，你快交代清楚——」

瞧他震驚與無法接受的情緒交錯，快要抓狂的樣子，伊耶很乾脆地抬起手，依序指向月退、璧柔、范統、硃砂，最後手指停格在噗哈哈哈身上。

「恩格萊爾、跟他一起來的鑽石劍衛、路人、他男友……誰？哪來的？剛才有五個人嗎？咦？」

雖然伊耶認人的能力非常差勁，但人數至少還是有一點印象的，忽然多出一個人來，讓他不由得懷疑起自己的記性，不過他才說完這些，艾拉桑就爆出了尖叫。

「他男友？誰的男友？是路人的男友還是恩格萊爾的男友啊！這很重要！伊耶你快告訴我——！」

喂！等一下！你們不要把我默認為路人好不好！我知道我很空氣，可是你們這樣子不覺得太失禮了嗎！然後這位爸爸你在意的點也太奇怪了吧！首先應該震驚的就算不是皇帝出現在自己家，至少也該跟你兒子一樣對家裡突然多了一個客人感到疑惑啊！去在意人家男友做什麼，哪裡重要了啊！

「你不會自己問他嗎！我怎麼會知道！」

伊耶也有點惱羞成怒了，怒火攻心的情況下差點又嗆出一口血來。

「都不是啦……」

月退有點灰暗地自言自語回答了這個問題，可是這對父子顯然沒有聽進去。

「伊耶，你為什麼不肯好好回答爸爸的問題？我們父子之間的感情出了什麼問題？」

艾拉桑一反剛才的激動，改以憂心的神情盯著伊耶。

「你——咳！咳……」

伊耶一句話都還沒說完就咳了血。

「那邊那個媽媽，你不覺得應該先漠視一下你女兒的傷勢嗎？我覺得他好像快不行了。」

范統看不下去說了話，而他的話成功將伊耶的殺意吸引到了自己身上。

冤枉啊，這是反話作祟，我是為你好耶，矮子。

「嗯？應該沒事吧？想當初我從懸崖掉下山谷，摔斷了十幾根骨頭，還不是談笑風生生龍活虎，伊耶他應該不至於這樣就不行了啦。」

艾拉桑的腦子不知道是什麼建構成的，居然聽得懂范統的反話，沒有提出任何質疑。

「那是你摔下去的時候不知道怎麼轉圈的，雙手拳頭著地，斷的那十幾根都是手指骨好嗎！」

伊耶憤慨地揭了他老爸的底，艾拉桑也不覺得這有什麼。

這……到底是怎麼摔的啊？有如跳水選手般的高難度動作嗎？這意義是？

「所以……伊耶，你的傷到底重不重啊？我看你精神也還挺好的，難道你是在勉強自己？給爸爸看看，揉一揉就不疼了……」

「滾！」

「害羞些什麼嘛，爸爸又不是外人……」

「你給我閃邊涼快！死老頭子！」

「伊耶，你為什麼一點也不覺得這樣喊我會讓我傷心呢，我理想中像天使一樣可愛的兒子到底到哪裡去了，我明明該教的都有教你，為什麼會個性偏差……」

「想找天使不會上天堂嗎？叫你滾！」

「你明明也很想爸爸吧，放心說出來，我都知道。」

「你知道個鬼啊！」

他們旁若無人地吵到這裡，突然旁邊「咚」的一聲，眾人都順著看過去，才發現月退昏倒了。

月、月退！怎麼回事？啊，難道是擬態……

「恩——陛下！陛下你不要死啊！伊耶你怎麼搞的，明知道他是誰還跟他打架，你到底是為什麼去當鬼牌劍衛的啊？」

靠得最近的艾拉桑一面驚慌地抱起月退，一面以帶著指責的眼神望向伊耶，伊耶似乎又被激起了怒火。

「不都是因為你嗎！」

「什麼？因為我？我怎麼沒聽說過？等一下，那你為什麼要辭職？我還是沒搞清楚這點啊……」

「為了我自己！」

伊耶吼完這句話，猛然起身，然後無視身上需要立即治療的傷勢，看也不看他們，就逕自朝另一個方向離開了。

走、走掉了，還在滴血耶，真的沒有關係嗎？那個傷……矮子自己可以治？我覺得這樣好像有點不歡而散耶，他甚至連噗哈哈哈是哪來的都沒追究了，那個……

「伊耶！」

艾拉桑看他走掉，頓時也急了，連忙三步並作兩步，抱著月退跑到范統等人面前。

「你們……是陛下的人吧，可以麻煩你們照顧他嗎？我待會為你們安排房間，有什麼需要告訴僕人就行了，連杯茶都沒泡，招待不周請見諒，之後我再過去拜訪，你們可不要離開啊！」

他將月退交給范統後，就快步追著伊耶去了，總算落得清靜的他們，對這樣的發展實在很難反應過來。

「月退的狀況怎麼樣？」

硃砂自然是關心月退的，他湊過來了解情況，問問題的對象則是璧柔。

「呃……戰鬥中沒有受什麼重傷，所以真正造成傷害的，只怕是勉強動用還未痊癒的右手，又使用了對自身消耗大、傷害也很大的擬態能力吧？調息緩不過來，舊的內傷加上新的內傷，我看得等恩格萊爾醒來再問他狀況了。」

噢，妳雖然跟月退連心靈相通都沒有，但倒是還講得挺頭頭是道的嘛，那……我們能做什麼？什麼都不能做？

「范統，我累了，該睡覺了，好無聊喔，呼哈——」

噗哈哈判定已經沒什麼熱鬧可看，立即就打了個呵欠變回拂塵，自動掛回范統的腰間了。

你……你是不是忘了什麼？先前你窮追猛打找我要什麼問題的答案，難道是要假的嗎！

雖然范統很想解決這件事情，但他還是想等安定下來再說，他們可以先幫月退治療一下皮膚上的外傷，然後幫他換套新衣服，而這些事在別人家裡做終究是不太方便。

「我們要不要先回去，讓月退調養身體，也等高個子養壞傷再過來拜訪啊？又不是有地方可以去，就這麼住下來也很正常吧？」

來，讓我翻譯一下。「我們要不要先回去，讓月退調養身體，也等矮子養好傷再過來拜訪啊？又不是沒地方可以去，就這麼住下來也很奇怪吧？」……所以說，我真不喜歡開口講話，你們有聽懂我說的話嗎？

「嗯……總而言之就是先回我家對吧？」

璧柔完全沒有跟那串反話搏鬥的意思，直接撿了自己聽得懂的部分聽。

「確實回去比較方便，雖然正事還沒辦完，但月退都昏過去了，現在也不適合討論那些。」

硃砂難得地贊同了范統的意思，總之，他們三人達成了先回家的共識，便沿著來時的路走回大門了。

只是，回家之路在大門遭遇了阻礙。

「請、請您們留下來好嗎？老爺交代過務必將您們留下，我們可以立即帶您們去休息的地方，需要什麼我們都會準備的！」

一名神色帶著恐慌的女僕攔在大門前，像是深恐他們跑掉一樣，以戰戰兢兢的語氣說出了這樣的話。

「我們只是想先回去，日後再來拜訪……」

璧柔試圖跟她理性溝通，但女僕馬上重重搖頭，眼淚都快湧出來了。

「求求您們不要離開！老爺交代過要留住您們，待會要是發現您們走了，老爺恐怕會承受不住打擊而抓狂啊！」

打擊？這有什麼好打擊的？然後抓狂……像剛才那樣子嗎？那也還好吧？有什麼恐怖的嗎？頂多是煩了點，我看他不像個殘暴的主人，應該也不會哭哭鬧鬧就去上吊，所以，他抓狂這件事有很嚴重嗎？

「抓狂會怎麼樣？」

硃砂顯然也有點好奇，便問了這個問題。

「老爺要是抓狂，就會去煩少爺，少爺的心情已經很不好了，再被老爺煩下去，我們一定通通沒有活路啊！求求您們留下來，救救我們——」

他們三個人都有點不曉得該說什麼。

噢，所以你們家的大魔王還是少爺嘛，少爺火大又不會真的找老爺開刀，只能口頭上咒罵他，那麼手頭上的發洩就是無辜的僕人倒楣了？沒有活路搞不好是真的，你們大概都是新生居民，死一死也可以從水池復生，矮子他根本不會手下留情是吧？說起來還沒看過西方城的水池長什麼樣子，不知道西方城有沒有像東方城那樣要命的死亡欠債系統……說起來，這麼折壽的工作，你們到底有什麼苦衷得一直做下去還不辭職啊？你們有病——

「無論您們需要什麼我們都會準備的！請讓我們招待您們！」

擋在大門口的這名女僕以帶著絕望的惶恐語氣喊完這句話後，所有聚集在大門附近列隊的僕人們立刻全體九十度彎腰鞠躬，只差沒跪下來請求了。

「……我們還是留下來好了？」

被人做出這種以性命為代價的請求，璧柔也狠不下心拒絕，而且他們說起來其實也沒有堅持回家的理由，先在這裡住下來應該也沒什麼不可以。

「如果招待周到當然無所謂。」

硃砂整個很不客氣，完全不會覺得不好意思。

「好吧，我們留下，請幫我們準備房間，然後把全套的保養品送過來，我們需要溫度剛好的熱水，乾淨的毛巾跟繃帶，醫療用品有的都拿來，順便再幫他趕製一套一模一樣的衣服。」

「保養品送兩份來，我也需要，另外還要邪咒相關的書籍，明天最好還可以準備去西方城學校上學的交通工具，然後，今晚想吃到美味的肉類料理。」

璧柔跟硃砂兩個人就這麼跳過了范統的意見，直接決定住宿了，甚至還分別開出了十分反客為主的需求清單，讓范統瞠目結舌。

你們到底是基於什麼理由留下來的！難道不是因為同情他們不想害他們死嗎？為什麼可以一開口就做出如此超過的要求！簡直是趁火打劫趁人之危嘛！

「好的，沒有問題，這位先生有什麼需要嗎？」

好不容易求得尊貴的貴客答應入住，女僕彷彿覺得不管有多囉唆的要求都無所謂，同時為求周到也詢問了一下范統，畢竟他也是客人之一。

「我……？」

唔，這好像……好像是個享受五星級待遇的好機會？可以這樣予取予求，隨心所欲使喚人的機會好像不多耶，我要眼睜睜就這麼放過？我是不是該昧著良心要求一下呢？

可是我也沒有什麼特別想要的服務啊，只要飯好吃，床好睡，基本上就沒什麼問題了吧，難道我還能請你們給我找個女朋友來嗎？

就算我真的好意思，說出口也會變成男朋友啊！不然就是女敵人之類的東西！我看還是不要好了，我很知足的——噢！對喔！

「那就幫我準備毛筆、普通紙張跟符咒用的練習符紙吧，麻煩了。」

范統正在為自己成功說出一句沒被顛倒的話而感動時，硃砂就用不齒的眼神看了過來。

「你還真厚臉皮，居然跟人要求這麼困難的東西。」

「就是啊，范統，你都不為他們著想。」

璧柔也唸起了他，像是覺得他很過分似的。

「什、什麼啊！你們為什麼絲毫都不反省自己就指責我！我要求得這麼少！而且這只是我一般生活需要用到的東西啊！我要練符咒，月退醒來以後搞不好也要繼續教他寫字，這些都是必要的啊！慢著，東方城的東西取得好像比較不易，之前璧柔也說練習用的符紙比較難，問我用普通的好不好……我該不會真的開了什麼折磨人的要求吧？糟糕……」

「不、不會的！我們一定誓死完成您們的吩咐，請安心住下來！祝你們住宿愉快！」女僕生怕又出現什麼意外，連忙做出保證，以免客人又改變心意想要走掉，她大概已經緊張到語無倫次了。

「手腳要快一點。」璧柔點了點頭，加上這一句叮嚀。

「不然我們要回去了。」硃砂甚至還補上這句威脅。

我怎麼看都是你們比較過分啊！不只過分還沒有自覺！

范統也只能在心裡喊喊罷了，住下來的事情已經定案，於是，他們便帶著昏迷的月退跟著僕人前往了自己的房間。

以伊耶家的面積大小，空出來的客房自然很多，安排四個房間給他們沒什麼問題，還沒清醒的月退雖然可能需要人照顧，但這也委託僕人就可以了，等到進了房間剩下自己一個人，范統忽然不知道該不該有種劫後餘生的空虛感。

不，嚴格來說，這裡並不是只剩下他一個人。

『范統、范統，你今天沒事了吧？我們要去虛空二區練符咒了嗎？』

進到房間裡後，噗哈哈哈忽然又醒了過來，一開口就要他去出生入死，讓他一陣無力。

『我想今天就休息一天吧……比起這件事，你不覺得你該先關注另一件事嗎？』

『嗯？什麼事情啊？范統你不要故弄玄虛，你以為我那麼好騙嗎？』

誰在騙你啊！真是的——

『你不是要找我問那個什麼什麼問題的答案嗎？要是連你也不記得了，我哪會知道是哪個問題啊！』

經過范統這樣的提醒，噗哈哈哈總算想起來了。

『噢，對喔！就是那個啊，那個嘛，我們要出發去神王殿之前，我問你為什麼明知那麼危險，可能會死，還是要去啊？因為范統你看起來明明就不是那種人，我不懂你為什麼會突然轉性跑去救人呀。』

……你要問就好好問，加上那麼多負面形容詞做什麼？你到底想怎麼樣？想吵架嗎？

固然范統的內心因為這段話而產生諸多不滿，但他並不想跟噗哈哈吵架，只能盡量忍氣吞聲地做應答。

『我覺得你對我應該有很大的誤會，事實證明我明明是願意為朋友兩肋插刀的人啊，這純粹是你自己的誤解吧？』

其實……若真的要說，這些該死的特質好像跟我沒有偏差太遠，但是講得這麼難聽，我怎麼能承認呢！

『兩肋插刀距離不顧生命也很遠吧，范統你一點也不像那種人啊。』

『……不然我到底像哪種人？』

『就是貪生怕死、膽小怕事、好吃懶做又苟且偷生的那種人呀。』

噗哈哈哈你給我記住！你根本就是想罵我吧！你問這個問題的目的根本就是想羞辱我吧！

『所以范統你為什麼會不顧自己的生命安全去救人呢？你到底在想什麼啊？』

『你會這麼好奇這個問題，是因為你自己辦不到所以無法想像嗎……』

范統無力地反問了一句，噗哈哈哈的聲音則充滿疑惑。

『辦不到？本拂塵不需要思考這個，像是為了可能犧牲自己還是要去救人這種事情，不會發生在本拂塵身上啊，本拂塵如果想救人，一定輕輕鬆鬆，只是要不要救而已嘛。』

……你這話的可信度有幾分呢？聽起來你好像很自傲，但搞不好又是真的……既然你那麼行，為什麼總是不肯出手幫助啊，你很小氣耶！

『那你就當我被一時熱血沖昏頭行不行？』

『嗯——是范統的話，的確有可能呢，腦袋沒經過思考就行動的話。』

喂！差不多一點！喂！

『可是，本拂塵在你去送死之前就出聲提醒你了啊，前前後後一問再問，你決定的時候也問，要去的時候也問，這樣你還清醒不過來？』

噗哈哈哈持續糾纏不休，彷彿只要要到的答案不滿意，他就不接受一樣。

被他這樣逼迫，范統也只好冷靜下來仔細思考自己的動機了。

要很正經地回答這種問題，總是會讓他忍不住想嘆氣。要認真地去想那種嚴肅的事情，實在是件很累的事情，想了想，他才勉強摸出了點頭緒，跟噗哈哈哈解釋自己的想法。

『噗哈哈哈，我覺得……雖然我常常是很自私的人，常常以自己為優先，為自己設想，但是我想，不管是什麼樣的傢伙，一定都有讓他們覺得很重要、非做不可的事，在面臨之前，也許自己也不是很清楚，而當真正面對的時候，你就會覺得你必須這麼選擇。』

噢，噗哈哈哈難得安靜下來聽我講話，沒有打斷呢，該不會是睡著了吧？

然後明明是嚴肅的話，前面卻用噗哈哈哈做為開頭，總有一種嚴肅不起來的感覺，我覺得心情好複雜啊……

『哼，聽起來是在說，你也不知道為什麼嘛。』

聽他講完後，噗哈哈哈的語氣依舊不甚滿意，但也沒再咄咄逼人地追問。

『本來就不是每件事情都一定會有明確的答案嘛！多接觸人群，多體驗人生，你慢慢就會懂了啦！』

『本拂塵又不是人，要怎麼體驗人生？』

『那你就變成人啊！沒看音侍大人綾侍大人跟壁柔他們體驗人生體驗得多高興！當官作樂打仗劫獄！很多事情變成人才能做啊！雖然我也不鼓勵你那麼亂七八糟啦……』

范統用精神溝通跟他說到一半，便困擾地抓起頭來，有點不知道該如何講下去。

『本拂塵覺得當拂塵也沒什麼不好，反正不懂的事情再問你就好了。』

變成人體驗人生，對噗哈哈哈來說似乎沒什麼吸引力，他幾乎沒怎麼猶豫就作出回應了。

你一定要這樣嗎？不懂的事情都問我？這樣我這輩子就得一直回答你一堆難以說明的問題了？你能不能試著自己去找答案啊——

他想歸想，卻也無法對噗哈哈哈說出口，反正話題也差不多結束了，他便決定去看看月退的狀況。

他們的下一步要怎麼走，是得等月退醒來才能決定的。

❀

月退足足過了一整天的時間才醒過來，即使清醒，看起來還是一副很累的樣子，范統、壁柔跟硃砂都在聽說他醒來後，就第一時間過來看他了，他們最關心的，當然是他現在的身體狀況。

「恩格萊爾，你還好嗎？手傷還沒好就使用擬態，是不是太勉強了點？」

璧柔握著月退的手，以憂心的表情看著他。就范統看來，他覺得硃砂的眼神顯然認為璧柔的手相當礙眼，只是也沒有立場提出什麼抗議。

「還好，沒有生命危險，只是根據以前的經驗，原來的狀況加上擬態造成的傷害，王血無法完全治好，如果只有器化造成的傷害，也許用王血還能治好八成，現在這樣……即使暫時壓制限制，使用王血，大概也只能恢復個一半吧，畢竟都連結到靈魂……」

月退說到這裡，范統就叫了出來。

「咦！器化跟擬態都會治療到靈魂，造成王血也治不好的後遺症嗎？那豈不是根本就不能用的東西，用了簡直是在玩命啊！」

我是說傷到靈魂……這很嚴重耶！靈魂是新生居民的根本啊！要是魂飛魄散了，就不能從水池重生了呢！

「嗯……應該這麼說，現在的狀況，如果使用王血後休養一兩個月，還是可能恢復的。在一般狀態下，器化或擬態只會造成身體的精力大幅減損，可是在使用過王血的狀態下，靈魂是很虛弱的，這個時候器化或擬態的副作用，虛弱的靈魂就難以承接，會導致『靈魂疲倦』，持續使用的時間越久，靈魂疲倦的時間就越長，而如果在靈魂疲倦的情況下又使用器化或擬態，副作用的強度會倍增，進入深度靈魂疲倦狀態，假如不克制，超出了靈魂疲倦的範圍，就會損傷靈魂。王血對靈魂的創傷跟疲倦雖然也有療效，但剩下的部分還是得靠時間來化解。」

月退這一長串下來，璧柔憂慮的神情不變，硃砂似乎正在消化沉思，范統則眼神呆滯，有點難以處理這些訊息。

噢……先等一下，所以順序應該是……首先是，靈魂的虛弱與否，對吧？靈魂如果正常，不管耗損再多精力，都傷不到靈魂，只要王血一滴就能活蹦亂跳？

然後剛用過王血，靈魂很虛弱，這個時候耗損大量精力就會出現一個叫做「靈魂疲倦」的狀態，而疲倦是可以靠時間恢復過來的，如果使用王血，可以讓這段恢復的時間變短？

然後是「靈魂疲倦」還沒消退的前提下，再次耗損大量精力，就會產生「深度靈魂疲倦」，需要的恢復時間倍數拉長，而且在「靈魂疲倦」狀態中耗損大量精力太久，不只會深度靈魂疲倦，還會損傷靈魂……大概就是這樣吧？可是又說王血也有療效，所以損傷靈魂也可以治，只是無法完全治好？

范統正在努力歸納整理，讓這些話變得好理解一點時，硃砂好奇地發問了。

「這樣說來，透過水池重生也沒有用了？」

「不，還沒進入深度靈魂疲倦的情況下，透過水池重生可以直接治好，但靈魂損傷就不行了，只有直接以王血治療才有療效，我也不知道為什麼。」

「靈魂損傷可以用王血治？好像沒聽說過啊，那麼，被噬魂武器殺傷，也有救了？」

月退點了點頭，然後又搖搖頭，困擾地想了一下，才作出回答。

「事實上只有擁有王血的人比較清楚這些事情，沒聽說過也很正常。有沒有救要看傷重的程度，某種程度以上，就不太可能完全治好，會留下後遺症，雖然時間可能讓後遺症的症狀減輕，但需要的時間實在太久……而如果是被噬魂武器殺死，就幾乎沒有復活的可能了。」

人人都有好奇心，硃砂有，范統也有。

「需要的時間太短？大概多短啊？」

多久啦，謝謝。

「靈魂損傷的話，可能要一百年吧？」

一百年！

天啊！那根本只有新生居民有可能撐到恢復的那一天啊！原生居民的話，就等於直接宣判死刑了吧？一輩子都得帶著後遺症過活啦！啊，不，慢著，這個世界的原生居民平均壽命是多久啊……？

「月退，幻世的新生居民可以死多久？」

……都死了誰還管他多久啊……不，這不是重點，說起來我們在這裡活多久，就等於死了多久吧？

「你是說幻世的原生居民可以活多久嗎……如果沒有意外的話，也差不多就是一百年了。」

噢，那還算長命啦，也就是說，他如果剛出生靈魂就受了傷，被王血治療後，還是有可能在嚥氣前一刻恢復成一個正常人囉！至少有個明確的時間，不像我的詛咒這麼絕望啊——

「你們幻世的人怎麼這麼短命？」

硃砂聽了這句話，直接反應居然是皺著眉頭質疑這一點。

啥？一百年你還嫌短命？你原本那個世界是怎麼回事，人人都萬歲萬歲萬萬歲嗎？

「命不長也沒有辦法啦，確實是短命了點。」

璧柔附和著硃砂的意見，讓范統更加無言。

妳這個幾乎不死不滅的愛菲羅爾別說這種風涼話好嗎？要是跟妳比較，誰都短命吧？

「不過，反正恩格萊爾現在是新生居民了，當然也不會像原生居民那麼短命，我們在一起的時間可以更長久了呢——」

璧柔沒神經地補充了這麼一句完全安慰不到月退的話，只見坐在床上的月退臉孔微微一抽，「呵呵」地乾笑幾聲，就不想理她了。

唉，人家整個很在意自己被殺的事情吧，妳怎麼就不懂得看一下臉色呢……

而這個時候，房間的門突然被敲了幾下，僕人開了門，然後小心翼翼地開口。

「幾位客人，不好意思，少爺聽說昏迷的那位客人醒了，馬上就要過來探望，先通知您們一聲……」

哦？不是請我們過去，而是要自己過來啊？這次不擺架子了？難道是認可了月退，終於肯客氣一點，做點對皇帝的表面禮貌了嗎？

要來就快一點過來吧，等一下噗哈哈又要拖我去虛空二區訓練了，總不能連著兩天偷懶，偷懶成性會怠惰的……

「讓開。別擋路。」

僕人話才剛說完，後面就傳來伊耶冰冷而低沉的聲音了。

哇！這個馬上也太快了吧！也不用如此快沒有關係，傷患走路別走這麼快啊！我們都還沒做好心理準備呢！

這個家的僕人大概都很怕這個喜怒無常的「少爺」，一見伊耶出現，立即就嚇得告退了，於是伊耶便直接走進了房間，似乎覺得在自己家裡沒什麼談話隱密性的問題，所以進來後也沒順手帶上門。

伊耶的氣色雖然不太好，但經過基本的治療，也休息了一天，看起來還是比昨天離開時好很多了。由於他衣裝整齊，他們也看不出底下是不是有包紮、傷口狀況如何，事實上，就算肋骨斷了還沒接好，他只怕也會強撐著挺立身軀，為了自尊而逞強。

由於他脾氣很暴躁，大家也跟他不熟，在不想隨口一句話就觸怒他的情況下，所有人都選擇沉默，靜觀其變。

伊耶自己拉了張椅子坐下來後，隨即以不太愉快的眼光掃向璧柔、范統跟硃砂，像是嫌他們待在這裡礙事一樣，不過，身為鑽石劍衛的璧柔本來就有留下來聽他們討論、商議的必要，范統跟硃砂則是當作沒看見他的眼光，月退也不知是真傻還是裝傻，沒有任何要他們迴避的表示，最後，伊耶只好忽視這些閒雜人等，自己開口了。

他這次過來，照理說應該是來慰問月退的狀況，同時討論接下來是否予以協助以及立場的問題，只是，他開口說出的第一句話，卻出乎大家意料之外。

「你……武器的修練，到底修到什麼程度了？」

伊耶問出這個問題後，范統不由得挑眉。

喂喂，矮子，先不挑剔你仍然沒對皇帝用敬稱，聽到人家醒來，趕過來這裡，居然也不先關心一下人家的身體狀況，就只問這種無關緊要的問題？反正你敗了就是敗了，多問這些有必要嗎？還是，只是想讓自己死得明白一點？

而儘管不太明白伊耶問這個做什麼，月退還是大方地回答了這個問題。

「嗯……『共感』。」

……慢著，不是擬態？

擬、擬態依然不是你的極限嗎！怎麼突然又冒出一個沒聽過的專有名詞來了！原來擬態後面還有別的境界？暉侍辭典快讓我查一下！共感是什麼啊？

共感共感共感——為什麼！為什麼查不到相關資料！連暉侍也不知道了嗎？原來暉侍辭典也不是萬能的！啊——月退，那你也不用這麼老實說出來啊！矮子還沒有表態，你就這樣揭開自己的實力底牌了嗎？

范統正因找不到相關解釋而懊惱著，伊耶就瞪大眼睛，難以置信地喃喃自語了起來。

「共感……那真的是有人修得成的東西……？」

嗶侍，你遜掉了啦！你不知道，人家矮子卻知道啊！你這樣是可以的嗎！

在心裡抱怨一個死人，其實也沒什麼用。月退則因為看伊耶彷彿大受打擊，所以出言安慰了幾句。

「雖然不容易，但也不是不可能，與武器交心是很重要的。」

喔喔，大師要講解經驗嗎？

雖說之前一口拒絕練器化，但范統還是凝神專注地聽起了月退的話，覺得搞不好會有什麼幫助。

「交心？」

伊耶皺了皺眉，顯然需要更多的說明。

「簡單來說……應該是從體貼武器做起嗎？去揣摩他的心，也打開自己的心，彼此之間沒有任何祕密，無條件相信彼此，讓他成為最了解你的心的存在，而你也是一動念就能了解他會怎麼想、會怎麼做，摸清楚他所有的脈絡，這是合一的基礎，往上就是器化、擬態，以這樣的經驗延伸出去，壓縮所有過程時間，能夠瞬間同化，就到達共感。」

……月退啊，這樣聽起來，我還是聽不懂共感到底是什麼耶。不過，其實也沒什麼了解的必要？我跟噗哈哈根本連器化都不可能了嘛，彼此之間沒有祕密，難度也太高了吧？然後，他根本一點也不信任我啊，就算我肯對他開放一切嘗試摸透他，他也只會說我不知羞恥再把我一掌搧飛啦。

只是這麼說來，與希克艾斯修成器化，可能是史上最艱難的功課？如果有人可以摸透音侍大人那顆有毛病的腦袋，那個人……多半也不是人吧？

「那種事情一輩子也辦不到。」

聽月退說完，伊耶就僵著臉這樣回答了，如同覺得連試試看都不必的樣子，不曉得是他這個人天生不懂得溫柔體貼，還是對與武器互無祕密感到排斥。他不樂意，那也是他的事情，月退便接著就之前的事情致歉了。

「先前的戰鬥中……我毀了你的劍，很抱歉。」

月退認為專屬的武器是對當事者來說很重要的東西，因而對這件事耿耿於懷，加上他又睡了一整天，根本也錯過能對那把劍做出什麼彌補的時機了，不然要是武器的品階夠高，用王血說不定能加以修復，就像治療人一樣。

「武器在戰鬥中損壞，怨不得任何人。我來這裡，還有別的事情要問你。」

伊耶看起來沒有怪罪他的意思，說完這句話，他便盯著月退問了。

「幫你奪回皇位很容易，但我看你也過得挺好的，有什麼非得回去當皇帝的理由嗎？」

很……容易？矮子，為什麼到了你口中，就可以變得好像很簡單的樣子啊？

「我確實不怎麼想回去當皇帝，只是很多事情只有這麼做能夠解決。」

月退！你不要這麼誠實啦！請人家幫忙你復位，又說自己心不甘情不願，這樣不是會引起反感嗎？他要是一怒之下決定跟你一刀兩斷怎麼辦？

「恢復皇帝的身分才能做的事？」

伊耶冷淡的聲音，多了幾分諷刺的意味。

「像是拿回你的劍，或者去面對你本來想逃避的王血注入儀式，好讓你的新生居民朋友能夠繼續活下去之類的事情嗎？」

矮子，你說話沒有必要這麼刺吧，我們有得罪你什麼嗎？人都有私心，想救自己朋友礙到你啦？

「你難道不覺得王血注入儀式很重要嗎？為什麼你好像不太高興的樣子？」

璧柔插了一句話，伊耶則哼了一聲。

「自然很重要，只是對他放任著假貨亂搞，到現在才想要出來面對感到不滿罷了。如果不想負責就從頭到尾都別出現，辦不到漠視一切就早點出來，因為時間的拖延，搞爛了多少事情啊？」

月退被他這樣一唸，神情頓時出現了有點微妙的變化。

「你希望……王血注入儀式重啟嗎？」

大家都被他這個問題問得有點不解，伊耶也帶了點不耐煩。

「那是當然的吧！這應該是幻世的人們普遍的希望不是嗎？」

「……」

月退得到這樣的答覆後，突然安靜了下來，眾人也被他這樣的反應搞得摸不著頭緒，不曉得他到底在想什麼。

「我確實很希望我的朋友能夠活下去，很希望大家都能活下去，維持這樣的生活不要改變，只是……」

他說到這裡沒有說下去，像是在猶豫什麼……而這時候，伊耶忽然凶猛地瞪向門口。

原本正偷偷摸摸偷看的某個人立即縮了回去。

「……我去處理一下家父，是否幫助你的事情，你如果有什麼想說的就先想好，明天再談。」

伊耶說著，就直接站了起來，快步走出去了，結果今天的談話似乎什麼重點也沒帶到的樣子。

處理一下嗎……矮子的爹，您自求多福，保重啊。

范統對別人的家務事不怎麼感興趣，既然他們住在別人家裡，最好也別管太多比較好。

「我想再休息一陣子，一個人想點事情，大家去做自己的事吧？」

伊耶才剛走，月退就這麼表示了，因為他看起來心事重重，彷彿有什麼煩惱，就這麼放著他一個人，他們三個其實也不太放心。

「恩格萊爾，有什麼事情可以跟我們商量嘛。」

璧柔總是希望藉由關心來彌補以前的疏忽。
「是啊是啊，大家一起想，說不定問題就不能解決了呢。」
范統依然故我地說著反話。
「不管怎樣都好，總之你別再一個人陷入煩惱了吧？」
硃砂很看不慣月退的鑽牛角尖。只是，在他們說完話後，月退還是搖頭。
「我需要自己釐清思緒，讓我一個人安靜吧，拜託你們了。」
他都已經這麼說了，大家也難以留下來繼續要求他開口，只能各自擔心著各自離開。

❀

『范統，你終於要繼續修練啦？』
一離開月退的房間，噗哈哈哈就問了他這麼一句，講得好像他荒廢多日了似的。
『我也不過一天沒去，你有必要這樣嗎……』
如果想讓談話順利，最好不要對噗哈哈哈說的話太認真，范統有著這樣的認知。
『才一天嗎？我怎麼覺得我睡了很久？』
『你的時間感太差了啦！拜託你醒著的時間久一點好不好！』
范統覺得自己已經沒有要求噗哈哈哈太多了，但各種狀況還是時而讓他絕望。

『嗯……說起來你練習的時候都不夠刺激，有的時候我也會睡著呢。』

……

也就是說，我拿著你變成的劍在那裡砍突然冒出來的魔獸時，你有可能是在睡覺的？這樣你也睡得著？

『說起來，你明明會做防禦結界，就幫我做一個，讓我待在裡面練符咒，不好嗎？』

伊耶家的僕人辛辛苦苦去弄來的符咒已經送到他手中了，果然沒有練習用的，為此僕人還惶恐地致歉，范統又因為反話的關係一直講出「有關係」、「我很介意」之類的話，差點讓人家哭著請求原諒……總之這件事也讓他體認到，在那位老爺鬆口之前，他們要離開伊耶家只怕不太容易。

『本拂塵不是說過變成人才能施法了嗎？那很麻煩。』

你之前還是拂塵模樣的時候也可以阻止綾侍大人讀我的腦袋啊，還是那是不一樣的功能啊？

『就為了主人麻煩一下嘛！』

『范統你不可以這樣偷懶沒有出息，總是想利用自己的武器，是不對的。』

不要又說教起來了啦！

『可是有魔獸騷擾，我根本無法好好練符咒，這樣效果也不好啊！我覺得我已經浪費很多時間啦！』

『這不構成你偷懶要本拂塵幫忙的理由，說服不了本拂塵。』

說到這裡，范統也放棄繼續說服他了，只能懊惱地抓抓頭髮。

『噗哈哈哈，我什麼時候才能不唸符咒名稱就施咒？像綾侍大人那樣，到底有沒有可能？』

『修器化啊。』

『什……我是在問符咒的進展，跟器化又有什麼關係了啊！』

『范統你怎麼那麼笨啊，千幻華又不是人，構造原理不同，所以他才能不唸符咒的名稱就施咒啊，你想要辦到器才能做的事情，就得讓自己成為器，所以只有器化這個選擇啊，為什麼一定要講這麼明白你才懂啦？』

噗哈哈哈不悅地解釋完這一串，好像嫌他浪費他唇舌一般，聽完這樣的解說，范統遭到的打擊不是普通的大。

我這輩子……就只能在一直唸錯符咒跟和拂塵合體中選一個了嗎？沒有別條路了？就這麼沒有別的選擇了？

『范統你就這麼不想修器化嗎！』

噗哈哈哈雖然現在讀不到他的心，但從他忽然沉默的表現，也可以猜到他的想法。

『就算我願意，我們也修不出來好不好！月退今天說的那些器化要領，我橫看豎看都覺得我們辦不到啊！什麼互相信任彼此、坦白一切沒有祕密，這種事情難道你做得到嗎！』

范統被逼急了，乾脆就把心裡有疑慮的部分也攤開來說，沒想到噗哈哈哈居然不能認同，還嗤笑了一聲。

『本拂塵光明坦蕩，沒什麼祕密也沒有見不得人的思想，哪像范統你腦袋裡一定都裝些齷齪的東西。』

『光憑你對我的這份偏見，我們就難以彼此信賴了吧！』

為了這種事情吵架，怎麼想都覺得很愚蠢，不過，噗哈哈哈卻在這個時候跟他產生了共識。

『嗯，說的也是，我怎麼會要你修器化呢，你這個樣子，本拂塵怎麼可能安心把身體交給你融合，這真是個可怕的陷阱，還好我清醒了。』

不知道為什麼，噗哈哈哈總是有能耐可以講出這麼讓人憤怒的話，范統的臉微微抽搐了起來，很想對他親愛的拂塵施以暴力，但不管是現在還是未來，都還有很多事情必須求助於他，所以他終究只能忍氣吞聲。

『很好，那麼別提器化了，我們去修練符咒，不幫我弄結界就算了，我自己努力總行了吧？』

可惡，人活在這個世界上還是要自立自強的，想依賴別人，尊嚴就會被蹧蹋，無欲則剛、無欲則剛啊！范統！

這樣自我喊話的感覺真差，我已經快要可以跟自己對話、甚至快要可以跟自己的詛咒對話了嗎……我這樣真的是可以的嗎?我……

范統覺得自己好像要墜入某個黑暗的深淵了,連忙在真的墜下去之前停止繼續想下去。

『嗯,那本拂塵變成人帶你過去,然後就要睡覺了,范統你可不要因為沒有人監視就偷懶喔。』

人家望子成龍、望女成鳳,你是望主人成才嗎……

看著變成了人形開始施展空間移動法術的噗哈哈哈,范統也只能祈禱今天的修練之旅能夠順利了。

范統的事後補述

我總覺得矮子家的父子關係與生態都有點複雜,是我想太多嗎?

這個家的老爺長期在外雲遊,這個家的少爺獨撐家計……所以,這個家到底誰說的算?我們該聽老爺的還是少爺的?在搞不清楚這些事情的情況下,我們繼續這樣住下去沒有關係嗎?

說起來矮子他對於武器壞掉的事情還真是冷靜,對有錢人來說,好武器只是消耗品嗎?應該也陪伴多年了吧,怎麼這麼沒感情,還是那把不是靈能武器,沒有靈智啊?

幸好噗哈哈哈不是什麼會輕易壞掉的便宜貨色,要是他壞了,我可就真的不知道怎麼辦了，雖然嘴巴上一直說不想拿拖把，但我還是不希望他出事嘛。

每次月退吞吞吐吐的時候，就代表他有心事，而說實在的，從來沒有一次我猜得出他在煩惱些什麼，我覺得他可能給自己太多壓力了，也許是長久以來的個性與處理方式一時之間無法改變吧？

晚上教他寫字的時候再問問看好了，套套看他肯不肯說。

當所有事情懸而未決的時候，總是會打從心裡感到疲憊啊……

今天的虛空二區修練，依然在痛宰魔獸中進行。

坦白說，連隻雞都沒殺過的我，如今居然能熟練地操著拂塵變成的劍解剖隻隻凶惡猛獸，這真是我前一陣子想都沒想過的事情，儘管我使劍的動作不怎麼優美，被嚇到的時候還會以十分狼狽難看的姿勢閃避，但我還是有好好解決牠們，雖然用的時間跟招數可能因為我不夠熟練而有點多，可是應該會越來越進步的！

……問題是，我是來練符咒的啊，我的劍術越來越進步……意義到底在哪裡？

劍術練得再好，也比不上矮子跟月退，這個我早就分析過了啊，我還是練符咒比較有前途吧，讓我練符咒好不好？雖然詛咒的問題無法解決，但還是可以靠一次丟兩張符彌補啊——！

大概是我一心一意想練符咒不想練劍的心惹到了暉侍的亡靈，中間沒有魔獸來亂的時間，我練中等符咒時被一隻突然衝出來的獸類嚇到，又炸到自己啦。

被閃光咒炸到的那一瞬間，彷彿有一輩子那麼長久，我甚至在河的對岸看到暉侍笑容滿面地朝我招手，招手沒效居然還擅自跳過河來強拉我過河……你的遺願我現在一個也沒辦到啊！不要這樣！我說不要這樣！

話說回來這種場景為什麼我看到的不是爺爺爸爸而是暉侍呢？這傢伙的怨念到底有多強？別因為我唸過不想幫你跟那爾西說對不起就想掐死我好不好，我發誓我會幫你說加料補充版的，像是「對不起，去死吧」或是「快點跟月退說對不起」之類的話，反正裡面有對不起三個字就可以了吧？別計較太多啊。

閃光咒算是讓人瞬間失明眼睛如同瞎掉的咒，音侍大人跟璧柔湊在一起就會自然產生這種咒的效果，總之……它呈現得很真實。不只會瞎掉，被直接命中還會一陣悲涼，心口一縮，出現痛不欲生的感覺，幸好就只是感覺而已，我沒有死……就算這輩子都娶不到老婆、交不到女朋友，我也不會死的啦，哈哈哈哈哈……

章之四　決定

『說是沒有選擇，但現在也已經沒有人能強迫你了啊，恩格萊爾。』——暉侍

傍晚回到伊耶府邸的范統，一如以往地灰頭土臉。

在虛空二區，要讓自己乾淨清爽，不弄得狼狽歸來，實在是一件不容易的事情，至少他現在還沒有這樣的能耐。

吃飯時間，伊耶跟艾拉桑都沒有出現，照理說主人應該招待客人共同用餐的，但他們卻沒見到理當出現的兩位主人，只有熱騰騰的食物等待他們。

對他們來說，這樣也比較不麻煩，主人是否有親自接待，這裡沒有人介意，至於為什麼放著他們自己吃飯，他們也懶得了解，用餐完畢後便各自回房，樂得輕鬆。

月退沒有特別提出今晚習字的要求，不過每天晚上教字是之前的慣例，因此，晚上閒下來的時間，范統就又帶著寫字工具前往月退的房間去了。

「月退，關門，讓我出去——」

范統敲門後喊出這樣的話，他覺得十分無奈。

快開門讓我進去。你總不會說今天不習字，要仔細思考人生的課題吧？假如有需要我可以

為你卜一卦，請多多利用我的專業。

「進來吧。」

沒想到月退倒是沒有拒絕他，很爽快地開了門讓他進去了，這讓范統有點訝異。

「范統，我有事情想跟你談談。」

一進到房裡，月退就先這麼表示，范統也因而又吃了一驚。

噢……你終於想開了，不打算繼續一個人鑽牛角尖，想要找個人談談啦？

既然月退都這麼說了，范統也沒有不答應的理由，當即在桌邊坐了下來，準備聽聽他要講什麼。

「我今天……一個人在房間裡時，一直在想像，沒有沉月前的幻世，不知道是什麼樣子。」

月退以這樣的話語作為開場白，范統不太明白他想要說的是怎樣的話題。

一直想這個？想這個做什麼啊？不就是沒有新生居民，人口稀少的世界嗎？

「我來到這裡，尋求幫助，希望取回皇帝的地位……但，並不是為了執行王血注入儀式。」

嗯嗯，我知道啊，你不就是為了重啟王血注入儀式……等等，我聽到了什麼？月退你沒被詛咒吧？怎麼忽然講反話了？

「呃，我有沒有聽對，你剛剛的意思是，你要啟動王血輸出儀式？」

又問反啦——反正應該聽得懂吧？快點解答我的疑惑啊，我嘴巴不行，該不會現在連耳朵也不行了吧？如果詛咒還會惡化，搞得我聽人家說的話也都會自動顛倒，那我真的不知道該怎麼辦了。

「我想拿回皇帝的身分，是因為我想得到跟東方城談判的條件，讓他們提供沉月的另一半法陣……然後，到沉月祭壇去，弄清楚事情是怎麼回事。」

月退深呼吸一口氣後，看著范統說出了接下來的話。

「在沒有確認清楚之前，我認為……王血注入儀式是不該舉行的。因為那只是給新生居民一個空泛的希望，事實上我們很有可能需要將沉月封印，只要這麼做，水池的效果一樣會消失，即使之前舉行過儀式也一樣。我想跟你談的是……你能諒解、接受這樣的決定嗎？」

范統愣愣地盯著他，一下子腦袋一片空白。

這意味著他們的生命再怎麼多就只剩下十年，這意味著新生居民的體系會整個瓦解。

「……為什麼？」

他呆愣了許久後，最後問出來的是這個問句。

封印沉月這件事，在這些日子裡幾乎被他拋到腦後了，當初找到暉侍的筆記時，他們也跟路侍嚴肅地討論過這個話題，對於該怎麼做，珞侍難以做出結論……

而當時那個珞侍回答不出來的問題，月退已經有了決定。

「范統，你說過暉侍將記憶給了你，你看過關於沉月的調查嗎？」

沒有耶，現在看來得及嗎？

「新生居民增加的速度太快了，在人口不能無限膨脹下去的情況下，過去，西方城與東方城總是以戰爭來去蕪存菁，大量減少現有的新生居民。這幾乎是每隔幾十年就會執行的事情，即使新生居民慢慢增加，由於新生居民幾乎形同不滅，時間久了仍會造成資源不足的問題。」

忽然進展到這麼殘酷的話題，范統有點反應不過來，因為月退看起來還沒說完，他便乖乖閉著嘴等他說下去。

「而沉月……卻出了狀況，不斷地吸引生魂過來這個世界。活著的人被帶來這個陌生的世界，怎麼樣也回不去，然後再被送上戰場毀滅……」

月退說到這裡，神情轉為痛苦，但他還是繼續說了他想說的話。

「我當然希望你們能活下去。我希望大家可以一直快樂地在一起。可是這究竟是建築在多少人的犧牲上呢？執行王血注入儀式，裝作不知道這些事，在我上到戰場，阻止戰爭時，我也曾動過這麼做的念頭……但這段時間我想了又想，我終究還是無法自私到最後……」

范統漸漸明瞭了月退想要表達的事物，然而他還是難以發出聲音說點什麼。

要慷慨激昂地說出自己願意從容赴死，對他來說仍舊太難了些。

「范統，你說你取回了自己所有的記憶，那你記得自己在原本的世界是怎麼死的嗎？」

月退突然問的這個問題，使得范統眨了眨眼。

然後他搖了搖頭。

不記得，什麼印象也沒有。

「你有沒有想過，也許你也是生魂？你是個好好的活人，卻被拖來這個世界，而如果不查清楚一切，就會有很多很多的人也遭遇這樣的事情。」

這番推測讓范統有種被雷打到的感覺。

慢著！我其實沒有死？我只是被沉月拉來的？抓到這裡來被封印記憶，遭遇生命危險，死亡又重生，還被當作免費勞力，通通是因為我倒楣被沉月拉來？

「或許我根本不應該希望你諒解我的決定，但至少我想先讓你知道，然後向你道歉。」

月退說著說著，頭也低了下去。

「因為我……讓你在失去了原有的人生後，連在這個世界的生命，都無法延續下去……」

他的朋友對他訴說著這樣沉重的話語，帶著滿滿的愧疚與歉意，卻絕口不提做出這樣的決定，他自己也會死的事實。

那是他有所覺悟下做出的犧牲，而他的道歉，則在於他無論如何也不會改變心意，無法為了珍視的朋友任性自私這一次。

不知道是基於什麼樣的心情，范統將手拍上了月退的肩膀。

然後在月退遲疑地抬起頭看過來時，他讓自己露出了鼓勵他的笑容。

「事情不見得會那麼樂觀嘛，說不定我們還是可以調整沉月的狀況，讓它恢復正常啊？」

他是要月退別太悲觀，月退也聽得出來。

「可是封印沉月是很有可能的……」

「如果真的演變成那種狀況，我也不會怪你的。」

在他說出這句話後，月退身上那種陰暗的感覺總算化開了些，雖然不到如釋負重，但至少已經好多了。

「朋友之間要說謝謝，說對不起就不好了。」

——「朋友之間不要說對不起，說謝謝就好了」——說出口的話語雖被顛倒了，卻意外地符合了他的本意。

看著重新有了精神的月退，范統內心也不由得感慨。

大部分的人都是貪生怕死的生物，我當然也不例外，雖然明知會害到很多無辜的人，只要可以活下去，我還是會昧著良心做出罔顧他人的決定吧？

單純想要活下去的心情並沒有不對。范統深深這麼覺得。

而想要讓朋友別再苛責自己，不希望逼迫朋友，所以撒了謊裝成不介意，也沒有不對吧。

「我想找個機會也跟硃砂說明一下。」

畢竟身邊的人裡面，除了范統，只有硃砂是新生居民，月退覺得也該讓他知道這切身相關的事才對。

「不要吧！你忘了你還欠他兩個要求嗎！萬一他跟你說只剩下十年可以活了，要你嫁給他的話，你怎麼辦啊！」

我是說要你娶他！在這種情況下我覺得你根本無法拒絕吧！

「可是……刻意隱瞞好像很……」

月退遲疑了起來，似乎對范統假設的狀況也有點頭皮發麻，但又覺得瞞著不說會良心不安。

「當作我們之間的大祕密就好了啦！新生居民成千上萬，你也不可能一個一個道歉，差一個硃砂也差很多啊！你最好也別跟矮子開誠布公，如果你真的很想做這件事，就要不擇腿段！先拿回皇帝的位子也不遲，聽懂了沒有？」

「不擇腿段……」

雖然知道是反話，月退的神情還是有點複雜，甚至摀住了臉。

「好吧，你都聽得這麼模糊了，我就當作你都沒聽進去好了。」

范統喪氣地說著，每次說出糟糕的反話，他總是會覺得怎樣都好無所謂了。

「那至少……奪回帝位後還是要告訴他們。」

隱瞞同伴總是會讓月退良心不安，特別還是要一起出生入死的同伴。

「那如果他們同意呢？」

「同意就好啊。」

「剛剛那句是正常話啦！」

「啊，抱歉，是反話嗎……要是真的不同意，我也不知道該怎麼辦，范統，怎麼辦啊？」

月退想著想著又苦惱了起來，范統實在不知道該說什麼。

那個……其實我也沒有很支持啦，我畢竟還是不怎麼想死的，假如我哭著跟你說我不想死，你會改變主意嗎？你現在看起來好像意志不怎麼堅定的樣子，我求求看搞不好有希望？

「我哪知道怎麼辦，你做決定之前也該想過最棒的後果了吧？只要你都沒做好心理準備，那就有問題啦。」

范統自認已經安慰得很努力了，但要降低月退的罪惡感，似乎還稍嫌不夠，他只得絞盡腦汁再想些話說。

「我覺得，不要覺得是你害大家無法繼續活下去。每個新生居民都來自不同的世界，就當作是來到這裡延續一段生命，洗滌靈魂的陰暗，平撫生前的傷痛，而你只是讓他們的靈魂自由，不會在戰場上被毀滅，也不會一直被困在這個地方，順應自然，讓亡者安息，來到這裡就像是一場夢，這其實可以算是好事呢？」

這麼長的一段話沒被顛倒，范統自己都還來不及感動，月退就先說話了。

「范統，你好像講那種比較長的有道理的話的時候，都會剛好正常耶，好神奇喔。」

……你這麼一說，什麼氣氛都沒有了啦。

「所以你還是堅持不要告訴硃砂他們？如果硃砂真的要你嫁給他呢？」

到時候請帖記得發給我啊，我會去白吃白喝但我絕對不會包紅包的，因為怎麼看也不像是喜事嘛。

「娶也就算了，要是他真的想要我嫁，我到底該如何是好……」

月退蒼白著臉這樣回答，范統聽了險些被口水嗆到。

你想得還真多啊！居然還想這麼深入去了！不過那句「娶也就算了」是怎樣？你並不排斥娶他嗎？你居然真的可以接受人妖？

「但你不是跟璧柔沒有婚約？雖然皇帝應該可以三夫四妾啦……」

我是說三妻四妾。說得好像皇帝是雙性戀似的……

「我跟她沒有要結婚，我已經說過了，真的！」

月退尷尬地否認後，又陷入了沉默，不知道又想到了什麼。

「說起來……月退，只要伊耶拒絕幫我們，你就要面對那爾西了吧，你打算怎麼做？真的沒問題嗎？不會失控嗎？」

這次答應被顛倒成拒絕了啊……虧我還為了怕矮子又變成高個子，特地喊了他的名字呢……

「我會去面對他，這是我應該做的。」

月退這次的回答，沒有猶豫多久。

「他是我心中一直存在的陰影……我終究必須正視，然後跨越過去，不管有多困難。」

我想這真的很困難。你對他的恨意都可以讓你失去意識的時候就變成可怕的殺人凶器了，恨到質變，這樣的陰影到底該怎麼跨越啊……

「你會殺了他報恩嗎？」

我想打自己的嘴巴，誰也別阻止我。噢，好痛！

「范統，你為什麼要掌自己嘴？」

「因為剛才那個反話讓我很想獎賞自己。總之，你要殺他嗎？」

我是說懲罰啦……唉。

「我們之間必須做出一個了結。」

月退這麼回答。至於那個了結會不會是以那爾西的死收場，他就沒有明白說了。

「那時在戰場上，你就好像很不想殺了他的樣子啊，我以為你愛他愛到要他的命，所以到底是不是這樣？」

不——！不要顛倒成這麼糟糕的話！我本來要說的是你好像很想殺了他，恨他恨到要他的命啊！顛倒成這樣我情何以堪，月退又情何以堪！

「我……」

月退好像一時沒領悟過來而錯愕了，范統也難以分辨他呆住的原因是因為這反話太糟糕，還是沒聽出這是反話。

「我是問你愛不愛他，不是問你恨不恨他，你應該聽得出來吧！」

好絕望的越描越黑！好絕望啊！我還是拿紙筆寫字比較好，尤其是在要問這種顛倒後會很可恥的問題的時候！

「我自然是恨他的。也許比我自己想像的還要恨他。我想讓他親身體會死亡的滋味，這些應該都無庸置疑。」

噢……月退，你的氣場又森冷下來啦！我們能不能和平一點談這個話題啊？不，提起這個話題的我根本一開始就錯了吧？那爾西的話題絕對是你的地雷啊！

「月、月退，現在的你好恐怖，既然要讓他活，就讓他活吧，我明白了，趕快忘掉他，我們來學字吧。」

我是說那爾西就讓他去死吧，我完全沒有意見，我也絕對不會跟你討個他死前的五秒鐘讓我幫暉侍說對不起的！就讓他跟你的劍相親相愛吧！我不想介入那個找死的氛圍跟空間，我真的不想死！

「范統，你這麼希望我殺死他嗎……？」

月退雖然撤下了那恐怖的氣息，但還是有點介意范統提問的動機。

「噢，因為我兒子說，對敵人就要心狠手辣，絕對不可以給他留什麼說遺言或者叫救兵的機會，沒有果斷解決他可能就會造成無法挽回的後果，總之我只是在幫助你堅定決心而已。」

那個，後面的話都很正常，沒被顛倒，可是前面那個稱謂……

「范統，你有兒子？你結過婚了？」

月退驚駭地看著他，彷彿今天才認識他一樣，范統連忙搖頭。

「不是啦！是我老媽啦！」

又錯了啊混蛋！是我老爸！老爸說的——

「我已經不想知道是你的誰了……」

月退似乎對這接連的反話感到疲憊，決定別再試圖弄懂那個稱謂該是什麼。

嗚……就算是月退，也會對我的反話厭煩嗎？

「明天我會在不洩漏決定的前提下好好跟伊耶說的，今天就先這樣吧。」

就這樣？不教字了啊？你累了嗎？好吧，你高興就好。

既然沒事做，范統便回自己的房間打算就寢，不過，今晚的話題添增了他許多煩惱，躺在床上，他也難得地無法闔眼了。

這種像是被宣判得了絕症，只能再活十年的心情，到底該怎麼說呢？

而且也沒有可以吐苦水的對象，因為要瞞著其他人，又不想給月退造成壓力……

「噗哈哈哈，如果哪一天我真的死了，你會不會開心呢？」

范統覺得只是想找個說話對象，就對著噗哈哈哈問出這種問題，而且還又講了反話的自己，實在十分無聊。

沒有用精神溝通，在睡覺的噗哈哈哈也不太容易聽到，所以他這個問題，自然沒有得到答案。

最後是怎麼睡著的，他也不記得了。

范統的事後補述

「兒子，你要堅強面對死亡這件事，這是一個生命必經的過程，及早學會看淡這件事情，是讓你成熟長大的關鍵。」

——想當年，在我養的一條小魚死掉的時候，我老爸他對我說過這樣的話。

那個時候我跟我爹說，我明明還是個小孩子，為什麼要這麼早就成熟長大，認清所謂現實殘酷？

然後我爹回答我：「因為你再不處理完那條魚過來吃飯，菜就要涼了。」

我當時真不知道該從生命的消逝中領悟現實殘酷，還是從老爸比較關心吃飯這點來體會成熟的大人面對事情時該有的態度……

不過，看著別人死，跟知道自己要死，顯然又是兩回事。

自己要死還能無所謂，那根本已經超脫世俗到另一個境界去了吧？

如果死在幻世又不是因為被噬魂武器砍到而死，那靈魂會何去何從呢？

會回到本來的世界嗎？還是就這麼飄蕩在這裡了？

該不會又墜入另一個靈魂的世界繼續倒楣吧？

我覺得我就是一直想這些事情，才會睡不著啦……清除雜念才好睡覺啊，又沒有事情要做，熬夜做什麼？自尋煩惱然後睡不著，怎麼想都是很蠢的事情。

所以我要睡覺了。希望別再夢見什麼奇怪的東西，晚安。

章之五
慎選你的朋友跟父親，如果可以選的話

『不管是選朋友還是父親，不要選音侍大人就對了。』——范統

『啾啾啾（你們什麼時候才要放生我）？啾啾啾啾（我好想念我的朋友跟父親喔）！』——焦巴

人在夢中時，偶爾也是可以很清醒的，范統現在就是這種情況。

看著這熟悉的、下午才見過的河流與對岸，范統覺得心都涼了，簡直不知道該說什麼。

為什麼要延續被閃光咒炸到後看到的場景！為什麼總是這種討厭的夢——！

就算真的要封印沉月，我也還有十年可以活，不要一直讓我看到這種東西——啊，那邊那個划船過來的又是……！

『范統，上船吧上船吧，我接你過去，不要客氣啊。』

暉侍笑容滿面地拋下划槳，接著便一派輕鬆地朝范統走了過來。

『你給我站住！先不提你為什麼那麼想接我過去，為什麼你可以渡河到這邊來啊！你明明已經死了不是嗎！』

夢裡沒有語障，不知算不算一種幸運。暉侍聽完他的話後，無辜地聳聳肩，一攤手。

『你不過去我只好過來抓你囉，這裡都沒有認識的人，有夠寂寞的啊，唉，就算來個音

侍也好啊，都沒有人陪我，我真是個可憐的薄命美少年。』

別用那種跟月退有七分像的臉說出這種話啊！而且你是在自戀個什麼勁？沒記錯的話你死的時候也十九了吧！誰跟你美少年啊！

『連音侍大人你也接受？你挑人也有品味一點吧！』

『啊，我喜歡東方城的大家，謝謝指教。』

不要用這種敷衍人的沒誠意話語混過問題啊！

『過來嘛，范統，別那麼見外，跟我客氣什麼呢——』

暉侍說著，便抓住他的手，以表面上看不出來的蠻力將他往河邊拖。

『不——住手！你拖我過河，你的遺願怎麼辦，你只拜託了我，現在我一個也還沒完成啊！』

范統努力想找出一句能說服對方停止這可怕行為的話，而這句話沒達到他想要的效果，只讓暉侍的笑容變得耐人尋味。

『那時候一直不答應我的遺願，耍老子耍得很開心嘛，嗯？』

『我那時候還以為那只是一場夢啊！』

『我也只是以為你完全進入狀況都聽得懂而已啊，哎呀。』

『不要再拖我過去了，你的遺願不管也沒關係了嗎！』

『反正你都辦不到嘛，你有哪個辦得到嗎？乖乖跟我過去吧，范統，聽話。』

『不要啊啊啊啊啊啊我不要過河快放手——！』

『一點也不恐怖啦，放輕鬆，啊哈哈哈——』

明知只是一場夢卻無法醒來，范統覺得這一切真是讓人無話可說到了極點。

『你給我慢著！你的個性為什麼會這麼差啊！好哥哥的形象呢！眾人口中被東方城居民愛戴的那個暉侍呢！』

『你在說什麼啊，我以為你都看過我的記憶了，像是我跟音侍在房間裡玩糟糕的角色扮演、攜手合抓小花貓、或者偷偷在午睡的違侍臉上畫烏龜之類的事情，我以為你都看過了耶？所以我才在你面前無所保留啊，畢竟形象這種東西一旦碎過，就沒有欲蓋彌彰的必要了，你說是不是啊？』

『所以這才是你的本性嗎！你再不放手我要跟你的兩個弟弟告密啦！』

『我怎麼會給你回去告密的機會呢，范統你真是的，況且汙蠛一個死人只會被討厭喔，不說這麼多了，走吧上船吧上船吧——』

『不——！』

誰快來把我叫醒啊！用踹醒的也可以！我不要再跟這個可怕的暉侍相處了！快點讓我脫離夢境，快來救我！

『范統，你就算叫破喉嚨也不會有人來救你的，死了這條心吧，讓我們快樂出航，永不回頭。』

『死人就給我安息別再作祟了！我回去會找到你的遺體做法事，每年燒香祭拜的！放手啊——』

『啊，那，不然，我有個主意，你要不要聽聽看？』

暉侍像是忽然心血來潮一般，對范統這麼說。

『……我覺得聽了一定沒好事，我可以不要聽嗎？你放手就好，別說了。』

『但我很想說，就讓我說吧。不如我讓你自己上船到對岸去，或者直接把你推下河不管你的死活，然後我代替你留在這裡，我們交換一下，你覺得怎麼樣？是個絕妙的主意，不是嗎？』

暉侍就著這樣擒住他手的姿勢說著，面上的笑意也越發詭異。

『哪裡絕妙了！這種事情也行得通嗎！我哪可能答應啊！你這個盤據我腦海的寄居蟹，到底想要做什麼！』

『我要是活回去，應該會有很多人高興吧，畢竟我不像你做人失敗沒幾個人掛念啊，就當作是日行一善，行善積德，我就先幫你答應下來了。』

『我哪有做人失敗！我只是不幸有一張被詛咒的嘴罷了！你憑什麼幫我答應啊，喂！』

范統覺得自己快要絕望了，這麼令人崩潰的暉侍真不曉得是怎麼從他夢裡生出來的。

明明我知道這是夢，為什麼還不能由我自主夢境啊！

暉侍，快點消失！快點消失啊！今晚我該煩惱的應該是月退說他想封印沉月的事情，不是在這裡跟你糾纏不清！你要入夢就去入珞侍或者那爾西的，他們一定會很高興，求求你換個對象吧——

『就算姑且當作你說的方法是可行的，你也稍微冷靜一點想清楚吧！我想，你換出去也是用我的身體，先不提順不順眼，說出來的話十句有九句會顛倒的這種狀況，你真的可以接受嗎！用這種身體過活很痛苦吧！快放棄你那愚蠢的念頭！』

說真的，詛咒跟的應該是靈魂不是身體，不過我現在的目的是讓暉侍放過我，當然就不必跟他說清楚了。

『你想太多了。一個人帥不帥，吸不吸引人，後天營造的氣質是很重要的，就算沒了我天生麗質的臉，用你的也沒什麼不可以，而詛咒嘛，跟復活相比，那點小問題算得了什麼？況且依照我的性格，說反話也只是增加我的生活樂趣罷了，完全不構成困擾啊，范統。』

你是說你能邊說反話邊樂在其中？你到底哪裡有問題啊！

『范統，你的犧牲小我，我永生難忘，在此特別感謝你的大方捐軀，我們會永遠記得你的。』

暉侍那溫柔的說話語氣，如同想營造出一種感動的追思氣氛，但范統絲毫無法融入。

『給我等等！我犧牲小我成全了什麼啊！不是只有成全你而已嗎！憑什麼你可以算是大我啊！我才不要，你快點去投胎，不然就去找別人！』

『我會繼承你的遺志好好活下去的，放心把身體交給我吧，願你安息。』

『你不要完全不聽我說的話啊！還有我根本連遺願都還沒交代吧！你就算搶走了身體也什麼都不打算幫我做對吧——！』

『范統你不是也一樣賴我的帳嗎？不過大家都說我人很好，我也這麼覺得，你應該也這麼覺得，所以不必擔心，你的就是我的，我會好好代替你活下去的。』

『我什麼時候說我這麼覺得了！你根本只是自我感覺良好而已吧！』

『啊哈哈哈哈哈哈，你看河水好清澈呢，有沒有突然產生很想下去的感覺啊？哈哈哈哈哈……』

『不！不要！住手——』

淒厲的慘叫聲的中斷，是因為他睜開了眼睛。

范統剛醒過來，首先感覺到的是臉上熱辣辣的疼痛，發現自己出了一身冷汗，然後看見了硃砂冷淡的面孔。

「總算醒啦？打了兩巴掌才醒，睡得還真熟。」

「噢，原來是硃砂小弟弟叫醒我的嗎？我……應該感謝你救了我一命？但那只是個夢，並不是真的被推下去就回不來了吧？你叫人起床有必要打人巴掌嗎？你想打我的臉想很久了？

「我作美夢醒不過來啊，幸好有人叫我起床，只是這兩巴掌也太輕了點，讓我很難感謝你……」

這反話聽起來有種被虐待狂的味道。還有，那絕對不是什麼美夢。是惡夢啊！百分之百是惡夢！大概可以排入這輩子不想再夢見第二次或後續的前三名了，能讓我討厭到這種地步，也算你厲害了，暉侍！

……說起來，那個「跟音侍在房間裡玩糟糕的角色扮演、攜手合抓小花貓、或者偷偷在午睡的違侍臉上畫烏龜」……是真的嗎？到底是我在夢裡扭曲了他，還是這是真實存在的事情，我只是從腦中暉侍的記憶裡挖出來呈現而已？要不要現在立即翻看記憶檢查，看看是否正確？如果沒這回事，我也好還暉侍一個清白？

可是這種記憶沒有特別關鍵字可以查，找起來又很麻煩……反正人都已經死了，就讓事情成為永遠的祕密，別去追究好了……？

「美夢是嗎？我聽你一直在那裡『暉侍不要』、『暉侍快住手』，真不知道是什麼樣的美夢。」

硃砂的眼神冷淡到了極點，范統也頓時無話可說。

原來我會說夢話？居然還被聽到了，我究竟該說幸好聽到的人是本來就對我有偏見的硃砂，還是為自己在硃砂心裡的負面形象再度加深默哀啊？暉侍，你想把我的人生搞成什麼樣才滿意？

「在別人家作客還睡到中午，你真是沒有家教。」

見他沒吭聲，硃砂又冷冷補上一句。

喂，輪得到你對我說教嗎？原來你還有在別人家作客這個認知？我以為你跟璧柔都把自己當成主人了，支使人家的傭人支使得很老練的樣子啊？

「早上伊耶來過，也跟月退談完了，他說先養傷，等傷好得差不多了，就著手進行奪位的事情，目前他應該算是同伴，進行得挺順利的。」

這樣啊，結盟啦？

「月退怎麼說服他的啊？他有聽出什麼讓對方排斥的理由嗎？」

「……你是要問月退講了什麼讓對方認可的理由嗎？」

硃砂皺著眉頭確認了一次，范統則點點頭。

「沒有。」

「……啊？」

「早上他來的時候，月退只說，自己其實在死去的那一刻就已經失去皇帝的資格了，處理完該處理的事情，只要帶個適合的人選到他面前，他就願意過繼王血。說完道了歉，伊耶就火大了起來，氣氛十分緊繃，然後月退又接著講了一些充滿歉意的話，就說要帶著我們告辭，伊耶的臉色變得相當難看，沉默了很久才說出剛剛我告訴過你的結論，接著就離開了。」

難得硃砂肯耐心花這麼多唇舌跟他說明事情，但范統聽完後，腦袋仍然轉不過來。

我覺得，這仍舊是不歡而散啊？雖然結論是矮子決定幫月退沒錯，可是他決定的契機到底是什麼？還是他本來就很想幫，只是希望月退給他一個充足的理由，不然他拉不下面子？我都被搞混啦！

「月退說要叫你一起吃午餐，僕人不敢太粗暴地叫你，我才過來的，你到底要不要清醒？快點去梳洗。」

硃砂肯給他的耐心，顯然非常之少，事實上范統確實也餓了，便乖乖聽話起床開始進行該做的事情。

接下來的三天，他們仍待在伊耶的宅子裡，過著幾乎沒什麼人打擾的生活。月退休養，硃砂自己去上學，璧柔不知道都在做什麼，反正活得很好，范統則依然天天上虛空二區殊死搏鬥。

伊耶一直沒再出現，不曉得是讓他們專心養傷還是在生悶氣，而照僕人的態度來看，那個從比鬥當天匆匆出現過一次後就沒再露面的老爺還是希望他們住在這裡不要走，他們只好繼續「從善如流」，待在人家家裡當大爺。

范統大概在吃三餐的時候跟睡前會看到月退，而這三天下來，他發現月退的笑容越來越勉強，還不時不著痕跡地東張西望，那副心神不寧的樣子讓人很在意，所以他就問了。

「月退，你在做什麼啊？」

剛叉起肉準備吃下一口的月退，聽到范統問的問題後，露出了有點困擾的表情。

「我覺得……好像常常有人在偷看我，一直有一種被偷窺的感覺。」

咦？

「誰啊，對你沒興趣的僕人？還是高個子？」

從今天起，私下交談的場合我還是改叫他伊耶好了，雖然我對這名字很感冒，但總是隨機出現高個子真的不是辦法。

「應該都不是，伊耶的話，不會那麼好發現，僕人的話，不該只有盯我……」

「噢……那就只剩下，伊耶他媽？」

他爹啦。要不要我簡稱成伊爹算啦？

「我也這麼想，雖然、雖然真的很好發現，但又不能把人家抓出來，這樣好像很沒禮貌……」

月退困擾地唸著，這種一直被偷窺的感覺，大概任何人都不會喜歡。

「范統，為什麼……他要一直觀察我啊？」

如果有什麼話想說，直接過來就可以了，這樣偷偷摸摸躲起來看，的確是觀察沒錯。

「搞不好他是女王的狂熱支持者？這樣他堅持把我們留下來住也說不通啦，那天他知道你是恩格萊爾的時候反應不是很平淡嗎？」

我想這種等級的反話你一定聽得懂，我就不解釋了。

「就、就像米重對綾侍大人那樣嗎？」

月退聽完范統的話，立即臉色蒼白，略帶驚恐地問出這樣的問題。

「這個嘛……搞不好只是人家疑君叛國的另一種表現，有些人總是不知道怎麼表達恨意嘛，我想你還是不要太在意，平常心就好。」

瞧我說得好像人家留月退下來是為了找個機會把我們一網打盡然後向那爾西邀功一樣……要是這樣還可以不在意，那也很神啊。

反正這只是熱忱燃燒得太過頭吧？聽說住手先生也是這樣，這至少還在可以接受的範圍內啦，跟米重那種變態相提並論的話，他們也太可憐了。月退你可以趁現在好好適應一下，以後你恢復皇帝身分，身邊可是會隨時跟著一個呢，即使你跟他說「雅梅碟，別跟著我」，他搞不好也不會聽，那些片子通常都這樣啦，主角喊出「雅梅碟」的時候，通常根本不會有人因為這樣而住手……我的思想又歪到哪裡去了啊。

「一舉一動都被人關心著，感覺好不自在啊……」

「你以前不是也一樣嗎？你是女王，你要習慣。」

我是說你是少帝的時候啊，不是被監禁嗎？那也一樣是一舉一動都被人關心著，還是因為那時候你眼睛看不見所以沒有這麼強烈的感覺？

「我比較喜歡隱身在人群中不被注目的那種生活。」

月退哀怨地表達了自己的志向，范統也不知道該說他胸無大志還是怎樣。

「除非你去深海隱居，否則你的願望下輩子大概不太可能實現。」

深山啦！深海能住人嗎！總之你即使不考慮你的身分，也對你那張惹眼的臉有點自覺吧！然後我說的是這輩子，就算我的算命能力再怎麼強，要算到下輩子去，我還是辦不到的。

「我也知道，所以我只是說說罷了……還有一點，那位艾拉桑先生關注的對象似乎不只是我，我偶爾也會發現他在看硃砂，到底是為什麼呢？」

看硃砂？硃砂那個人妖在這裡幾乎都維持男性體的狀態，一點也不美艷養眼啊，有什麼好看的……啊！我知道了！

「你要代入痛恨皇帝的臣民這樣的角色心理去思考啊，一定是因為硃砂那天被說是你男朋友，他才會藐視他吧？相較之下我只是個路人，毫無觀察的價值啦，哈哈哈哈……」

范統說著說著還諷刺起自己來了，諷刺完又覺得有點悲涼，真不知道自己到底在做什麼。

「但那明明是個誤會，我那天也有澄清……」

月退說得很委屈，那個時候伊耶跟艾拉桑似乎吵得正凶，所以根本沒把他說的話聽進去。

唉，人家父子那時候吵架吵得旁若無人，你又說得那麼小聲，他們哪可能注意到你啊。

「你如果真的受不了就直接去找對方談談啊，或者告訴伊耶，叫他放縱一下他老媽的行為，人都是不能溝通的嘛。」

「跟必須去談這種事比起來，好像又沒有那麼困擾了。」

月退似乎很不想進行這種尷尬的人際交流，完全就是一副想要逃避的模樣。

「不然，你也可以叫硃砂去說啊，我相信他完全不能勝任這種任務，他從來都沒有臉皮厚的問題。」

唉，讓我說一下硃砂的壞話是會死嗎？這可惡的詛咒。

「咦？拜託別人？這樣好嗎？」

「聽到你有這種困擾，他一定很樂意陷害的，不必擔心他會接受。」

才剛罵過就顛倒我的話讓我變成在說他壞話啦？這樣意義何在？

「就算他肯幫忙，我還是覺得去說這種事情很尷尬，算了吧。」

被偷窺的當事者都這麼說了，范統也就隨他去了，受害者決定忍受，犯人的罪行又不算太嚴重，那的確沒必要介入太多。

只是，當天晚上他們聚在月退的房間討論事情時，這個問題似乎就被以一種粗暴的方式解決了……似乎。

「一直待在人家房門口繞來繞去做什麼！總是鬼鬼祟祟的，看了很不舒服！」

首先，他們聽見門口傳來伊耶的怒吼，接著門就被打開，艾拉桑也被扔了進來，伊耶扔完人還不忘把門關上，於是，他們就只能無言地看向被扔進房間的這個傢伙了。

「呃……哈哈，真是不好意思，都過了這麼多天了，身為主人的我都沒有來問好接待，實在慚愧，你們住在這裡還習慣嗎？有沒有什麼覺得不好，需要改進的地方？」

人都已經被扔進來了，現在逃跑也太奇怪，艾拉桑只得硬著頭皮開始跟他們說話，這種情況下，應該順著他的話接下去，給他台階下才是，可惜第一個開口說話的硃砂欠缺這種反應神經。

「你真的想招待我們嗎？一定要我們留下來，又不露面，到底有何意圖？」

月退跟璧柔處在傻掉的狀態，范統則對現在的發展有點頭痛。

硃砂，你就別審問他了吧，瞧他那種誇張又容易激動的個性，萬一不小心問出我們不該知道的事情怎麼辦？知道太多可是會被滅口的。話說矮子你怎麼放心把你爹留在這裡跟我們獨處？你不怕他亂說話然後把你小時候的糗事都抖出來？

「我當然是真心想留你們住的！啊啊……因為我一直沒現身，所以顯得很可疑嗎？但我真的不是什麼可疑人士，大概——大概只是花了太多時間在處理我內心澎湃的情緒，請別在意我沒有關係！」

什麼澎湃的情緒啊……你果然是少帝狂熱支持者嗎？艾拉桑先生？您這個樣子，要我們不在意真的很難啊……

「聽說、聽說伊耶他要跟你們合作了，我覺得這真是個好消息，我也對這樣的發展甚感欣慰，啊，我們家伊耶雖然有點粗暴，但他其實是個好孩子，以後就請多多指教了……」

噢，話題帶到矮子身上了。多多指教個什麼勁啊？父親來拜訪然後說出這種彷彿託付兒子一般的話，會讓我覺得很不自在呀！

「先前伊耶他好像對陛下不太禮貌，這可能是我沒盡到父親的責任，教得不太好，陛下可以責備我，希望、希望以後大家可以好好相處，我我我真心期待家庭和樂的那一天到來——」

這位爸爸，我想您操太多心了，先不提好好相處是矮子那邊比較需要配合的事情，所謂的家庭和樂又是怎麼回事啊？而且您講話也講太快了吧？完全沒有插話的空間啊！還有，明明在跟月退說話，眼睛為什麼一直看地板，請您好好看著他說吧，這種話應該用誠懇的態度說不是嗎？

「那麼就這樣了，謝謝你們願意聽我說完這些，有機會的話也許可以共進個晚餐或者、或者，不，沒什麼，請當我沒說過，祝你們住宿愉快，我先走一步不打擾你們了呃呵呵呵……」

喂喂！您狂亂地自說自話結束就要跑了嗎！這會不會太快啊！

「請、請等一下，請留步！」

艾拉桑本來已經開了門正打算以極限速度狂奔離開，卻因為月退喊了這麼一聲而定格。

嗯……雖然我覺得他這樣講完一大串就跑有點怪怪的，但他要走就讓他走吧，月退你喊住他做什麼啊？

「您如果方便的話，不知道能不能留下來聊聊？我們對伊耶的事情都不太清楚，既然要成為同伴，自然希望能減少摩擦，我希望能增加對他的了解……」

月退說這些話是誠心誠意的，但范統深深覺得他搞錯了對象。

那天雖然只有看到短短幾分鐘的父子相處時間，但憑那深刻的印象，我敢斷定這位爸爸並沒有很了解他的兒子啊啊啊！相較之下可能他兒子還比較了解他吧！你問他會不會是個大錯特錯的決定啊！月退！

「這個……當然沒有問題啊！伊耶的事情問我就對了！你們想知道什麼？」

彷彿對聊兒子的事情很有興趣，艾拉桑聽完月退的話，馬上回轉身子坐了回來。

唉，從面相看來，至少是個個性開朗的好人，月退你要問什麼就問吧，跟他交流一下認識認識，應該也沒什麼壞處啦……咦？

看、看錯了嗎？為什麼你們之間會有一種……好像切也切不斷的緣分？艾拉桑先生看起來迷糊又少根筋，卻意外地有什麼關鍵性存在，會是個很重要的角色嗎？我能力不足無法看得太透澈，這到底是？

「您願意跟我們聊聊真是太好了，那……可以先跟我們說說他的性格嗎？」

雖然這個人前幾天還一直做出偷窺他的舉動，但月退覺得現在面對面的感覺，對方不像有什麼惡意，也不像有什麼不良的企圖，所以他就放心求助於他了。

「噢噢，伊耶的性格嗎……他是個單純又體貼的孩子啊。」

……單純又體貼的孩子？

范統覺得自己的眼睛鐵定瞪得很大，畢竟，這是一個用在伊耶身上，會讓人覺得太不可思議的形容詞。

「我們相處的這些年間，他一向想什麼都會表露在臉上，很直率不是嗎？都二十五歲了還是跟當初差不多，臉沒怎麼變，一樣這麼可愛，如果有什麼缺點，大概就是沒耐心跟有的時候沒什麼禮貌而已，總而言之真是個令人驕傲的好兒子呢——」

艾拉桑那陶醉的表情，顯示出他的愉悅，看得出來他是那種有機會就想炫耀自己兒子的父親，但說出來的話可信度有多少，就待保留了。

「想當初第一次見面，他也是一副沒耐心的樣子，那個時候還是學生的他真讓人懷念啊，不知不覺都這麼多年過去了呢……」

「第一次見面？」

璧柔忍不住打了個岔，因為這句話實在太讓人疑惑了。

「嗯？我沒有說過嗎？我是他的養父啊，我是在他十五歲那年收養他的。」

咦——原來是養父！原來沒有血緣關係！不早說！難怪從身高到個性都差了十萬八千里啊！害我還為基因的問題困擾了許久，結果這個問題根本就不存在嘛！物種突變果然沒有無限的可能性，嘖！

這樣一來，您過於年輕的問題也解決了呢？本來覺得看起來不過三十幾歲卻有個二十五歲的兒子，不是特別早婚就是駐顏有術，結果並非如此啊。

「原來你們不是親生父子啊……」

月退眨了眨眼睛，雖然有點訝異，但還是很平靜地接受了這個事實。

「是啊，沒能得知伊耶小時候是什麼樣子，我也覺得很遺憾呢，只能多多少少從雅梅碟口中套一些出來，感覺真是空虛啊——」

您的話語中又出現一個令人在意的名字啦。住手先生知道矮子小時候的事情？他們從小一起長大嗎？

由於艾拉桑似乎很有跟人談兒子的興致，不用等他們發問，他就會自己說一堆，所以他們也不必思考要怎麼問出想要的情報，總之先安靜地聽他說完就是了。

「雖然我說他沒耐性，但他還是個聽話的好孩子，交代了事情儘管一直抱怨，依然會好好地完成，只可惜十五歲老早過了會纏著爸爸不放的年齡啦，都怪我們相遇太晚，沒能在他小時候領養他，好讓我感受一下兒子對父親的依賴……」

這位父親，我覺得啊……您兒子那樣的人，就算是小時候也一樣自立自強，您那讓兒子撒嬌的夢想，只怕是這輩子都沒指望實現了吧？

「兒子的優秀讓我引以為傲，可是他愛劍術勝過爸爸，這有點傷我的心啊，每次邀他做一些日常休閒活動，他就面有難色，好像很不願意跟爸爸在一起、跟爸爸出去玩很丟臉一樣，孩子長大了就這個樣子，每當深夜想起，我總是覺得很難過呢。」

月退想了解的是他的事情，您可不可以不要說著說著就陷入自己的灰暗情緒中啊？

「所以……他對劍術以外的事情都沒有興趣？」

璧柔能夠從這串話裡找到這個重點，還適時地找到機會插嘴問問題，算是很了不起了，艾拉桑則在聽了問題後偏頭思考了起來。

「與其說是沒有興趣，不如說最有興趣的事情就是劍術跟提升實力吧？唉唉，年輕人應該要對更多美好的東西感興趣才對啊，我還希望有生之年能見到兒媳婦或是孫子出現，難道真的要到我老了才有可能嗎……」

不，若按照這樣的情況看來，等你老了也不可能啊。這個世界上果然不只我有找不到對象的問題啊，男人只要有個致命的缺點就夠了，我的話是我的嘴巴，矮子的話就是身高了，但……矮子只怕不是找不到對象，是不想找對象才對吧？

「那你知道他對皇帝有什麼想法嗎？」

硃砂完全忽略了艾拉桑前面的自言自語，直接問出他想問的問題。

哇，能這樣單刀直入，你也真不簡單啊，而且對長輩還不敬稱，我該說真不愧是你嗎？

「噢，這個……」

艾拉桑將視線轉移到硃砂身上後，突然僵硬了一下，然後扯開一個小心翼翼的笑容，以謹慎的語氣繼續說話。

「在說這個之前，我可以先請教……兩位的關係嗎？你跟陛下。」

來啦來啦！果然很在意嘛！跟我猜的差不多，沒確認這件事情，您晚上睡也睡不好吧？月退，我就等你怎麼處理這個問題了，臨場應變危機處理是在上位者必須鍛鍊的能力啊。

「回答過的問題沒有必要重新回答一遍。」

硃砂撥撥頭髮，懶得再說一次答案。

「——」

月退正想說點什麼，但還沒想好台詞出聲，艾拉桑就急切地追問了。

「那、那我可以請問你的性別嗎？雖然這好像很冒失無禮，但我真的很想知道答案！」

「現在是男的。」

硃砂總算回答了他，給他的答案也十分精確，只是這個答案太過簡短，艾拉桑顯然難以意會。

「男……的……！真的是男……」

您有必要震驚成這樣嗎？都差點石化啦。我不是要幫硃砂說話，但，既然您也曉得問性別很失禮了，問完還這種反應，不覺得太沒禮貌？

「我現在哪裡看起來不像男的？你有什麼意見嗎？」

硃砂也因為他這樣的反應而口氣不善了起來，但艾拉桑完全沒有感覺到他的不悅。

「我只是……當初……明明聽說陛下有的是未婚妻，不是未婚夫啊……」

喂，這是兩回事好嗎？而且就算硃砂是男的，就算他真的跟月退訂親了，您也不該擅自把月退定位為被娶的那一個呀？

「啊，未婚妻是我啦，不是硃砂，您弄錯了。」

璧柔好心糾正了這個錯誤，艾拉桑這才恍然大悟。

「對喔！當時就聽說是鑽石劍衛了，我怎麼不記得！但那現在到底是？解除婚約？移情別戀？男女通吃？擴充後宮？」

這些猜想也太超過了吧！您到底為什麼那麼關心人家皇帝的感情問題？這是人家的家務事吧？臣子問那麼多都很奇怪了，更何況是臣子的老爸，做人別這麼八卦啦。

「我不想再談論這個話題，可以到此為止嗎？」

硃砂的不悅，艾拉桑沒有感覺，但月退的不高興，艾拉桑立即就注意到了。

「真、真是抱歉，因為太關心，不小心好像有點踰越分寸了……」

他說完這句話就安靜了下來，氣氛頓時有點冷。

這……這忽然冷掉的局面是怎麼回事？為什麼會突然這麼僵啊？誰說個話打破沉默補救一下？你們都不打算開口嗎？該不會只有我覺得這樣很尷尬吧？

「我們要不要回到剛剛的話題啊？伊耶對女王有什麼想法，還沒說到不是嗎？」

怎麼又女王啦！到底少帝要變成女王幾次！幾次！

「咦？女王？剛剛是在講夜止女王嗎？」

艾拉桑對范統的反話詛咒一無所知，所以有點搞不清楚狀況。

「不，他說的是少帝。」

硃砂冷淡地做了澄清。

「可是我剛剛聽見他說女王啊，我應該沒有聽錯吧？」

不要追究那麼多啦！硃砂都跟你說是少帝了，你還糾結於我說的話做什麼！

范統生怕一開口又說出什麼無可挽回的反話，只好緊閉著嘴，於是硃砂又以更冷淡的音調回了一句。

「那肯定是他腦袋與嘴巴無法協調，說錯了。現在問夜止女王的事情做什麼，我們想知道的是伊耶對少帝的看法。」

……不幫我解釋一下就算了，還出言汙衊我，我為什麼會有這樣的同伴啊……月退，你也幫我辯解幾句啊，還是大家都覺得跟外人說明我的語障問題是一件很麻煩的事？

「是這樣嗎？好吧……伊耶對陛下有什麼想法啊？我們很少談到跟陛下有關的話題呢，我也不是很清楚，不過，鬼牌劍衛是他自己主動說要去考的，對於陛下，我想他應該不至於討厭吧……？啊，可是他上次又說是為了我才去考，到底……」

艾拉桑言語之間帶點保留，彷彿他對這件事也不怎麼肯定。

其實您根本不了解您的兒子吧，您可以老實說出來，這樣我們也不必浪費時間問您啦。

「西方城的魔法劍衛是用考的啊？」

硃砂皺了皺眉頭，比較適合回答這個問題的，應該是璧柔跟艾拉桑。月退雖然是皇帝，但他對自己國家的某些基本知識似乎都不太清楚。

「與其說是用考的，不如說是一連串的審核下選出最適任的人才吧，當然，實力的部分幾乎是最重要的一環，每個項目都得和其他競爭者一較高下。如果是正常的情況下，最後選誰還是以皇帝的意見為主，比試的項目皇帝也有權增減或是修改，但之前都是長老專權……大概也不是恩格萊爾作主選的。」

璧柔主動做了說明，艾拉桑居然也跟著點點頭。

「原來是這樣啊，我都不曉得他怎麼考上的呢，聽起來果然不太容易，我兒子果然很優秀，哈哈哈。」

你到底關不關心你兒子！你真的愛他嗎！

「噢，他去考的時候，是上一次戰爭爆發那時，原本的鬼牌劍衛殉職了，因為很缺人，甄選就沒經過那麼多道手續了，當然也沒到直接應徵就可以上的地步，但會想在戰爭期間自願應徵鬼牌劍衛，只能說很有不怕死的勇氣。」

璧柔又補充了這一點。當初那場戰爭，東方城佔了絕對優勢，這種時候擔下鬼牌劍衛的職務，真的是找死。

搞不好矮子很喜歡遊走生死邊緣的快感啊，這也是有可能的吧？

唉，我也有問題想問，但是開口又怕變成反話，到底該不該問？算了，就試試看好了。

「伊耶擔任術法劍衛後，應該會接觸到很多跟皇帝有關的事情啊，這幾年來他都沒跟您聊過工作上的感想或煩惱？」

這次皇帝沒顛倒成女王了耶……但是術法劍衛……術法劍衛到底是什麼？希望他不要再提出質疑……

「這個嘛，說起來真有點尷尬，我長年在外，不常回來，每次寫信回家問伊耶想不想爸爸，要不要我回家，他都回信跟我說『免了』、『要不要回來是你家的事，關我何事，你以為我會在乎？』……所以……我既然沒有回家，當然也就沒跟他碰面，沒什麼機會可以跟他聊聊他對自己的工作有什麼想法……」

你們父子倆是在賭什麼氣！您想回來看兒子就回來啊，寫信問做什麼，管他歡不歡迎，這是誰的家啊！至於矮子究竟是真的不希望您回來還是嘴硬，我就無法判斷了，聽了這種話真是讓人疲憊。

「不然，要是陛下真的想知道的話？我現在去跟他聊聊？」

艾拉桑像是靈光一閃，忽然提出了這樣的建議，從他的表情看來，他顯然覺得這是個好主意。

月退聽了以後神色有點僵硬，似是不曉得該怎麼回應，范統也暗暗搖頭。

我覺得您現在去問他，絕對露餡露很大的，您這個人看起來口風真的不怎麼緊啊，要是被矮子發現我們在探聽他的想法，還利用他老爸，這事情可就複雜了，還是不要做比較好喔。

「沒關係，不用這麼麻煩您，別特地去問了。」

由於認為這麼做很不妥，月退鼓起勇氣拒絕了艾拉桑興致勃勃的提議。

「嗯？去跟兒子聊聊他的心事，算不上什麼麻煩啊，真的一點也不麻煩，不用客氣，如果需要我幫忙盡量開口啊！」

「呃，不，真的不用了……」

艾拉桑似乎是把婉拒當成客氣了，月退一時也不知道該怎麼講清楚。

幸好這個時候，敲門聲響起——前來傳話的女僕帶來了伊耶的消息。

「不好意思，少爺交代——啊，老爺，您在這裡啊？」

女僕在發現艾拉桑後吃了一驚，艾拉桑則擺擺手要她不要在意。

「不必多禮，伊耶他交代什麼？」
「少爺邀客人們共進晚餐，以便商量事情。」
「什麼？我呢？那我呢？沒有邀我嗎？」
艾拉桑急切地問著，女僕頓時面露尷尬。
「少、少爺沒有吩咐到這部分，也許是漏了……」
艾拉桑立即露出了猶如天崩地裂般的表情。
「不管是不是漏了都一樣啊！我的兒子把我排擠在外！長大了就嫌爸爸礙事了，晚餐時間也不會想到爸爸，爸爸我情何以堪啊——」
「噢，都好啦，都好啦——真的。不就是因為爸爸成事不足敗事有餘嗎？不就是因為爸爸太囉唆又煩人，所以談正事的時候最好不要有爸爸出現？您上次一出現就毀了他的決鬥，這次再出現是想毀了他的人生嗎？拜託您有點自覺吧！
「老爺，請不要激動，也請不要去找少爺理論，都是我不好，不該告訴您的……」
艾拉桑的反應讓女僕也慌了，連忙安撫他的情緒——他們好像都忘了旁邊還有四個外人在看。
「可是！這麼嚴重的事情我難道不該跟他溝通？他眼中沒有爸爸了啊！」
「絕對沒有這回事，老爺！」
「他都以行動表示他的想法了！我到底做錯了什麼——」

依照您這種個性……十年來可能做錯過不少事情吧，真虧得矮子寬宏大量原諒您啊。

「怎麼樣都好，請幫我們轉達我們收到消息會如時赴約好嗎？」

月退，你的眼神看起來像是心死了啊！你用這麼正常的音量跟平淡的語氣說話，他們兩個真的有可能聽到嗎？

「好的，我明白了！」

偏偏他們還真的聽到了，女僕緊張地應答後，艾拉桑也意識到附近還有別人的事實。

「真是不好意思，我失態了……我只有在遇到跟兒子有關的事情時才會這樣，平常我還是很正常的，請相信我！」

相不相信您其實也沒什麼差別吧，沒有多大的關係啊，您現在才試圖挽救形象，已經太遲了啦。

「嗯……我能夠明白。」

月退點了點頭，接受了他的解釋，可能是想起了什麼而感同身受。

……你是想到那爾西了嗎？每次只要遇到跟那爾西有關的事情，你就會變得異常恐怖呢，雖然一個是愛一個是恨，但都一樣是在意的情緒，所以可以相提並論吧？

「陛下您也會像我這樣，遇到某個人的事情就格外激動嗎？」

艾拉桑先生，您這種他鄉遇故知的興奮欣喜語調是怎麼回事啊，這很值得高興嗎？我不能理解皇帝的狂熱支持者的想法啦！

「是的，雖然也稱不上是什麼好事情。」

月退露出了苦笑，沒再做進一步的闡述。

「會嗎？我覺得有個心靈寄託挺不錯的啊，如果喪失了這些事物，反而會覺得很空虛呢。」

艾拉桑抓了抓頭，這麼說著，月退則因為狀況不同無法類推而沒接口。

旁觀的范統對這番話無話可說。

人家是恨，您不懂就別亂說啊啊啊！拿憎恨的對象當心靈寄託也太可悲了！誰想要啊！

「啊啊，怎麼辦，到底晚餐我要不要過去，伊耶沒有邀我，自己硬要去的話會被討厭，但不去又好不甘心，怎麼辦怎麼辦……」

艾拉桑只清醒了一陣子，心思就又回到兒子身上去了，大家也不知道該怎麼說他才是。

「您還是別去了吧。」

硃砂擺明了不歡迎他。

「您也可以去問問看伊耶啊？」

璧柔做出了讓女僕的臉色瞬間蒼白的提議，看來這對父子只要見面，就會爆發出可怕的事情。

畢竟伊耶是主人，晚餐也是他邀的，他們沒有權力幫他決定是否要增加一個成員，所以月退只能維持沉默，范統則是因為嘴巴問題，少說少錯，不說不錯。

拖拖拉拉猶豫不決了半天，艾拉桑才離開月退的房間，在他走了以後，大家都有一種莫名的疲憊感。

「總覺得伊耶也很辛苦呢。」

璧柔感嘆了這麼一句，硃砂沒什麼反應，月退卻低下了頭。

「其實會覺得有點羨慕呢。」

此話一出，另外三個人全都看向他。

你剛剛是不是說了什麼很驚人的話？

你有這麼缺乏愛嗎？我們可以給你啊！別這樣！

「月退，寂寞的話可以找我啊。」

硃砂十分大方地表示，月退則立即搖頭解釋。

「不、不是啊！我是說……親情的感覺吧，被親人關心關懷的感覺……我都沒有機會體驗。」

他說著說著便落寞了，這種沉重的話題，實在也讓人不曉得怎麼安慰他。

糟糕……先不說你以後會不會結婚，新生居民能不能生出小孩都還是未知數呢！等會兒再查查暉侍百科裡有沒有……

總之，那你不就不可能擁有血脈相通的親人了嗎？就算新生居民可以生，要是你真的娶了硃砂，那種人妖也不曉得生不生得出來啊！璧柔是根本連生都不可能生啦！

噢不，如果遠親也算的話，你在這個世界上還剩下唯一一個血親……就是那爾西。然後他偏偏是你最大的仇人、殺害你的凶手，你還想殺了他復仇——我，我真的不知道該說什麼好。你的命運實在太坎坷了，這個世界到底為什麼會這個樣子，我真的——想不透啊！

「那種東西有什麼好羨慕的，我從來沒有想要過那種東西。」

硃砂以一種相當不屑的口吻說出這樣的話語，范統瞬間對他啞口無言。

居然是「那種東西」嗎？你是這樣稱呼親人的？我搞不懂你們那個世界！當然我也沒有很想懂！

「……」

月退微微張嘴，愣愣地看向對親人不屑一顧的硃砂，再看向身分是護甲，照理說不會有什麼親人的璧柔，最後才看向范統。

「范統，有父母的感覺怎麼樣？家的感覺……像是什麼樣子呢？」

怎麼你看來看去最後能問的對象只有我嗎……忽然間問我這種問題，還真的不知道怎麼回答耶，因為那對我來說是些很平常、不會去思考的事物啊，家這種東西，你小時候還沒進聖西羅宮時也是有過的吧，還是太小不記得了？

「家的感覺，就是個沒有人在等你出去的地方啊。」

是「有人在等你回去的地方」，謝謝。沒有人在等你出去，到底想表達什麼意思啊。

「晚餐的時間也差不多要到了，我們還是準備準備吧。」

眼前的事情還是比較重要的，於是他們便放下這個話題，為即將到來的晚餐洽談準備去了。

晚上在餐廳入座時，雖然他們沒有遲到，去得也算早了，但抵達現場時看見的仍然是一臉不耐煩的伊耶，以及……他的父親。

從現場的狀況與位子配置，他們就可以瞬間明白，伊耶不耐煩的原因不是他們讓他等了很久，而是因為他們讓他在有個老爸一直在旁碎碎念的情況下等了很久。

「不好意思，等很久了嗎？」

月退覺得自己還是該有點表示，所以語帶歉意地說了一句。

「不會不會！請坐請坐！」

伊耶都還沒開口，艾拉桑就搶著說話了，看他在這裡出現，大家不由得有種「結果還是來了啊」、「啊啊，結果……結果還是來了嘛」的感覺，可能多少帶點疲憊吧。

人都到齊後，晚餐的菜就開始上桌，期間伊耶都沒有開口說任何一句話，餐桌上只有艾拉桑一個人的聲音，內容大概是「這個很好吃伊耶你多吃一點」、「聽說吃這個會長高，你不要挑食啦」、「啊啊，大家吃得開心嗎？如果沒吃飽一定要說喔」之類的東西，不知為何，眾人好像都在正事還沒開始談的狀況下就去掉了一半的精力。

等到用餐完畢，餐具都僕人收走了，伊耶調整了一下用餐時過於端正而僵硬的姿勢，打算開始話題。

「關於協助陛下復位的事情，我做了一點思考，現在告訴你們我屬意的進行步驟。」

也許是艾拉桑在場的關係，伊耶說話時的高傲總算稍微收斂了一些，他以這樣的話語開頭後，便接著說了下去。

「偽帝身邊現在沒有幾個堪用的高手，我們必須搞定的只有奧吉薩、雅梅碟跟偽帝本人，另外再處理掉聖西羅宮的衛兵，這樣而已。」

他說完這部分，月退等人什麼都還沒問，艾拉桑就先開口了。

「咦？伊耶，還有長老呢？」

「父親大人，您的資訊過時了，那些長老早已經中了偽帝的計被囚禁下獄，沒有自由可言，當然也就不構成障礙，您雖然才剛回來，國內的消息多少還是該打聽打聽吧？」

伊耶冷哼了一聲，做出了回答。

矮子，我覺得你還是用那種粗魯的語氣跟你爹說話，我聽得比較順耳啊，現在這種表面恭敬的語氣怎麼聽都句句帶刺……

「那、那種權貴高官才知道的內幕消息，我是要去哪打聽啊？」

您可以跟您兒子打聽啊，這不正好是現成的情報管道嗎？

「我現在可是卸職的魔法劍衛，一樣可以打聽到這些消息。」
「在客人面前，伊耶你要給爸爸一點面子啦！」
「我覺得我已經盡量在做了，父親大人。」
我彷彿可以聽到你磨牙的聲音耶，矮子。
「還有，你要對雅梅碟做什麼？他可是跟你一起長大的好朋友，你不可以把他搞定啊！」
「我就是要把他搞定！死老頭你不要再多嘴了！煩死了！」
講沒幾句就失控是不好的，你這樣前面的苦苦忍耐不就白費了嗎？要忍氣吞聲，就要能忍到最後才對嘛……
「爸爸養你這麼多年，也不過說你幾句你就發脾氣……」
艾拉桑又開始露出哀傷的眼神了，就旁觀者的角度看來，這對父子似乎長年處於無法溝通的情況下，還能相安無事到現在，也真是不容易。
「讓我們討論正事，你可以聽，但不要有意見！」
這應該已經是伊耶最大的讓步了，艾拉桑這才勉為其難地安靜下來，讓他繼續說後續規畫。
「總而言之，以我們的戰力，對方這樣的陣容分配，我們不需要做什麼謀略智取，直接強行突破就行了，另外，能夠先處理的部分就先處理，也就是雅梅碟這部分。」
矮子，你爸爸看起來又很想開口了，你都不讓他說話只怕會憋死他啊。

「你說先處理紅心劍衛……是打算怎麼處理呢？」

月退當然得問問這個問題，伊耶倒也不故作神祕，直接便給了答案。

「把那個頑固的笨蛋約來這裡，勸說不聽的話，就用暴力把他解決，關在我家以免礙事。」

「哦……欸？你這是要利用你們之間的交情拐他來，然後等他發現是陷阱已經一切都來不及，你就這樣把他給做掉，讓他痛悔交友不慎？

「伊耶！爸爸沒有這樣教過你啊！」

艾拉桑終究還是忍不住叫了出來，一副「兒子怎麼在我不知道的時候變得這麼壞」的模樣。

「……不然您覺得該怎麼做？」

伊耶以相當冷淡的聲音詢問艾拉桑的意見，艾拉桑稍微思考了幾秒。

「我們當然是可以約他來泡茶聊天，但是不能勉強他做他不願意做的事情啊！促膝長談勸導他自然是必要的，不過，他要是不合作，我們還是該放他回去吧？」

伊耶看起來有股翻白眼的衝動，雖然如此，他仍耐著性子跟艾拉桑繼續對話下去。

「即使放他走了以後，他可能會危害到陛下？父親大人跟那個笨蛋有這麼投緣，投緣到您不惜讓陛下身陷險境？」

他這番話讓艾拉桑呆了呆，范統則覺得自己這邊的人持續被忽略，明明應該是主要與會人士，卻跟來看戲的一樣。

簡單來說就是叫你那個熱愛少帝的父親在住手先生跟月退之間選一個嘛，這真是個困難的抉擇啊，不過我實在不怎麼關心，都想打呵欠了，呼哈。

「雅、雅梅碟不是那種人啦！我們好好講他還是會聽的！他跟你都認識那麼久了，反正茶喝完了可以再泡，花一整天的時間說服他，我想應該——」

「我覺得還是等他一進來就不由分說直接綑綁丟到地下室直到我們的事情進行完畢比較乾脆。」

一定是聽到那個「一整天」就累了吧？我明白。

「伊耶！你要給你的朋友一個機會啊！」

「我會的，只要您別再囉唆的話。」

這一場仗艾拉桑看來是敗陣了，雅梅碟的下場堪憂。

「宮廷衛兵只是個小問題，剩下的就是奧吉薩跟偽帝了。不必指望說服奧吉薩，他怎麼看都是一副跟偽帝狼狽為奸的樣子，只是，陛下身上的限制，也許可以問問看他有沒有辦法解，所以，還不能殺掉他。」

殺、殺掉嗎？你是以「照理說本來應該殺掉」為前提來考慮的嗎？也是啦，這算篡位謀反了，要是那種古裝劇，可是要誅連九族的重罪，以死刑為前提也是有道理，只是我從來沒碰過這種事情，一時還沒消化完畢吧……

但我又一直鼓吹月退殺那爾西……事情好像也沒有「把憎恨的對象殺掉自己就可以恢復正常」這麼簡單，到底該怎麼說呢？

「偽帝的實力沒有金線三紋，不足為懼，唯一比較麻煩的是天羅炎的部分，他能夠使用天羅炎，這大概是奧吉薩協助他進行的，雖然他大概用不出四弦，卻仍具有威脅性……」

伊耶說到這裡頓了一下，月退則立即接口。

「那爾西交給我處理就好，到時候麻煩你幫我解除三十分鐘的限制。」

他會這麼積極爭取，也在大家的意料之中，儘管他先前曾經想逃避與那爾西面對面，但真正要處理這件事情時，他依然覺得這不是該交給別人去做的事。

對於他的要求，伊耶只點點頭，沒有反對，這種私人恩怨相關的事，他也覺得該給當事者自己處理的機會。

「那麼，等到您的靈魂疲倦恢復後，我們就可以去會會宮裡那個假貨了，靜心修養到那時候吧，這幾天我會先約雅梅碟過來，您要在場嗎？」

唔？月退可以不在場嗎？你這話的意思是，月退如果拒絕露面，你就自己一個人說服住手先生，讓他覺得你空口說白話拿不出證明，這樣也沒關係？還是你認為住手先生已經固執到沒藥救了，月退有沒有出面都一樣說服不了他，所以才這麼問的？

「看你方便，我都無所謂。」

月退剛回答完，璧柔就追加了一個問題。

「這幾天就要找紅心劍衛來？可是你的傷好了嗎？萬一發展成必須動手的局面呢？」
這個問題讓伊耶嗤笑了一聲，他似乎覺得這是無謂的擔心。
「雅梅碟那個笨蛋不過是金線二紋，我就算斷了一隻手也能壓制他，現在的傷根本不礙事，況且，若真的要動手，妳這個同樣金線二紋的鑽石劍衛是擺著好看的嗎？」
「要是他抓你父親當人質？」
硃砂跟雅梅碟並不熟，對方會不會這麼做，他不曉得，他只是提出一個可能性。
「父親大人，雅梅碟來的時候，麻煩您躲在房間裡不要出現。」
伊耶聽完這個問題，立即以十分冷淡的目光掃向艾拉桑，冷冷交代了這麼一句話。
「什麼？我很久沒看到雅梅碟了，想跟他敘敘舊啊！」
「以後多的是機會。不管是說服成功讓他別妨礙我們，還是說服失敗把他綑綁丟去地下室，您都還有很多的時間能夠跟他敘舊。」
「伊耶，不要丟地下室啦！地下室很多灰塵耶！至少也準備一間客房，好好款待……」
「如果談判破裂，他就是我們的俘虜，可不是請來款待的大爺！」
「你對你交情最久的朋友沒必要這麼絕情吧？」
「他那顆豬腦袋早該受點打擊清醒一下了！只要想到他可以為了那個假貨的一句話去跳樓，我就火大！」
「等等！什麼跳樓啊！爸爸我又錯過了什麼嗎？現在的年輕人到底都怎麼回事？」

啊啊……又來了，你們父子倆又忽略掉我們啦，這樣的情況一再上演，真的是可以的嗎？月退，你對此有什麼想法？你還是覺得這種一吵起架眼中就只有彼此的「父子親情」很值得羨慕嗎？

「此外，真正的少帝要復位的事情，看是要掩人耳目還是大張旗鼓過去都可以，看您的意思，反正我們即使正面攻擊也沒有輸的理由，要不要讓他們有心理準備都可以。」

伊耶跟艾拉桑的爭吵又告一段落後，他再度肅起臉孔交代了另一件事情，但月退一時之間看似也無法給出個決定。

如果一定會贏的話，那我們就大張旗鼓把月退風風光光送回去當皇帝啊，那爾西也可以顏面掃地，死不瞑目，這樣不是很好嗎？月退，你猶豫什麼？

「……不用大張旗鼓弄得大家都知道了，我不喜歡這樣。」

月退的態度，看起來是想讓這真假皇帝的風波靜悄悄地過去，最好外人都別得知。

「喂喂，月退，你難道想讓大家以為皇帝沒有換過，一直是同一個人？這樣好嗎？這不就等於他之前做的那些好事大家都會以為是你做的？你這是幫他背白鍋啊！」

范統情不自禁地開口，然後也理所當然地說了反話。

「咦？假皇帝做過什麼好事嗎？」

艾拉桑依舊處於消息不靈通的狀態，不過這也不能怪他，那爾西做過什麼好事，坐在這裡的六個人都沒聽過。

「不是的，這只是范統他……個人語言障礙的問題……」

月退終於忍不住出言幫范統解釋了，只是他這麼一說，艾拉桑又大呼小叫了起來，緊接著便是一場疲憊的對話解說，這場理應認真的晚餐討論，就在說明范統的詛咒中收尾了。

范統的事後補述

唉，吃個飯也會這麼累，到底是怎麼回事呢……

我們對矮子的爸爸又有了更深一層的認識，我也難以評斷這是好事還是壞事。這麼熱心又麻煩的人，我覺得還是保持禮貌距離比較好啊——熟起來萬一他一直跑我們這邊串門子怎麼辦！耳根不得清靜很煩啊！又不能得罪？要是我們也能像矮子那樣對他爹亂吼，那還比較簡單，但我們再怎麼樣還是客人，還是得尊重老爺啊——

繞了半天圈，結果我們要先對付的是住手先生啊……按照這等陣容，我想應該是手到擒來，得來全不費工夫吧？

要是真的演變成闖到地下室的局面，我也樂見其成啦，雖然我跟住手先生沒什麼深仇大恨，不過本著同伴立場，他要是不肯就範，那麼月退的敵人就是我的敵人，誰還管敵人會遭遇什麼樣的對待呢，哈哈哈哈。

儘管晚餐上有點精神疲勞轟炸啦，但這也使得我回去之後很快就入睡了，一夜好眠呢。這算是個意外的收穫，我本來還很擔心今天又夢見暉侍，還好沒有，要是又夢見就糟糕了，逃得了一次逃不了第二次，我可不想真的被他拖入河中回不來，冤魂退散——

如果暉侍可以從此以後都別再出現就好了。別因為聽到我們要去找你弟算帳就突然冒出來啊！我完全不想再見到你！打從在沉月通道遇到你被你託付遺言，我的人生就沒好事啦！

隔天醒來後月退倒是抱怨來找我習字結果發現我已經睡了……說起來最近因為練符咒的操勞，我也比較少教月退寫字，這點可能需要檢討一下，人要面面俱到還真難……

可能是因為鬆懈了一天的關係，過一晚暉侍居然又來了啊啊啊啊啊！不是說好不要再見的嗎！為什麼要一直糾纏不放！

而且他這次還帶了繩子套索來甩幾圈就扔中了我，鎖住我的脖子快樂地拖著我走往河邊——連道具都自備了啊！這會不會太過分！我連生把刀子出來砍斷繩索都做不到，這到底是誰的夢境！

跟暉侍那個沒有良心的傢伙耗了一整夜後，最後我是在慘叫聲中驚醒的……矮子這宅子看起來明明很正常啊，我又沒睡在聖西羅宮那鬼地方，有什麼道理頻頻鬼壓床？

雖然看不到，但不代表沒有，我看還是找個適當的時機作法驅邪好了，我可不想不斷聽暉侍在耳邊說「抓到你囉范統」……什麼抓到我了，是要換我當鬼嗎！都幾歲了少幼稚！別再玩這種遊戲了！你讓我很崩潰！

白天操勞夜裡又不能好好休息，實在讓我身心俱疲，所以……住手先生就交給他們應付了，我要去練我的符咒，你們加油啊，呵哈哈哈……

章之六　永夜

『我已經不知道，我的夜晚何時會止息……』——珞侍

『做你自己覺得正確的事情吧，至少，不要讓自己在未來後悔。』——綾侍

清晨的曙光降臨東方城時，那白爍的光芒總是會讓人難以直視，亮得有種睜不開眼的錯覺。

違侍常常在這樣的時間點醒來，在這許多人仍沉醉夢鄉的早晨。以模糊的視線從床邊找到自己的眼鏡戴上後，接著要開始的，就是他日復一日的日常業務。

即便是在戰爭期間，仍是有政務需要處理的，就算國家將大量的人力投入戰爭，依然必須維持東方城的運行，這是毫無疑問的事情，能夠為女王陛下分憂解勞，他也一向視之為光榮的使命。

除了矽櫻的命令，政務就是第一優先的事情，這是他一直以來告訴自己必須擺放於心中的順位，只是，最近心煩的事情似乎一件接著一件多了起來，讓他難以專注地處理該處理的事，整個人也心浮氣躁，思緒時常中斷。

在這眾多紛亂的事件中，唯一值得慶幸的，是矽櫻似乎振作起來了，終於打破閉鎖房內的

狀態，出面做出新的指示，然而重啟戰爭的指令卻令人不解，無法明白女王的心中究竟在想些什麼。

違侍在收到矽櫻的命令時，從來不做任何質疑，但這次他忍不住進一步詢問了原因，卻也沒得到什麼足夠清楚的答覆。

『落月尚未為他們的無禮付出代價，不是嗎？』

那個時候，矽櫻只以那雙墨色的瞳冷冷地注視他，用結霜般的語氣說出了這樣一句話，對於原先戰爭布告上逼落月少帝交出王血的目的，隻字未提。

確實的，如果目的只是王血，他們不該在此時繼續開戰，西方城表面上的那個少帝沒有王血，有王血的真少帝下落不明，就算打贏了，他們也什麼都得不到。

他從冷酷的女王的態度中看不出任何明確的目的性，彷彿這只是一個情緒化的決定，彷彿她已經不在意任何事情——包含開戰會造成的人命傷亡。

女王的意志便是東方城的立場，無庸置疑，就算人們不知道自己為何而戰，人們還是得戰。

矽櫻出面就只交代了這件事而已，剩下大方向的調度是他和綾侍必須共同處理，音侍本來平常就不管事，即使現在被禁足在神王殿內，還是不管事，至於五侍裡面剩下的另一個人……

違侍又將眼鏡拿了下來，揉了一下額側，疲倦的感覺總伴隨著頭痛升上，這也算是一個老毛病了。

整理完該整理的東西，照顧完該照顧的生物，用清水洗臉以換取清醒後，看看時間也差不多了，他就將昨晚擱在桌上打算今天處理的卷宗捧起，出了居處，前往綾侍閣。

這種事情可以不必親自跑一趟，其實寫張字條將要交代的事情列一列，連同卷宗讓侍僕送去就可以了，之所以自己跑這一趟，自然是有別的目的。

從第四殿走到第五殿，不需要花太多時間，公事有的時候還是當面討論比較清楚……違侍一面拿各種藉口說服自己，試圖當作自己不是為了問別的事情過去的，那只是順帶的罷了……但想來想去還是自欺欺人，儘管他多少年下來都是這麼做的。

綾侍閣的結界模式他算是熟悉，雖然來的次數不算頻繁，但神王殿裡除了矽櫻所在的第六殿，他最常跑的就是第五殿的綾侍閣了，畢竟他的人際關係大概就只有「公務需要去找綾侍商議」這樣而已，也就是說，雖然不多，但和去其他地方找其他人比起來，已經算比較多了。

五侍住的地方，除了粗心大意不考慮各種因素的音侍，大家的結界都會留下可供行走的道路，進去再敲門請對方解開設在門上的結界即可，如果連路都沒有留，就代表對方不想被打擾，這是神王殿默認的基本認知。

走到綾侍閣外面，違侍便清楚看到綾侍留的通道痕跡了，按照可通行的路徑走進去，到了綾侍平常待著的地方，他拍了拍門。

「綾侍，我是違侍，能進去嗎？」

門上的結界無聲消去後，從裡面也傳出了綾侍的聲音。

「進來吧。」

綾侍已經很習慣違侍來找他就是公務了，不過在看見手捧卷宗進來的違侍時，他的唇仍上揚成一個違侍看了覺得礙眼的弧度。

「今天的事情想必很重要，不然你也不會親自跑一趟吧？」

某方面來說，違侍覺得綾侍很惡劣，就好像他笑著說出這句話並不是因為真的他誤以為有什麼很重要的公文，而是看穿他之後刻意拿話來譏諷他。

骨子裡明明就是個性格有點惡劣的男人，卻因為那張臉，笑起來給人的感覺妍麗大過惡質的那部分，所以違侍總覺得他是個表裡不一的妖孽。

就算生了一張女人臉，他還是個男人，長什麼樣子也許不能怪他，但利用長相之便擔任女王的近侍，就不可原諒了——這樣的想法在違侍的腦中轉過不知道有沒有千遍。

儘管如此，他還是得跟他共事，有些事情還是得跟他打聽。

「不過是一些例行的討論罷了，只是當面說清楚比較方便。」

違侍僵著臉，冷淡地做出這樣的辯解。綾侍聞言也沒再說什麼，將自己這邊處理過、覺得需要討論的部分與他交換，兩個人便當場拿對方給的東西看了起來。

「違侍，都已經是戰爭期間，就別再增訂什麼打壓新生居民的條款了，我知道你想杜絕逃兵，但條款修得太過分的話，引起嚴重反彈，可不是鬧著玩的。」

綾侍翻過幾張紙後，便針對已經看到的問題提出建議，違侍則皺眉反駁。

「這是為了確保前線與後勤順利！陛下執意開戰，我們就該讓戰事能夠順利進行——」

「執意嗎？你用了一個很有趣的詞呢。」

「那是——」

由於說出了不妥的話語，違侍一下子青了臉，綾侍也維持著他一貫的作風，順著幫他把話接了下去。

「那是——說溜嘴？」

「不是！只是口誤！」

「是嗎？我還以為你其實不認同開戰的決定呢。」

「我怎麼可能質疑陛下的決定！」

「那麼，要是櫻打算追究珞侍協助敵人的罪責，想以通敵叛國的罪名將他處刑呢？」

儘管知道沒這回事，違侍的臉色還是因為綾侍這簡單的一句話，而變得無比難看。

「……珞侍現在的狀況怎麼樣？」

費了很多力氣，他才硬擠出這句話，綾侍則是一副「要是我沒開個頭給你機會順勢提問，你是不是就死要面子永遠不開口了」的模樣，不輕不重地回答。

「他沒事，櫻沒怎麼罰他，你也知道的。」

不知是心思放在別的事情上而漠不關切，還是有什麼特殊理由，矽櫻的確沒對珞侍阻止綾侍攔截的行為做出什麼明確的處分。只是，珞侍在事發當天那副失魂落魄的樣子，後來又關在珞侍閣裡閉門不出，當然會讓人擔心，偏偏違侍又做不出強硬闖入了解這種事情，所以只能跟比較可能接觸珞侍的人詢問了。

「那他為什麼不出來？身為東方城的王位繼承人，這樣縮在殼子裡逃避，實在是太……」

原本違侍要說的是「太不像話了」，但話到了喉嚨卻又卡住，無法順暢地說出來。

一方面覺得身為王儲，承受比別人大的壓力，拿來要求他的標準比別人高，是正常的，然而一方面又覺得珞侍再怎麼樣還是個小孩子，被以這麼嚴苛的標準看待，似乎太辛苦了點。以前見到珞侍，他都可以很流暢地將教訓的話說出口，直到先前珞侍出了意外，差點就真的闔眼死去，他才驚覺某些事情。

覺得他應該再更加努力，應該再做得更好，卻忽略他已經好久都沒有開心笑過了。

在他仍好好活著的時候，留給他的都只有嚴厲的督促與叮嚀，缺乏直接的關懷與溫情。

事實上他確實已經在十幾歲的年齡就失去了生命，在這之前，他甚至連讚美都鮮少得到。

違侍不知道在想到這些時，那種難受酸楚的感覺是什麼。就像當初看著那個連話都還不太會說的孩子在空曠的房間裡因為生病痛苦而虛弱地啜泣著，卻也沒有任何親近的人在他需要人關心時陪伴他……不該是這樣子的嗎？那麼好不容易人活回來了，是不是有些事情需要改變？

因為沒有人注意到、因為沒有人對他付出，給他他需要的，所以違侍才會去做。

如果都沒有人做的話，至少自己可以做點什麼，即使只是很小很小的事情也好——既然只是很小很小的事情，那麼就是不會太麻煩的事情，不是特地撥出時間，也不是特別勞心勞力的苦差事，只是有空所以順便而已，沒有關係的。

關心東方城的孩子就如同關心東方城的未來，身為一個優秀的政務官，這當然是應該要主動去思考、並且辦到的事。

生病的孩子需要溫暖，就伸手讓他握，摸摸他的頭，不要讓他感覺寂寞。

但他實在已經不知道現在的珞侍需要什麼。

「想罵他就直接到他那裡去罵，違侍。」

綾侍仍然冷靜地置身事外，他明明知道珞侍閣現在被珞侍自己的結界封得死死的，還是可以說出這種話。

封得徹底的結界彷彿也顯現出珞侍的內心，只是，他不能躲在裡面一輩子。

「他的地方結界張成那個樣子……他如果一直不出來，都吃些什麼啊！」

違侍想了半天問出來的居然是飲食方面的問題，綾侍有點無話可說。

「我過去指導他符咒的時候，會順帶給他送吃的過去。」

「你這不是讓他更加不需要出來了嗎？」

「他很快就會出來，因為再過不久我應該也不會過去了。」

違侍一時還有點無法領悟這句話的意思，不過，綾侍也沒接著解釋。

「他不是那麼柔弱的孩子，你想問的已經問完了吧？卷宗的問題還是要解決，麻煩回到公務上，違侍。」

「……用不著你提醒。」

違侍在跟綾侍交談時，常常會下意識地咬牙切齒，他也不是沒發現過，但無論察覺多少次，他都沒有改善的意願。

因為這一定是綾侍太惹人厭的錯，一定是。

❀

很久以前，他記得，那個時候的他還是可以直接推門進去的，他從來都不記得矽櫻居處有門這種東西，或者該說是從來沒意識過。

到了現在，他已經必須在門前守候。有的時候門不開就是不開，不是裡面沒有人，只是對方不想見到他而已。

他逐漸記得門上的紋路，逐漸記得了門的顏色，他其實根本不想記得這些東西，只是空等在門口時，他也只能盯著這扇拒絕著他的門扉，隨著時間的流逝慢慢絕望，然後一點也不明白為什麼事情會變成這個樣子。

連續來這裡等了四天，今天門總算打開了，看見門後出現的那個人影，音侍立即露出欣喜的表情。

「櫻……」

「你一直過來這裡做什麼？回去。你根本沒什麼重要的事情需要向我稟告，不是嗎？」

矽櫻沒有上妝的容顏顯得蒼白，對著他說話時，話語中完全是拒人於千里之外的冷淡。

音侍像是忽然間不知道該回答什麼，就在這樣的對視中，他眼神的神采漸漸黯淡，神情也轉為憂傷。

「難道……我已經只有在受傷的時候，才見得到妳了嗎？」

他突如其來的一句話使得矽櫻的表情出現了幾分動搖，沉默了半晌，才再度開口。

「你到底有什麼事？我不想看到你，有話就快說。」

音侍多少因為那句「我不想看到你」而覺得有點受傷，但他怕矽櫻改變心意又關上門，所以還是乖乖進入主題。

「啊，我只是想問妳，為什麼要開戰？現在那個假的皇帝沒有王血啊，而且，真的少帝應該也會願意，說不定找到人之後協商一下就可以進行王血注入儀式了啊，不用打仗吧……」

他單純想說什麼就說什麼，幾乎忽略了人是他放走的事實。

「王血注入儀式已經無所謂了。我想開戰就開戰，讓我的子民為我討回尊嚴，這有什麼不對？」

矽櫻很快就回答了他，而她的答案讓音侍大吃一驚。

「什麼？怎麼會無所謂？而且，現在這種態勢，也未必會打贏吧？」

「那些都已經無所謂了。什麼王血注入儀式，什麼新生居民原生居民，我厭倦了！」

「咦？為什……」

「我已經厭倦了一成不變的你們，尤其是永遠不變的你！」

當矽櫻這樣看著他，猶如憎惡地說出這樣的話語時，音侍整個人呆滯了。

「這樣的一切……沒有再繼續下去的意義。原生居民、新生居民、沉月……我已經……」

她說著說著，人由激動變得失神，這時音侍終於反應了過來，猛地抓住她的手。

「不要說出這種話！我們、我們雖然一直都是這個樣子，但是我們都陪在妳身邊，就算妳覺得討厭，我也不知道該怎麼改變啊！」

像是怕她又說出什麼自暴自棄的話語般，音侍沒等矽櫻回應，便又急切地說下去。

「你說討厭不曾改變的我們，但我反而希望妳不曾改變。妳需要我們的時候，我們會一直在這裡，這樣子……不可以嗎？」

矽櫻看著他，睜大了眼睛。

音侍總是以這樣直率的眼神看著她。

這是她的劍。說要守護她，永遠永遠陪伴在她身旁的劍。

就只能是她的劍。

「……」

她安靜著沒有說半句話，只覺得腦袋亂成一片，音侍握著她手腕的手因而又緊了些。

「櫻……」

「我知道了。」

甩開他的手後，矽櫻平靜地這麼說。

「如果落月也有停戰的打算，那麼就停戰。我們確實可以等，就等到真正的少帝出面吧，帶我的口諭給綾侍跟違侍。」

得到她的允諾，音侍顯然很開心，俊美的臉上立即就有笑容了，他的情緒喜惡總是如此顯而易見——矽櫻從來不曉得這算不算是一件好事。

「啊，太好了！妳同意就好了！一定沒有問題的，那我先去通知他們了！」

音侍彷彿認為這是個值得慶祝的好結果，在她點頭過後，就歡喜地離去了。

於是矽櫻又重新緊閉門扉，回到了幽暗的室內。

「……是因為你如此希望的。」

低低的呢喃，也不知究竟該說給誰聽。

「是因為你要我活下去……」

她不知道自己曾經產生過多少次放棄一切的念頭，每一次都是因為同一個人而息念。

明明將當初情同姊妹的侍女所生的孩子留了下來，明明決定要將王位過繼出去，要停止這令人厭倦絕望的一切——

但她在戰場上看見珞侍的屍體時反悔了一次，在剛剛又再度反悔。

『吶，矽櫻，我們就這樣子，如同開著永不終止的宴會，不是也挺好？』

『這可是我賜與妳的。是我賜與妳的。妳一輩子也不能忘記，到死都不能忘記——』

少女輕柔的嗓音彷彿又在她的耳邊響起。

已經夠了。

到底應該拿什麼當心靈依靠，來忍受這些？

『妳就試試看啊，試試看如何堅定妳的決心。但我相信妳辦不到的，不正是因為妳如此地想活下去，妳如此地恐懼死亡，現在妳才會站在這裡？』

『其實我不討厭妳唷，櫻。如果沒有妳在，我真不知道會多麼無聊，無聊到發狂也是有可能的呀，其實現在就有一點了對不對？這樣說來，我是不是真應該感謝當初欺騙妳的那個——』

她使力摀住自己的耳朵，再也不想聽下去。

但少女的聲音是記憶裡的回音，即使摀住耳朵，也是沒有幫助的。

『我願如那西沉的月亮，投墜至你身邊……』

『東方城的女王啊，哪一個能跟西方城的人有好的下場？』

『以前那個也是，現在的妳也是，人類總是不斷地重蹈覆轍，一個比一個蠢，也一個又一個，都以為自己能夠掌握一切……』

她想以意志力將腦中不斷響起的魔音壓下去。

然而從以前到現在，從來都沒有成功過。

「我是東方城的女王……」

這是她無論張眼閉目，都不會遺忘的事實。

「我不會示弱……永遠也不會示弱。」

如果可以，她也很希望這種時候，能夠有人陪伴，讓她的心靈穩定安寧。

但她的千幻華什麼都能幫她，唯獨這件事幫不上忙，而她的希克艾斯，她寧願他永遠也不要知道。

❀

「珞侍。」

這幾天進到珞侍閣時，綾侍看見的，常常是少年的背影。

即使成天像在靜坐著想事情，少年漂亮的黑髮依然綁得好好的，沒有因為內心的茫然或自我厭惡就忘記打理自己——這也許是習慣使然吧。

「昨天教你的部分，運用上已經沒有問題了嗎？」

「……嗯。」

珞侍背對著他點了頭，散落在他身周的符紙大概是被開著的窗門外吹進來的風吹散的，而他也沒有收拾的興致。

「那麼，我也沒有什麼可以教你了。」

「嗯。」

珞侍又應了一聲，應該是聽進去了，似也沒感到特別訝異。

「升階的考試想何時進行呢？雖然只是個表面上的程序，但還是要做的。」

綾侍隨口問著，一面將餐點放下，珞侍的回答也很乾脆。

「隨便，請幫我安排吧，謝謝。」

「好。沒事我就先走了，違侍說不能給你帶食物，不然你會一直躲在裡面不出來，所以我之後不給你帶吃的，你自己叫人送餐點來吧。」

綾侍的話語使得珞侍微微一愣，不過沒等他反應過來詢問，對方就已經離去。

被他親自打破的封印，並沒有重新施加上去。

那天他抱著應該受懲的心情去向矽櫻請罪，但矽櫻就只看了他一眼，淡淡說了句「我都曉得了，下去吧」，就不再與他交談，彷彿說明了她對他的失望，連他的說詞都不想聽。

他不知道自己該以什麼樣的立場、什麼樣的態度在神王殿立足。他不知道自己憑什麼掛著這個侍的職稱，他越來越不知道。

有些事即便一開始模糊，最後還是必須肯定出結果的。

瞥了一眼被他放置在案上的鮮紅色流蘇，他的右手隨意抓起地上的一張符紙，法力灌注間，符紙上也亮起咒文的印痕。

而後他朝著窗門敞開的戶外，擲出這道僅屬於他的法力之咒——

范統的事後補述

我雖然不願意這樣想，但我覺得……只要我一天沒幫暉侍完成遺願，他就會一直糾纏我。

這到底是什麼樣的孽緣，我也不予置評了。但是剛拿回記憶，來到西方城時，明明也沒有這樣啊，難道其實我這個人對不熟的傢伙也會有愧疚之心，隨著時間增長，然後就營造出那個向我索債的暉侍？

當然他也不是每天晚上都會出現啦，不過每次出現都很鮮明，而且每次都有新的花招，台詞幾乎都不跳針重複，感覺是個有進展有延續性的夢，這樣很可怕啊！

繼繩索之後，他又拿出了鞭子。

我不得不說……暉侍，你這樣真的讓人很不開心！讓人很不開心啊！

好啦！我知道你也沒有讓我開心的義務，我都知道！你要討好也只會討好你那兩個弟弟，我就是沒有那麼可愛，怎麼樣！這樣一直玩我很有趣嗎！什麼叫做「不會游泳？水池重生那麼多次還沒練會啊？就算如此也不要怕啊，我們有船呢，范統你真是個幽默風趣的人」？這已經不是船不船的問題了，拜託你有點良心，不要一面說著自己擅長劍術，鞭子用得不順手請多包涵，一面以人類不該有的速度跟我比賽百米短跑啊！

人家說夢境都是相反的，我也很希望啦，真的，超級希望的，下次別再生出別的凶器來！

話說回來，為什麼跟我糾纏不休的，都不是美女，而是一些一個比一個奇怪的死男人呢……

我的桃花運姻緣線其實在我不知道的時候已經被神切斷了吧？不是我悲觀，只是目前為止實在是……

然後，今天翻包包的時候，翻到了已經很久沒用的符咒通訊器。

東方城……現在怎麼樣了呢？珞侍現在過得如何呢？

雖然我們已經背離了東方城，現在身在此處，只是有些東西還是無法說切斷就切斷的……

章之七

與你同在的思念

『就算是滿滿的不幸當中，也會有一點好消息，大概就是這種感覺吧？』——璧柔

『真的是好消息嗎？』——硃砂

『呼哈，這種時候是不是要說恭喜老爺、賀喜夫人？』——噗哈哈哈

『夫人在哪裡！你聽誰說的！』——范統

伊耶約雅梅碟到家裡一敘的時間是下午，基於「最近鬼壓床很累」、「我跟住手先生不熟，也不想看到什麼火爆衝突場面」等種種理由，范統仍然照常外出練他的符咒，他覺得回去再聽結果就好了，既然十拿九穩，那麼沒有在場浪費時間的必要。

基於各種原因，他練習的地方也從虛空二區改到了虛空一區，在虛空二區持續與密度過高的魔獸們奮戰了這些日子後，他覺得還是冒著被虛空一區的高等魔獸逮到的風險轉移陣地比較好，事實也證明，虛空一區空曠得多，這種能夠喘口氣好好練習的感覺還是不錯的。

「閃光咒！」

最近范統的進度，練的是閃光咒跟闇影咒，由於他嘴巴會講出反話的特性，如果要修一次灌注兩種符力的使符方式，就只能學顛倒後也有對應符咒的那些，這大大受限了他的學習，也

讓他十分苦惱。

范統對閃光咒有著下意識的排斥，所以練習的時候總是想唸闇影咒，但詛咒的特性就會導致這樣的情況……

「閃光咒！」

「閃光咒！」

「閃光咒……」

不——怎麼練都是閃光咒啊！我應該要在心裡想著閃光咒才對，這樣才會變成闇影咒！我管不住我的腦子啊！

『范統，你好愛練閃光咒喔……』

因為沒有要用劍，目前是拂塵狀態的噗哈哈哈，以睏倦的聲音在范統腦內這麼說。

『我沒有！我才沒有！可惡……為什麼就是有種無法向前邁進的疲憊感啊，我不練了啦！』

范統激動地回了他一句後，索性就在原地坐下，懊惱地放開了他的武器跟符咒，覺得不想再練下去。

「范統，你在鬧什麼脾氣啊？」

見狀，噗哈哈哈變成了人形，一臉困惑地看著他，好像不太明白他為什麼突然這種反應。

『我覺得這種未來沒什麼希望的感覺很悶，雖然一次輸入兩種符力我已經差不多能抓到要訣了，但每次都要考驗喊出來的符咒名稱會是哪一個，這讓人覺得很煩躁啊！不是我要用的這一個，就是相反的那一個，可是功效完全不一樣，搞不好還會嚇到我自己，能使用的符咒也只侷限在有顛倒對應符咒的那些，為什麼會這麼艱難啊！』

范統也知道自己是在發無聊脾氣，但滿腔的鬱悶感還是需要發洩，他也不知道能跟誰說，想來想去似乎也只能對噗哈哈哈開口……雖然，每次跟噗哈哈哈說完話，最後內傷的大概都是他自己。

「不就是因為你的反話詛咒嗎？」

噗哈哈哈一副「這個你不是早就知道了」的表情，范統一時也不知道該怎麼跟他說下去。

……跟噗哈哈哈抱怨應該是對牛彈琴吧，應該是吧，一點也不體貼，一點也不明白我的心情啊，只會越抱怨越鬱悶而已，我有必要這樣找自己麻煩嗎？

『算了，跟你說你也不懂啦……』

范統以精神溝通發了這句話過去，打算結束這個話題，不過噗哈哈哈又皺起了眉頭。

「賭什麼氣啊？要說不說的，你怎麼這麼麻煩。」

我不說了也不行嗎！到底是誰麻煩啊！

『只要詛咒的問題存在，又不能不唸咒使用符咒，我就覺得前途黑暗啦！就這麼簡單！』

「你因為這樣就不想練了？到底什麼時候才能上進一點？」

『……我只是今天不想練而已，以後還是會練的。』

就算不能成為頂尖高手，練到有自保能力還是必要的，雖說他現在已經算得上有自保能力了，但還有精進的空間。

啊啊，難道我真的只能朝劍術方面邁進？我不要一直用暉侍的東西啊！

「其實也不是沒有別的辦法啦……」

聽他這麼說，噗哈哈哈挑了挑眉，口氣微微鬆動。

咦？什麼辦法？

「符咒一般是用符力發動的，符力必須對應符咒，同時與唱名結合才能發揮效果，但是如果混入法力輔助的話，就可以省掉唱名這個手續，混合的比例拿捏得越好，就能做到越多單純符力辦不到的事情。」

噗哈哈哈突然說出的話，顯然是范統無法理解的東西。

『什麼法力？什什什麼東西，我怎麼從來沒聽你說過？』

范統整個只注意到可以不必唸咒這件事，噗哈哈哈白了他一眼。

「法力就是驅動西方城的魔法所需的力量啊。」

原來是這樣！法力……慢著，所以我要為了符咒去學魔法？這是什麼奇怪的現象？而且魔法怎麼學啊？魔法會很好學嗎？如果跟術法一樣擋我在門外，不就……！不要給了我希望又讓我絕望啊！

「你不是有那個什麼誰的記憶跟能力，他好像是西方城的人？他會不會魔法？會的話就拿來用啊，反正只需要法力而已，那個很基礎。」

對喔！暉侍到底會不會西方城的東西？劍術也算是西方城的啊，搞不好他邪咒也會？

范統火速在腦袋裡搜尋起暉侍的記憶。雖說暉侍離開西方城時年紀還小，但有過魔法基礎也是有可能的，懷抱著這樣的希望，他覺得自己既期待又害怕傷害。

沒有？找不到？不——難道真的沒有嗎！我不信！魔法你怎麼可能沒學過，這一定是騙我的！

他覺得彷彿看到暉侍站在自己面前帶著一點歉意也沒有的表情，說出像「唉呀，范統，真是不好意思，要拿我的能力也是有條件的，劍術一開始就開放給你了，知識性的問題也都讓你查詢了，但剩下的要完成我的遺願才能開啟喔，完成一個遺願就能再得到我的一部分能力，你說棒不棒」這樣的話……

……應該不可能有這種條件吧，這麼說來，暉侍用來轉移自己記憶跟能力的方法是什麼，也許我該來了解一下？

「看你的表情，該不會沒學過吧？」

噗哈哈哈在旁觀察著范統的一舉一動，推測出這個結論，也不幸地命中事實。

『噗哈哈哈，要把自己的記憶跟能力過繼給另一個人，用的是什麼方式啊？這是術法或者符咒的範圍嗎？』

簡單來說我就是不死心啦！暉侍你用來轉移記憶跟能力的方法，是屬於西方城的能力吧！我不相信你沒學過魔法！

「那是一種高段的邪咒，連能力也要轉移的話，會崩解自己的肉體，打散自己的魂魄，烙印在對方身上，術法跟符咒辦不到這種事情。」

噗哈哈哈其實也很博學多聞，范統開始思考他在一些冷僻專業的知識上會不會比暉侍大百科還好用。

所以暉侍你明明會高段的邪咒啊！邪咒都會了，沒道理魔法不學吧？啊，你被音侍大人用噬魂之光砍中……難道魔法跟邪咒的能力都因為靈魂受損所以轉移不過來？

不過，烙印在我身上是怎麼回事……所以真的有魂跟著過來了嗎！晚上那個是真的嗎！媽媽！爸爸！我要驅邪！我要收驚！

「你的表情為什麼那麼絕望，沒學過就算了，你不會現在學啊？」

盲點。

對啊，我又不是只能用暉侍學過的東西，我自己學就好了啊啊啊！剛剛也在考慮這個問題，怎麼一想到暉侍就忘記了！那麼現在要做的就是培養出法力……

『噗哈哈哈，你知道法力怎麼培養嗎？』

范統這個問題讓噗哈哈哈又露出了鄙視他的眼神。

「你不會去上課學嗎？」

……叫我跟硃砂一起去上學的意思嗎？用想的就覺得很不開心啊……

「你該不會又要說你不想努力了吧？」

噗哈哈瞧向范統的眼光越來越冷淡了，范統連忙澄清。

『怎麼會！只要有方法我就會去試試看的，你也早點告訴我嘛！』

聽他這麼說，噗哈哈瞪著眼睛沒說什麼，然後很快又轉成睏倦的樣子。

「本拂塵要變回去睡覺了，范統你自生自滅吧。」

他說著，瞬間就轉換回拂塵的型態，看來是呼呼大睡去了。

為什麼是自生自滅啊！至少也說自求多福吧！你有什麼話就直說啊！

范統覺得每次跟噗哈哈說完話，不是氣惱就是無奈。既然現在有了另一個方向，那麼練符的事情也該等法力問題明朗後再繼續，想一想，他便決定提早回去伊耶家。

傳送用的符咒他也有練習，畢竟是個很實用的符咒，手持著噗哈哈，符咒的效能會倍增，從虛空一區直接傳回伊耶家也不是辦不到的事，只要他能準確唸出傳送咒三個字。

怎麼辦？噗哈哈都變回去了，這時候還煩他，要他再變成人一次帶我回去，他應該會不高興吧？

不過傳送咒要是唸錯，會顛倒成輪返咒，由於沒有這個咒，符咒就不會被啟動，頂多只是浪費符紙而已，損失不大。

所以他還是默默丟了好幾張傳送咒，自己把自己送回去了。

這到底是自立自強還是遷就武器，范統也說不上來。

❀

大概是回來得早的關係，在范統踏入會客廳時，廳裡的事情還沒結束。

「不行啦！不能丟地下室啦！伊耶！」

「死老頭你給我讓開！到底誰才是你兒子！你就坦白說他是你在外面偷生的吧！」

哇喔，話題好勁爆，現在是怎麼樣？打昏了也捆綁好了，就等著決定要丟哪啦？

「我、我才沒有在外面偷生呢！雅梅碟他跟你一樣大耶！我哪可能那麼年輕就生小孩！」

再這樣離題下去是好的嗎？我想應該不太妙吧。

「死老頭，你再不讓開是想被一起丟進地下室嗎！」

「伊耶！雅梅碟他又沒有拒絕，你根本沒讓他考慮完就打昏他了啊！」

「我本來就決定只要他有所猶豫就打昏他的！」

還真是嚴格啊，我到底該不該靠近事發現場……算了，還是進去看看好了。

范統抱持著一窺究竟的想法踏入了會客廳，正在爭吵的伊耶跟艾拉桑不知道有沒有注意到他的身影，不過，就算有注意到，只怕也不在意吧。

站在一旁放空的月退倒是留意到他出現了，渙散的目光這才聚焦到他身上，打了聲招呼。

「范統，你回來了啊。」

「是啊，我出去了。」

唉，詛咒真的好煩啊。

「你們倒退得怎麼樣？」

就算我問的是一句廢話也不要這樣好不好，我是要問進行得怎麼樣。

「如你所見。」

月退的聲音帶著疲憊，住在伊耶家的這陣子，他們全體大概都是這樣的感覺。

「陛下！請阻止伊耶對朋友做出這種暴行啊！」

因為憑一己之力似乎難以勸阻兒子，艾拉桑只好求助外援了。

「說到底根本就是因為你沒有遵守約定待在房間裡不要出來！」

伊耶暴怒地指責艾拉桑出來礙事，這時候，月退也說了一句話。

「的確不必關進地下室吧，是朋友的話，還是對他好一點……」

太好了，月退你還是人很好的嘛，這樣至少我不必擔心有朝一日我因為立場不同而被你關地下室之類的？

「就是啊，伊耶，你就放他回去吧，他剛才不是還說家裡收到的食物快過期了要趕快吃掉，你把他關起來，等他回去食物不就爛光了？這樣會覺得很傷心的！」

無論為什麼要放他回去，理由都不該是這個吧！您的同情心可以再更氾濫一點啊！

「與其放他回去，不如現在把你趕出去！」

呃，我相信矮子你氣到極限什麼事情都做得出來，但就算是養父，這麼做可能也不太好吧。

「如果你這麼不想看到我的話，爸爸以後再也不回來就是了……」

您是在委屈個什麼勁啊，我覺得矮子他之所以一頭白髮，搞不好不是天生的，而是被您煩到白的吧？

「——」

伊耶在捏緊拳頭的時候，那種捏關節的聲音都清楚傳出來了。

噢，矮子，你要是有什麼內傷，現在多半也復發啦。

「伊耶，不然，我們先把他叫醒，你先等他做出個結論再說？」

艾拉桑用商議的口氣提出了這個建議，既然他這麼堅持，伊耶也只能退讓一步，臉色難看地答應了。

喂，你們這樣把人家打昏，再決定把人家叫醒，這真的是可行的嗎？這樣真的沒有問題？

因為已經答應了艾拉桑，伊耶便將雅梅碟扶回椅子上，然後十分乾脆地一巴掌打醒他。

你跟硃砂有什麼掛勾！你們這些叫人醒來都是用巴掌的人到底在想什麼！

雅梅碟被甩了這一巴掌後也痛醒了，一醒來就看到伊耶，他有點搞不清楚現在是什麼情況。

「呃……伊耶，我……？」

「你剛剛昏倒了，現在我們可以繼續剛剛的話題。」

伊耶面不改色地回答他這樣的話語，雖說這也是省略後的事實，但范統還是有種無話可說的感覺。

「我昏倒了？我為什麼會昏倒？頭好像有點痛……」

雅梅碟張大眼睛，似乎想釐清事情始末，伊耶則是一句話就打斷了他的疑惑。

「你不幸被年久失修掉下來的吊燈砸中了頭，所以才會昏倒，就這樣。」

年……年久失修掉下來的吊燈？吊燈的確是在住手先生頭上沒錯，可是這謊也太扯了吧！矮子你為什麼可以隨口說出這種不打草稿的謊話啊！

「可是吊燈還在上面……」

雅梅碟顯然也還有點理智，不斷指出疑點。

「你醒來之前我們把它裝回去了，也許還會再掉下來，不過那是你倒楣，不關我的事。」

矮子你這話還能聽嗎！就算裝吊燈真的那麼快好了，住手先生沒有頭破血流又是怎麼回事？你先預告吊燈可能還會再掉下來，是等一下你還有可能再度打昏他的意思嗎！

「吊燈……還是別再掉下來吧。」

月退不由得發表了一下意見，大概是覺得這詭異的局面有點慘不忍睹。

「你們在說什麼謎語啊？」

艾拉桑完全沒有進入狀況。

「您再開口說一句話，吊燈就會掉下來，父親大人。」

伊耶試圖維持良好的教養對艾拉桑露出優雅的微笑，但很可惜的，這個笑容十分扭曲。

為了雅梅碟的人身安全著想，艾拉桑也只能聽話安靜了。

「伊耶，這裡到底發生了什麼事情啊……」

雅梅碟看起來相當無奈，就算伊耶的謊言如此好揭穿，他也沒膽子直接說開來。

但至少他沒有相信這番吊燈說詞，這代表他還沒有笨到無藥可救的地步。

「那個已經不重要了。你現在回答我，你到底要站在哪一邊，你到底選擇怎麼做？」

伊耶煩躁地一揮手，將話題重新拉回了原先的事情上頭。

你……把人打昏的事情，就這樣擅自一筆勾銷了？住手先生你也沒意見？你到底是交了什麼暴君朋友啊？

「我……」

「我先告訴你，你要是想去幫那個假貨，我立即就在這裡做掉你。」

伊耶這次索性把話說開了，連赤裸裸的威脅都說出來，看來是完全不想得到討厭的答覆。

你到底是想知道他真心的答案，還是只要脅迫他別來礙事？他只要拒絕你馬上就是死，多數人會愛惜小命吧——別跟我說真的有那種忠君愛國笨蛋啊，就算有也要搞對對象好嗎！

「我……因為也不知道該怎麼做，所以……我想我應該不會干涉你們的行動，但、但是，你們要把陛——宮裡的那位殺掉嗎？」

雅梅碟得出的結論應該還在伊耶的接受範圍，不過忽然問起這件事，還是讓人覺得他的態度很微妙。

「他叫做那爾西。」

為了避免他們不知道該怎麼稱呼，月退淡淡地補充了這個說明。

「奇怪了，你到現在還無法肯定誰是真的嗎？還是假的追久了也追出感情來啦？」

伊耶冷笑著說話的語氣，帶著滿滿的諷刺，雅梅碟像也不知道該怎麼回答，而愣在那裡。

「伊耶，雅梅碟如果不希望殺他就不要殺嘛……」

艾拉桑小聲地說了一句，伊耶則立刻瞪向他。

「死老頭，你知不知道陛下是怎麼死的？」

伊耶這個突如其來的問題，讓艾拉桑傻了幾秒後爆出驚叫。

「死？什麼死？我會心臟病發作啊！伊耶你不要開玩笑！」

「你看不出來他是新生居民嗎？」

「那、那個不是為了掩人耳目才設置的印記嗎！」

「掩人耳目為什麼設的是夜止的印記？」

「不就是設錯了嗎？」

「……」

伊耶不曉得到底該說他老爸太天真，還是認真相信這番推論，最後他只能轉向當事者求證。

「是這樣嗎？」

「……我確實已經死過了，現在是新生居民。」

還要特地自己強調這種事情，實在令人很無奈，月退現在就很無奈。

「不──！怎麼會死的！是誰殺的啊！」

艾拉桑顯然無法接受、消化這個訊息，月退只能以有點麻木的聲調繼續回答。

「就……那爾西啊。」

一旁的范統看著他，一時也不知道該同情還是感嘆。

太好了，你已經習慣了呢，提到那爾西的時候不會變成充滿怨恨的型態了呢？

習慣這種事情是不是有點悲哀啊？習慣了真的好嗎？

「太過分了，怎麼能……！一定要把他千刀萬剮替陛下討回公道啊！」

艾拉桑的立場忽然間就逆轉了，聽到這樣的消息，雅梅碟似乎也無法再提出放過那爾西的要求，愁眉苦臉地沉默著。

「你到底有什麼理由替那個傢伙講話？你所尊敬的皇帝可是被他暗算了呢？」

伊耶對雅梅碟這種態度還是很不高興，非要問出個理由來。

「本來我只是不覺得他是那麼壞的人……但也許我錯了吧，十分抱歉，陛下。」

這聲「陛下」喊出來，多少也代表了他承認月退的身分，不管他心裡希不希望這是事實。

「我以為你會打死不肯接受呢，死腦筋也有轉得過來的一天？」

伊耶挑了挑眉，問出這個問題，雅梅碟則揉了揉還有點疼的腦袋，一面回答他。

「因為，這麼大的事情，你不可能騙我啊！」

先生！他剛剛就睜眼說瞎話騙你是吊燈打的啊……好吧，那不算是什麼大事，所以小事騙你，大事一樣不會騙你，還是你根本沒察覺他騙了你啊？

「所以你根本還是沒有用自己的腦袋思考嗎……？」

伊耶抽動的臉孔，彷彿是他暴怒的前兆。

「范統，我們先離開這裡好了。」

月退大概終於累到失去耐心了，趕在下一波衝突發生之前就對范統這麼說，然後當機立斷地拉著他離開。

「咦，我們就這樣自己離開不好嗎……」

范統覺得還是該徵求一下在場的人的意見再走比較好，不過月退都已經抓著他出來了，現在考慮這個也已經太遲。

「的確是不太禮貌，但我覺得不想再待下去。」

月退嘆了一口氣，說完也覺得有點不妥。

「我想，我也不習慣有同伴……或者是部下的感覺吧。我不是一個會讓人想追隨的人，我總是自己一個人行動……」

「既然知道大家一起行動不好，那就改一改嘛，自己一個人行動久了就會習慣吧？你以前也是因為沒有人幫你，才會漸漸習慣這種狀態的啊。」

我是叫你跟大家一起行動啦，我知道有部下、支使人做事的感覺，可能會有點彆扭，可是……你就是皇帝啊！你就是理當有一堆手下的皇帝啊！你不習慣這些事情的話該怎麼辦！

「有的時候我會很希望這一切能快點結束。我希望能從這些壓力中解脫，也希望早點剷除掉我內心的陰影……」

「你希望晚一點去殺掉那爾西啊？」

我是說早一點。你對他的恨已經大到不想他多活一天了嗎？

「只要殺掉他，我就不會再有猶豫。」

月退快速且斬釘截鐵地回答了這個問題，接著又抿了抿唇。

「也不會再因此而困擾了。」

困擾？

所謂的困擾是什麼，范統並沒有問，也難以猜測。

雅梅碟沒有被打昏關起來，而是平安回家了，這樣的結果至少是和平的，而月退第二天便對伊耶提出盡早進行的要求，雖然養傷的事急不來，但他們也一改先前慢慢等的態度，開始配合一些治療魔法，甚至是讓伊耶幫月退暫時解除限制，以王血治療了。

原本想等到靈魂疲倦也恢復過來再前往聖西羅宮的，不過，情勢的變化卻使得他們不得不立即採取行動。

「停戰協議。」

帶著新得到的消息回來的伊耶，臉色不太好看。

「夜止忽然改變了主意，又想停戰了……如果停戰實現，軍隊從前線回來，會多出很多麻煩。儘管足以扭轉局面的強者不存在，但實力有一定水準的傢伙多幾個還是可能造成影響，別碰上比較好。」

伊耶的意見他們並不反對，但璧柔還是好奇多問了一句。

「我是沒調查得很清楚啦，可是，軍隊裡的人聚集起來，就有威脅到我們的力量嗎？」

「不是這個問題。」

伊耶看向她的眼神相當冷淡。

「他們是國家的人才，通通殺掉或者重創的話，之後跟夜止之間再有戰爭，仗該怎麼打？」

沒想到他考慮的是這方面的問題，月退睜大眼睛，硃砂點點頭，范統也有點意外。

矮子你不是只會打打殺殺，還會固本啊！這樣說也有道理，自己人自相殘殺完了，元氣大傷，終究是不好的吧？

「這樣的顧慮很實在，減少傷亡也是應該的，盡早行動吧。」

月退做出決定後，大家也沒有異議，伊耶便接著說了下去。

「我會去詢問雅梅碟願不願意幫忙處理宮廷守衛，確定絆住他們的方針，這部分可能需要一兩天的時間，最快三天後就可以進行我們的計畫，你覺得呢？」

伊耶似乎只有在那個煩死人的父親面前會對月退使用敬稱，其他時候都很隨性，不過月退也不在意這一點，他可能反而還覺得被尊稱很不自在。

「那我們就三天後出發吧。」

月退幾乎沒有猶豫就做出確認了，也許就如他所說，他真心希望能加速解決這些事情。處理完有關他過去的一切。

『噗哈哈哈，法力到底該怎麼修啊——』

『本拂塵不知道人類是怎麼修的，吵死了。』

『可是就要開戰了我不方便進西方城去學校聽課啊——』

原本那天回來，范統就想弄清楚魔法的事情了，但只是耽擱了幾天，就忽然爆出三天後要開打的消息，這下子當然更進不得西方城，只差三天而已，出什麼事情他可是無法負責的。

『那你就打完再去，不要吵本拂塵睡覺。』

噗哈哈哈看起來完全沒有教他的意願，這種時候跑去問月退魔法怎麼學，感覺又太沒神經了些。

范統覺得，月退應該需要自己安靜的時間，以面對三天後的事情，光看他沒跑來找他教字就可以知道了。

所以我還是幫不上忙嗎……唉，目前的符咒狀況應該也勉強派得上用場啦，只是清場都交給他們了吧？我跟硃砂應該是去看熱鬧的。

跟硃砂分在同一組，讓范統有種無奈的感覺，雖然這也是沒有辦法的事情，但這種情況要改變，只怕仍需要他更多的努力。

❀

聯絡雅梅碟、布署奪宮事宜都處理完畢後，伊耶便將這些事情通知了月退。

月退一個人坐在宅子外吹風，聽完消息也只點頭致謝，由於沒有別的事情，伊耶自然說完該說的話就自行離開，但走到一半，他又不由得瞥向了某個角落，然後極其不耐地朝那邊走過去。

「父親大人，您到底還要躲在角落裡偷窺人家多久？」

藏在房柱陰影中的艾拉桑因為被伊耶發現而嚇了一跳，結結巴巴地開始解釋。

「不是的，伊耶，我只是……因為明天你們就要去……總之、所以……」

瞧他連一句話都說得斷斷續續，沒有條理，伊耶整個更加不耐煩了起來。

「您就不能光明正大一點嗎！想跟他說話就過去！一個大男人扭扭捏捏的實在很噁心，說過幾次了！」

被自己兒子這樣罵過後，艾拉桑還是一副畏畏縮縮的樣子。

「可是，我擔心你會介意……我覺得你好像很介意，對，你一定會介意……」

「我是要介意什麼！您如果沒勇氣的話，我站在這裡看您過去跟他說話，當作是陪您總行了吧！緊張個什麼勁！要去就快去！明明很想跟他說話不是嗎！」

被伊耶粗魯地推了一把後，艾拉桑又僵了一陣子，這才鼓起勇氣走向月退那邊。

「呃……陛下，您一個人嗎？如果不介意的話，我能不能坐下來跟您聊聊呢？」

因為緊張的關係，艾拉桑感覺自己說出來的話也像是奇怪的搭訕台詞，雖然他很想盡量輕鬆自然些，但在月退帶著疑惑與遲疑的眼神飄過來時，他覺得自己根本連好好講話都很困難。

「好啊，請坐。」

大部分的情況下，月退不太擅長拒絕別人，畢竟也不清楚對方的來意，所以他還是禮貌地邀請對方坐下了。

「您有什麼事情想跟我說嗎？」

等艾拉桑在他身旁坐下，月退便開口詢問，這使得艾拉桑立即進入語無倫次的狀態。

「也也也沒有什麼！其實我已經忘記我本來要講什麼了！總之那個我大概是……嗯……」

再這樣沒用下去，待在後面看的伊耶搞不好會忍不住衝過來揍他。想到這一點，艾拉桑才勉強鎮定下來。

「那個……陛下明天要去皇宮了，希望一切順利，平安歸來，我會在家裡祈禱的。」

這只是很平常的祝福話語，因此月退點了點頭。

「謝謝。」

「應、應該的啦！不是什麼需要道謝的事情，嗯，唔唔……」

艾拉桑每次出現，總是慌慌張張的樣子。月退覺得他看起來還不想走，但似乎又找不到藉口留下，想要努力找出一個話題，卻也不太成功。

他的慌張像是要轉為對自己的懊惱了。月退並不了解他現在是什麼心情，又為什麼一直關注自己，不過難得這次沒有繼續偷窺，而是走到他面前來交談了，他認為，也許還是可以試著了解看看的。

「如果還有什麼想對我說的話，直接告訴我沒有關係，不管是建言、看不過去的地方或者任何想法……」

「咦？不是的，那個……」

艾拉桑先是錯愕，然後轉為欲言又止，過了好久，他才以略帶感傷的神情再度開口。

「大概只是……因為陌生跟生疏，又不知道該怎麼提起一些感覺上莫名其妙的事情吧……我本來一直以為您好好的，卻沒想到您……呃，是不是不要提起比較好？」

他的態度帶著一股小心翼翼的味道，似乎也怕提到月退死亡的事情，會觸碰到他心中的傷口。

「提到這件事，其實已經沒什麼關係了。」

月退平淡的口吻，顯示他已經能稍微控制自己的情緒。

「聽說這件事的時候，我覺得很難過……我很想跟您聊聊，但又不知道能聊什麼……」

他那種帶著矛盾與困擾的表情，讓月退困惑了。

「為什麼呢？」

「因為好像很冒失，很突兀，而且也……不太容易被人接受吧，我是這麼想的。」

從艾拉桑這模糊的說法，月退不太能明白他要表達什麼。

「就將心裡想講的話講出來，沒有關係啊？我不介意聽您聊聊您的事情或者伊耶的事情，您不用擔心考慮這麼多的。」

若只是單純傾聽，月退覺得自己應該沒什麼問題。比起一個人在這裡發呆鑽牛角尖，有人想講些事給他聽的話，或許會好一點。

「真的嗎？您願意聽嗎？我……」

艾拉桑頓了頓，停下來整理了思緒，然後才開始談他心裡的事情。

「幻世的原生居民……要有個小孩是很不容易的事情。雖然我這個爸爸可能當得不太好，但我還是很喜歡那種家庭的感覺，伊耶是個好兒子，我們之間能有父子的緣分，也是一件很值得高興的事。」

如同原本說好的，雖然聽不出他想聊什麼，月退還是靜靜地聽他說下去。

「其實……很久以前，我結過婚，有一個兒子。他是家裡唯一的孩子，我們一直很期待他出生，打從第一次抱起他，我就希望能牽著他的手，直到他長大。」

說到這裡，艾拉桑露出了溫柔的笑容，那想必是很溫暖的回憶。

「記憶裡的他很小一個，很安靜也很可愛，幾乎是不太出聲的，睡覺滾進床底醒來也不哭鬧，常常翻遍了整個家才發現他在哪裡，到了三歲，才會發出一點像是『爸爸』的聲音。」

在提起兒子時，他面上那種柔軟的神情，讓月退微微出神了，而艾拉桑也繼續說了下去。

「他看起來呆呆的，不過我覺得這樣也沒關係，在他長大以前，我都想把他護在懷裡，我只要他健健康康地成長就好，有心事的時候可以跟我說，有煩惱的時候可以跟我討論，遇到解決不了的問題時，讓我幫他一起想辦法……」

艾拉桑那溫和的笑容逐漸收斂了，不過他仍在訴說著過去。

「我可能也只是很懷念那時候可以一回到家就看見自己的兒子，呼喚他的名字，他就會踩著不太穩的步伐跑過來，靦腆笑著撲入我懷中的時光吧。」

他說到這裡就停止了，似乎沒有在說下去的打算。

從這樣聽來，加上後來又領養了伊耶，應該是發生了什麼事情吧。

「那孩子……後來怎麼了呢？」

雖然不曉得這問題能不能問，但月退還是問出口了。

他想，這一定是一件很重要的事情。

「後來……我就再也無法得知他的事情了。」

艾拉桑低下頭這麼回答，但這是個讓人聽不明白的答案。

「咦？」

「……發生在他身上的事情，他過著什麼樣的生活，後來我再也無法得知，我也不能再跟他見面。」

艾拉桑在說這些話的時候，圍繞在他身邊的氛圍是痛苦而悲傷的，然後，他將這段話的最後一段說了出口。

「因為在他四歲的那一年，西方城的皇帝下令讓所有皇室親族的孩子入宮，我的兒子被帶走了以後，就再也沒有被送回來。」

在聽見這段話時，月退一時還無法意識到話語中的意思。

「他們只告訴我，他的天賦才能被選中了，而他即將被培養為天羅炎的主人，成為西方城的少帝，與我再也沒有關係。」

說到這裡，究竟發生過什麼事，也已經十分清楚了。

月退愣愣地看著眼前這個原先只覺得奇怪又陌生——看著這個有著與他一樣的金髮藍眼的……

他的父親。

艾拉桑好不容易將這些話說完，回頭看見月退失神驚愕的表情，骨子裡害怕被排斥的慌亂馬上就又發作了。

「呃啊哈哈哈哈！那個，我說過什麼話都不必在意！什麼事都沒有，當作沒聽過就好了！真是抱歉跟您說了這些莫名其妙的事情我先走一步不打擾您了——」

「等……」

月退還來不及叫住他，他就飛奔出去了——不過，跑到一半就被留在原本的角落板著臉聽完的伊耶揪住，硬是抓著不讓他跑。

「父親大人，話都說出來了不是很好嗎？跑什麼跑？說出口的話還可以不算的？你給我回去面對啊你！白痴老頭！」

盯著伊耶從平靜到憤怒火大的臉孔，艾拉桑乾笑了幾聲，卻打死不敢回頭看月退。

「呃呵、呃呵呵呵，伊耶你還是生氣了啊，你還說你不介意。」

「我早就知道了，要介意早就介意了！你管我介不介意，滾回去面對你兒子！」

「不，不要這樣，爸爸是這麼奇怪的人任誰都很困擾吧，相認不如不認我覺得他一定會這樣想，況且只是單方面的說詞誰會相信……」

「你也知道任誰都會很困擾啊！」

「噢，伊耶你不要這麼直白地表現出對爸爸的厭惡啦，你明知道爸爸會傷心……」

「你要自己走回去還是被我丟一圈用滾的回去？」

「這——」

「什麼都不用說了，我明白了。」

「不！住手！不要把我抓起來投擲！我自己走回去！自己走回去！」

看著自家這不乾不脆的爸爸終於被逼著回頭面對，伊耶雙手交叉在胸前，眉頭一樣皺著，說不上來應該要是什麼感覺。

男子走向了少年，站在他面前說話的樣子看起來還是有點慌張跟笨拙，少年彷彿也不曉得該如何處理這樣的狀況，而顯得手足無措。

兩個笨蛋。真不愧是父子。伊耶不由得在心中做出這樣的評語。

只是在少年握上男子的手，像是在尋找共同的回憶時，黃昏暉色中，他們的笑容看起來卻也讓人心裡暖暖的。

不管是否帶著一絲無可奈何，或者覺得不適合自己，伊耶還是因為這一幕而露出了淡淡的微笑。

奪宮前夜，范統本來以為大家都想靜心休息，沒想到月退卻來找他了。

瞧他那副有點開心又不知該從何說起的樣子，范統實在不明白發生了什麼事情。

現在是怎樣啊？你明天就要去殺那爾西了，現在卻擺出高興又心情複雜的表情，感覺跟你應該要有的心情很不相稱啊！

「范統，我……我有爸爸了。」

月退進來以後，帶著興奮說出來的第一句話，讓范統完全摸不著頭緒。

「什……什麼媽媽？誰？」

「就是……艾拉桑先生。」

啊？

「他認你為養女？」

「不是啦，他是我的親生父親，我也是今天才知道這件事情……」

親生父親。

等、等一下，什麼跟什麼啊，哪裡冒出來的親——這麼說來月退被抓去當皇帝之前的確該有自己的家人沒錯，可是……原來是艾拉桑先生嗎！這——真的是好消息嗎？有那樣的爸爸值得你這麼高興？我怎麼覺得其實有點悲劇啊！

「噢，節哀，那你媽呢？」

我是想說恭喜……雖說節哀其實沒有錯啊！怎麼會這麼糾結，我都要流淚了！

「媽媽……我還沒有問耶，因為太驚訝所以……」

月退這才想起一個正常的家庭好像該有母親這個角色，不過，畢竟他也與正常生活跟正常家庭脫節很久了，范統不怪他。

「聽起來是個壞消息，你總算沒有家了，這樣你就不用羨慕那些沒有家的孩子啦。」

我真想抽自己兩巴掌。月退，我覺得你分享喜悅的事情時，最好不要找我，因為我的嘴巴會讓你很不開心啊……

「嗯嗯，我好高興，雖然明天就要……但我還是好高興。」

月退完全無視范統的反話，自動翻譯的功能似乎開到最高了。

「感覺就好像曾經以為自己一無所有，卻又慢慢得到了一些幸福，然後失而復得了一些重要的事物吧……」

那很好啊，我也為你感到高興，真的。

「范統，我有爸爸了耶。」

「我不知道，你剛剛沒說過。」

「等到這些事情都結束，我一定要介紹你們給他認識……」

「不好、不好，那大有問題。」

於是，雖然是奪宮前夜，卻就這樣在一片平和溫暖的氣氛中度過了。

❀

「還有什麼問題嗎？都準備妥當的話，我們要出發了。」

次日早晨，人都聚集到大廳後，伊耶便問了這麼一句。

雖說判定危險性不高，但也不是可以太過輕忽大意的事情，每個人都是判斷過有自保能力才參與的，如果跟著去還要成為需要人保護的累贅，那不如不要去。

硃砂雖然整體實力不高，不過保身的話，靠靈巧的身法沒有問題，范統雖然看起來不太可靠，但再不濟至少也能依賴劍術突圍，儘管去到聖西羅宮不見得能幫上什麼忙，他們還是不想待在安全的地方等候。

「恩格萊爾，你一定、一定要回來啊，我還有好多話想跟你說，還有好多事情想要了解，千萬不要太勉強自己。」

昨天才認親的這對父子正上演著依依不捨的戲碼，幸好由於彼此之間有十年以上的鴻溝，還沒真正熟絡起來，所以這段依依不捨沒有太久。

「我會的，我想應該不會有什麼意外，請您安心。」

告別完艾拉桑，月退便轉向了他的同伴。

「我們走吧，范統、硃砂、璧柔，還有伊耶……哥哥。」

他是順著同伴們站的位置看過去，一面說話的，喊到伊耶時，有點不自然地停頓了一下，然後忽然補上了一個有點神祕的稱呼，頓時使伊耶成為注目的焦點。

霎時間眾人聽到的不協調聲音，不是伊耶的神經繃斷的聲音，而是他把備用的劍捏爆的音效。

「修正你的稱呼，陛下。」

伊耶那凜冽到有點恐怖的語調，讓大廳的溫度整個下降了好幾度，稱呼人家陛下，卻又使用不容反對的命令句，實在讓人不予置評。

月退略微困擾地看向艾拉桑，好像想尋求他的意見，不過艾拉桑也沒反應過來，所以月退在幾秒鐘的遲疑後，憑著自己的判斷做了改正。

「哥哥？」

修正的方向顯然完全錯誤。

伊耶扭曲的臉孔顯示著他即將爆發，就在四周的僕人們想逃離現場保命時，他將被他的手掌爆出的氣勁瞬間破壞的劍摔到地上，接著便吼了出來。

「叫名字就好！你跟那個死老頭有什麼關係都與我無關！你們！去拿新的劍過來！」

「是、是的！少爺！」

「伊耶，你害羞個什麼勁啊，叫哥哥有什麼不好嗎，你們的爸爸都是我啊……」

「死老頭你閉嘴！送行結束了你可以滾了！」

新的劍還沒送來，伊耶就率先踏出了家門，如同無法忍受這種可怕的溫馨氣氛一般，一刻也不想停留。

「噢，月退，你不只有媽媽，還有姊姊了呢。」

范統以感嘆的語氣說出了被伊耶聽到絕對會被殺的反話。

望著伊耶快步而出的背影，月退想著。
心中的那片烏雲，也許還是有以其他方式化開的一天。
即便不能直接抹消掉，仍舊能以光明蒸散吧？
只是……
「那爾西……」
他輕輕地低語著那個籠罩著他的陰影之名。
就快要見到他了。
環繞著他的感覺，就像是即將下雨的陰天。
明知道是不可能放晴的……卻到了今天，仍舊……

范統的事後補述

月退他終於有親人了，這應該算是好事，那麼暉侍，你晚上可不可以放過我啊？看在難得一見的好消息上，你就暫時別露面行嗎？
這次也太過火啦！一開始夢見米重，我還以為只是個單純的無聊夢罷了，結果米重居然臉皮一撕變成暉侍，什麼鬼啊！

接著暉侍就開始說因為他把力量都給了我，就開始嘗試身無分文給東方城養的無能墮落生活，為此還取了個有米蟲諧音的名字，此後就專心追著綾侍大人跑，被音侍大人踐踏，覺得日子這樣過也挺有意思的，還問我有沒有吃一驚，完全沒想到吧……

我幾乎都要相信啦！不過你應該不會有毛病到這種地步，而且你分明就已經死了！靈魂都打散烙在我身上了，哪可能變成米重啊！

搞不好只是我自己腦袋亂想搞出來的夢……這代表我已經討厭暉侍討厭到把他跟米重連結在一起了嗎？這到底……

總而言之，渾渾噩噩過了這麼久，我們終於要去辦正事了。

雖然說得好像很有一回事，可是，我只是跟去陪同在場的。

唉，月退當初都說了，「要陪我回去」……真正意義上的回去，應該不只是西方城，而是聖西羅宮吧？

要不然，踏進那個凶險的咒怨環境，我還真不太願意——嗯，矮子是原生居民，但是我們只去一下子，不給他施法護身消災解厄應該也沒有關係吧？

那爾西住在裡面那麼久都還沒死了，應該沒有問題啦，哈哈哈哈……

章之八 只因你於我，亦是深纏心中的那片晦澀陰影

『恨是因愛而起的嗎？告訴我，那爾西……』——月退

從進入西方城到踏進聖西羅宮，一切都十分順利。

由於伊耶畢竟已經解職，發布命令顯得有點不那麼名正言順，所以調動宮廷守衛、限制住他們的行動，讓他們暫時不能執行自己的職務，是雅梅碟負責去做的。

雖然嘴巴上嚷嚷著「這樣子好陰險好卑鄙」、「我還是希望光明正大一點」，但雅梅碟還是乖乖去將任務完成了，因此他們抵達聖西羅宮時，只有受到宮門守衛的阻撓——畢竟，他們只是讓雅梅碟將守衛減少到最低，而非全部剔除，某些比較難預先控制的部分，就讓他們自己處理了。

以擊昏代替殺死，闖入防備薄弱的聖西羅宮，幾乎沒有任何問題。行動不需要鬧大，只要在最短的時間內解決一切，悄悄地完成目的，就可以了。一個迅速且確實的勝利——對他們來說，就是最好的結果。

不過，宮內的異常也不是可以那麼簡單瞞過去的，花了一兩天的時間事先布署，想要完全不被察覺，只能祈求運氣好一點，而他們的運氣顯然沒有好到那種地步。

異狀被發覺其實還在能接受的範圍，只要人別逃掉就好了，而根據雅梅碟的回報，那爾西並沒有離開皇宮，那麼計畫就不至於出問題。

雖然他們所謂的計畫，也就只是將人除去，以取回天羅炎及皇帝的位子罷了。問出那爾西人在何處並不難，就算不問，要找到人也很容易，他似乎一如往常地待在書房，於是他們的移動方向便朝著宮殿內部前進。

即便是在這樣嚴肅緊繃的氣氛中，范統還是覺得恍神。

喔喔喔……聖西羅宮裡不乾淨的東西還是一樣濃厚啊，一點也沒有變少，看不到的人真是幸福，不必像我一樣分心害怕……

「那爾西那邊……讓我一個人去。」

行進到一半，月退提出了這樣的要求，先前他也說過類似的話，不過從現在的話看來，他像是連旁觀者都不希望有。

「三十分鐘沒有消息的話，我會去找你。」

伊耶對此沒有任何意見，就如一名單純服從於皇帝的臣子般。隨手將壓制限制的邪咒打入月退體內後，他淡淡地交代了這麼一句話。

「你真的要自己一個人去？」

硃砂皺眉問了一句，這也是范統想問的問題。

是啊，怎麼突然又不用人陪了，你不是因為自己一個人難以面對才一直逃避的嗎？不怕一不小心又失控亂來嗎？

不過要是真的失控，頂多也就是讓那爾西死無全屍而已，附近沒有別人，不會殃及無辜，這麼說來，讓你自己一個人去反而是好的？

「嗯。」

月退一句話也沒有說明，只以點頭表示自己的決定。

那……是要我們跟著矮子的意思？我覺得跟著這個戰鬥狂也挺危險的，可是你都這麼說了……啊！

出現在前方的那個人影，讓他們停下了腳步。

必須處理的敵人當中，奧吉薩便是其中之一，平常幾乎都面無表情的他，此刻臉上也一貫讓人摸不清思緒，不過從他的態度來看，他確實不是為投誠而來的。

「奧吉薩，對於一場沒有勝算的仗，你依然要執迷不悟嗎？」

先開口的人是伊耶，他始終不能明白奧吉薩幫著那爾西的理由是什麼。

「我知道沒有勝算，但我不會因此而臨陣倒戈。」

「倒戈？真正的皇帝在這裡，身為魔法劍衛的你，應該做的『正確的事情』，竟然被你說是倒戈？你也跟雅梅碟那個笨蛋一樣分不清楚誰是真的嗎？」

伊耶冷笑著提出質疑，儘管他這麼說，奧吉薩仍然無所動容。

「從一開始我就知道了。所以，從來都沒有認不認清的問題。」

啊？你一開始就……你這個——

奧吉薩的話剛說完，范統還處在情緒轉換中，月退就搶在伊耶之前語氣森冷地開口了。

「你一開始就知道，卻還是跟在他身邊當幫凶？」

由於月退說了話，奧吉薩的目光也移動到了他身上。

「您的身邊有很多人，但他的身邊，除了我已經沒有任何人了。」

喂！你說這什麼話啊！如果他眾叛親離也是他自己造成的吧，這不構成你對月退不忠的藉口啊！

「那麼你現在來這裡，是要宣戰嗎？」

原先他們說好，先不要殺奧吉薩，說不定解除限制方面他幫得上忙，但是看月退越來越冷的口氣，范統覺得他搞不好會將人斃於當場。

「我只是想請您給他一條生路。」

當奧吉薩說出這句話時，大家都有點意外，不過他這句話卻使得月退身周的氣息更加可怖。

你別再說啦！再說月退又要變成怨鬼了！親情再溫暖都無法把他的黑暗面洗掉啊——！

「這個要求的理由又是什麼？因為現在的我看起來好好的嗎？就算看起來一樣，這仍舊不是我原來的身體啊！因為那個重傷死去的軀體已經被你們處理掉了，就可以當作一切都沒發生過嗎？」

在月退憤怒地說完這些話後，隨即拔出了劍，看樣子是交涉破裂要直接開打了，然而，伊耶卻向前一步，擋住了即將出手的他。

「伊耶，你要做什麼？」

幾乎為憤怒所驅使的月退，因為伊耶這個舉動而感到不解，伊耶則揚起一抹好戰的微笑，同樣抽出了他的劍。

「為您剷除障礙啊，我的皇帝。」

這種時候范統也懶得在心中暗唸他已經解職，總之還是不要說話比較好。

「您應該還有更重要的事情要去做吧？不是什麼事情都需要您親自動手的，站在您面前，擋您的路的，我會通通為您剷除，只剩下二十五分鐘了，您就先過去吧。」

伊耶這一串以月退為尊的話語，彷彿是刻意說給奧吉薩聽的一般。壓制限制的時間寶貴，確實不適合再浪費。

「伊耶，你沒有問題嗎？」

雖然伊耶主動請纓，但月退多少還是會有點不放心。

「我會在二十五分鐘內拿下敵人，前去與您會合的。」

伊耶的狂妄一向源於他的自信，聽他這麼說，月退便接受他的做法，先行離隊朝宮殿那邊過去了。

在月退欲離開的時候，奧吉薩原本想攔阻，但他才一動，身周立即被伊耶瞬間發出的氣勁包圍，封死他所有的去路。

「你的對手在這裡，既然不肯投降，那麼就作為敵人讓我打得盡興些吧！」

他的態度顯示他完全不希望同伴插手，對此大家自然也沒有意見，跟流露出戰意的伊耶搶敵人，就好像跟凶惡的猛獸搶獵物一樣，絕對是不智之舉。

「同樣金線三紋，年紀差那麼多，經驗應該也差很多吧，真的不用幫忙？」

硃砂在後面問著璧柔，像是質疑她不出手是偷懶。

「不用啦，雖然我沒怎麼看過奧吉薩出手，但先前我又打聽了更深入一點的情報。」

璧柔擺出一副大家安心就好的姿態，這麼說著。

「伊耶能夠成為鬼牌劍衛，可不是因為奧吉薩不肯當才當上的啊。」

面對伊耶的主動攻擊，奧吉薩自然也不會束手就擒，范統看著那一片劍光，再看向月退離去的方向，告訴自己別做無謂的擔心。

今天早上卜的卦是好結果，沒事的，一切都會順利的。

我相信我鐵口直斷的功力沒有退化啦！我說沒事就是沒事！快點將聖西羅宮拿下，我們就可以進行驅邪法事了，喔耶！

奔馳在灰白走廊上，腳踩在石質地面的感覺，每一個角落，都有著熟悉又陌生的回憶。耳朵聽見的，只有剩下踏出的步伐帶來的寂音。

隨著一步步逼近那個地方，熟悉的感覺也越見鮮明。原以為沒有視覺便不會留下記憶，豈知真正獨自回來時，卻是連走在這裡時呼吸的空氣，都感到懷念。

他不知道這樣的懷念是好是壞，只是曾經在這裡度過的歲月，已在他的生命留下了不可抹滅的刻痕，明明是不喜歡的，卻仍改變不了那些已經過去的日子，也淡化不了被鎖在這個空間的，心中的陰影。

前往書房的路，在那漫長的十一年間，他到底曾走過幾次呢？

再一次來到這裡，不只是為了取回失去的重要事物，也是為了斬斷他憎恨的源頭。

唯有將惡夢的根源除去，他才能不再繼續折磨自己。

除去他的方法只有一個途徑。

那即是重回現實，與現實的他相見，而非一直閉鎖在有他的夢裡。

書房那扇門扉的後面，有的就是他所尋找著、該去面對的現實。

他的記憶裡不存在自己以手推開這扇門的樣子，而他也無法說明，這些因為沒有視覺而造成的記憶缺失，究竟算不算是一種遺憾。

潛意識裡他不想知道這些對他來說到底是否重要——他已經認定過對自己重要的事物，並毫不懷疑他需要這些，他想這樣就已經夠了，他再也不需要思索別的事物造成的遺憾。

即便那也許是對過去的他來說，十分重要的。

他不曉得自己陷入的是多麼複雜的情緒，只是，只要進去了，看見他，他就會知道的。

他就會知道的。

按在門上的手不自覺地用力，在門打開的那一刻，月退先看到的是隨著門縫擴大的光線，而在他抬起頭後，彷彿有什麼東西豁然開朗，卻不如他所預期的明確。

「恩格萊爾。」

那爾西確實就在這裡。站在那片透光窗戶旁的他，看起來就像是在特意等待他一樣。

他呼喚他的名字時，聲音一如以往。無光的黑暗記憶裡，最為鮮明的就是聲音，他將這個刻劃於他死前記憶的聲音與眼前的人做了連結，然後，也喊出了他的名字。

「那爾西……」

無法壓抑克制住的質變力量，幾乎隨著記憶的串連而整個竄湧出來，他感覺到黑色的氣息由自身溢出，而他眼睛瞧出去的色彩，也不再清晰。

不必照鏡子，月退也可以知道自己現在的模樣。由一邊黑色的眼與一邊白色的瞳建構出來的視覺，由極端的憎恨轉化出來的波紋所造成的扭曲，這是他曾經死亡的證明，這樣的絕望，亦是由面前這個人帶給他的。

來到這裡，走到他的面前，應是有許多話想要親口問他的，只是，那爾西似乎一點也不想給他問問題的機會，直接便持著天羅炎，擺出了應戰的架勢。

「你回到這裡，應該是要我付出代價的吧？那麼就動手，做個了斷。」

天羅炎在他的手上，被層層邪咒束縛著，呈現封印的狀況，由於鎮住了劍的意志，才能為他所用。

月退怔怔地看著天羅炎，再將視線移回他身上。那爾西一向不喜歡回答問題，他不喜歡解釋任何事情，可是，有的事除了問他，月退也不知道能去問誰了。

「你殺了我，可曾想過後果？失去了王血的世界，你想過會是什麼樣子嗎？」

聽了他的問題，那爾西冷冷一笑，像是早就想過他會問什麼事情了。

「我都知道。沒有王血，新生居民的壽命就只剩下十年，所有來到幻世的新生居民，都如同進入慢性死亡。沉月不斷地吸引亡魂與生魂來到這裡，所有的人都被宣判明確的死期，於是幻世終將成為一個邁向死亡的世界，猶如毀滅，整個世界都將充滿了身處絕望中為所欲為的亡靈，這不是很棒嗎？」

他從來沒想到有人會說出這樣的話語，從來沒想到會有人在神智清明的情況下，蓄意讓世界走向毀滅。

「因為暉侍死了，所以就什麼都無所謂了嗎？」

「不是這樣的。」

本以為暉侍是一切的原因，但他卻一口否認了。

月退在急遽憤怒的情緒中，已經不想再去探究原因，他只在橫起劍的同時，問了最後一個問題。

「那麼，你為什麼要殺了珞侍！你明知道他是暉侍重視的弟弟！」

那爾西原先還維持著平靜的臉孔，在聽見這個問題後，瞬間轉為扭曲。

「暉侍重視的弟弟？那就下去陪他啊！暉侍死了，他還活著做什麼！」

當那爾西握著天羅炎啟動了一弦的狀態，朝他揮過來時，月退可以感受到，夾帶在其中的恨意。

那樣的情感似乎是對著他而來的，究竟是為什麼，他到現在仍然無法明白。

「你掌握權力之後盡做這種事情，這樣很愉快嗎？」

不想與天羅炎的音震直接撞上，月退閃避了那爾西的攻擊。

面對著這個他從來不曾了解過的人，他真的不知道該如何想像他的思緒軌跡。

「你不在的這段期間，是我這輩子最開心的一段日子！」

那爾西對他吼出的這句話，不知道真心的成分有多少，月退因為這一瞬間的恍惚而被天羅炎的音波擦過頸側。

痛覺喚回了他的神智，他看著眼前的人，在質變的憎恨掌控他之前，露出了帶著報復性的笑容。

「是嗎？真巧，我也是。」

他看見那爾西的神情出現了變化，而他也放棄了與他交談，將質變的領域擴散了出去，並舉起了他的劍，防禦迎擊。

黑白視界所看出去的一切，都褪去了色彩。

浮動扭曲著的視覺，用以看待他們之間的關係，實是再適合不過吧？

『你再多說一點別的事情呀。你的事情，或者是外面的事情都好。』

『可以啊，你教我一招，我就告訴你一件你沒聽過的事情。』

彼此相似的面容，與過去對練中讓他學習自己的，一招一式。

猶如對鏡一般，如此的相像，卻又完全不一樣。

『那爾西，你為什麼總是這麼沒有耐心……』

『你已經是讓我花費最多耐心的人了，到底有沒有自覺啊？』

衝擊中四散出去的震波，一下子就讓書房內唯一的那張桌子徹底碎裂。

他在這個房間裡不會有什麼視覺殘留的回憶，只因他們是在他失明後才相遇。

『唔……你來了啊？我睡著了，不好意思，總是讓你等……』

『我是你的侍讀，自然只有我等你的份，一直都是如此。』

他對看見的所有景物都沒有感覺。

只是，若他閉上眼睛，他便能立即知道，現在被餘勁掃到而破碎的，是什麼東西。

十一年間他在這個房裡摸著感觸，帶有回憶的一件件事物。

彷彿就要跟眼前這個人一起葬送在這裡。

『所以……你就不要再掙扎了，就這樣快點死去，好不好？』

『你明明看不見我，就這樣睜著眼睛也看不見我，不要好像能夠看見現在的我似的，閉上眼睛讓這一切結束啊！』

『求求你……恩格萊爾……』

他記得所有不應該記得的事情。

在死亡的窒息中，究竟有沒有真的聽見，其實也已經不確定了。

像是無理取鬧一般，哽咽著求他去死的話語……

也許正因為全部都記得，他才會一再地遲疑猶豫。

掐著他脖子的手一直到最後都沒有放開。就算覺得過程難以忍受，他還是扼著他的聲音，直至奪走他的生命。

『傷口很痛嗎？……唉。』

『嘗試讓自己睡著吧，睡一覺醒來就會好一點的。』

『不要再勉強自己了。關心一下自己吧……』

如同可以在每一件物事上憶起自己的身影，那個過去的影子身邊，也一直有另一個人。

正在他面前，持劍與他交戰的這個人。

他可以就這麼戰勝他，了結他的性命，讓他也像那時被他親手殺死的自己一樣，躺在冰冷的地上，逐漸失去溫度。

——然後呢？

失去過視覺的他，善於想像、模擬所有的事物景況。

只是那一個又一個的夢裡，跨越那爾西的屍體，他從來也不曾想見。

「唔……！」

強行驅動天羅炎進行了這段時間的戰鬥，似乎已經是那爾西的極限。

這本來就不是他的武器，驅動光弦所需的氣力與劍體反噬的力量，便足以使他失去戰鬥能力。

在那爾西因為無法繼續揮動武器而停下攻擊退到牆邊時，月退也收勢頓住了。

「……為什麼停下來？」

「天羅炎不是你能用的武器，放手吧。」

「要我放手不是很簡單嗎？最直接的方法，你難道會不知道？」

那爾西尖銳的話語帶著濃濃的諷刺意味。確實的，殺了他，或是卸掉他的手，讓他痛苦

——這就是最簡單的方式。

什麼都不要想，殺死他就好了。

月退伸出了手，憑藉著與武器之間的感應，藉由精神力量呼喚現下被握在那爾西手上的，他的劍。

即便能夠再次逼出光弦，那爾西也是無法打贏他的。

無法拿著他的劍，打贏他。

「啊……」

月退的契約呼喚，促使天羅炎震毀了纏繞劍身的邪咒，一下子難以掌控的局面讓那爾西張大了眼睛——而掙脫束縛、幻化出身影的天羅炎所做的第一件事，便是將所有的屈辱憤恨投注於綻放銀光的掌心，一個回身，銳芒就這麼狠狠貫穿那爾西的胸膛。

什麼都不要想，殺死他就好了。

如果能這麼簡單就好了。

「不要！」

當少女揚手操起的利弦即將再度斬往仇人的軀體時，她的主人猛然喊出這樣一句話，硬生生遏止了她的行動。

朝月退看過來的天羅炎，眼中帶著錯愕與困惑，像是不明白為什麼他不讓她動手，但在看見月退的神情後，她便默默退開，將餘下的事留給月退決定了。

雖然天羅炎的第二道攻擊沒有真正砍到那爾西身上，但夾雜著噬魂之光穿透他胸膛的那一記，便已堪稱致命傷。

倚靠著牆面坐著的那爾西，忍受著撕裂的重傷帶來的疼痛，從傷口破壞軀體的噬魂之光，也使得他的眼神開始渙散。

什麼都不做，他也會死的。不必親手殺了他，不必沾染上他的鮮血，他就會死去。

月退隔著這段距離看著他，一句話也說不出來。

他所能把握的時間不多，所以，他還是移動了步伐，走到了那爾西的身邊。

輕輕地蹲下身子平視他，然後開了口。

「那爾西……我到底做過什麼，讓你恨我如此之深？」

「……你什麼都沒有做。」

那爾西抬起臉孔面向他後，忽然露出了一抹他難以形容的神情。

「為什麼……你什麼都不做？」

那彷彿是一種悲傷與死寂的交融，讓他從這個人的身上，第一次以自己的雙眼看見絕望。

「你應該知道我們要來。為什麼不逃走？」

他對著他問出一個又一個的問題，卻也不知道自己想要得到什麼樣的答案。

不再是由他想像，而是那爾西親口說出來的……

「我一直在這裡等你……等待著適合我的結局。」

那爾西像是想笑一笑，卻笑不出來。

「能夠再見到已經死去的你，能夠看見一切都不同了，就算最後不是由你斬斷這個結……也已經是個沒有遺憾的夢了吧？」

從黑與白的眼睛看出去，不管看什麼，都無法覺得美麗。

黯淡而灰白的色彩，遍布著這個一片凌亂的房間。

想要從破碎的窗戶看見陽光的暖色，卻也只能見得冰冷的蒼白。

回憶裡的一切沒有哪一樣事物被他美化，通通都是最真實的樣子。

他沒有聽見這個聲音對他說對不起，但那其實也不是他想要的東西。

在他劃破自己的手指，將王血催化出來的治療光芒聚合到那爾西身上時，那爾西怔然看著他，看著柔白的光線湧入自己的身軀，彌補著已經被噬魂之力侵蝕的傷處。

「你明明曉得沒有用的……」

「不試試看怎麼知道呢！」

王血的治療功效再神奇，也沒有辦法救回被噬魂之光重創的傷者，使之康復如初——他都曉得。

但是他只能這麼做。就只能這麼做了。

「就算你拿命來抵，也不能算兩不相欠，你不能就這樣死去！」

存在於他身周盪漾著的黑氣，漸漸地被他納入體內，壓抑回去。

「我會原諒你的……」

就著治療的光芒仍在持續的狀態，月退顫抖著擁抱住那爾西。

「即使要花很長很長的時間，我還是會原諒你的……」

少年的眼睛恢復為藍色，在他心中意念的渴望下。

「所以……」

他不知道應該怎麼說下去。

因為擁抱著他，他看不見那爾西的表情，只能聽見他一陣沉默後，輕聲說出的話語。

「恩格萊爾，即使是這樣的我，你也還是想救嗎？」

他本以為自己會找不出話回答，但這個時候，他心裡的念頭卻清晰浮現。

「也許我不只是救你，也是為了救我自己。」

過去不是可以斬斷的東西。不是可以斬斷的東西……

從前他們也曾像現在這麼靠近，儘管如今早已不復從前。

「為什麼……明明是這麼溫暖的光芒，我卻覺得很難過、很痛苦呢……」

那爾西喃喃說著這樣的話，即便想要坦率地接受，似也沒有任何立場。

但是無論如何，這是月退所做出的決定。

他會接受他所做的決定——這是早已和自己約定好的，就算他所預設的結局裡並沒有這一種。

就算過了很長很長的時間他仍無法被原諒，就算他覺得時間不足以讓對方原諒他……

他回擁了抱住他的這名少年，在這個充滿破碎回憶的房間。

如果有什麼東西不能以死亡來終結，那也許就是當下的這種感覺。

『想要當皇帝的話，就告訴我啊。讓給你又有什麼關係，為什麼不告訴我呢？為什麼、要以這種方式……』

『那不是我想要的東西。不是因為皇位，不是因為暉侍，從頭到尾都只是因為……』

他其實很不喜歡回答「為什麼」。從小到大，他已經回答了他太多問題。

取而代之的，他也就很少向人問「為什麼」。

在眼睛因疲憊而閉上之前，他決定不要再去探究原因。
不明白的事情就不明白吧。
強求不來的事情，也就順其自然吧。

（待續）

✣ 自述——天羅炎

如果幻世有什麼如同新生居民般沒有壽命限制的存在，那麼，必定就是被賦予了「靈」的「具」了。

只要本體不遭遇難以承受的損傷，我們的壽命幾乎可說是無窮無盡。

很久很久以前，我曾經是屬於東方城女王的劍。我在那裡待的時間遠比不上在西方城度過的時間，不過，不管是哪一片土地，我都無法產生什麼深厚的感情，武器永遠只忠於自己認可的主人，國家意識、故鄉認知，只是一些無聊且沒有意義的東西。

我奉為宗旨的三件事情，是尊嚴、戰鬥與剛強。視情況妥協違反我的個性，在東方城的女王答應西方城提出的要求，以交換武器作為友好外交的手段時，我對於西方城的皇帝能有幾個有足夠的素質當我的主人，其實也不抱期待。

從前在東方城，我不曾與女王的護甲交流，就算服侍的是同一個主人，武器與護甲是天敵，仍舊是不變的道理，沒有往來的必要。來到西方城後，我的做法依然沒有更改，西方城的法袍無論皇帝如何都認主的行為看在我眼中十分沒有原則，只是，基於沒有主人便無用武餘地的情況下，在堅持了數百年後，我也終於試圖給一些看不上眼的皇帝機會——而我最後也明白了，這是個錯誤的決定。

當年的那一個夜晚，我永遠不會忘記。

伴隨著侍衛驚慌呼喊而來的，是殺戮的氣息。闖入皇宮、渾身帶著血腥的那個黑髮男子，揚手揮出的劍勁散發著武器特有的光輝，從他出手的方式、無死角也無間距的攻擊，我就能看出他不是人類。

他斬殺了所有試圖阻止他、護衛皇宮的侍衛，走到了皇帝所在的大殿，當他那雙赤紅的瞳朝這邊看過來時，我的「主人」幾乎喪失站立的能力，根本沒有面對他的勇氣。

『在哪裡？』

他顯然看得出癱坐在這裡的人是皇帝，從他掌心延伸射出的銀芒削了過來，整個從皇帝身旁掠過，在牆壁上穿透出一個深痕。

『傷害櫻的人，你的弟弟，在哪裡？』

我的主人驚嚇得連話都說不出來，恐懼於瀰漫室內的殺氣。

『拿起你的劍迎戰啊！敵人都殺到皇宮裡來了，你是在做什麼！』

『我辦不到……這種敵人，怎麼可能跟他戰鬥！會死的啊！』

『你這個廢物！你要不戰而降嗎？我可不是讓你擺著好看的裝飾品，你有臉這樣避戰活下去？』

無論我怎麼透過心靈溝通對他咆哮，他仍沒有勇氣拔劍應敵，只顫抖著看著男子將視線轉移到恰好同在此處的弟弟身上，看著對方掌心爆起的毀滅之光掃向他的弟弟，將獵物的靈魂徹底重創破壞。

被憤怒驅使而化為人形的我已經不想再多看主人一眼，我只知道應該消滅入侵者，應該讓對方付出代價——然而我也只在第一瞬間的突襲準確創傷他，他在判斷情勢不利後，立即撤走，我的追擊沒能將他斃於現場，終究仍讓他存活撤離。

從那件事發生之後，我便再也不輕易認主。

沒有資格當我主人的人，到死也不會有資格。

即便他們畏懼我在沒有主人的情況下難以控制，而用邪咒的封印剝奪我的自由，我仍舊不因此而屈服。

我寧願被閉鎖宮中，也不願為無能的皇帝效勞。

憑著皇帝這個身分就想擁有我的力量？這永遠只會是他們的妄想，永遠也休想成真。

彷彿對現狀感到焦慮，在好幾個來接觸我的皇帝被我拒絕後，這一次的皇帝，跟過去那些都不一樣。

現任皇帝召來王室親族的所有孩子，選繼承人的那一天，我也在場，他們似是想測試我的反應，用以決定人選。

這樣的做法雖然讓我反感，我卻也仔細看過了每一個孩子。

那個孩子吸引我的目光，是因為他良好的術法資質。包圍著他的氣氛，洋溢著一種純粹而無垢的感覺，我想，他一定是個很幸福的孩子，一個充滿著愛的溫暖家庭，才能呵護出這樣的小孩。

只要保有這樣的資質，他便能夠輕易地驅策高階術法，他可以讓那些言語無法說明的東西憑藉著想像出現，讓我的武器性能完整發揮。

但我也只有看他一眼而已，什麼都沒有表示。

因為他太過乾淨，一點也不適合沾染殺戮與血腥。他不應該拿起武器跟人浴血奮戰、奪走他人的性命，適合他的地點是明亮的庭園與帶著善意的人們，一個如同童話故事般的世界。

然而過了一個月，被送到我面前的，卻就是這個孩子。

恩格萊爾。

被剝奪了視覺，失去了笑容，而依然安靜乖巧——

安靜得像是隔絕了五感，放棄了自己的一切。

我不會違背我做出的決定，既然我認定他有足夠的天分，我便會認他為主人。事實上我也這麼做了，在交換名字認主後，他握著劍柄的纖瘦手臂試圖將劍拿起來，只是，以四歲的幼小年齡，實在還辦不到這個動作，最後他沮喪地垂頭坐下，將我連同劍鞘抱著，便靠著牆入睡。

這樣不帶目的與心機的交心，就這麼一年兩年地持續了下去。

我們藉由接觸分享每一個夢境裡斑斕的色彩，藉由我的夢與我的視覺，讓他「看見」。彼此之間不存在任何隱瞞的情況下，心神共通的進展飛快，不到三年的時間，他就已經能跟我器化，五年未滿，他便能夠模擬出我的樣子。

這一切不是沒有代價的。而在長老們畏懼他越來越可怕的力量後，就決定讓我們分離，沒有必要的情況下絕不讓我們見面，那之後，我就再難有機會聽取他內心的寂寞。

同樣認他為主的愛菲羅爾，一點也不了解他的事情。

她不常待在宮中，不常陪伴在他身側，偶爾來見他也是為了一些無關緊要的小事，我對這樣的態度感到憤怒，但恩格萊爾總是以溫和的笑容包容著她。

『愛菲羅爾什麼都不知道，就讓她自由吧。』

『對不起，讓妳這樣被鎖在宮中，受我連累……』

我從來不害怕受苦，所以我告訴他，對我來說，這些事情都無所謂。

要是我能時時刻刻待在他身邊就好了。

要是那樣，我也不至於在他被人殺害時，即便心有感應，仍被鎖在房間內，無能為力地嘶叫到契約的魂印因他的死亡而淡去。

我曾經以為，憎恨的本質，在每個人身上都是一樣的。

恨不得將對方千刀萬剮，恨不得親手了結對方的性命，唯有飲盡仇人的鮮血，才能洗刷對方施加在自己身上的侮辱。

我曾經以為應該是這樣的。

殺了我的主人，讓人以邪咒迫使我維持劍形供他使用的那個凶手，我認為殺他千百次也不足以解恨，他理應用生命來贖罪，誰也不需要他的懺悔。

但當我將噬魂之光灌注於掌心，貫穿他的身體時，恩格萊爾的制止與透過心靈聯繫傳達過來的情緒反應，卻讓我驚覺我似乎錯了。

錯的不是我報復的行為，錯的是我沒有去理解他的內心，誤解了他想要的是什麼樣的結果。

從他身上傳遞過來的，因我傷殺那個人而破碎凌亂的思緒，漸漸組織成一種無法忽視的痛，使得我沉默下來。

以武器的思維去揣摩人類的心，也許還是很困難。

儘管我們幾乎知道彼此的全部，我仍舊對結果感到錯愕。

恩格萊爾挽回那個人的性命，彷彿這件事、這一瞬間，比什麼都來得重要。

他的內心流露出來的情感，我只能靜靜地站在一旁體會。

也許他仍像我最初見到他時一樣，不適合殺戮，不適合拿起劍奪取他人生命。

在我漫長的人生裡，他也許也會是我印象最深，服侍最久的主人。

畢竟他已經成為了近乎不滅的新生居民，我所該做的，就是在他需要我的時候成為他的力量。

曾經剛硬的心，是否會因為接觸了人類而變得柔軟？

我的心中沒有答案。至少，這不是現在的我能夠回答的問題。

The End

外篇——蒼白輓歌

少年總是一直想著，
既然未曾得到過，為什麼會有失去的感覺呢？

——日之蔽——

這裡從來沒有光明，從來沒有。

無論是對我、還是對他而言。

沒有什麼事情有注定的終局。那個人是這麼說過的——只是，少年從來不如此認為。

很多事情打從一開始就已經注定好了。像是他必然被帶到這裡，必然被留下，必然年紀輕輕就死去，與必然不被那個人所喜愛。

許許多多的必然，一個扭轉現實的偶然也不會有。

這也許只是少年為了讓自己好過一點，讓自己相信命運無從抵抗的思想。然後他便能麻木地面對一切，平靜迎接所謂早已注定的終局。

然而他預設過那個人不會喜歡他，預設過那個人憎恨著他，卻沒有想過那個人會親手殺了他。

明明早就絕望了，卻還是下意識地掙扎。

明明決定坦然接受自己的死亡，卻還是不願在這裡死去。

像是在死水一般的絕望中激起的不甘，痛恨著無力扭轉事情的自己，渴望活下去。

少年不知道這是為什麼。曾經找到的答案，又再度模糊。
活下去也只是繼續沒有自由的傀儡生活，不是嗎？
活下去，也不會有任何光明與希望。
或許少年可以說，死去就再也見不到那個人了。
但他就算活著，也看不見他，不是嗎？

——夢之未明——

我不曾想過我們的未來。

你的時間就像是靜止的，而我的時間，也在凝視你當中過去。

一如以往地進入室內，一如以往地隨意挑起一本書，坐下來，開始唸。

他名義上是他的侍讀，來到這裡就是要唸書給他聽的。恩格萊爾對他的選書幾乎不會有什麼意見，期間的發問也都基於可有可無的好奇心，彷彿有沒有得到答案都不要緊。

在恩格萊爾睡著的時候，他會靜靜等他自己醒來才開始。他慣於等待，或許也變得善於等待了——儘管他其實並不喜歡等待。

什麼事情也不能做，謂之為等待。

束手旁觀地看著，束手無策地看著。即使不想接觸還是必須看到，即使想做什麼也有限。

因為他只是他的侍讀。

沒有金線三紋的實力，也沒有掌握權力。

「那爾西……」

恩格萊爾的聲音總是十分細微。

每當視線移到他身上，他總會想起自己希望他死去。

起初只是單純的，什麼也不曾了解，便希望他不存在……

「剛才那一段沒聽清楚……可以再唸一次嗎？」

他對他常常發生的恍神也很習慣了，當下問明了段落，便直接重唸，不多說廢話。

這樣唸書與聽書的日常，也許是對他們來說，在聖西羅宮中最平和的一種。

西方城的少帝，是用以保存王血的工具。

這是一個沒有明說，卻毫無疑問的事實。每當需要復活或是治療的對象，透過與長老間的利益交換被送過來時，恩格萊爾唯一需要做的事，就是劃開他的肌膚，滴下珍貴的王血，進行復活或治療的儀式。

不拒絕，也不問任何理由。

他看著他例行救人的機械化動作，一次又一次。

像是活著的義務——而他即使已經這麼聽話，仍舊會有各種小事情不合人意，控制他自由的長老便毫不留情地施以責罰。

從他第一次見到恩格萊爾開始，恩格萊爾就已經是個不會發出哭叫聲的孩子了。

從肢體不由自主抽搐顫抖的情況，可以知道痛覺的神經，肯定正因邪咒的肆虐而狠狠抽動著，但是倒在地上的那個孩子就是不會發出任何聲音，頂多是劇烈的抽氣，或是遭到重擊般的悶哼。

他不知道他為什麼會如此木然，漸漸地才明白，這是在長期無法忍受的痛苦下磨出來的心靈隔離。

因為逃離不了，就只好讓自己無所謂。

當作隔離開來就不會痛，沒有感覺，不管是否汗溼了衣襟、蜷曲著痙攣，只要當作身體不是自己的，就可以騙著自己好過一些。

可是看著恩格萊爾的他辦不到這些。

一次又一次地，看著他承受痛苦折磨。

一次又一次地忍不住照顧他，卻又看他面無表情地說不在乎的時候……

他想著，他不知道該如何對人好，如何去愛人，也許是因為沒有人對他好過。

沒有模仿學習的範本，不知道應該怎麼做。

他也想著，他下意識地去關心恩格萊爾，卻沒有辦法改變他，也許是因為他不知道他需要什麼。

又或許他其實是知道的，只是在一切一點也不單純純粹的情況下，什麼都只能壓抑。

而他仍然希望他不存在，仍然希望他死去。

讓他不必再看他受盡折磨，也不必再看見他那副全然放棄自己的樣子，使他難以呼吸。

他沒有辦法告訴恩格萊爾，每一次看著施加在他身上的刑罰，他都會覺得好痛好痛。

他隔絕不了自己的感官與心靈，折磨人的邪咒與沉重的鎖鍊，就如同上在他的身，讓他產生感同身受的幻覺。

於是他不改初衷地希望他死去，卻早已混淆了最初的原因。

就這麼繼續等待下去，一切也不會變好的。

永遠只能在這個窒息的空間中徘徊沉溺，以等待換取黑暗。

「那爾西，有沒有什麼有趣的事情可以說……？」

每當刑罰結束，臥於床上的恩格萊爾，總是會張著沒有光采的眼睛，向他這樣詢問。

「有啊。按照我們約定好的，我告訴你一件事，你就教我一招，快點好起來就能交換了，你自己看著辦吧。」

在他如此回答後，恩格萊爾便露出了些許遲疑的神情。

「不能先欠著嗎……」

「不能。」

他一向在拒絕人的時候，都拒絕得十分乾脆。

為恩格萊爾說個小故事只是一件小事情，而他會這樣拒絕，也只是希望對方能夠再堅持一點。

不要每一次都放棄得那麼快。不要每一次都放棄。

不要對什麼事情都無所謂……

「好吧。」

但恩格萊爾還是只說了這麼一句，就沒再開口要求了。

覆蓋心靈的絕望究竟從何而來？

他希望他改變，卻又渾然不知方法。

而這樣的一切令人無法忍受。

無法忍受。

——未明之夢——

那個人不需要我。

因為不需要我，是不是也隨時可能離開我？

他的夢裡存在著許許多多他無法擁有的事物。

理當睜開眼睛就能看到的，與他的眼睛同色的藍天。

寬闊而明亮的，自由的空間。

斑爛而鮮艷的色彩，關懷而笑著的臉孔。

夢裡面的他有著健康且健全的身體，夢裡的他可以毫無陰影地露出笑容。

夢裡面，沒有那個人。

只因為夢裡的他不是少帝恩格萊爾，只是一個在正常家庭長大的普通少年，不需要透過別人的協助生活……

不是少帝的他，身邊自然不會有那個人的陪伴。

「……那爾西？」

平常不練劍、不修行邪咒魔法的時候，他總是待在書房裡，漸漸地好像也把書房變成了他的房間。

什麼事也不做，有的時候就會睡著。

而在他醒來的時候，儘管還是會做出睜開眼睛這個動作，但這個動作對他來說沒有意義。即使睜開眼睛也仍置身黑暗。

只是，多年來的習慣讓他知道，自己醒來時，不必確認，那爾西也會在這裡等著。

他聽見對方輕輕嘆了口氣，接著是翻開書本紙頁的聲音。

「從昨天的地方繼續吧，沒有意見的話我就開始了。」

只要那天沒有什麼特殊的事情，那爾西就會來這裡唸書給他聽。

其實不管那爾西唸的是什麼書，他都無所謂，他只是想要聽到他的聲音。

儘管那爾西的聲音平常幾乎都不帶情感，但他還是喜歡他的聲音。

他不知道那是不是一種平靜的感覺，在聽著那爾西的聲音時。

不該去記憶的事情，久而久之就會擱置在記憶的角落，將之忽視得如同忘記。

他的存在價值就是因為被需要著。因為西方城需要他，需要他的王血或是他的實力——至少是因為，暫時還沒有人能取代他。

他必須知道自己被需要著，彷彿這樣才能安心，安心在這裡活下去……在這個地方，佔有小小的一席之地。

他是有用的。或者說，可以被利用的。

儘管長期下來，這些事情似乎也已經無所謂了。知道自己是因為什麼而被需要著，便像是覺得自己除了提供這些用處，再也沒有別的用途。

需要他的一直都是別人，不是他自己。他不需要自己。

內心曾經有的渴望都被深深埋藏。

唯一的渴望就是盡好自己的責任義務——身為被利用的工具，的責任義務。

可是那個唯一不需要他的人，否定他的生存思想。

「你應該再多關心自己一點，不要不在乎自己……」

那爾西對他說的話，不會重複超過三次。

他討厭做沒有用的事情，所以通常說了幾次沒有用，他就不會再說了。

「為什麼……一定要在乎呢？」

他想，他是不能明白。

為什麼那爾西說這些話時，要流露出那樣痛苦的語氣？

現在的生活也沒什麼不好，只不過是沒什麼好而已。

已經習慣了，也不是不能忍受，那麼就不需要改變。

為什麼要關心自己呢？

為什麼……那爾西要叫他關心自己呢？

多數時候，那爾西是會照顧他的，只是他有的時候還是可以感覺到那爾西投注在他身上的恨意。

從一開始，就像是針刺般的敵意，他不會遲鈍到毫無所覺。

只是，時間都已經這樣慢慢過去了。

都已經過這麼久了。至少對他來說是很久的。

有沒有可能，稍微喜歡他一點點呢？

他不明白自己理當形如一片死水的心，如何能生出這樣的期盼。

明明只要頂著少帝的身分，他就不敢相信誰會真心對自己好。

但他還是會不由得去想，只要一點點就好。

只要有一點點喜歡他、一點點就好。

因為那爾西不需要他。如果不需要他，那麼唯有喜歡他，那爾西才可能繼續留在他身邊。

儘管這些事情通常也是長老決定，他們無法作主的……

在他自城牆躍下，準備迎接不遠處的戰場時，器化的要求讓天羅炎的劍身與他的手臂結合，藉由這樣的融合，原本看不見的他，似也產生了模糊的光影視覺。

只有在與天羅炎器化的時候，他能得到短暫的、低度的視覺，無關乎他的眼睛，因此也不受纏眼的布條影響。這樣的視線即使一點也不清晰，卻也彌足珍貴。

三個小時的退敵時間，是一點也不充裕的。然而在這樣緊迫的情況下，他還是很想轉身回望城牆。

他知道那爾西就在那裡。他知道他送他上城牆後，就站在那裡看著，沒有回去。

他從來不曉得那爾西的長相，也不知道他的臉上都是什麼樣的神情，所以他也一直無從想像他的樣貌，不能將他在腦中具擬出來。

想要回頭看他一眼的心情儘管如此強烈，卻還是被畏縮與恐懼蓋過。

他不願意看見那爾西的臉上，有著對他的憎惡。

他沒有辦法面對那樣的可能性。

所以最終他仍是背對著他，去執行守護這個國家的，他應該做的事。

他想著，至少他知道那爾西就在他的背後，正看著他。

即便他無所畏懼，也不需要從心底生出勇氣，但是……當他正抹殺這麼多人的生命時，體認到至少有一個人是他真正想要守護的，那也許可以讓他好過一點。

——心之末語——

這個皇宮並不屬於我。

但當上皇帝的他，卻也不能擁有。

這個月是恩格萊爾第二次發作。

所謂的發作，便是器化後武器銳利的氣息，纏繞在體內破壞身體的過程。

即使天羅炎沒有意思傷害自己的主人，將身體與武器結合，仍會不可避免的受到傷害，特別是操縱這樣高階的武器，殘留下來的破壞力十分驚人，每次使用後累積下來，終將讓恩格萊爾的身體再也負荷不住。

他看著恩格萊爾吐出來的血，看他虛弱地躺在床上，不知道這種事情還要重複多少次。

重複到發作的日期越來越接近，重複到他傷痕累累的身體再也不能治療。

很痛嗎？

這麼愚蠢的問題，他已經不會再問。

劍氣在體內亂竄，那樣的疼痛可想而知。

而且他問了，恩格萊爾也只會跟他說沒有感覺。

若是發作之前恰好治療了長老要他治療的人，那麼發作的時候，他就只能在虛弱的狀態下承受所有的痛苦，直到王血的治療效力恢復，才能在長老許可下為自己療傷。

在能保住恩格萊爾的性命為最低前提的情況下，永遠是別人優先。

維繫幻世命脈的水池……企求保護的西方城居民，與一個又一個，讓恩格萊爾割血救治的人，在他的眼中，慢慢地變成了容忍不了的怪物。

世界就像是寄生在這個少年身上，啃食他的血肉，藉以存續下去。

犧牲恩格萊爾一個人，藉而讓他們獲得幸福。

為什麼，可以這麼做呢？

他沒有辦法諒解這樣的事情，怎麼樣也沒有辦法。在恩格萊爾不在乎地承受，安靜地接納這一切時，刮著他的心的感覺，越來越深，越來越痛。

仰賴著恩格萊爾而得救的人們。

不知道這些事情，在陽光下笑得開心的人們。

不管是原生居民還是新生居民，他覺得通通毀滅也無所謂。

看著靜靜讓他擦去唇邊血絲的恩格萊爾，他內心的黑暗與扭曲，一再蔓延。

他待在這裡，應該是要等待唯一的哥哥回來的。

可是，都已經過這麼久了……已經過這麼久了。久到他幾乎已經不抱任何期盼，久到他也已經不知道是哥哥的存在限制了他的思想，還是他的混亂導致他無所適從。

他想要這個少年死去，現在就死去。

讓他從這不合理的束縛中解脫，讓他根本無法露出笑容的臉孔，真正地、再也無法有任何表情。

而哥哥的存在就像是一個牽制，使他不能將想法付諸實行。

他覺得全世界的人都在利用恩格萊爾，依附著他生存，但他自己又何嘗不是呢？

讓王血斷絕，他自己怎麼樣是無所謂，世界怎麼樣也無所謂，但是，他的哥哥呢？

他說不清楚自己該是在乎，還是不在乎。

他越來越不清楚自己是為了什麼待在這裡的，他只想讓一切結束。

「那爾西……」

有的時候，恩格萊爾會在痛苦中喊他的名字。

多半是不具意義的。

他只是下意識呼喚身邊的人，並不是想跟他說話，或者要他做什麼。

而他確實也什麼都不能做。

這樣看著恩格萊爾，明知道對減緩他身上的疼痛沒有幫助，他還是不由自主地俯身抱住了他。

「嘗試讓自己睡著吧，睡一覺起來就會好一點的……」

他曉得這樣的話是在自欺欺人。

怎麼可能睡得著呢？根本就不可能。

而這樣抱著他，他也發現，儘管他是如此希望少年死去，卻無限恐懼著少年在他不知道的時候悄悄斷氣。

——未語之心——

不只是因為我的身邊只有他。

藏在心裡、連我也不明白的情緒，一定不只是因為這樣子。

他的身體越來越不好，他可能沒有辦法再活多久了——這些他都知道。有限的身體健康的時間裡，他仍然希望能跟那爾西一起度過，他只有這麼一點點的希望，倒也不難達成，那爾西本來就常常陪在他身邊。

他還是持續在教那爾西劍招，雖然因為身體的關係，這樣的機會已經減少了很多，但只要有空他仍然會做，他認為變強應該是那爾西想要的。

從流動的空氣，他可以判斷出那爾西的動作跟位置，然後與之對招。其實動武對他來說已經有點吃力，不過他一向慣於勉強自己，無論是在什麼樣的情況下。

那爾西學習的速度不慢，經由他的演示，那爾西很快就能取得要領，雖然他自己學的時候還是比那爾西快一點，但他也知道，自己的狀況不能拿來跟正常人比。

只是，以背負著邪咒與鎖鏈的虛弱身體，要準確地控劍，可能還是太難了些，偶然間一個恍神，他便感覺到劍尖劃到了對方的肌膚，血的氣味飄散開來。

他的失手誤傷了那爾西。

「那爾西！有沒有怎麼樣？」

一時之間他的驚慌是自己也難以想像的，由於看不見，他無法立即知道自己造成的是什麼樣的傷口，一片黑暗中他腦海轉過無數的可能性，每一個都足以讓他驚慌失措。

「沒事，劃傷手臂而已。」

那爾西的聲音依舊那麼冷靜，的確從劍的觸感來看，不太可能是重傷，他只是過於害怕傷到他，才會把事情想得很嚴重。

到底是在什麼時候，他對他而言變得如此重要？

然而即使他對他而言這麼重要，他還是沒有在驚覺自己誤傷他的當刻，決定以王血為他治療。

思想像是被禁錮住了，讓他在沒有長老允許的情況下，便不敢擅自動用自己的能力。

即便這是他的血，應是以他的自由意志來運用的。

「我回去自己包紮，傷在右手，看來應該不能繼續下去了，先這樣吧。」

他感覺不出那爾西的情緒，只能自己猜想他是否會生氣。

他不想被討厭，無論如何也不想被這個人討厭……

「說了我自己去包紮就好，你跟上來做什麼？」

那爾西停下了腳步，對隔了一段距離跟著的他無奈地這麼說。

說不出不管他要去哪裡，他都想跟他去，也說不出他擔心他的傷口，無論是多輕的傷也一樣。

因為怕被他以嘲諷的語氣問：為什麼？

怕他對他單純投注的情感不屑一顧。

怕他嘲笑他，說他只因身邊只有一個人，就毫無理由地產生依賴。

「只是一道割傷，死不了人的，不必跟上來看了，反正你也看不見。」

那爾西的話語中，依然時而出現對他的惡意。

令讓他覺得自己是被嫌惡著的，卻又不敢確認。

也許本來就該是這樣子吧。

很久以前，他就認定了任何人都無法給他希望……

即使是這個人，也不能。

霸道的劍氣於身體脈絡撕扯的痛楚中，他依然慣於讓自己放空，什麼也不要去感覺。

他想自己是希望死去的，卻又無法如願。

不能死去的理由有很多很多，但真正希望能夠繼續活下去的原因，最為明確的，也許只有一個。

王血不能斷絕，如果他真的快要死了，長老們勢必會選出下一任皇帝，讓他將王血過繼給那個人。

那個人會是誰呢？

有沒有可能……就是那爾西呢？

那爾西如果當上了皇帝，是不是也會像他一般失去自由，失去一切，遭受無邊無際的折磨？

那個時候的事情，已經死去的他當然是不會曉得的，可是他恐懼那些事的成真機率。

再活久一點吧，再撐下去吧。

就算活著沒有開心的事情，活著沒有目標也沒有光明，他仍希冀獨自背負這樣——身為皇帝的罪，不要將這樣的痛移到那個人身上。

不會有人喜歡他也好，不會有人給予他溫暖也好。

這樣的心情不能被理解明白，也好。

——月之碎——

我願以我的手終結這樣的痛苦。

即便代價是萬劫不復的裁決……

事情為何會走到這一步，少年也不知道自己究竟是清清楚楚，還是一片茫然模糊。

少年拿著劍重創了那個與他朝夕相處了十一年的人，掐著他的脖子，將他按倒在地。

一切都如同少年最初想做的，他就要殺掉他了，沒有任何難度，如此地順利。

那麼為什麼他卻聽見自己哭泣哽咽的聲音呢？

少年想著，難的也許不是找到一個下手的時機，或者在動手之後俐落地癱瘓他的戰鬥能力，確保行動不會失敗。

難的是在對方仍舊以細微的力量掙扎的狀況下，支撐著自己的意志，即便再痛苦也不放開掐在他脖子上的手。

這樣對他來說，就是最好的嗎？

少年已經問過自己無數次，最終仍然這麼選擇。

只要他死在這裡，就不再有改變的可能了。

不可能笑，不可能哭，也不可能獲得幸福。

但少年還是親手扼殺了他們之間的所有可能性。

絕望是在漫長的時間中漸漸堆築起的，到了今天，已然沒有希望重燃的餘地。

少年已經無法再去相信。

於是他們終究走向了必然的終局，宛如從一開始就已經決定。

如果他曾經對他說過喜歡，他是不是就不會殺了他呢？
少年永遠也不會知道。

The End

✣人物介紹（噗哈哈哈版）

范統：

據說是本拂塵的主人。雖然理應是很肯定的事情，可是本拂塵實在有許多事情對他頗有微詞，十分不齒，拖把拖把的也不知道叫了多久，絕對不是因為那啥勞什反話的問題，反正他就是把本拂塵當成拖把，不識貨又不上進，明明符咒的天賦不錯卻在練習時間總是用劍，油嘴滑舌還老是利用本拂塵，我絕對是選錯了主人，可是現在也來不及了，只好姑且忍忍……問題是新生居民可以活得長長久久，本拂塵又不能放著他不管讓他給誰滅掉，這樣下去我們恐怕要相處一輩子……我到底為什麼會這樣誤了一生呢，就算范統他好像很關心我，但他也很關心他朋友，說來說去本拂塵跟他朋友地位還不是差不多，有的時候還想把本拂塵賣掉，真是……越想越生氣還不如睡覺。

珞侍：

本拂塵也搞不太清楚他是誰，好像是范統的朋友。說起來本拂塵會跟范統結下孽緣，也是他害的，就是他帶范統去買武器，挑來挑去挑到本拂塵，不喜歡又不說清楚，欺騙本拂塵的感情，贖身費還只給了兩百串錢，我有種被作踐的感覺，本來也沒計較這些，但是發現一切都是一場騙局之後就不是滋味了，這叫做聯合詐欺，共犯！要是再給本拂塵一次機會，本拂塵一定不會同意賣身，躺在那裡積灰塵就積灰塵，只是貪圖有人幫我刷毛洗毛就不要自尊是不對的，哼！

月退：

反正也是范統的朋友。范統那個做人失敗的傢伙也沒幾個朋友，就這兩個而已，本拂塵清清楚楚。總而言之，范統的朋友好像都比他強，雖然本拂塵也不想說范統是高攀還是配不上人家什麼的，不過那也是因為這就是事實不需要重申。因為他感覺很可怕，有的時候對本拂塵有點凶，所以本拂塵不太喜歡他，反正范統那個傢伙的朋友也沒一個好東西啦，有臉有實力就是沒人品。

硃砂：

跟范統走在一起的人，嚴格來說應該不是范統的朋友。其實剛開始本拂塵一直以為是兩個，結果居然是同一個，總之范統的身邊要嘛不是好東西，要嘛很奇怪，公的母的都可以一體共存，本拂塵覺得不太舒服，雖然本拂塵有的時候也有寬大的心胸能包容世界上各個異端的存在，但他把范統貶得比本拂塵貶得還低，所以本拂塵也不怎麼喜歡他。

璧柔：

也是跟范統一路的，不過她不是人，是護甲的樣子。嗯……本拂塵覺得她總是忽視范統，雖說她是那個什麼腿的護甲，忽視主人以外的生物也在情理之中，可是她也常常忽視主人跟希克艾斯打得火熱，本拂塵搞不懂她的標準在哪裡，聽范統說她喜歡一種叫做帥哥的生物，也就是長相英俊的雄性，這樣推論起來，也就是范統不帥到會被忽視的地步，問題是她那個主人還不是照樣被忽視，本拂塵看不出來跟長相到底有什麼關係，況且范統也還可以看啊。

米重：

東方城的一個傢伙，公的。本拂塵搞不清楚他到底是不是范統的朋友，范統看到他臉色就會很難看，可是他們碰上了又很有話聊……如果是我的話，跟討厭的對象是說一句話都嫌多的，就好像范統也不太會跟那個什麼豬的說話嘛，所以他到底為什麼常常跟他聊天呢？即使帶著厭惡的表情也要跟他聊天？范統為什麼這麼難懂？我看不管磨多久，我們還是很難器化吧。

綾侍：

千幻華。因為跟范統的接觸不是很多，本拂塵連他是公是母都搞不太清楚，不過這個也不太重要，只是個不相干的護甲罷了，不管他是甲冑還是法袍都跟范統沒什麼關係……可是范統也還沒有護甲，難保他不會又找個護甲來給本拂塵添心煩，明明有本拂塵就夠了，他根本找不到配得上本拂塵的護甲啊，希望他早日想通這一點，不然本拂塵只好把他找來的護甲都打穿給他看，讓他知道他們不夠力。

音侍：

希克艾斯。嗯——提到他很心情複雜，他好像是唯一曉得本拂塵價值的傢伙，但偏偏又是把范統喜歡的閃亮華麗的劍，本拂塵跟其他武器算是競爭對象，范統又見異思遷，我當然很難對希克艾斯有好印象，就算他對本拂塵和善親切，頻頻示好，本拂塵也不會因為這樣就給他好臉色的，本拂塵又不是那麼好拐的笨蛋。

違侍：

本拂塵——嗯……真的——怎麼樣也想不起來他是誰。雖然范統跟別人聊天的時候好像有提過……到底有沒有提過？本拂塵常常在睡覺，這種范統沒怎麼遇到的人，要產生印象實在很難，至於他是好東西還是壞東西，既然沒印象也就無法評定了——但既然不是范統身邊的人，那搞不好是個正常的好傢伙也不一定。

暉侍：

好像就是范統裡面的那個人。本拂塵無聊又沒在睡覺的時候，也會挖挖他的記憶來看看，范統的記憶要看得經過范統的同意，但死人寄放在范統腦袋裡的記憶就沒有這個問題，所以本拂塵看得心安理得。只是……看這傢伙的記憶，我只能說真是個不知羞恥不要臉的傢伙，總是跟希克艾斯玩些讓人恥於開口的遊戲，自己的親弟弟臉孔記得一片模糊，東方城漂亮的義弟就記得無比清晰，范統已經夠糟糕了還拿到這麼糟糕的人的記憶，本拂塵對范統的未來憂心忡忡……

矽櫻：

聽說是東方城的女王。反正就是那個希克艾斯跟那個千幻華的主人，本拂塵覺得這個也不太重要。她看起來比較像是個重視武器的好主人，拿自家的主人跟別家的主人比，只會氣死而已，還是不要想這個比較好，范統好討厭。

恩格萊爾：

就是范統那個朋友嘛，一個人有兩個名字，整個造成本拂塵很大的困擾，雖然本拂塵也沒在記，還是要抱怨一下。

那爾西：

嗯，范統裡面的那個人的親弟弟，就是那個在他的記憶裡臉孔模糊到我只知道他金毛的傢伙。我覺得那個人跟他弟弟說句對不起也是應該的，要是本拂塵才不原諒他，不過為什麼要范統幫他說啊？莫名其妙。

伊耶：

有資格當本拂塵主人的人。如果真的要挑主人的話，本拂塵覺得還是這種乾脆剛硬又有實力的人比較好，也不會在肚子裡毀謗我，不會像范統那樣虛偽地口蜜腹劍，然後向本拂塵要求一堆烤肉運輸傳送之類的武器根本不該做的事——可是，他好像沒有很關心他的武器，雖然也可能是那把武器不夠好的關係，但這樣還是會讓人有點心寒，反正也不能換主人，本拂塵只是說說罷了。

雅梅碟：

金毛的好多，本拂塵有點分不出誰是誰，不過這個應該是被吊燈砸到的那一個吧，嗯，沒印象……噢，硬要說的話，范統對他的名字反應挺大的，完全不能了解為什麼。

奧吉薩：

本拂塵真的不想努力回憶那麼多無關人士，本拂塵現在想睡覺。

天羅炎：

就是那個什麼腿的劍嘛，反正范統就是喜歡那種看起來威風的武器，而且還比較喜歡母的武器的樣子，范統這個死變態。

焦巴：

一隻可大可小的生物。本拂塵之前在宿舍睡覺的時候，牠有好奇來啄我的柄，很沒禮貌，偏偏又不想變成人教訓牠，總而言之都是范統沒把我帶出門的錯，我都記著。

噗哈哈哈：

好像是本拂塵吧。本拂塵也有點遲疑，因為大家都這麼叫我，可是音其實不太準，有一點偏差，聽起來有點不像本拂塵的名字……是人類口音腔調的問題嗎？反正……發出這個音的時候就是在叫本拂塵就對了，要糾正好麻煩，本拂塵懶得跟這些凡夫俗子計較，本拂塵是偉大又了不起的好拂塵。

艾拉桑：

本拂塵覺得他好吵。為什麼有人可以比范統還要吵？因為這樣，本拂塵好心教范統禁音符，可是范統都不敢對他用，范統這個沒種的膽小鬼，枉費本拂塵一番苦心，總有一天要跟他算帳的，可惡。

破夜

范統的事前記述

大概是因為終於開始做正事的關係，我覺得一切有感覺比較充實、比較有進展了——雖然那些正事，似乎都不是由我負責或者幫忙進行的。

每天找不到目標地修練，實力卻礙於嘴巴問題而難以有顯著提升，那種感覺真的一點也稱不上充實，而且還會有種彷彿喉嚨卡著什麼的不上不下感，所以呢，我們能正式整裝出發，收服了矮子之後搞定住手先生，然後朝聖西羅宮前進，照理說應該是個好的發展。

唯有月退取回了皇帝的身分，我們才能正正當當地在西方城生活，不用像個逃犯一樣躲躲藏藏啊！

擁有合法居民身分是很重要的！要是一直當偷渡客，這種不光明正大的身分也會妨礙交女友與定居啦！

很多人總以為藏有祕密跟不能說的苦衷是一件很有吸引力的事情，但事實上才沒這回事！有一堆事情不能告訴對方，對方只會覺得沒有安全感吧？這世界上沒有那麼多追求刺激感的女人，我相信大家普遍來說比較想安居樂業，找個可靠老實又家世清白的男友，這樣說來，如果我一直是東方城來的通緝犯，不就更難追到女人了嗎！

對啦！光看我來到西方城已經好一陣子，還是沒有跟任何異性交往就知道了！

為了保險，我根本不能出去亂晃，每天除了跑虛空二區，就是虛空一區，我總不能跟個母魔獸交往吧？如果去上學，至少還有跟人認識的機會，可是——就在我決定要培養法力的時候，他們就說要去打皇宮了。

……媽，告訴我，到底怎麼樣才能徵到女友？我已經降低標準好多次了吧，妳當初是如何挑中老爸的？我差老爸差在哪裡？就是這張嘴不行嗎？

再接再厲了這麼多次覺得有點絕望，簡單一點好了，敝姓范，名統，誠徵適婚年齡溫柔女子與我相伴，意者請……

現在的狀況，到底是請洽璧柔府、伊耶府還是聖西羅宮？

算啦，有緣自會碰上的，我還是該認真關心現在的狀況，雖然聖西羅宮的陰沉氣息很妨礙我的專注。

月退自己一個人去找那爾西，不曉得怎麼樣了呢？

我也不知道該不該說加油把他做掉，生怕我說了，暉侍的怨靈晚上又來糾纏我，那可就一點也不有趣了啊……我真的會幫你跟那爾西說對不起的啦，暉侍！一定！我一定會辦到！

只不過是在他的墳前，這樣可以嗎？

不可以也來不及了，現在應該一切都已經結束了吧——啊哈哈哈。

章之一 以和為貴？

『以寬恕代替復仇？哪個仁慈的笨蛋說的？』——硃砂

『就是你想娶回家當老婆的那一個。』——范統

魔法劍衛之間的戰鬥——正常來說，是不太有機會發生的，即使發生，通常也是以友善交流為目的，不會過於激進危險的——但現在顯然是不一樣的狀況。

只要能有跟高手廝殺的機會，伊耶總會覺得渾身的血液因興奮而沸騰，當然，他所希望的廝殺絕不會是點到為止，踩踏高手的屍體成就自己的交手經驗，一向是他最為渴望的事。

沒有留手、以對手或自己的死亡為終止的戰鬥，才是真正的戰鬥。這是他所信奉的準則，雖然很多時候，他都不得不讓步。

眼前這一個也不能殺掉。不過就算如此，能打一場也是好的，即使奧吉薩看起來一點也沒有跟他打下去的意思，他仍以迫人的攻勢，逼得對方沒有機會收手。

一樣身在現場的璧柔，顯然沒有任何插手的意願。硃砂似乎比較想去找月退，卻又礙於月退說過要一個人去而無法跟上，范統則毫無緊張感地打了個呵欠。

坦白說，因為今天起得有點早，現在沒做事又沒有刺激的事情，范統就覺得有點想睡了，

只是，當他閉上眼睛想小小瞇一下時，噗哈哈哈的聲音便在他腦中響起。

『范統！你上進一點好不好！人家都在你面前打給你看了，你應該好好認真觀摩一下，增長經驗啊！』

他家的拂塵老是在生氣，范統早就已經習慣了，現在他會產生的感覺，頂多是驚訝噗哈哈哈為什麼沒在睡覺而已。

『你不是也常常睡覺打瞌睡，為什麼我就不行……』

『那是本拂塵已經沒有什麼可以學的，早已功成圓滿，才有資本睡覺好不好，范統你才多少斤兩就妄想比擬本拂塵，沒長眼睛又死不要臉。』

噗哈哈哈每次罵人都罵得很難聽，這點……范統也習慣了，但他還是不由得在心裡反駁。

明明還有很多可以學的啊，像是人情世故、煮飯燒菜之類的，根本是你自己太懶散吧，要是你什麼都學會了，變成家事萬能的拂塵，該有多好？那我出門在外都不用愁啦……雖然你也未必肯幫我做牛做馬到這種地步。

『反正你應該研究人家是怎麼打的啦！就算在本拂塵眼中，他們也沒什麼了不起，但范統你又更低水準，所以研究研究也有幫助嘛，你再偷懶本拂塵都看不下去了。』

你看不下去的話，可以睡覺啊……平時不都是在睡覺的嗎，為什麼現在特別有精神盯我啊？

人在想睡的時候，還要被迫打起精神凝神注視打得讓人眼花撩亂的戰鬥，實在是一件很痛苦的事情，不過，畢竟自家拂塵都開金口了，再執意打瞌睡不給面子的話，噗哈哈哈真的鬧起脾氣來，傷腦筋的也是自己——因此，范統只好揉揉眼睛，試圖認真研究伊耶與奧吉薩之間的打鬥。

伊耶整個人一向給人一種極端凌厲的銳利感，出劍戰鬥時的氣勢也是鋒芒畢露，絲毫不收斂掩飾的，相較之下，奧吉薩的劍則顯得沉穩而縝密，宛如密不透風的網，架起一道穩妥的防線。

只是在對付伊耶凶猛的攻擊時，純粹的防禦是不夠的，再厚實的守招也扛不住連續不斷的強斬，不找機會攻擊，便唯有潰敗一途，而在如此頻繁快速的交手下，他也難以找到機會反制，這讓他皺起了眉頭。

「伊耶，停手，我沒有與你交戰的意思。」

「你不是已經說明了你是敵非友的態度？那麼我們自然有十分充足的交戰理由。」

伊耶一副一點也不想停手的樣子，范統也不知道該不該為他鼓掌叫好。

對對對，不要給壞人說話的機會，做得非常好，不曉得月退能不能也做得這麼好？

「我打不過你，這場戰鬥沒有任何意義。」

奧吉薩十分冷靜地理性分析，同時也沒有停下招架的動作，以免說個話身上就多個大窟窿。

「當然有意義，拿出你的能耐求生啊，我可是不會收劍的，不想被斬殺的話就讓我盡興，你以為舉起雙手投降就可以逃過一劫嗎？我要是砍了你一條手臂，你也是不會死的，那麼陛下會不會滴血為你療傷呢？」

伊耶擺明了就是要以纏鬥來度過這二十五分鐘，完全沒有交涉談判的餘地。

范統根本不能明白為什麼會有人這麼喜歡如此激烈的身體運動。

那個啊，矮子你就算要拖住他又不想聽他說話，也可以接受他的投降再把他打昏嘛，這樣浪費體力很有趣嗎？坐下來休息一下不是很好？別這麼喜歡打架啊，又不是毛頭小夥子！

而且看起來不玩到二十五分鐘過去你還不打算結束……我們也不必真的待在這裡二十五分鐘啊？給敵人一點尊嚴吧！趕快料理他，然後我們過去找月退，或許是個比較好的選擇？搞不好月退他其實還是需要幫助啊，搞不好我們晚一點過去，聖西羅宮的主體就被轟毀啦！

奧吉薩似乎覺得跟伊耶說什麼也沒有用，只能專注在應戰上，以免「刀劍不長眼」導致什麼無法挽回的慘劇。

既然他們決定繼續打，范統也只能無奈地繼續看了，觀摩高手打鬥到底對自身實力有沒有幫助，他也說不上來，但噗哈哈哈要他看，他就乖乖看，以免等一下又被抓到把柄罵。

喔喔，矮子這一劍又快又狠，乾淨俐落，喔喔喔，大叔硬擋居然真的接下來了、喔喔接著又、喔喔……

我……連在心裡的播報速度都趕不上他們打鬥的速度啊……

體認到這一點，范統不知道該說感傷還是什麼，要跟上速度真不容易。

『喂，噗哈哈哈，我有在看，可是……我看了一招，還來不及產生任何體悟跟想法，他們就接下一招了啊，這樣子到底有什麼用呢？』

『噗咻——呼——』

……

居然又睡著了……也太快了吧？唸完就把我放著不理了嗎？這樣對嗎？

『噗哈哈哈，喂，醒醒……』

『……范統你好煩啦！不會先記在腦袋裡結束再拿出來複習體悟啊！』

先……記在腦袋……裡？

范統的腦袋當機了一下，隨即很想掐醒他的拂塵。

誰辦得到那種事情啊！我是人又不是機器！也不是什麼過目不忘的天才啦！這個世界也沒有攝影機啊！

跟一把硬要睡覺的拂塵抗議這個，應該是沒什麼意義的，范統體認到這一點，也只好繼續有看沒有通地看下去了。

唉，矮子，大叔他閃你閃得十分無奈啊，看起來的確不像游刃有餘的樣子，我相信矮子你比較強啦，既然你也知道自己比較強了，那麼逼人家打又是為了什麼呢？跟不如自己的對手過招，這樣也開心？

「璧柔，是不是因為我們身邊的高手都太弱了，所以看起來好像別人都不怎麼樣啊？」

我是說太強了啦。大叔他可是個資深的金線三紋，照理說應該不只這樣吧，還是因為他無心戰鬥所以看起來沒有很強的樣子？

「噢，奧吉薩他比較擅長匿蹤偷襲，所以像這樣暴露出自身所在，堂堂正正進行戰鬥，對他來說比較不利啦，此外，他擅長的高等邪咒也沒機會在伊耶的攻勢下用出來，光是以劍戰鬥，氣勢自然較為不佳啦。」

璧柔就著她打聽過的情報回答了范統的問題，范統頓時也不知道該說什麼。

妳的話裡似乎有種毀謗的味道，是我的錯覺嗎？還是妳其實也沒有惡意，只是很單純地開口，就可以把話說得透著一股不齒人家的氣息？這樣說的話，好像大叔是個很陰險暗著來不光明正大的小人啊，雖然我也沒有要幫他說話，不過感覺真的很奇妙……

「妳對擅長隱匿身形的人有什麼意見嗎？」

硃砂挑了挑眉，顯然有點不悅，畢竟他也屬於這種類型。

「唔？哪有什麼意見啊？雖然有點陰險，但只要是我們的人就沒有關係啦。」

璧柔持續著她的沒神經與心直口快，范統有點不曉得該不該敬佩她。

可以這麼回答的妳，到底是心胸寬宏還是……？我該說妳真不簡單嗎？也對啦，你們都可以包容我這個嘴巴頻頻出錯的同伴了，像是比較擅長偷襲這種小事情又算得上什麼？

我為什麼又自己奚落自己了啊……大家對我冷嘲熱諷已經很悲哀了，自己再看輕自己，不就更哀傷了？

敲了敲自己的腦袋後，范統決定振作一點，重新將注意力投回伊耶與奧吉薩的戰鬥上。

二十五分鐘其實不長，時間過得很快，由於約定的時間快到了，戰鬥也形同到了尾聲。

范統很懷疑投身戰鬥中的伊耶到底有沒有注意過了多久，要分心估計出二十五分鐘似乎不太容易，要是他打到忘記時間就不妙了——幸好，這種事情沒有發生。

在奧吉薩無心應戰的情況下，幾乎完全壓制他的伊耶，於這個當下催動了戰鬥一開始他便默念準備的邪咒。

附著到伊耶劍上的紫黑色之芒，擴展出了一個奇異的圖騰，奧吉薩看見那個圖騰時，面上微微露出驚異，他似乎短暫地遲疑了一下，隨後做出的選擇，是垂劍而立，不再做任何抵抗。

他的反應讓伊耶皺了眉，但他沒有因此而收回邪咒，仍然將整個咒體完整凝出，毫不留情地使之竄向奧吉薩，驅使不祥的黑色咒絲穿入他的軀體，直至與他骨血融合。

這大概不是一個攻擊性質的邪咒，奧吉薩在承受了這道咒文後，沒有昏迷也沒有倒下，只是臉色略顯蒼白，而成功施咒的伊耶雖然不再攻擊他，表情卻也不太愉快。

「你是什麼意思？就這麼接受了，一點反抗也沒有？」

儘管在奧吉薩身上使用這個邪咒，是他本來就決定好的事情，但在對方無意反抗的情況下達成目的，還是讓他有種不太痛快的感覺。

「我如果不接受，就是死，不是嗎？如果有個能夠活下來的選擇，那自然就是我唯一的選擇。」

奧吉薩回答得相當平靜，彷彿都已經剖析過利害關係了一般，伊耶也因為這樣露出了厭惡的神情。

「老賊，在你決定站在偽帝那邊的時候，不是就該置生死於度外了嗎？」

「那是最壞的打算。我想，你們還是有很多事情需要我協助的。」

瞧他這麼有恃無恐的樣子，伊耶咬了咬牙，彷彿很想就在這裡劈了他，但他在捏爆手中的劍之前，還是找回了理智，老實將劍插回劍鞘中。

「走！我們可以去找陛下了。」

伊耶剛說完這句話，璧柔便疑惑地發問了。

「耶？那他呢？解決了？」

「解決了。他現在沒有威脅性。」

伊耶的保證照理說是可信的，但璧柔還是很想知道得清楚一點，剛剛那個邪咒她沒仔細看，所以根本不曉得是如何解決的。

「是怎麼做的啊？現在到底是什麼狀況？」

雖然范統也很想了解詳情，但他還是對璧柔頗有微詞。

喂喂，剛剛矮子放招的時候，妳到底有沒有認真看？這種不認真，錯過之後又要人家再跟妳解釋的行為，好像不太值得學習喔？還是妳要說妳堂堂一個活了不知道多久的護甲，連一個邪咒也無法辨識？

「簡單來說，他現在是我的奴隸了，就是這樣。」

伊耶懶得多說，丟下這樣的解釋，就帶頭朝皇宮另一頭過去了。

……什麼奴隸？

什、什麼奴隸？矮子你剛剛到底做了什麼？你剛剛那個邪咒是什麼鬼東西！不！不要提供我這種資訊啊！萬一今晚夢裡那個暉侍就拿來對我用怎麼辦！我不要啊啊啊啊——

「所以是束縛類的邪咒嗎……」

璧柔喃喃自語了一句，看來也沒打算跟他們說明清楚的樣子，便追了上去。由於隊伍已經移動了，他們暫時也只能跟上再說。

喔喔……剛剛還拿劍與我們對峙的大叔，現在卻進入了我們的隊伍中，跟我們一起前進呢……這感覺還真是微妙啊，化敵為友也沒有這麼快的吧，果然是什麼邪魔歪道才能這麼快速確立同盟關係嗎，唔啊……

在一夥人前往月退所在之處時，伊耶也拿出了通訊器先做了聯繫。與東方城的符咒通訊器原理差不多，西方城的魔法通訊器該有的功能一樣有，所以，他們講話的內容，除了奧吉薩，大家都聽得到。

「陛下，你那邊處理得怎麼樣了？」

通訊器的交談，伊耶雖然還是使用了「陛下」這個稱呼，沒有失禮到直呼其名，只是敬稱就拿掉了，大概是看心情決定的，相當隨性。

『……呃……』

月退沒有立即回答，而且發出的聲音還十分遲疑，這種古怪的反應使他們都疑惑了。

「發生了什麼事嗎？」

伊耶皺著眉又問了一句，同時也加快了腳步。

『其實也……唔，我……』

「到底怎麼樣了？」

伊耶的聲音冷了大概十度，這應該是不耐煩的表現。

月退，你那種支支吾吾欲言又止的態度是怎麼回事？該不會理當萬無一失卻還是讓人跑了吧？你失手了嗎？

范統內心滿是不解，大家都很想知道書房到底是什麼狀況。

『沒什麼啦，我沒事，嗯……你們可以不要過來嗎？』

這是什麼無理的要求啊！月退！不是說好時間一到就會合的嗎！你現在可是處於力量又被限制住的不利狀態了喔？為什麼要我們不要過去，那裡究竟發生了什麼事！

「我們現在就過去，已經快到了。」

伊耶似乎打算直接無視他的要求了。事實上大家都十分有志一同，完全沒有停下腳步的意思，這種心情大概是錯愕、疑惑與擔心混雜在一起，而聽他這麼說，月退也驚慌了起來。

『咦？別、別進來啦！現在……』

「現在怎樣？」

這次是硃砂搶先問的，他也有點沉不住氣了。

『現在……有點忙啦，至少、至少再給我一點時間，我……』

你到底在做什麼啦！說清楚啊！

「二十五分鐘已經過了，陛下。」

伊耶講完這句話，剛好也已經帶著他們抵達了書房門口，他很乾脆地狠狠一踹，便直接將書房的門踹了開來。

書房裡的情景，似乎有點在他們的理解範圍之外。

從現場的凌亂來看，應該進行過戰鬥，而地上的血跡也顯示有人受傷……但坐在牆邊的那爾西沒死也就算了，居然還虛弱地靠著月退，房門被踹開的時候他才皺著眉冷眼將手收回去，不然原本兩個人似乎是相擁的狀態。

月退……這是什麼情況？我的腦袋為什麼完全轉不過來？其實我正在作夢嗎？你們……你們為什麼會……你們不是仇人嗎？我誤會你們的關係了？唔，角落站的那名女性好像在哪看過，一時之間想不起來——總之，有人在旁邊看，你們還可以抱那麼緊？你還捨不得放手嗎？

發現大家已經進來了，月退也有點尷尬跟不知所措，他放開那爾西然後回了頭，然後也不知道該說什麼。

「現在是怎麼了，你要不要解釋一下？」

伊耶看似想冷靜下來聽聽月退的說明，不過從他扭曲的表情還是瞧得出他快爆發的情緒。

「我們……決定要和好了，所以就是這樣。」

月退雖然因為伊耶的表情而有點遲疑，但還是簡潔地將結論說了出來。

啥？

和好？都已經這樣了還可以和好喔？那你被他殺的事情怎麼辦？珞侍被他殺的事情又怎麼辦？

「和什麼好啊！把他解決掉！」

伊耶聽完他的話果然立即暴怒，完全無法容忍這樣的結果。

就是啊！快把他解決掉啦！這算什麼，太扯啦！

「不可以把他解決掉啦！」

月退立即搖頭否決，整個就是不考慮動手除掉那爾西。

噢，我覺得硃砂看那爾西的眼光危險起來了呢，我覺得他可以把這種眼光從我身上轉移過去，實在是不可多得的好事啊？……

「弒君、奪位、挑起戰爭，這樣還不用死，那世界上有誰該死！」

伊耶彷彿很想直接握劍替天行道一下，替自己腦袋不清醒的君主殺死該死的人，反正月退現在過了解除限制的時間，也阻止不了他。

「我知道……我也知道他做了很多讓人無法原諒的事，可是……」

被伊耶這樣逼問，月退也給不出一個可以讓人信服的理由，然而，頓了好一陣子後，他仍是以難過的語氣說完了他要說的話。

「我還是希望他活下去，不管這個願望是不是很任性。只要給我一點點藉口就好，我想要原諒他，無論給自己找什麼理由都想原諒他啊……」

他講完這些話，現場頓時一片寂靜，沒有人說話。身為當事者的那爾西一樣維持靜默，眼睛看著地上，不知道在想什麼。

噢，這種情況……我們到底需不需要發表意見呢？總有人得妥協，月退他看起來是不打算妥協了，那麼矮子你能逼你家皇帝妥協嗎？可不可以現場的人表決一下讓他死啊？少數服從多數嘛？如果投票，我相信這裡會有三票以上支持他死，不過……要是真的死了，月退好像會很傷心？這可怎麼辦呢？

「……」

范統覺得自己幾乎可以聽見伊耶磨牙的聲音，過了幾秒，伊耶才皮笑肉不笑地開口。

「您高興就好，陛下。」

得到伊耶心不甘情不願的同意，月退鬆了口氣，接著便看向了旁邊的奧吉薩。

「他……？你們怎麼處理的？」

「鎖鏈之咒，我對他施了。」

伊耶講了這個專有名詞後，月退便領悟般地點點頭。

「噢，是鎖鍊之咒啊……」

喂，你們這些內行人不要都顧著講些行話，沒有人要解釋解釋這到底是什麼東西嗎？

「月退，這是什麼咒？你好像也很熟悉的樣子。」

有硃砂在有個好處，就是他常常會主動問一些別人也想知道的事情——范統深有所感。

「是啊，施用、反噬跟發作我都很熟悉呢，我……不提了。」

月退說到一半才意識到自己正在開啟一個糟糕的話題，所以中途喊停。

「這麼說來，放過他是可以，但你也該給他施個鎖鍊之咒吧？」

伊耶冷哼了一聲，不滿地指向那爾西。

「咦？那怎麼可以！」

月退又連猶豫都沒有就臉色大變地反對了。

「你什麼處理都不做就要將這個禍害留下來嗎！」

伊耶顯然認為月退對那爾西太好了，只是他的憤怒依然沒能改變月退的決定。

「我又不是要他當奴隸才希望他活下去的！奧吉薩就算了，那爾西不可以！」

夠了喔，你們在那裡奴隸來奴隸去的，反正這個咒施下去對方就得當你的奴隸是嗎？這居然是眾皆認可的定義？什麼鬼東西啊？所以月退你以前又被施過了，你這皇帝的過往到底還有多少慘事沒被我們發現？

「對於奧吉薩的部分，您有別的意見嗎？雖然他已經沒有威脅性了，但您如果要他死，還是可以殺掉沒問題。」

從伊耶那死灰般的眼神可以看出，他似是放棄談論那爾西的問題，決定直接無視他了，既然這樣，那也得決定一下奧吉薩的部分。

矮子，你好像在火大到極點的時候就會使用敬稱呢，但這也是在對方的某個身分比你高的情況下才會有的啦……

「你覺得留下來比較有利的話，那就留下來吧，不然我們臨時也很難再找一個金線三紋的人來當魔法劍衛。」

奧吉薩的部分，月退也決定得很快，這大概是因為他不怎麼關心這個人的事情，覺得怎麼樣都無所謂的關係。

「那麼接下來……？」

璧柔詢問著之後的程序，這應該問伊耶會比較清楚。

「還有一些瑣事要處理，陛下跟我來就好，你們其他人自便吧！」

伊耶的意思是事情處理得差不多了，可以解散了，於是范統也更加不知道自己是來做什麼的了。

我跟硃砂，還有璧柔，好像真的只是來觀光的？然後一下子就結束了？該說是這場奪宮戰太過簡單？可是，如果是很困難的作戰，就更加沒有我們幫得上忙的地方啦？

「咦？我也要去？好吧，那……」

被伊耶點名，月退苦著臉有點哀怨，但再怎麼說這也是跟他切身相關的事情，置身事外說不過去，留下那爾西已經是個無理的要求了，現在再拒絕，似乎過分了點。

當他把視線重新挪回那爾西身上，正遲疑地不知道該跟他交代什麼時，那爾西就自己開口了。

「我回去養傷，有事再來找我吧。」

儘管接受了王血的治療，但被噬魂之力重創的身體，是無法就這麼痊癒的，那爾西自己撐著牆壁想站起來，可是這樣的動作對他來說有點吃力，就算別人可能看不太出來。

很多時候，不適合死要面子，所以他靜默了半晌後，便看向了奧吉薩。

「奧吉薩，扶我回去。」

他這句話說得是那麼理所當然，就好像他仍舊是高高在上的皇帝，而魔法劍衛就是該聽他的話一樣——而奧吉薩也確實走到了他身邊，默默讓他差遣，他們好像跟其他人也沒什麼話好說，就這麼先行離去。

那個……大叔，你到底是誰的魔法劍衛啊？明明你們兩個是落敗者吧？為什麼態度還可以這麼目中無人呀？

月退從失神的狀態回神過來後，才忽然想到一件事，而叫了一聲。

「啊，對了對了，那個……」

也不見他朝角落那名女性招手，對方就自己走了過來，這大概是以心靈溝通的關係。

「她是天羅炎，除了璧柔已經認識，都還沒正式跟你們介紹過……」

人形實體化的天羅炎，是個嬌小明艷的女子，眉宇之間的英氣與身上散發的氣質，讓她感覺上比外表還要成熟許多，她目光掃向大家時，十分冷淡，尤其是看向璧柔的眼神，那簡直可以用不友善來形容。

噢，所以那個好像在哪看過……是在戰場上短暫地、遠遠地瞥見過啊？可惡，月退你身邊真的都是美女耶，被美女包圍，真讓人羨慕死了。

「天羅炎？所以真的有武器可以變成人？」

伊耶在這段期間幾乎沒見過噗哈哈哈，他們也沒討論過關於武器的事情，所以他到現在才知道這件事。儘管當初戰場上也有看過，不過畢竟沒有十分清楚，而且當時模擬出來的樣子只是透明的樣貌，現在看見了如此逼真的實體，他才大為震驚地問了這個問題。

「是啊，高階到一定程度的武器才有辦法……天羅炎，他們是我的朋友。」

月退對天羅炎說的話，是在暗示她打個招呼，不然場面有點尷尬，只是天羅炎一向不擅長跟人交際，皺過眉頭後只看向璧柔。

「就算妳把恩格萊爾帶回來了，我對妳的評價依然是負分。」

哇！一開口就這麼……這麼……不給面子啊？西方城的武器跟護甲之間關係真夠糟糕，跟東方城完全不一樣呢！

「我、我也是很努力在彌補……」

璧柔看起來有點怕天羅炎，她縮了一下肩膀，回答的聲音很小聲。

「我一一介紹給妳認識吧？」

月退大概是覺得天羅炎這樣針對璧柔不太好，便試圖引開她的注意力。

「不必了，恩格萊爾，去處理你們該處理的事情吧，武器多認識主人以外的人，沒有任何意義。」

即使對象是自己的主人，天羅炎也不見得多給面子，她對「主人的朋友」這種存在一點興趣也沒有，大家也都看得出來。

「跟我家阿噗還真不像……」

我是說真像。所以……只在意主人是武器的常態嗎？那音侍大人又怎麼說？防具呢？

「為什麼這麼多礙眼的情敵？」

硃砂一副看天羅炎也不怎麼順眼的樣子，反正所有可能妨礙他求偶的人，他一律排斥，范統早已領受過。

唉，反正你情敵也不差這一個，就別那麼介意了啦。

「多好的武器……」

伊耶盯著天羅炎盯得眼睛都發直了。

矮子你的眼神很危險啊啊啊！有這麼想要一把可以增進自己實力的好武器嗎？可是人家名花有主啦！你總不能搶月退的劍吧！

「既然這樣，那我們去處理剩下的事情好了，天羅炎，妳要一起去嗎？」

眼見場面有點僵，月退只好再度扯回正事上，順便詢問了天羅炎的意願。

「你去哪裡，我就去哪裡。」

天羅炎的回答不知道該不該說十分有武器的精神。

喔喔！這種發言！感覺彷彿真的有一腿啊！雖說武器被主人帶在身上一起行動的話，這句話好像也沒什麼不對，但天羅炎現在不是劍是美女，所以就讓人很有遐想空間啊！

『范統，想骯髒事情的時候不要握著本拂塵的柄，會作惡夢，討厭。』

……

對不起。

范統默默鬆掉自己下意識動作的手，同時也詛咒著自己愚蠢的行為。

「走吧，先去跟雅梅碟會合。」

伊耶這麼說，月退沒有意見，璧柔也沒很積極想跟上去。

「那我先帶他們回你家喔。」

「隨妳。」

所以我們已經要回家了？要回家面對那個很煩的伯父，然後，然後被糾纏著逼問詳情了嗎？

你兒子跟那個殺了他的壞蛋和好如初了，力保他的性命，還跟他情不自禁地相擁……這種話我怎麼說得出口呢！說出口還會被顛倒成跟救了他的好人恩斷情絕了呢！

『范統！你到底要抓我的柄抓幾次！你如果一定要這樣的話就去買根棒子，本拂塵不是給你抓好玩的！』

……

我……

范統看著自己犯賤的右手，完全不知道該說什麼。

「范統，別發呆了，快跟上啊。」

璧柔催促的聲音在耳邊響起，這時候脫隊可不妙，所以他便暫時放下了反省，加快腳步過去了。

范統的事後補述

很好很好，奪宮之行就如我們事前想像得一樣順利，甚至……可能比想像中還要順利？順利到這種地步，已經超出我的理解範圍了，我覺得彷彿不費吹灰之力就讓冒牌的主政者人財兩失——噢，這樣說可能有點不恰當？但這是我真心的感想，裡面還包含了驚恐與吐血的成分，我認為還是很有參考價值的。

留了兩個不該留的人下來，自然該有相應的處理辦法，大叔也就算了，繼續留著當黑桃劍衛也還堪用，那爾西……到底該定位成什麼？西方城總不能有兩個皇帝吧？到底該給他一個另外的職位，還是把他藏起來當作沒這個人呢？

總之月退不打算將他以冒充者的身分交出去給大家一個交代，至於究竟該怎麼處理，因為那爾西被天羅炎重創的傷還得養好一陣子，這事情似乎也不急，他們就決定先著手進行別的事情了。

聖西羅宮內部需要搞定的事情並不難，但卻有點煩雜，矮子說月退要回去做皇帝就該了解那些事，所以押著他一一辦理，詳細過程我不太清楚啦，不過因為月退很忙的關係，也就沒什麼空去探望那爾西了……某方面來說，可能也是由於他還不知道該怎麼面對他？畢竟是之前心心念念想要殺掉的人嘛，忽然和好，要轉為和樂融融的狀態，可能也不太容易吧？況且月退以前眼睛看不見，現在看得見了，那爾西那張臉對他來說多半也還很新鮮——跟個陌生人一樣嘛，哈哈哈哈……

其實這些都不是我該關心的事，應該說，這些事情都不是我關心的，我比較關心的是……那個三天兩頭進入我夢中騷擾我的惡靈暉侍啊——

那爾西沒有死，暉侍就一直催我去幫他道歉，催一次沒用就催兩次，催兩次沒用就催三次，煩不煩啊！

最近夢裡的暉侍一樣很具攻擊性，他簡直是一個可以自己進行智能發展的夢境人物，不過，在我一時激憤之下，說身體可以借他，讓他自己去跟那爾西說對不起後，他又神色微妙地拒絕了……搞什麼，暉侍，那可是你親弟弟，你居然這麼不願意面對他嗎？還是你之前搶我身體的提議只是你說笑的，事實上根本辦不到？

……我居然把我夢裡的傢伙當作是真實存在的人，還這麼認真分析他的行為理由，我是不是也病得不輕啊……

章之二

純粹的想望

『恩格萊爾，這麼多人裡面如果一定要娶一個，你會選誰啊？』——壁柔

『選個女人！拜託選個女人！爸爸心臟禁不起刺激啊！』——艾拉桑

『但聽說可能的對象裡面，是女的都不是人，是人的都不是女的。』——伊耶

奪宮前的生活與奪宮後的生活，對范統來說，好像沒什麼兩樣。

他們還是照樣住在伊耶家，沒有搬到聖西羅宮去——事實上，就算可以搬，范統也不想搬。由於一切依舊低調進行，硃砂也就持續上學，范統則準備開始鑽研法力要如何培養。

雖說直接去上基礎課程就可以了，但范統還是想就近先從朋友身上下手，那麼月退自然是最好的詢問對象，只要他有空。

「月退，術法的法力要怎麼培養啊？」

要抓到月退有空的時間不難，要怎麼用自己的嘴問出正確的問題比較不簡單。

生活充實忙碌的月退，這陣子實在沒什麼腦細胞可以自動轉換反話，所以范統問的這個問題，換到的是他茫然的眼神。

氣死我了！可惡！還是用寫的好了！

在月退終於了解他要問的是「魔法的法力」後，偏頭思考了一下，才疑惑地看向范統。

「范統，你怎麼突然想學魔法啊？該不會符咒遭遇了挫折所以想轉換跑道吧？也才幾個月的時間，這麼沒有毅力是不行的喔。」

月退一開始就懷疑了他的動機，這讓他覺得有點苦悶。

「不是啦！我是為了讓符咒更爛、更下一層樓才要培養法力的！這是噗哈哈提供給我的方法，我沒有要放棄邪咒，只是現在你都幫不上我的忙，讓我覺得自己好像很有用的樣子，這樣不行啊！」

范統都還沒對自己的反話反應過來，月退就直接將筆遞給他了。

「范統……還是用寫的吧，最近有點累，這樣比較清楚……」

……我彷彿可以感覺到你打從心裡湧生的疲憊。我都用寫的就是了……

范統多少對自己的嘴巴產生了點絕望。在他動筆寫完緣由後，月退這才理解。

「用法力催動符咒？原來還有這種方法啊？只可惜我一點符咒才能也沒有，不然就可以玩玩看了呢。」

你的才能已經夠多了，少這一兩個也不會怎麼樣啦。

「西方城的人，照理說一生下來身上就帶有法力……」

什麼？什麼！這是西方城血統的原生居民有的特權嗎！你接下來難道要說沒有西方城的血統就免談嗎！

范統在心裡慘叫著，不過，事實證明他多慮了。

「但是，新生居民是沒有的，所以自然有一套讓新生居民無中生有的辦法。法力是一種慢慢培養才會慢慢增多的東西，比較有才能的人可以在同樣的時間內培養出更多的法力，魔法是一種法力用光就沒得用了的東西，我想對應到符咒上也是一樣的，你現在才開始培養，短期之內每天的法力額度大概也就讓你丟幾張符而已吧。」

噢……這樣啊？就好像玩遊戲的時候，升級了法力最大值才會上升……而我是從等級零開始，要有打一場魔王戰還不會乾掉的法力條，還需要很漫長的奮鬥？

於是范統寫下了「一般人培養一個月的法力可以丟幾次符啊」跟「我要怎麼知道我培養法力的能力好不好，可以測試嗎」這兩個問題，讓月退解答。

「我也不清楚驅動一張符咒需要多少法力，這個問題可能有點難以回答耶，不過基礎的魔法，一個普通人培養一個月的法力，應該可以用兩、三次吧。」

兩、三次……假如基礎魔法的需求量跟低階符咒的需求量差不多，那我修一個月之後可能可以一天丟兩、三個馭火咒……啊哈？

也不是完全沒搞頭啦！反正我有噗哈哈哈，拿著噗哈哈哈，我就可以連續丟出三張低階符咒——不，這樣還是不能久戰啊！遇到高手還是照樣死啊！要連丟三張馭火咒，現在的我也辦得到好不好！一次丟兩張符就可以了嘛！我需要的不是這個啊——

「至於培養法力的能力，我現在就可以幫你測試了，要嗎？」

本來正提筆想寫下「那培養兩個月的法力，會是一個月的兩倍嗎？或者不是這樣算的？」這個問題的范統，在聽月退這麼說後，便點了點頭。

月退的說法聽起來，法力應該誰都能培養吧，不像術法那樣門檻很高——對吧？我頂多被判定比普通人還慢，應該不至於宣告我完全沒有培養法力的可能吧！

范統一面給自己打預防針，一面憂慮著測出來的結果，月退則握住了他的手。

「啊，我不需要做什麼嗎？」

范統還是用自己的嘴巴問了問題，所幸這個問題也無法錯得很離譜。

「放輕鬆，把身體交給我就可以了。」

……聽起來好像怪怪的？算了，不管他，什麼都不用做對吧，這個簡單。

他感覺到好像有股氣流從掌心流了進來，那應該是月退放來測試用的東西，沒多久，月退就露出了錯愕的神情。

「咦？」

咦什麼！該不會真的沒望吧！不——！

「范統，你……」

你那什麼遲疑的表情！你要判我死刑了嗎！不要說！

「難道……是魔法方面的天才？」

……咦？

我剛剛好像聽到了什麼難以置信的詞……等一等，你剛剛說了什麼？你可以再說一次嗎？不可能用在我身上吧！那個詞！

「因為，我送出去的法力全都被你吸納了，這代表你是一個很好的容器，應該說身體的適應接納能力很強吧？原本不屬於體內的東西，也能克服萬難地接受，這真的是很難得一見的體質耶。」

奇怪，月退你是在稱讚我吧？為什麼聽起來感覺卻這麼微妙呢？好像有什麼外力入侵我也就逆來順受順其自然了一樣，我的身體有這麼沒節操嗎？

「這樣搞不好可以很順利呢！范統，從今天就開始吧，這次一定可以變強的！」

月退在范統有增進實力的機會時，總是比他本人還高興，不過他的用詞還是讓范統臉上一抽，內心無奈。

所謂的「這次」是什麼意思啊？是在說我前面的努力都徒勞無功嗎？我也是有變強的好不好！不只是繼承來的劍術，我丟兩張符的技巧也確實有練起來啊！

「我現在就教你培養法力的方法吧，最好熟悉到睡眠中都可以運作。雖然你主要想拿來驅動符咒，但你若想學學魔法，也可以考慮去上課，說不定魔法也可以學得很不錯呢。」

睡眠中都要運作也太累了吧，啊，慢著……

「你不是說我是廢物，那魔法照理說也可以學得很爛啊，怎麼又那種不確定的語氣了？」

范統剛講完這段話，就不由得看向紙筆，想拿起來重寫一次這個問題了，幸好月退似乎因為精神變好的關係，翻譯能力也恢復了些，直接就回答了他。

「嗯？噢，那是我剛剛說得不是很清楚，培養法力的能力跟使用魔法的能力是分開的唷，大概就跟畫符與使符的能力是兩回事的意思差不多。」

這樣啊……事到如今我也不會失望或者慘叫了啦，至少我還有培養法力的能力，該知足了，我心如止水啦。

現在努力把法力培養出來就對了！然後再去請教噗哈哈哈要如何將法力輸入符咒中應用……！咦？

范統的思考停頓了一下。

法力拿去驅動魔法都還不曉得行不行，就要直接跨科目拿去驅動符咒……拐這麼多個彎的事情，真的可行嗎？真的有可能成功嗎？這……

「你怎麼又面有難色了啊？學習不要想太多，單純心無雜念地學就好，這樣效果比較好。」

因為范統的情緒總是寫在臉上，月退一眼就看出他又在煩惱一些有的沒的事情了。

「不好，不好，你說的都不對，就依你說的吧。」

我已經習慣反話造成的前後矛盾了，哈哈哈哈……

「那麼就——」

月退積極地說到一半，忽然打了個呵欠。

「唔……范統，今天挺累的，我想睡了，我們還是明天再開始好了……？」

「沒關係，我們永遠有下一個昨天。」

我是說明天。這事到底該說急還是不急呢？也許也不差那一兩天吧，也許。

「別說得好像我會一直拖的樣子嘛……不然教完再睡就是了。」

啊？我沒有那個意思啊，怎麼反倒是你自己良心不安了起來？

范統想歸想，但也懶得解釋，於是，月退就準備開始講解新生居民培養法力的方式了。

「不過月退啊，你不是新生居民嗎？為什麼你會曉得原生居民的修練方式呀？」

事到如今大家都曉得我的詛咒很機車，我就不抽自己嘴巴了。

「噢，那爾西以前唸給我聽的書上有寫啊，我記下來了，所以沒有問題的。」

月退這麼回答他的時候，臉上完全沒有任何異樣的神情。

我們十分自然地提到那爾西了呢……你總算可以心平氣和地提起這個名字，不會再散發出那種恐怖至極的氣息，這應該算是好事吧？

范統一面心情微妙地想著，一面也迷迷糊糊地聽月退講解。看來只聽過書上寫的內容，可能還是大有問題，解釋到第三次范統還是聽不懂，這讓月退覺得有點挫敗。

「我直接用我的法力幫你打基礎，這樣從無到有的第一步就可以跳過……」

有這種方法？那你怎麼不早說啊！所以你即使處在限制中，法力還是可以用的？這真是太好了。

後面自行修練、培養法力的部分，范統總算是聽懂了，而教完這些後，月退似乎又不想睡了，他換成了一副憂心的表情，不安地問起別的問題。

「范統，我們宮裡的事情處理得差不多了，接著應該就是跟東方城談判……這之前，我應該告訴大家我的決定，就是關於沉月的那件事……」

喔——當初可是你自己堅持要跟大家說的喔，現在你也開始覺得難以啟齒了嗎？本來就是，哪是那麼容易說出口的，如果覺得說不出口，繼續瞞著也沒關係啊。

「我到底應該怎麼說比較好呢？總覺得越想就越睡不著。」

「你就把大家叫來聚在一起，然後通通都聽進去就好啦。」

我是叫你通通都說出來啦……反正夜長夢多，還不如早點解決，一口氣說完然後等待判決，這樣挺好的，不是嗎？

月退沒有回答他這句話，而是嘆了一口氣，范統看了看他，便繼續問了下去。

「你想告知的狗有哪些啊？」

……我可以當作這話不是我說的嗎？詛咒還真是顛倒得很隨性，一般來說出現鬼的機率應該比其他高很多啊，反正、反正就是不會出現人……

「范統，這個反話好糟糕。」

月退皺著眉頭抗議，范統也只能抓抓頭，不知道該回答什麼。

「我想……需要告知的對象，大概是硃砂、璧柔、伊耶哥哥跟……那爾西吧。」

他猶豫再三後，給出的是這樣的名單。范統首先質疑的是某個問題。

「啊？沒有希克艾斯？也沒有你媽？」

哇……這個反話真是——我想我總有一天可以說反話說得登峰造極的——

「……天羅炎跟我心靈相通，本來就瞞不住她的，她早就已經知道了，至於我父親……我想他絕對不會接受吧，為了避免他哭鬧，還是別讓他知道比較好。」

月退前面的停頓是在理解范統的反話，而他以困擾的表情做出的回答，也令范統很想拍手。

太好了，你很了解你爹嘛！要是曉得好不容易認回來的兒子有可能選擇封印沉月，導致剩下十年的壽命，他肯定一哭二鬧三上吊的！

「對了，你什麼時候開始喊伊耶弟弟的？」

噢……這個嘛，你應該知道是反話吧？聽說矮子他二十五歲是吧，那我還不足以喊他弟弟啦，雖然他長那樣……

「范統，說起來，你到底幾歲啊？」

月退睜大眼睛問了這樣一個問題。

你也不用因為我說錯一句話，就突然開始質疑我的年齡吧……

「我喔，來幻世之前也算進去的話，差不多四十二……」

誰四十二啊！誰！這詛咒先是汙衊我有兒子，現在又亂說我四十二歲！

「如果真的四十二的話，保養得比伊耶哥哥還好耶。」

月退毫無心機地說出這句話來，范統頓時無言以對。

你那伊耶哥哥……絕對沒有特地保養吧。依我看，他可能還寧可自己生得蒼老一點，也不要現在這個樣子？

「我們已經距離原本的問題很近了吧？」

我是說離題很遠了。快告訴我你什麼時候開始喊哥哥喊這麼順口的，我以為你那天早上只是一時興起，結果你是認真的啊？

「原本的問題是什麼啊？」

月退完全忘得一乾二淨。

「不就是你什麼時候開始喊伊耶姊姊的嗎！」

噢，呵呵，哈哈哈哈。我們來賭下一次變成妹妹的可能性？其實這真的一點也不好笑。

「因為叫起來很順口，而且沒有血緣關係直接喊哥哥好像也怪怪的，所以就這樣叫了啊。」

不，我不是在問你為什麼要這樣叫他，是你什麼時候開始喊得這麼自然的！矮子他都沒反對嗎？你當著他的面也是這樣叫的？

「的確是快點處理比較好，但如果一次告訴所有人，大家聚在一起反對的話，那壓力好大……」

所以呢？你想跟他們一個一個面談嗎？壓力分好幾次來就比較不大？因為談到後面都已經習慣了？

「你想怎麼做都不好，我不會支持你的。」

要是我是月退，一定會用十分冷淡的眼神看過來，然後說出「在這種時候聽到如此殘酷的反話真是謝謝你喔」之類的話……

「好，那麼明天就……嗯，從伊耶哥哥開始約起吧！」

你……挑矮子當第一個目標，到底是因為他最好搞定，還是因為他最難擺平？或者你什麼也沒想就這麼決定啦？

「然後是璧柔，硃砂，最後是那爾西，嗯。」

很快就決定好順序了呢？只要推你一把，還是挺快的嘛。不過我還是想知道，這裡面到底有沒有人可以讓你改變心意？那個，我還是希望不要封印沉月啦，我想活下去，只是說不出口……

至於月退這些個別約會過程究竟會如何，范統也沒什麼機會知道，對他來說，與其陪同或者事後打聽，還不如多加培訓自己的實力。

『噢……范統你已經練出法力了喔?這樣喔。』

噗哈哈哈對這件事的反應,簡直可說是超冷淡的。

『你怎麼這麼平靜啊?一點也不為我感到高興嗎?』

好不容易取得的成果,范統當然還是希望有人稱讚的,但他的拂塵一向不了解主人的心。

『這不是應該的嗎?本拂塵覺得稀鬆平常。』

……是啦是啦,我跟你這根偉大的拂塵邀什麼功啊。

雖然覺得有點掃興,但獲得稱讚並非最重要的事情,范統還是抓緊噗哈哈哈醒著的時間,趕緊問出他要問的問題。

『噗哈哈哈,那麼……法力如何應用在符咒上,你可以教我了嗎?』

『那種跟呼吸一樣自然的事情為什麼還要本拂塵教。』

噗哈哈哈的話語依然充滿著濃濃的鄙視。

跟、跟呼吸一樣自然?你一根拂塵連個鼻孔都沒有,跟我談什麼呼吸!哪裡自然了!

『小的資質駑鈍,你就大發慈悲教我一下吧?』

眼下除了噗哈哈哈,他也沒別人可以求助,所以他只能擺低姿態,看看能否讓噗哈哈哈開開金口。

『哼,正確來說就是將法力混雜在符力中做驅動,混雜的比例得自己憑感覺抓,如果辦不到就將法力疊在符力上使用,這樣效果會比混雜的差一點,但你也只是想不唸咒而已,就算符咒的威力比較差，也不影響這個功能。』

有聽沒有懂。

混雜還勉強可以明白啦，就好像把糖加進水裡攪拌那樣吧？但疊上去是什麼意思啊？不攪拌也不讓它們融合嗎？反正一起下肚就對了？

聽不懂的時候，直接實驗看看就知道了，范統是這麼想的。

我還真好奇什麼符力啊法力啊平時都是儲存在身體的哪裡。又沒有特別的器官拿來存放，那到底都在哪啊？儲存的量越來越多，身體都不會爆破嗎？會認真思考這些果然代表我是個與純粹想像無緣的人？

停止這樣的胡思亂想後，范統嘆了口氣。他現在借用的是伊耶的練武場，畢竟只是要丟個符咒測試看看法力用起來的效果罷了，不必特地跑到虛空一區那麼遠的地方去。

好，那就還是用馭火咒來實驗……

范統用手指夾起寫好的符咒，嘗試體驗符力與法力同時流動到手心的感覺，反覆感受了幾次後，他便決定扔一張符試試看。

在將符咒擲出去的瞬間，他差點反射性地喊出馭火咒，喊出來之前才想起這是不唸咒的訓練，所以硬生生吞了下去。

由於是這樣帶著慌張又不熟悉的情形，這個初次嘗試並沒有成功，符咒在距離他很近的地方就爆開了，這使他瞪大了眼睛。

噗哈哈哈，你怎麼沒有說失敗了會爆炸！幸好我沒有拿著你，不然我就被炸回東方城水池去啦！要命喔！

為什麼我得練的都是這麼危險的東西啊？之前一次丟兩張符也是……根本練什麼都會爆炸嘛！

『噗哈哈哈，你沒跟我說融合法力失敗的話會爆炸啊！很危險耶！』

范統死裡逃生後忍不住跟放在一旁的噗哈哈抱怨，他覺得這不唸一下實在說不過去。

『噢，范統你可以連之前那個一次丟兩種符一起練，這樣可以更強一點。』

『你根本跳過了我問的問題啊！你沒有回答嘛！』

『反正都一樣會爆炸，一起練，要爆也一起爆。』

『是什麼樣的邏輯讓你說出這樣的話！一下子大大提升爆炸機率是對的嗎！我死了你這麼無所謂！』

『才不會死呢，范統你練個小符咒罷了，又沒拿著本拂塵。』

意思是我把你拿在手上練，你才會因為可能出人命而警告我嗎……這是普通符咒，不是練習用符咒耶，近一點爆開來也是會受傷的，手多炸幾次不就爛掉了，叫誰幫我療傷？月退嗎？

由於噗哈哈已經擺明了自己沒有錯的樣子，范統也懶得再跟他說下去，什麼一次丟兩種符的，等他法力融合穩定再說。

就這樣戰戰兢兢地丟符，一天下來，范統覺得自己好像難以抓到法力融合符力的要領，畢竟法力才剛培養出來沒多久，符力的運用學習也才一年，想將兩者結合在一起似乎障礙有點大。

無奈之下，他只好選擇噗哈哈哈說的「疊上去」嘗試，這種做法比較粗糙，但相對地簡單許多，多丟個幾張就有上手的感覺了，他想，可能先使用這種方法對自己來說比較恰當，如果練得上手，就可以考慮進階丟兩種符了。

這樣的進展讓范統晚上吃飯時也喜孜孜的，然而，從外面歸來的月退跟伊耶，臉色卻不太好看，入座時，餐桌上的大家也都能感覺到那種沉重的氣氛。

唔，氣氛怎麼搞的，難道……月退你講了嗎？關於封印沉月的事情？

范統還在心裡猜的時候，璧柔、硃砂跟艾拉桑就先後發問了。

「宮裡發生了什麼事嗎？」

「出了什麼事？回來了也不說話？」

「怎麼了怎麼了？有事快跟爸爸說啊！」

照理說沒什麼不能跟他們講的事，月退看看伊耶，然後自己開始說明。

「我們找奧吉薩研究過了，我身上的限制，奧吉薩也沒有辦法幫我解除。」

這確實是個令人發愁的狀況，假如非得矽櫻動手才能解，那他們就等於被對方捏了一個很大的把柄在手上，讓伊耶強將限制壓下去，也只有三十分鐘，這時間在很多場合根本不夠用。

「咦……真這麼好解嗎？那怎麼辦？」

范統嘴巴的問題，伊耶已經從別人口中得知過了，現在聽他說出這種話，也就只瞪了他一眼然後無視他而已，這讓范統心情有點複雜。

我到底該哀怨一下被瞪了一眼，還是感念以矮子火爆的脾氣，沒有明知我會說反話還發火？

「這是不是很不妙啊？不過其實爸爸只要你們都健健康康，其他倒也無所謂啦……」

艾拉桑的發言同樣被伊耶徹底無視，他顯然懶得跟他講解皇帝的位子可能會不穩固之類的國情問題，直接講了現階段的處理方式。

「目前已經派人去尋訪西方城兼修夜止符咒的人了，但要找到更高明的人，機率可能不高，西方城的原生居民本來就對符咒有先天障礙，新生居民如果沒有管道也學不到這種東西的。」

何止是機率不高，根本就很絕望嘛！

「無論如何，還是希望能夠解開限制啊……」

范統發自內心地說了這麼一句，這次沒有被顛倒，而這個時候，噗哈哈哈的聲音在他腦中響了起來。

『解不開的啦，那是用王血為引下的限制，所以也會影響到王血的效能，你們哪可能那麼輕鬆就解開，不可能啦。』

噗哈哈哈這番話原本應該很讓人生氣，但范統因為忽然被點醒了，一時也沒對這樣的幸災樂禍反應過來。

精通符咒的高手？不就在這裡嗎？

『噗哈哈，你能解這個限制嗎？你能解對吧？』

『天底下哪有什麼事情難得倒本拂塵。』

太好了！這不就有望了嗎！踏破鐵鞋無覓處，得來全不費工夫！

『怎麼不早說啊，那你幫月退解掉嘛！』

『為什麼要幫他解？本拂塵才不要。』

呃……看來還是得費點工夫。

『那……要怎麼樣你才肯答應啊？』

為了讓月退擺脫限制，范統覺得無論如何都得說服噗哈哈同意這件事。只是，要讓他扭轉心意，可能不太容易。

『范統你為什麼這麼積極地想說服我？讓周圍的人弱一點，自己就相對地強一點，難道不是這樣嗎？你應該對他限制解不掉的事情樂見其成才對呀。』

喂喂，哪是這樣說的，他是我朋友耶！我怎麼可能心態如此卑鄙！

『朋友有難，當然要盡力幫助他啊！你也稍微學著當人，了解一下人心好不好……』

『本拂塵早就說過，當拂塵比人形自在。』

『當人難道就真的沒有任何優點？』

范統忍不住問了這樣一個問題，這次噗哈哈哈倒是沒有立即回答，似乎認真思考了一下。

『嗯……當人的話，攻擊范統比較方便，還有，頭髮會變得比較長，本拂塵還挺喜歡的。』

……所以拂塵前端毛的部分果然是你的頭髮嗎？

得到這樣的結論，范統不曉得該做何感想，總覺得心情默默地有點複雜。

『你喜歡自己的長頭髮啊？』

『是啊，甩起來好開心喔，就算生活無聊，至少還可以有這麼一點娛樂。』

沒事甩自己的馬尾也算娛樂？

你有甩過嗎？我怎麼沒看過？

『你有做過甩頭髮這種動作嗎？我沒有印象啊？』

『沒印象是你家的事。』

我家的事。我家不是你家就對了。

我們應該趕快擺脫這個話題，不要再離題啦，對，現在的重點是解除限制……

『反正，告訴我怎麼樣你才肯答應嘛！』

『本拂塵什麼也不缺，不必談條件。』

『我可以帶你去挑洗頭髮用的香精喔！』

噗哈哈哈忽然安靜了幾秒。

『什、什麼洗頭髮用的香精，說清楚一點。』

『就是人類用來洗頭髮的東西啦，有各種香味，聞起來心情會很好，高級一點的還可以讓毛髮柔順有彈性，壁柔就有在用，你從來沒用過吧！』

『那件護甲又沒有毛用那麼好做什麼！』

喔喔，挺有反應的嘛，不枉我好像在打廣告推銷似的，這實在不是我的專長啊。

『怎麼樣，要不要考慮看看？舉手之勞幫個忙，就可以換取你沒用過的東西喔。』

『……』

噗哈哈哈不吭聲，似乎還不太甘心就這麼上鉤。

『助人利己的事情，有必要考慮那麼久嗎？』

『本拂塵又不想幫他，唔——』

『啊？你們之間應該沒什麼太嚴重的過節吧……？』

『哼。』

看這副樣子，大概是不想回答的意思，范統也拿他沒辦法，只能繼續鼓吹。

『你是我們唯一的希望了啊！要是西方城沒能取得優勢，我們的處境會很險惡，我只想找個地方安心定居，你就有點同伴意識提供一下自己的力量嘛——』

范統好說歹說到大家晚餐都吃完了，噗哈哈哈才不太情願地答應了下來。

『好吧，本拂塵就破例幫忙一次，你不要再囉唆了，我要睡覺。』

『喔喔喔！好，你肯答應就好了，請睡吧！』

『……范統你不要忘記說好的洗髮香精。本拂塵可不是免酬幫忙的。』

結果還是對誘餌很在意的樣子嘛，真是的。

『沒問題！事情一辦成我馬上帶你去買！』

『那我們現在就去找那個金毛的。』

啥？你不是要睡覺嗎？怎麼、怎麼突然這麼積極？

當然，事情能提早解決也是好的，所以范統並沒有反對這個意見。

現在去敲月退的門應該也沒什麼不可以啦，好，那就這麼辦吧。

范統草草吃了幾口還沒吃完的晚餐，就離席前去尋找月退了，這個時間月退應該在自己房裡，通常月退跟伊耶回來後就不會再外出了，今天算是回來得比較早的一天，也許是事情比較少的緣故。

月退來應門的時候，看到是范統，似乎有點意外，因為范統不常主動找他，一般都是他去范統的房間找人的。

「嗯？范統，你好難得來找我，有什麼事啊？」

因為月退想不出范統會來找自己的理由，只好開口問他了。

「噢，我帶噗哈哈來幫你加上限制。」

解除限制好嗎？謝謝。

月退聽到這個消息，先是頓了一陣子，顯得有點錯愕，接著才讓范統進房。

奇怪了，怎麼看起來沒有很高興的樣子呢……？

進到房裡關了門，噗哈哈便很乾脆地現身，什麼招呼也不打就開始施法了。

只見他平淡地一揮手，似是做確認的動作般，纏繞著月退的限制立即以紅絲狀的可見狀態浮現，而他接著動作，手指的微光擴散到月退身上，漸漸地就將那些紅絲全數化除，過程簡單得不可思議。

「好啦，范統你不要忘記你的承諾。」

噗哈哈好像覺得范統很容易說話不算話，所以變回拂塵前還不忘叮嚀這麼一句。

「喔喔，還沒解完啊？」

「已經解完了啦！范統你又說反話！」

噗哈哈抗議完，便轉向月退瞪著他瞧，月退不明所以地回視他。

「跟本拂塵道謝啊，雖然是范統求的，受惠的還是你耶，快點道謝。」

「謝……謝謝。」

月退有點反應不過來，但還是道了謝，噗哈哈這才滿意地變回拂塵去，范統也乾笑了一聲。

「我先回去一趟，等一下再過去找我。」

「噢，好。」

「……我是說你等一下再過去找我啦。」

連反了兩次後，月退總算解讀成功了。

「你等一下要再過來嗎？沒關係，我還沒有要睡。」

於是，范統先回房將噗哈哈放回自己房間，再回來找月退。因為他覺得自己想問的事情，還是不要給噗哈哈聽到比較好。

一回到月退的房間，范統很快就發問了。

「月退，為什麼限制解除了，你卻看起來沒有很難過的樣子？而且你好像也沒有很驚訝噗哈哈能解咒？」

我是說你看起來沒有很開心啦，糾纏心頭的煩惱解決掉，應該要很高興才對啊，你的反應很不正常耶，到底為什麼啊？

「那爾西的事情解決以後，我冷靜下來思考時，就猜想過噗哈哈可能有能力解咒了，你沒帶他來，一個可能是你沒想到，一個可能是你說服不了他，我覺得這兩種……也許都不壞。」

當月退神色平靜地說完這段話後，范統頓時瞪大了眼睛。

啥？什麼都不壞？你在說什麼啊？

「我雖然下定了決心，但還是會有點想逃避。明明已經獲得了過去根本不可能獲得的幸福，卻仍要親手終結它……我有的時候會覺得順其自然，順從命運也是一種選擇，限制沒有解除，也許我就可以說服自己，讓東方城的女王做出決定，然後再當作優勢在她的手中，如果她要求進行王血注入儀式，我也只能配合……如果這一切都是沒有辦法的話。」

范統花了點時間來消化這段話，等他消化完畢，幾乎想賞自己兩巴掌。

搞了半天你其實後悔了嗎！你這個優柔寡斷的傢伙！啊啊啊我為什麼要讓噗哈哈哈幫你解咒！維持這樣的狀況你就會隨波逐流不逆天而行了？早知道、早知道就——

「今天我已經跟伊耶哥哥說過了，他的臉色雖然很難看，仍然耐著性子聽我說完，然後好一陣子沒有說話。」

月退提起今天發生的事時，神情依舊平靜。

「他沒有告訴我贊成還是反對，我也不知道能不能獲得他的支持……甚至我也不知道，到底希望獲得支持還是反對吧？」

他一面說著，一面嘆氣，臉色終於難過了起來。

「明明該做的事情還是要去做的，我為什麼還要這麼矛盾？我討厭這樣的自己……」

沉重的氣氛！沉重的氣氛最討厭了！這麼大的事情會猶豫不決，其實也還算正常，你用不著對自己這麼嚴苛吧！

「那個……不傷心的事就不要去想嘛？暫時先拋到腦後，想想一些比較不實際、眼前的事情啊？」

只要氣氛怪怪的，范統就會覺得渾身不舒服，只想用各種方式轉移對方的注意力，打破這

The Sunken Moon

我是東方城的女王，多年來只有一個夜晚，我拋下了自己的身份，

也因而付出了巨大的代價……——矽櫻

沉月之鑰

The Sunken Moon

要判決我死刑，只有一個人有資格。

——那爾西

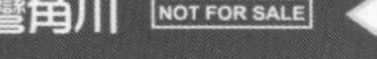

沉月之鑰
©水泉
NOT FOR SALE

©水泉
NOT FOR SALE
沉月之鑰

種沉悶，月退確實也因為他這番話而露出了微笑，但他接著說出口的話，顯示他依然沒從泥沼爬出來。

「范統，你總是能豁達樂觀地看待事情，還真是很令人羨慕呢。」

你羨慕什麼，羨慕個鬼啊──就把腦袋放空，不要心思那麼敏感細膩，羨慕就學一下照著做嘛，你不是很聰明嗎！

「我會盡量貫徹自己的想法，不要再猶豫不決的。明天接著約璧柔說吧……唔，乾脆請天羅炎跟她說好了，不然好像有點麻煩。」

月退在這麼說的期間，大概是用自己的腦袋想像了一下璧柔哭鬧不休的樣子，然後覺得很棘手吧，不過立即決定將麻煩事交給自己的武器代為處理的做法，還真是讓范統不曉得該說什麼。

「你自己漏油吧。」

「原來加油的反話還有漏油這種說法啊……」

別為這種事情讚嘆，然後感到驚奇好嗎？你這樣我心情很複雜，真的很複雜。

❀

叫天羅炎去告知璧柔的事情，月退還真的做了，聽說天羅炎只回來跟他說「已經搞定」，也沒交代別的話，然後范統就成天看璧柔以哀怨委屈的眼光盯著月退，這種微妙的狀況，讓范統看得很無話可說。

「璧柔怕希克艾斯嗎？她們之間的關係到底？」

范統在詢問月退的時候，也照例將天羅炎顛倒成了希克艾斯。

「我想她應該有點怕天羅炎吧……嗯，很多人都很怕天羅炎，也許是因為武器的凌厲氣息吧？」

月退偏了偏頭思考，然後回答出這樣的答案，范統則覺得他完全沒有抓到問題的重點。

跟武器的氣息關係不大吧……音侍大人也是高階武器，還不是一樣很親民？這應該是個人個性不好親近的問題才對，明明是因為她很凶很難相處啊？不要因為你跟她關係親密就忽略她的性格好不好？

「接下來就是硃砂了，一個比一個棘手……」

月退抓著頭，他每天總有著苦惱不完的煩惱。

原來你是按照棘手順序排的啊？所以最棘手的是那爾西？

范統才正在想這件事，月退就接著說了下去。

「范統，你陪我去面對那爾西好不好？」

范統一聽這句話，臉孔頓時抽搐了起來。

有沒有搞錯？這是哪一招啊？他有那麼可怕嗎？嚴格來說，你比他可怕才對吧！居然還要找朋友壯膽才敢去，是他虧欠你還是你虧欠他啊！

「前天去？」

想歸想，范統也沒有立即拒絕，畢竟暉侍要他跟那爾西說的話，他還沒有轉達，雖然很不想轉達，但恰好有這個機會的話，順道辦一辦也許也不錯。

「咦？你是說後天嗎？不、不要那麼快啦！我還沒有準備好，再多等幾天吧！」

月退聽了他的問題以後，馬上慌張地搖手，這讓范統又對他無言了一次。

你不是一天約一個嗎？明天硃砂，後天那爾西，難道不是這樣？居然還嫌太快，你是不是根本不想面對他啊？那你把人家留下來做什麼，一劍砍了他不是比較乾脆，也比較痛快？

「范統，所以……你到底可不可以陪我去啊？」

「好啦好啦，反正我也沒有話要跟他說。」

「……你到底是有話要跟他說，還是沒有話要跟他說啊？」

月退露出了懷疑的眼神。因為以常理論斷，范統的話十之八九是反話，那麼就是有話要跟他說才對，但范統能有什麼話告訴那爾西，他實在想不出來。

「是暉侍命令的啦！我也不願意啊！我真不知道該怎麼閉嘴，而且我跟那爾西很熟，就連暉侍自己也跟那爾西很熟壞不壞！」

范統剛說完，都還不曉得該如何嘲諷自己的反話，月退就遲疑地開口了。

「你是說……『是暉侍拜託的啦，我也不願意啊，我真不知道該怎麼開口，而且我跟那爾西不熟，就連暉侍自己也跟那爾西不熟好不好』……這樣嗎？」

哇喔！你翻譯能力精進啊！我該說你果然是個可以跟武器修成器化擬態共感的孩子嗎？雖然我還不知道那個共感到底是什麼意思啦……

見范統飛快地點頭，月退又想了想，才接著說話。

「不然，剛好有機會嘛，順便介紹你們認識，大家交交朋友……」

……交交朋友？你說誰？我跟那爾西嗎？面對那張跟暉侍相似度百分之九十五以上的臉，你說這有可能嗎？那個拿繩索套住我的脖子把我拖往河邊的暉侍耶？我跟他弟弟也沒什麼好說的吧，況且那個弟弟還殺了你？你不介意不代表大家都不介意了啊！

「為什麼你一副吃到很難吃的東西的表情，那爾西有什麼不好嗎？」

范統還沒驚恐完，月退隨即丟了一個更讓人絕望的問題過來。

你到底希望我回答什麼！我能回答什麼啊！那爾西有什麼不好，暉侍都不知道了，我這個沒跟他說過半句話的哪會知道！

「他有什麼好我怎麼會不曉得！你為什麼要用這種老媽在問自己兒子有什麼問題般的語氣問啊！」

范統終於忍不住把心裡的話講了出來，當然，第一句是顛倒的。

「有、有嗎？」

月退顯得有點錯愕，似是不知道怎麼回應，范統便藉機終止了這個話題。

「好了，反正你哪天不想去的時候，我會陪你不去，這樣就可以了吧？」

「嗯……也差不多是跟伊耶哥哥約好去皇宮的時間了，那就先這樣。」

恰好這個時候月退也注意到時間，跟伊耶約好是不能遲到的，范統才得以從這裡脫身。

「敵人這種東西，哪是隨便跟誰都可以當的啊……」

月退走了以後，范統自己碎碎唸抱怨了一句。

唉，是朋友啦。敵人只要有心，誰都可以當好不好？

『敵人哪是跟誰都可以當的啊？要夠資格才可以啊！』

聽到范統自言自語的噗哈哈哈，發表了一句個人意見。

我知道啦。當你主人、當你朋友、當你敵人都要夠格，我現在都曉得了啦……

❀

「說是很重要的事，我還以為有什麼值得期待的驚喜，結果居然是這種讓人開心不起來的消息？」

被月退約來面談的硃砂，在默默聽完他說的話後，神情沒什麼改變，但語氣顯然不太高興。

也幸好他現在是男性型態，月退才能有條理地把該說的話說完，他總是在面對硃砂的女性形態時感到緊張，要是講話的對象是女性形態的硃砂，可能就不會這麼順利了吧。

只是，被硃砂挑眉這麼質疑，月退頓時又不知道該如何回答了。

「我……就只是單純想告訴你們這件事而已，我覺得很抱歉。」

跟身為原生居民的伊耶以及身為護甲的璧柔說的時候，他比較沒有什麼對當事者道歉的必要性，畢竟，封印沉月影響的是新生居民，他們都不會因此而死。

雖然擴大來說，會影響的是整個世界，但至少不會造成直接的死亡。所以他向范統道歉，向硃砂道歉，也為了自己可能因此而死的事情覺得對大家過意不去。

同樣的事說了這麼多次，已經沒有第一次坦白時那麼強烈的情緒起伏了，不過，硃砂表現得這麼冷靜，他反而有種意外的感覺。

硃砂盯著他，也不多說廢話，直接就舉起了手指。

「沒記錯的話，你還欠我兩個要求。」

他一開口就提這個，不免讓月退心頭一驚。

范統當初威嚇他時說的話，他可是都還記得的，萬一硃砂真的要求結婚，他還真的不知道該怎麼辦。

「你現在要提嗎？」

月退總覺得他現在提不會有什麼好事，但畢竟都答應過的，也不能不聽。

「對。我的第二個要求是，你不能死。」

沒想到，硃砂沒提出想結婚，也沒硬性要他改變這個決定，而是做出這樣的要求。

「咦……」

月退因為有點意外，所以頓了一下才為難地回應。

「可是，這可能有點困難啊，萬一演變成不得不封印沉月的局勢，那就沒有辦法……」

「我不管！就算要用剩下的兩個要求來抵也沒關係，反正你不能死！為了一堆陌生人拋棄自己的性命，這種事情實在太愚蠢了！別的世界的人怎麼樣，關我們什麼事，沉月有問題就把它修到好，你一定要活下去就對了！」

彷彿剛剛的冷靜只是假象，硃砂忽然間激烈起來的情感，顯示出他不是不在乎，也不是如同置身事外毫不關切。

「如果修不好呢？」

硃砂的要求是很沉重的，月退也不想貿然答應自己做不到的事情。

「修不好，你就把血滴下去，進行那個什麼王血注入儀式，忘記那些與你無關的、別的世界的生魂！調查原因、嘗試扭正，就已經為他們做得夠多了，沒有搭上自己性命的道理，你聽懂了沒有？你以為你是傳說裡的聖人還是英雄嗎？這根本只是一種愚昧的溫柔！」

范統沒有這樣教訓他，伊耶也沒有。璧柔沒有哭著求他不要這麼做，天羅炎也一直只靜靜陪在他身邊。

他呆滯了好一陣子，最後說出口的是這樣一句話。

「那麼，也許你因此可以發現你選對象的眼光不太好……」

他這句話讓硃砂凶狠地瞪了過來。

「你要我現在變成女性體強吻你嗎？」

「不用了，謝謝。」

月退臉上一熱，連忙拒絕，雖說話題是他扯開的，應該算自作孽，但他還是試圖迴避自作孽的後果。

「快點答應我的要求，不可以死。」

硃砂一點也不想讓月退就這麼把他的要求混過去，很快又繞回了主軸。

「可是……」

「沒有可是！」

「那個……為什麼是叫我不要死呢？那你自己呢？」

「新生居民復生的途徑如果被阻斷，還不是都會一起死嗎？」

「這麼說也沒錯……」

「別再離題了，快點做出承諾，快點啊！」

在硃砂急切的態度下，月退終於勉為其難地點點頭。

「好、好吧……」

儘管他不知道自己能否做到，但眼前讓硃砂安心應該是最重要的——當下他有著這樣的想法。

「我覺得你的語氣聽起來沒什麼誠意。要是被我發現你說謊，小心我把范統抓去血祭，不要以為他有了暉侍的實力我就抓不到他，哼。」

硃砂算是暫時接受了，不過，從他口中說出的威脅話語，還是讓月退為之僵硬了一下。

范統的事後補述

依照時間來看，月退應該正在跟硃砂約會……他們約會是他們的事，為什麼我會突然覺得背上一陣發寒呢？這種打從心底湧現的寒意究竟是？

根據我長年算命的心得，我一定是被什麼不好的惡念給籠罩了，這個時候實在應該給自己作個法，趨吉避凶，只是惡念來得突然，去得也快，沒等我驅邪，就已經不見了，我只能思考是不是該偵測一下來源，但又下意識覺得不要知道比較好，這實在是……很複雜啊。

由於近期有可能會被月退抓去見那爾西，因此我在培養法力之餘，也勉為其難地撥空掏掏暉侍的記憶，試圖從裡面多掏出一點那爾西的資訊來，以便在見面之前多做點基本了解。

而我花費心力搜索暉侍記憶的結果，我只能說……暉侍，你這個狼心狗肺的傢伙，那爾西的資料就只有這麼一點嗎！沒有了嗎！除了我看過的那些信就幾乎沒有了嗎？不只是小時候的事情，連信也幾乎都一片模糊啊！沒幾封清楚的！你到底有多不願記憶，有多不願想起！

我對暉侍感到很絕望，雖然這也不是一天兩天的事情了。這種時候連點有用的情報也給不了——不，已經不是這個問題了吧，你把你親弟弟的情報鎖死，是多不想面對跟他有關的一切啊，你可以解釋解釋嗎？

然後，就像是在逃避現實一樣，暉侍連續三天都沒在我夢中出現。

你不是很喜歡糾纏我讓我作惡夢嗎！現在是跑哪去啦！出來面對啊！說清楚講明白嘛！我才不相信你會有什麼害羞或者容易受傷的玻璃心，喂！

搜索暉侍的記憶時還意外看到一些不該看到的東西……我不想看到這種東西啊！我沒有窺探人家的隱私或者惡趣味的嗜好！我沒有！

跟那爾西有關的情報到底在哪裡！到底還有沒有！快點滾出來啊——

✣ 章之三

於歸

『之前回西方城後拖了好久才來找那爾西了斷，了斷了以後又過一陣子了到現在都還沒鼓起勇氣去探望過，唔。』——月退

『其實根本不會來了吧。』——那爾西

『他這輩子就是一直在等你吧？他的人生到底出了什麼問題啊，月退？』——范統

那是他剛當上皇帝時的事情。

從親人身邊被帶離，進入一個全然陌生且冰冷的環境，又被剝奪視覺——在沒有什麼人事物能夠依靠，極度不安的情況下，他偶爾也會想逃離那些冷酷的大人，找個安靜的地方自己躲起來。

會這麼做也只是因為，那個時候的他還沒體認到躲起來會比面對更慘的事實。

他沒有辦法取得他所需要的安全感，也常因為思念家人而哭泣，雖然躲起來還是會被找到，但他還是懷抱著恐懼被發現的心情，找了個地方抱膝坐著，希望自己小小的身影能隱藏在這個角落多一點時間。

今天是什麼樣的天氣，他看不見，自己躲在什麼樣的地方，他也看不見。

當天空開始下雨，逐漸變大的雨滴打濕他的身軀，他仍坐在那裡沒有走。淋雨的身體很冷也很不舒服，於是他又有了想哭的感覺，反正這裡只有他一個人，就這麼哭出來也是沒有關係的。

這樣濕冷的環境，讓他昏沉虛弱地快要閉上眼睛。朦朧間一個聲音，在他的耳邊響起。

『你是……恩格萊爾？』

他下意識想搖頭，說自己不是，那時他只想著自己被找到了，一定又是一番責打，不過，否認也沒有用的，這只會是個拙劣的謊言。

『為什麼會在這裡呢？』

那個聲音聽起來十分溫柔，是他已經許久沒有接觸過的。他沒有回答這個問題，只不斷搖頭，像是想表示自己不想回去，又像是根本不知道自己想做什麼。

雨慢慢地停了，那個人坐到了他的身邊，從聲音聽來，應該也是個小孩子。對方有一句沒一句地拐著他開口，由於是個陌生人，他也難以放下戒心跟對方進行交談。

『我留在這裡的日子已經沒有多久了，你可是還要待在這裡很久呢。』

他是聽見這一句話才抬起頭來的，心裡只想著真好，他也想離開這裡，卻辦不到。

『你覺得，命運是可以掌握在自己手中的嗎？恩格萊爾。』

對當時的他來說，這樣的問題太困難了些，所以他還是繼續搖頭。

『如果可以自己決定自己的事情，該有多好呢。』

那個溫柔的聲音，語氣裡似乎有幾分無可奈何，於是他開了口。

『我想回家。我不要待在這裡……』

『總是會有個理由，讓你被迫接受自己不想接受的事。就算你不怕他們，也覺得自己怎麼樣都無所謂，但如果他們扣住了你的親人脅迫你，你又能夠怎麼選擇呢？』

他不知道那個人大他幾歲，但從那個人口中說出來的話，卻讓他覺得好複雜。

『不要抓我爸爸……』

『沒有人會因為你說不要，就放棄的。』

『他們抓了你的爸爸嗎？』

在他這麼問之後，對方停頓了幾秒，才沉沉地說下去。

『也許是比爸爸還要重要的人呢。』

他不明白有什麼人會比爸爸重要，所以也不知道該怎麼接口。

『我有一個弟弟，他也住在宮裡……』

對方提起自己的事，只說了兩句就打住了。

『也許你們有機會碰到，如果能好好相處就好了。』

這樣的話語，他一律不知道如何回答，最後，他問了別的問題。

『你離開這裡要去哪裡？什麼時候回來？』

他看不見他的表情。

『去很遠很遠的地方……也許再也沒有辦法回來了。』

早上月退醒來時，還處於一種「原來我跟暉侍講過話」的微妙情緒中。

本來已經不記得了，只是夢境又把過去淡化的記憶翻出來，這才讓他想起這件事情。

那個人應該是暉侍沒錯，雖然談過話也不代表就有交情，但這種時候夢見這陳年舊事，總覺得讓人心情很複雜。

「所以重點是……要好好相處嗎？」

得到這個結論，月退又覺得暉侍也不是他哥，沒什麼必要聽他的話，不過，他本來就想跟那爾西好好相處，只是尚未去「相處」而已。

很恰好的，今天就有了一個趕鴨子上架逼他去面對的機會——這機會大概得算是伊耶給的，一早他就過來找他，告知了一件事。

「地牢裡找不到長老……你去找那個在養身體的傢伙問問看。」

他們處理內外事務處理了半天，終於輪到處理長老們的問題了，但伊耶去地牢搜了一遍卻找不到那些理應被祕密囚禁起來的人，便將這個問題反映給月退，要他負責問出結果來。

「唔？這種事情問奧吉薩就會知道了吧，你都對他用鎖鍊之咒了，他也不可能不回答你啊……」

月退愣愣地這麼問，伊耶則立即沉下臉孔。

「我就是要你去問他！西方城持有的那一半沉月法陣在哪裡，這些日子他到底都做了什麼需要善後的事情，通通給我一併問清楚！就算奧吉薩可能都知道，你也得去面對他！是你堅持要把人留下來的，那就好好處理！」

他一下子被伊耶的氣勢震住了，有種無法推託的感覺。

「你怎麼知道我還沒去找過他……」

月退心虛的發言讓伊耶對他徹底無話可說，好半晌，他才扯開嘴角接了下一句話。

「所以，你今天可以去了，我親愛的陛下。」

被他用這種表情盯著，月退實在難以再找任何藉口，只能摸摸鼻子找范統去。

找朋友壯膽是必要的，況且范統也跟他說好會陪他去了，不找白不找。

「喔——你終於不要去了啊？」

范統揉揉眼睛，一聽月退說完來意，直接反應就是這麼一句話。

我是說你終於要去啦。怎麼，突然大徹大悟想開了？覺得人生無常青春該好好把握，不該虛擲光陰，早日面對才是上策了嗎？嗯，我果然還沒睡醒，腦袋不清楚才會想這麼多亂七八糟的……

「伊耶哥哥要我去找那爾西問事情，沒辦法了，所以做做準備，去看那爾西吧。」

月退稍微交代了一下前因後果，范統則再度對那個稱呼提出質疑。

「你在他身後真的也是這樣喊他的嗎？」

「不就喊給你聽了？」

「不是反話、不是反話啦！」

「噢……在他面前嗎？最近他臉色都很陰沉，今天又看起來很生氣的樣子，我就不敢喊來激怒他了。」

原來還是會激怒矮子的嘛……我就想怎麼可能，矮子哪會那麼乾脆就接受這個稱呼……

「你明明知道會逗樂他，為什麼還要這樣喊啊？」

「逗……噢，激怒？因為，喊久了他說不定有一天會接受嘛，不喊就沒有了，我才不要就這樣放棄。」

什麼叫不要就這樣放棄，你是寂寞久了，親人多一個也好過少一個，即使沒有血緣關係也無所謂？人家不想當你哥，你又何苦勉強人家，想找個人兄友弟恭的話也換個對象吧，我看住手先生還比較適合，矮子不都擺明叫不要了嗎？

「范統，我們去探望那爾西，是不是該帶點什麼？送吃的好嗎？可是他應該也不缺吃的，那我到底該帶什麼去呢，花嗎？雙手空空好像不太禮貌啊，而且、而且我又過了這麼久才去……」

行前準備，月退也一樣困擾，而再讓他繼續困擾下去，今天恐怕又會拖過整天，那也不必去了。

「心意沒到就好了啦，才需要禮物撐場面。」

呃，我是說有心意的話才不需要禮物，顛倒成了反話可不關我的事。

「不行，雙手空空的場面太僵了，一定要送點什麼——」

「你就隨便送點他討厭的東西就好啦。」

那爾西，我不是故意陷害你的。

「——」

范統一說完這句話，月退馬上變臉，然後就垂下了頭，整個人沮喪得完全失去精神。

「我根本不知道他喜歡什麼東西……」

噢！這就是你的問題了，我可幫不上忙，你可能需要反省一下吧，相處了那麼多年，連一樣他喜歡的東西都想不出來，你們到底是生疏還是親密呢？

「猜猜看嘛，比如說，海雞毛之類的？」

我說的是陸雞毛。他不是叫魔法劍衛去拔過雞毛嗎？我到現在還搞不懂他的用意，怎麼會這麼無聊啊。

「為什麼我這麼不了解他呢……」

月退已經整個人陷入了黑暗的深淵，完全聽不見范統說什麼了。

喂，你振作一點啊，別掉進你自己的絕望世界走不出來，現在不是這種時候啦！

「怎樣都不好了，總之我們直接過去，出來以後你就不會想那麼少了啦！」

范統抓著月退的肩膀搖了搖，見勸說無效，索性直接拉著他出門。

雖然把人拉出門了，前往聖西羅宮也沒什麼問題，不過，聖西羅宮那麼大，房間那麼多，范統還真不曉得那爾西是在哪個房間靜養的。

宮內問問人不曉得問不問得到——但他這張嘴要開口問問題，本身就是一個災難，再加上聖西羅宮那讓人倍感不舒服的陰氣，范統覺得在這裡實在一秒都不想多待，偏偏他們有任務得去完成，不能隨心情走人。

「月退，你帶路吧，你應該知道那爾西的房間在哪裡？」

范統這次講的不是反話，卻讓月退極為震驚。

「你怎麼曉得我連他住在哪都不知道！」

……誰會曉得啊，剛剛那句不是反話，你不要反應過度啦，你這樣讓人覺得很累……

還有，你為什麼不知道啊！講得好像他對你來說很重要，重要到把你殺了也沒關係似的，結果卻一問三不知！

「沒、沒關係，不要慌，問伊耶哥哥一定知道的。」

月退說著，便拿出了自己那枚徽章型的通訊器，果斷地聯絡伊耶。

為什麼你不知道，矮子卻知道啊……他明明是個對那爾西的事情漠不關心的人吧？

「伊耶哥哥……」

『叫屁啊！聽不懂人話嗎！做什麼？又有什麼問題！』

似乎是覺得團訊聯絡比較快，月退用了這個模式，所以伊耶暴怒的吼聲，范統完全聽得見。

你這樣喊他，他果然會生氣吧……對矮子那種剛硬派作風的人來說，我覺得你這樣叫根本是一種精神攻擊。

「呃，你知不知道那爾西在哪裡休養啊？」

月退繼續遲鈍地問出了會讓人憤怒的問題，范統可以預期等一下伊耶更加火爆的聲音。

『這是應該問我的問題嗎！東宮那邊自己去找！我只去過一次，誰會記得是哪間！』

噢，可惜只聽得到講話的聲音，我本來還想不曉得能不能聽見神經繃斷的音效呢……

『噢，陛下，正門進去之後右轉第三間就是了，臣也去過了。』

頻道裡傳來雅梅碟熱心的指導，原來他的通訊器也開著。

可以記得這麼清楚，住手先生你應該不是只有「去過」，而是去了好多次或者天天去吧……？

「咦？大家都去過了嗎？只有我還沒去嗎？」

得知自己是最慢的一個，月退頓時欲哭無淚了起來。

那個啊，時間已經過了很久了，如果有誰這麼慢，拖到現在還沒去的，八成也不想去了吧，例如你。

『知道還不快去！別再問一些打擾人的爛問題了！』

「等、等一下，伊耶哥哥，探病帶什麼比較好……」

『你要是沒長腦袋就把自己捆一捆送去算了，閉嘴！』

唔喔，好兇猛精準的話啊，但……這樣做應該是不行的吧？

『陛下，臣不管送什麼他都沒收，全都退回來了，也許真的什麼也不用帶……』

住手先生你是送了些什麼！快住手！你沒事送你那個前任主子一堆東西是想怎樣？更別說這個主子還是你錯認的冒牌貨！

「所以應該送點什麼測試看看才對嗎……」

月退失神地喃喃自語著。

你又在想什麼，月退？你想實驗一下他會不會退你帶的禮物，藉此知道在他心中你跟住手先生有沒有什麼不同？

「我總不能送一些一定會被退貨的東西啊，范統，你幫我想一下好不好？」

好是好，但你可以先把通訊器關掉嗎？沒有必要聊給大家聽，謝謝喔。

在范統對通訊器指指點點比來比去，比了一堆手勢後，月退這才領悟，乖乖把魔法通訊器關掉。

「咳，一般探病送水果或者花比較不正常啦，不想太一般的話，挑一種送就可以了。」

「買多少才夠？」

月退立刻就問了一個讓范統腦筋打結的問題。

買多少才夠？你是想買多少？這種伴手禮也不是多多益善的吧？

「啊，這樣的話手會不夠拿……」

你到底想買多少！快住手！我是不會把我的手借給你的，你給我清醒！

最後月退還是決定水果跟鮮花各買一點，在范統的極力勸阻下，他們總算帶著比正常數量再多一點的花果，前往那爾西靜養的房間了。

看月退站在房門前發呆的樣子，范統覺得自己很想回家。

你總不會連個門都要我幫你敲吧？月退……

幸好月退發愣一陣子後，終於鼓起勇氣敲了敲門，不過，他敲完門，裡面卻沒有任何回應，這讓他好不容易生出來的膽子又消滅了不少。

「范統，為什麼沒有回應，要怎麼辦？」

月退那副慌張的樣子，范統實在有點看不下去。

不要什麼事情都問我啊！我又不是你媽！

「再敲兩次，小力一點。」

敲一次啦！然後敲大聲點！搞不好沒聽到啊！

月退大概是緊張的緣故，這次確實敲得比較用力，所以裡面也傳來那爾西的聲音了。

「進來。」

嗯？聲音聽起來有點沙啞，在睡覺嗎？

門也敲了，人家也開口了，月退就算還想退縮，也沒有退路，於是他們開了門進房，走往內室。

「奧吉薩，我不是說過不要這麼早來，我要睡覺，你要拿什麼東西自己進來就好，敲什麼門……」

他們進入內室時，那爾西正從床上撐坐起來，揉著自己的額頭，顯然是剛被吵醒，而當他一面以不耐煩的語氣抱怨，一面看過來，視線捕捉到月退身影的那瞬間，說到一半的話也愕然終止。

噢，尷尬。

范統覺得房間裡流動的空氣似乎有點冷卻，在認錯人的誤會下，他們兩個好像都不知道該怎麼開口接下去。

繼續這麼僵著都要石化啦，月退，快說你是來探望他的啊？

「怎麼是你？」

How are you……不，不對啦，那爾西你先開口做什麼，而且還一開口就是一句讓人如此尷尬的話！

「為什麼是奧吉薩？」

不——你不要用問句回答問題！你們這樣很讓人崩潰，不要這樣——

「奧吉薩每天都會來弄東西啊，我當然會以為是他，是你才奇怪吧！」

那爾西一臉莫名與惱怒地看著月退，月退則不甘心地繼續問其他問題。

「雅梅碟不是也常常來嗎？怎麼就不會以為是他啊？」

所以……你也有從剛剛的對話中察覺雅梅碟常來的事實嗎？不過，我有點搞不懂你現在執著於為什麼是奧吉薩的點……

「雅梅碟只要說過一次我不高興就會自己記得了，所以這個時間他不會出現啊！」

……住手先生，你到底……嗯，真是個優秀的家僕，嗯。

爭執完這幾句，月退又虛了下去，視線開始游移往別的地方，似乎覺得不太自在。

「那個……所以，你還要休息嗎？那我們先回去了……」

慢著！你伊耶哥哥交代的任務呢！好好地辦完啊！不要逃避！

「……你到底是來做什麼的？」

那爾西也無言以對了，沒有像伊耶那樣罵出來，不知該說是教養好還是沒那個力氣。

「噢，我、我們來探望你啊。」

月退彷彿終於找到了一個突破點，連忙走到床側的小桌旁，將袋子放上去。

「裡面有給你的水果……」

他說得很慢，像是小心翼翼地在測試那爾西的反應。

「我不需——」

那爾西拒絕的話說到一半，看見月退的臉色，才硬生生改口。

「知道了，放著吧。」

喔喔！沒有拒收耶！月退，你高興了嗎？

「還、還有帶給你的花。」

月退從另一個袋子裡把那束被范統挑剔刪減了很多次之後依然很巨大的昂貴鮮花拿了出來，然後便遞向那爾西。

喂！那個找花瓶插好就行了，你想給人家造成多大的困擾啊！

那爾西在看見那把巨大花束後，俊美的臉幾不可見地抽了一下，雙眼寫滿了「什麼鬼東西」、「一定要收這個嗎」、「到底要不要翻臉」之類的複雜情緒，十分矛盾與衝突。

然而，最後他還是勉為其難伸出手接過去，並且開口了。

「謝謝……」

從齒縫間擠出這兩個字大概已經耗盡了他所有的精神體力，他看起來像是很想倒回床上忘記這一切的模樣。

啊……怎麼說呢，雖然我覺得他有點可憐，但因為那張臉跟暉侍相似度太高了，不由自主想成暉侍後，就讓人有點想幸災樂禍了耶……

「東西我收到了，你可以回去了。」

那爾西似是覺得自己需要靜一靜，順便處理一下這把讓他極不適應的花束，完全不想再繼續交談便出聲趕人。

「咦？我們還沒有說到話，我還有事情要問你……」

月退邊說邊不自覺地挪開視線。

看著他說話好嗎？說話的時候盯著對方啊，這樣感覺很沒有誠意耶！

「你為什麼一直看旁邊？」

那爾西皺著眉提出了質疑。

你看吧，人家也覺得這樣很奇怪了，還不改進？

「我……還不太習慣你的臉……以、以前從來沒看過，之前也才看過一兩次，所以感覺有點陌生……」

啊？我之前烏鴉嘴還真的成真？那你不如把眼睛遮起來，看不到就很有熟悉感了嘛。

「……那麼，你有什麼事情要問我？」

那爾西的眼神徹底透露出「我累了」、「隨便你了，你要看別人的臉跟我說話也沒關係，快點說完我想休息」之類的訊息，整個人疲於應對。

「伊耶哥哥要我來問……」

「伊耶哥哥？」

啊哈哈哈，那爾西你那種不敢相信自己聽見什麼的表情好經典啊，噢，糟糕，我又把對暉侍的情緒轉移了，這樣可真是不太好。

話說月退你是不是忘了什麼啊？從剛剛進來到現在，你好像都沒介紹過我們認識……你這種把我當隨從的態度是可以的嗎？拜託你腦袋快點正常運作好不好？

「嗯，伊耶哥哥的爸爸是我的親生父親，所以伊耶哥哥是我哥哥，噢，這些事情我都還沒跟你說過，有好多好多的事情——」

月退才正要開始這個話題，便自己驚覺可以講的東西太多，這一聊下去，正事恐怕就離他們遠去了，所以他只能克制這個衝動，中途卡斷自己的話語。

「現、現在講那些事情的話，可能要講很久，改天有機會再跟你說吧。」

瞧他自己開了頭，又自己中斷，有點不好意思的態度，那爾西也淡淡地點了點頭。

「沒關係。」

他的聲音柔和了下來。

「我們還會有很多時間的……只要你還願意跟我說話。」

……嗯？我怎麼一下子覺得氣氛好到不行？這又是怎麼了？

沒有介入空間的話，我是不是該先閃了？我先閃比較好吧？什麼暉侍的遺願什麼的一點也不重要啦，改天再說甚至改年再說都可以啊？

「我怎麼會不願意跟你說話，我想……也許我們應該重新開始，而這需要一段時間吧。」

因為曾經造成的傷害依舊存在，不是短時間內能夠撫平的，所以要自然地交談可能有點困難，但即使如此，月退還是希望有那麼一天，希望他們之間能是和睦而溫暖的關係。

打破這柔軟氣氛的，是那爾西的一句話。

「話說回來，恩格萊爾，這個人是誰？」

月退……那爾西比你還早注意到我呢……

范統不由得滄桑了起來。

其實他根本已經在意我很久了吧？他應該只想跟你說話，旁邊卻又有一個人在聽，感覺很不舒服，進房到現在也這麼久了，實在不得不問一問這樣？

「啊，他是我的朋友，跟我一起來探望你的，他叫范統。」

月退連忙做了最基本的介紹，這種時候，范統覺得自己應該問好，但苦於反話的詛咒，他只能跟月退使眼色，希望他再幫忙說明一下。

要心有靈犀明白范統的意思實在太過困難，月退只能困擾地看向那爾西。

「那爾西，你有紙跟毛筆嗎？」

噢不！不用毛筆也沒有關係啊！我硬筆字也會寫的，別做出這種強人所難的要求！

「毛筆……？」

那爾西顯然無法處理這樣的資訊，他根本不能理解話題是怎麼轉到這裡來的。

他大概覺得我們不知道在打什麼啞謎，然後心中轉過無數問號了吧……

「月退，特殊的筆就可以了啦，你叫人家上哪去找硯台跟墨汁啊！」

范統只能靠過去跟月退講悄悄話，並且祈禱月退不會因為在那爾西面前腦袋運作不了而有聽沒有懂。

「既然這樣，你到底要我做什麼就乾脆直接用說的啊？」

哇，你居然提出這種要求，你現在的翻譯能力真的可靠嗎？

「你幫我跟他解釋一下我會講正常話的事情？」

「你、你們才剛認識，就要談那麼深入的話題了？」

什麼深入的話題啊，這是一開始想無芥蒂地相處就一定要做的事情吧！不要因為我跟你認識好一陣子才解釋就這樣，我已經嚐到苦果了！在噗哈哈哈身上也可以驗證啊！

「不然暉侍說幫他說一句對不起，你幫我跟那爾西說，我怕我一開口講出來的是很棒的反話啊。」

好不容易前面都沒錯，為什麼最後面要破功呢？這世界上哪有很棒的反話？只有很糟糕的反話啦！

月退聽了范統的話，似懂非懂地眨眨眼睛，接著便將頭轉回去面對那爾西。

「對不起。」

咦？就這樣嗎？這、這樣好像也怪怪的啊？

「你沒事道什麼歉？」

那爾西已經快要放棄理解了，范統從他抽動的唇角就可以看出來。

「算了、算了啦，你們先談你們的無聊事好了，這件事反正也沒有很不重要，我們沒空再說就好。」

「喔……」

於是，月退終於將話題轉了回來，雖然那爾西已經不怎麼想聽了。

「那爾西……伊耶哥哥說他在地牢都找不到長老們，你把他們弄到哪裡去了？」

從那爾西的表情判斷，這個「伊耶哥哥」他大概還聽不太習慣，但他還是回答了月退問題。

「都殺了。」

那爾西回答的語氣很平淡，卻讓月退跟范統都吃了一驚。

都、都殺了？我該說你幹得好嗎？這也太乾脆了吧……不過你連無冤無仇的珞侍都下得了手，也許是我不該低估你的心性？

「怎麼會……我以為你還會留他們一陣子的……」

「確實留了一陣子，但心裡煩悶就處理掉了。」

心裡煩悶就——！月退，早叫你早點來找他的嘛！雖說那些長老也很該死沒錯啦……

「咦——可是，沉月那一半的法陣他們才知道放在哪裡不是嗎？」

月退先叫出來的居然是這個問題，至少代表他還有把正事放在心上。

「我也知道。反正想問的事情，我都會從他們口中挖出來。」

那爾西倒也不是毫無考慮就把人殺掉的，月退便遲疑地問了下去。

「那麼……在哪裡呢？」

「燒了。」

「啊？」

啊？

范統在心裡跟著月退叫了一聲。

燒了的意思是我們可以不必封印沉月了嗎？萬歲——不，慢著，那應該是很重要的東西吧？就這樣燒掉好嗎？到底為什麼會……

「因為心情不好，就燒了。」

那爾西給的答案依然十分有個性……或者該說是任性。

「怎麼會這樣，燒了不就沒有了嗎？」

月退這下子有點欲哭無淚了，那爾西則伸出手指指自己的頭。

「還有。在我腦袋裡。」

——燒掉就燒掉嘛！你還把它記下來做什麼！不要謄出來，不要這樣，快給月退藉口讓他無法阻斷自己跟我們的生路啊！

「那……你找個時間把它默寫出來？」

我覺得這種情況下，那爾西要是露出邪惡的笑容，說出「求我啊」之類的台詞，好像很適合……說不定還比暉侍更適合！雖然這張臉很好看，但我真的認為跟壞人的表情挺搭的……

「你想做什麼？」

那爾西皺起了眉頭，似是敏感地察覺了什麼，才問出這個問題。

「那本來就是很重要的東西，留一份下來也是應該的嘛……啊，你之前就燒掉了？那、那你還想要我殺了你！你死了不就再也沒有人知道法陣的內容了嗎？」

月退找藉口找到一半，突然想到這一點而大驚失色，那爾西倒也不否認。

「沒有人知道也沒什麼不好。上面有什麼有用的東西嗎？」

大、大哉問！大家都沒看過哪會知道上面有沒有有用的東西啊！

「沉月能夠繼續維持運作就好了吧，王血注入儀式如何進行，大家也都知道了，不需要那份法陣應該也沒什麼關係。」

「可是……唔，你到底為什麼要特地把那份法陣找出來燒掉啊？」

月退支支吾吾了一陣子，想了半天，最後又回到這個問題。

「不就說了心情不好——」

「我覺得你好像是特地從長老口中問出來，再特地去找出來燒掉似的，哪有人心情不好卻有心思去做這麼多事？」

月退這麼一問，那爾西的臉色便又陰沉了些，接著沉默了一段時間。

「我確實是特意將東西找出來燒掉，再將他們滅口的，不行嗎？」

啊？這不是行不行的問題吧？你為什麼可以說得如此平常而且不做任何解釋？

「你、你為什麼——西方城的主張不是調查清楚沉月，然後再研究是否有必要封印嗎……」

那爾西理所當然的態度使得月退在錯愕之中也有點詞窮，簡直不知該從何問起。

「因為你現在是新生居民。」

那爾西低下了頭，聲音悶悶的，卻很堅定。

「所有會妨礙新生居民存續的不穩定因素通通消失就好了，什麼生魂之類的東西，完全沒有考量的必要，那些一點也不重要。」

喔……那爾西應該也看過暉侍的報告了？所以他曉得沉月可能有的問題，然後打算視而不見這樣？真是有行動力啊……

「不是這麼說的吧，怎麼會……」

「這是這個世界欠你的。」

那爾西在說這句話的時候，他那雙藍色的眼睛，彷彿隨著他幽暗的情緒而深沉。

「你付出給所有人的還不夠多嗎？別的世界的人，也得算是你的責任嗎？」

這是一個尖銳而沉重的問題，月退大概還沒做好面對的心理準備，突然被這麼問，頓時發不出任何聲音。

「我不知道你想做什麼，如果需要沉月的法陣，我謄寫一份出來也沒有問題，只是，上面不會有封印的那部分。」

嗯，我覺得他態度是強硬了點，但用意還是為你好的，月退。假如缺少法陣，封印沉月根本就不可行的話，那就沒有任何人能夠逼你、脅迫你去做了……就算是你自己也不行。

這不就剛好是你所期盼的狀況？

「那爾西。」

月退喊了一聲他的名字，然後帶著一種複雜的情緒說了下去。

「你又要……幫我做決定嗎？」

他這問題問得不重不輕，卻讓那爾西的臉色出現了不小的變化。

「其實沒有什麼是對我來說比較好的決定，我只是希望自己承擔背負做了決定之後的後果……別再代替我去做我辦不到的事了，好嗎？」

那爾西看著他，抿了抿唇，想說的話到了嘴邊，卻一句也說不出口。

「為什麼你總是要做一些讓人看了痛苦的事情？就因為這些事情只有你才能做？」

最後他做出了這樣的質問，只待月退給他答覆。

「因為有些事情我一定得確認，我想知道沉月現在到底是什麼狀況。我不能什麼都不去了解就這樣過下去，有些問題讓我……很在意。」

月退給出的答案，卻跟和范統說明時不太一樣，范統微感遲疑。

你現在說的又是什麼？什麼問題？我怎麼沒聽過？

那爾西你現在的心情如何？你希望他死的時候，他想活下去，而當你希望他活下去，他又自己不想活了，嗯——這實在是個悲劇啊。

「……我到底能幫你做什麼？」

「有！很多很多事情！我需要你！」

那爾西的語氣透著苦澀，而這樣的苦澀，卻因為月退下一秒異常積極的態度而變了調。

忽然被熱烈握住雙手的那爾西完全不曉得該如何反應，氣氛一時之間又回到了剛開始送花送水果時的無言感。

「那爾西，不要說這種話，沒有你我怎麼辦——」

「我會把法陣寫出來給你的……如果你堅持的話……沒事的話我想休息了，你們可以先回去嗎……」

啊哈哈哈，月退，他真的累了吧，精神看起來滿滿的疲憊啊，其實我也挺累的，從頭到尾幾乎被擱置一旁不說，都已經特地來一趟了，還是無法完成暉侍的遺願，我是不是該自備一張用西方城文字寫成的說明，交代清楚前因後果再過來呢？這也許會是個好主意？

然後絕對不要再跟月退一起來了，只會誤事啊！

「噢，伊耶哥哥還要我問，你有沒有做什麼需要收拾善後的事情？我們最近忙進忙出都在處理這些大大小小的事務……」

「去問奧吉薩，我不想多說。」

我看你別為難他了，反正你伊耶哥哥要你來問，只是要你來見他而已，為難體虛病人的不是好漢啊，剩下的去問那個大叔吧，他做過什麼壞事，當然是跟他狼狽為奸的那個大叔最清楚。

「好吧，那……你身體現在怎麼樣了？有哪裡不舒服嗎？有沒有什麼後遺症？」

照理說也該走了，月退卻硬是又補了一個問題。

月退！你為什麼把一進來就該問的問題擺到最後才問啊！你到底懂不懂得探病說話應有的順序！

「我現在很想休息繼續睡覺……」

那爾西只能再重複表達出想一個人獨處的訊息，這次月退總算聽得懂人話了。

「嗯……我們不打擾你了，就先這樣吧。」

本日拜訪的目的也算已經達成，月退便拉著范統告辭，走得倒也很快。

「呼，這樣就對伊耶哥哥有個交代了，見那爾西也沒有想像中那麼困難，真是太好了。」

月退像是了卻了心頭一樁大事一樣，看起來心情很好，范統卻什麼事情也沒了卻，有股嘆氣的衝動。

「見面有什麼容易可言啊？」

「有一些心理障礙嘛……質變的影響還是存在，雖然已經淡化很多了，不過還是得花點精神克制。」

等一下！你說什麼！你是說你剛剛其實有可能變成那種黑黑白白的狀態嗎！你這樣簡直是一顆不定時未爆彈啊！我看你以後還是不要去見他比較好吧？

「他長得跟你反正也很不像，你就當作是自己的臉習慣一下嘛……」

「哪裡像了啊！根本就完全不一樣嘛！我看起來就覺得完全不一樣！」

月退的抗議十分快速且直接，范統也懶得反駁他。

對啦對啦，你們在年紀臉孔與氣質上的差別會感覺沒那麼像，他真正像的應該是暉侍沒錯……

「你又把符咒通訊器拿出來做什麼？」

唉，是魔法通訊器。符咒通訊器……還真懷念啊。

「聯絡伊耶哥哥。」

月退一面說，一面送出聯絡要求。

「既然剩下要問奧吉薩，那請伊耶哥哥去問就好了，我不想跟奧吉薩說話。」

……我可以問一下你為什麼不想跟他說話嗎？是因為他之前明知你才是真的卻不歸順，還是為了其他幼稚的理由？

范統想來想去還是沒有無聊到問出來，至於還得另外找個時間自己去見那爾西的事，他也打算之後再去煩惱了。

那爾西在聽見開門的聲音時，反射性便看向了門那邊，等到對方進了內室，他才挑了挑眉。

「這次真的是你了啊？」

奧吉薩沒反應過來，不過也沒針對他這種態度從何而來提問，只將視線自然地移動到房間裡最刺眼的那個東西上頭。

「那束花是？」

「……你什麼都沒看到。」

那爾西覺得頭又痛起來了。

「不必處理掉嗎？」

聽他這麼問，那爾西還真的不知道該怎麼回答。

如果是雅梅碟送的，直接處理掉也沒什麼關係，但問題就在於，這花是某個棘手的人送的……

說起來要是雅梅碟送的，他也老早直接拒收，花就不會出現在這裡了，如今收都收了，再拿去扔掉，要是被知道了——

「……拿個瓶子插起來，放到外面去，不要讓我看到。」

抱持著只要別同處一室，感覺應該會好得多的心情，那爾西下達了這樣的指示。

不過放到外面去，幾乎也等於拿這束鮮艷的花接待所有來拜訪的客人——唯二能夠慶幸的，大概就是花活不了幾天與客人本來就沒幾個的事實了吧？

❀

正牌少帝回歸，照理說應該舉行個隆重的典禮儀式，風風光光地回宮入主西方城，只是，少帝本人既然沒有把假的那個公諸於世給世人撻伐的打算，這所謂的隆重儀式，當然也就沒得舉行了。

儘管如此，他們還是在宮裡低調舉行了一個簡略版的，就算不讓全西方城的人知道幕後真相，至少也得讓一些核心人員稍微搞清楚狀況，不能什麼都不做就這樣無聲帶過。

這大概是月退第一次睜著眼睛體會到皇帝該有的排場。不過，說是該有的，其實也只是個小型的正式儀式，換上了西方城的衣服後，他整個人的感覺也不太相同了。

那爾西雖然列席在側，卻沒有公開的介紹，也沒安排給他什麼職位名目，關係有點曖昧不明，況且還是有人認得他是之前公開亮相的那個少帝，私底下可就不知道會怎麼議論了。

「真是的，不會乾脆叫他去做梅花劍衛嗎？他劍術跟魔法應該也不是不行吧？」

范統、硃砂跟艾拉桑都是觀禮人士，講白一點就是路人，反正聖西羅宮大殿上地方寬敞，多站幾個人也不會太擠，他們就跑來湊熱鬧一下。

然而正式場合需要安靜，也沒什麼熱鬧可言，此刻硃砂碎碎唸的話語也放低了音量。觀眾要討論是沒什麼關係，討論到給大家都聽到，那可是有些不妥的事情。

「我們哪會不知道他們是怎麼設想的呢。」

我們就是不知道啊。詛咒你煩不煩，別隨隨便便就讓我說出這種高深莫測的話好嗎？

說起來，那爾西要是真成了梅花劍衛，那豈不是跟大叔平起平坐，甚至大叔還是他的前輩……怎麼想都覺得很微妙呢？

「噢，恩格萊爾穿上正式的服裝看起來真是英俊挺拔，我好感動——」

艾拉桑明顯不在他們的話題中，只顧盯著王座上的月退瞧，似乎頗有一種吾家有兒初長成的感慨。

英俊……挺拔？這……可能還要再過個幾年吧？以年紀來說月退是沒有很矮啦，不過距離挺拔好像……慢著，他根本也不會長大了啊！除非去弄那個什麼讓軀體長大的水池重生，不然就一直是這個樣子了——算了，老爺您高興就好，我們就不予置評了，如果感動到熱淚盈眶需要手帕的話說一聲，我幫您問問看硃砂有沒有。

「也差不多可以結婚了。」

硃砂對英俊挺拔一詞沒有任何意見，只點點頭淡淡地說了這麼一句。

「結結結結結婚嗎！這、這個……」

艾拉桑到現在還不曉得硃砂可以變成女人，但知道了搞不好會更驚恐。

放寬心吧，爸爸，您兒子可能要有人拿刀逼著他才會考慮結婚這檔事的……我叫爸爸做什麼？真是的，還沒睡醒嗎？唉唉，儀式快點舉行完讓我們回家吧，聖西羅宮的氣場就是讓人不想久留啊。

今天的儀式具體來說，只是宣告少帝將拿回統治權與列狀長老越權的劣行，同時公開長老們已經被處刑的事，並由月退宣布之後對戰事的處理方向，整體進展得很順利，而在儀式結束之前，倒是插入了先前沒說好的一段。

當伊耶被點名到殿中時，神情顯得有點意外，月退則從上面的座位走了下來，手中拿著的，是先前從雅梅碟那裡討來的，原屬於伊耶的授勳徽章。

「伊耶……重新接受這枚勛章好嗎？回來當鬼牌劍衛，再一次成為我的劍，為我斬除我身前所有的障礙……」

月退以遲疑猶豫的表情說出的這番話語，多少有股懇求的意味包含其中，希望他能夠不要拒絕。

伊耶當然不會聽不出來。這也等同於要他對封印沉月的事情做出答覆——支持他，陪在他的身邊，或者離去。

這並非一個不必思考就能做出答覆的問題。

即使他選擇不幫他的忙，不成為他的助力，事情也未必不能成，原先他們的約定，也只到協助他奪回帝位。

他知道少年並非真的十分需要他的力量，只是希望每一個重視的人都能站在自己身側陪伴，也是這樣純粹的願望，讓他唯有嘆息。

當少年以這樣的眼神望著他，渴望得到他的回應時，他所要考量的已經不是封印沉月的立場、新生居民的事情……他所要考量的，只剩下是否願意為他留下。

沉默了半晌後，伊耶以略嫌粗魯的動作從月退手上搶過了那枚徽章，然後依循授勳時應有的禮節，單膝跪下。

月退在驚訝轉為驚喜後，便對著他說出了自己該說的話。

「你願意以你的名起誓，效忠於你的皇帝，背負起魔法劍衛的榮耀，守護西方城的正統嗎？」

他問完了這些話，而後是伊耶答允的聲音。

「我願意。」

在他將伊耶扶起的時候，心中那種開心感動的情緒是難以言喻的。

終於是由他親手授予的信任與託付，終於是對著他做出的誓言，象徵著他願意成為支持他的力量。

掌聲在殿上此起彼落地響起，而這個時候，雅梅碟也湊了過來。

「陛下，那個……恭賀您回宮，臣帶了禮物想送您。」

「禮物？」

月退不解地朝他手上拿的東西看去。

「這是先前去夜止採陸雞毛做的枕頭，希望您會喜歡。」

「……」

月退無言地將枕頭接過來，回頭看向另一邊的那爾西，果然看見那爾西的臉也黑了一半。這種時候說出「又不是我叫你去拔的」、「你是不是送錯人了」之類的話也沒什麼意義，不過謝謝這兩個字還是很難說出口，那爾西則因為想起當初雅梅碟奉上雞毛的時候自己說過的話而別過了臉孔，倒是伊耶很乾脆地掄起拳頭就朝雅梅碟頭上揍下去。

「笨蛋臣子！送皇帝枕頭是想幹嘛啊！你這智障！」

「好痛！可、可是這本來就是拔給陛下的，留著可惜……」

「不會拿回家自己睡嗎！什麼場合幹什麼好事啊你！」

「別吵了，我收下就是了，我會幫你轉交給那爾西的……」

「喂！我已經拒收過了，不要轉交給我！別以為經過你的手我就會收！」

幼稚無理的吵架連那爾西也加入了戰局，最後是處變不驚的奧吉薩出來告訴大家儀式已經結束，麻煩自動離開，現場的看戲人士才不得不散去。

「送我家兒子枕頭的意義是……？」

艾拉桑似乎陷入了新的煩惱中。

「我們走吧。」

硃砂也不想再看下去了。

「嗯。」

范統認真地跟著點著頭。至於以鑽石劍衛身分列席的璧柔無法跟他們一起快速退場，那也不關他們的事了。

范統的事後補述

可喜可賀！月退終於回歸皇帝的身分，也奪得統治權啦！是不是應該開香檳慶祝一下啊——雖然最後儀式整個混亂搞笑去了，唉，搞什麼雞毛，害我又想起東方城那段不愉快的殺雞拔毛回憶，住手先生，你要是知道你們陛下也親手拔過幾百根，不知道做何感想？

西方城內外應該差不多搞定了，接下來就是要面對東方城了吧？珞侍那之後到底怎麼樣，我還真擔心，只是遠在這裡也關心不到……

那個逃避了很久的暉侍惡靈，今晚總算出現了。我說這種話絕對不是因為我想他，只是覺得他搞失蹤的行徑很令人無可奈何。

既然出現，我當然要問問跟他親弟有關的事情，只是他言詞閃爍東扯西扯，最後索性拿布塞了我的嘴，還說什麼「打聽別人的家務事是很不道德的，范統你跟誰學壞了啊，來，嘴巴閉上，雖然你能講話比較有趣，但問的都是這些問題就不有趣了」，簡直氣死人！

為什麼我在夢裡就是無法勝過暉侍？這沒道理啊！可惡，如果夢中也能帶著噗哈哈哈就好了，我就不相信他會看著人家這樣欺負他的主人！

……不過，暉侍這個舌粲蓮花的傢伙，搞不好真的有辦法可以把噗哈哈哈說服得袖手旁觀……想要戰勝暉侍，還得先戰勝他的口才嗎？這是什麼悲慘的情況？

總而言之，我有種……與我的生命深深糾纏不放過我的，除了反話的詛咒外，又多了一個暉侍的感覺，而且這應該不是錯覺，我到底該怎麼辦？

這種時候我真需要一個指點迷津的智者來告訴我該怎麼做，在我老爸還沒死的時候我都是問他，雖然未必會得到一個合意的答案，但至少會有個參考答案。

嗯——我爸爸說過，遇到無力抵抗的事情時，就把自己當作一根死木頭放水流……但，這樣會不會太過消極了啊？我一定要讓這句話成為我的行事準則嗎？

子女應該要青出於藍才對！雖然如此，目前也不是我要不要當死木頭的問題，我這根木頭有反應，暉侍反而還會覺得更有趣，是吧……？

✣ 章之四

再度相會

『如果是音侍那個傢伙，實在相見不如不見。』——雅梅碟

『音侍到底是砍不斷手的那一個，還是武器劍刃會延長的那一個？』——伊耶

『按照伊耶哥哥這種記人的方法，那我應該是什麼呢……』——月退

『不就煩死人的妹妹嗎？還能有什麼？』——范統

國內大事底定後，接著便要商量關於東方城的問題了。不管是原先的交戰狀態還是需要沉月法陣一事，都是必須解決的事情，正巧東方城也發來了停戰協議，這是一個重啟談判的好時機。

由於停戰是對方來商議的，西方城便提出由己方提供場地，讓東方城派代表來商談的要求，現在東方城也給了名單，那麼，自然該開會討論一下如何處理，畢竟他們也得開出出席名單給東方城，雙方都同意確認了，談判才能正式進行。

「我們得先敲定出席名單，畢竟夜止要來的人只有珞侍、音侍、綾侍跟違侍，所以我們出席的人應該也不能超出四個人，否則，對方可能不會接受。」

伊耶是盯著卷宗才唸得出有誰的，事實上他也無法把這些人名跟正確的人對上，關於對方

身分的說明，恐怕還是得交給其他人來才行。

「夜止女王沒有親自過來，所以我們的皇帝也不能出席，這是身分對等的問題。」

雅梅碟第一句發言就針對了這個點，月退無辜地眨了眨眼睛。

「什麼？我不能去嗎？」

「對，你首先就被剔除了，再來。」

伊耶也同意這個意見，月退只好先不吭聲，聽下去再說。

「對方表面上來了四個侍，但其中一個算是夜止的王子，我們也得有個身分地位高的人去，才不會失禮。」

奧吉薩接著說明了這一點，然後大家面面相覷。

「我們哪來的身分高貴的人啊？」

伊耶挑了挑眉，完全想不起任何一個人。

「陛下的親人的話，那不就是你了嗎？伊耶。」

雅梅碟的話讓伊耶對他投以腦袋可能需要改造的眼神。

「沒有血緣關係！他也不算我弟弟！」

「要血緣關係？不然，請伯父去？」

他的主意居然打到艾拉桑身上去了，伊耶理所當然地對這白痴的提議感到憤怒。

「叫那死老頭去，是不想談判了嗎！根本談到一半就會忘記己方立場跟本來的目的，開始為敵人設想了吧！你給我用腦思考後再發言！」

幸好伊耶在會議中還維持著冷靜，沒有直接拳頭相向，不然開會人員可能就會少掉一個了——雖然這也未必是壞事。

「那邊那個傢伙！不要在那裡打瞌睡！會議途中這像什麼話！」

伊耶容忍了雅梅碟無腦的發言，不代表他會連其他所有事情一起容忍下來，坐在角落偷睡的范統自然是個很容易被牽怒的對象。

吃了一記遠距離攻擊的范統痛醒了過來，繼續不知死活地打呵欠，同時也覺得無奈至極。

我知道會議途中睡著很不禮貌啊……但你們討論國家大事，為什麼我一定要在旁邊聽啊？到底關我什麼事？

「真不是成大器的料……」

璧柔搖頭嘆氣了一下，這句感嘆相當刺耳。

喂喂，喂——給我差不多一點，坐在這裡的你們要嘛皇帝要嘛高官，我到底為什麼非得跟你們同桌不可，而且我應該只是來旁聽的，根本沒有發言權吧！真是的，為什麼月退一定要我來啦！硃砂都不用來！差別待遇！

「范統，打起精神嘛，會議結束就有好吃的晚餐了。」

月退善意地對他這麼說，但這話依然十分有問題。

你這是什麼樣的鼓勵啊！好像只要有吃的就可以安撫我一樣！為什麼是這種哄小孩的語

氣，你們把我當成什麼！我並不是因為沒有東西吃才想睡的好嗎！我對國與國之間的政治這種事情一點興趣也沒有，一．點．興．趣．也．沒．有！

「說到王子，西方城也有個王子不是嗎？」

天羅炎冷冷地開了口，這裡倒是有幾個沒聯想起來是誰，月退則臉色變得有點難看。

「妳是說……那爾西嗎？但是，那爾西身體還沒養好……」

哦？原來是說那爾西？對喔，他好像是先皇的親生兒子……可是皇帝都換人了，這樣也算王子？

「這不算是問題，至少能下床能說話也不會忽然暈倒吧？」

伊耶敲了敲桌子，似乎覺得月退的反對理由不夠具體。

的確，談判也就坐在那裡講話而已嘛，只要沒像個虛弱的公主，腦袋清醒又精神充足的話，應該可以出席吧？就算不會說話，供著當一尊身分象徵花瓶也不是不可以嘛。

「可是，之前鬧不愉快就是那爾西做的，東方城的人看到他不會不高興嗎……」

月退持續持反對意見，於是伊耶不耐煩地皺了眉。

「那就叫他道歉！為了上次的事情先致歉再開始啊！」

「不妥。談判還沒開始就先低頭，氣勢便矮了一截，這不可行。」

這次反對的人是奧吉薩，伊耶瞪了他一眼。

噢，總而言之代表國家的時候有錯也不能道歉，必須理直氣壯而且大家還得口徑一致挺你是吧？我覺得這樣挺討厭的耶，就不能誠懇一點、光明磊落地談嗎？好吧，我就說我不懂政治嘛……

「人選就決定是那爾西，不道歉就不道歉，有沒有異議？」

事關國家尊嚴，伊耶便打消了叫那爾西道歉的念頭，不過月退仍然在碎碎唸。

「他們真的不會看到那爾西就生氣嗎……珞侍也有來耶。」

讓受害者跟加害者直接碰面？真不是個好主意。我也覺得那爾西露面會激起對方的不悅耶，但你們也找不到第二個王子了……唉，怎麼這麼麻煩啊。

「我們生不出第二個人選了，反正夜止同意提供法陣研議、共同封印沉月的可能性也不高不是嗎？」

伊耶這句話倒是在座的人都認同的。當初王血注入儀式，東方城就已經持進行儀式的立場了，現在來要求停戰，必定也是因為知道皇帝換了，商談王血注入儀式應該可行，那麼要說服他們同意調查沉月，如有問題就封印，多半不是那麼容易的事。

而東方城大概以為西方城也願意配合王血注入儀式，畢竟他們不可能猜得到身為新生居民的月退居然會有不顧自己性命、封印沉月的想法。

「所以，說服他們的人選就更重要了，我們也得找出可能說服他們的論點……」

璧柔還是希望可以順利和平地達成目的，畢竟這是月退的希望，所以她也想盡一分心力。

「我認為應該先預設談判會失敗，然後決定失敗後應對的手段，再決定人選，如果陛下不會跟對方妥協，破局便面臨武力相對，那麼派去的其他三人，就必須是制得住局面的人，同時為了穩妥，我們還必須在談判會場外安置埋伏的人手。」

奧吉薩這番言論，聽得大家都是一愣，有幾個人深思起來，范統則是暗暗地頭皮發麻。

哪來的陰險大叔！明的不行就來暗的！所以用講的講不通，就要用武力逼迫他們就範了嗎？至少珞侍跟音侍大人是熟人，音侍大人還幫忙月退從東方城逃脫，我們真的要這樣對他們？

「我們為什麼要這麼做啊？」

璧柔在情感上有點無法接受這樣的事情，提出這個建議的奧吉薩便面無表情地進行了簡短的解說。

「在無法讓對方心甘情願妥協的情況下，只能以逼迫的方式進行，我們與夜止勢必會再度面臨戰爭，先發制人減少他們的有利條件是應該做的，絕對不能讓女王的劍與護甲回到她的身邊。」

音侍跟綾侍的真實身分，月退在會議剛開始的時候就告訴他們了，不過就算不考量這一點，先行制住兩個可能成為東方城戰力的高手，也是以敵國立場該去做的事。

可惡啊，做人不能厚道一點嗎？大叔你不要帶壞月退啦！這樣子我們的良心怎麼過得去！

范統懊惱地抓著自己的頭髮，卻又不能開口阻止。這個方案會不會被實行，決定權並不掌握在他手上。

「的確是這樣沒錯，雖然勝之不武，但給敵人充足的準備只會造成我們國力的消耗，這是不得不考慮的事情。」

伊耶的語氣雖然帶著不滿，但還是認可了奧吉薩的話語。

「若是奪了夜止的優勢可以讓他們評估之後投降，免去戰爭，那倒也是一件好事。」

雅梅碟點了點頭，算是附議了。

咦？你們真的沒有一個人要質疑嗎？別這樣啊！別讓這麼陰險的計畫通過吧？

范統覺得這樣下去很不妙，偏偏也只能看向月退，觀察他的表情。

璧柔沒有說話，應該也是在等月退的意見。月退為難了一陣子，才勉強出聲。

「我們只是要把人扣留下來，沒有要取他們性命，也沒有要傷害他們吧？」

月、月退！你真的要這麼做嗎？

「這部分依照陛下的意思去辦。」

奧吉薩沒說不會做，只說按月退的指示，也就是有必要的話，還是可以做的意思。

「那麼，三個人裡面先加上天羅炎，我們心靈相通，溝通聯絡裡面的狀況，進行埋伏也比較方便。」

月退很快就做出了決定，淡淡地下達了指令，這部分他們都沒什麼異議，天羅炎金線三紋的實力，不管是自保還是協助制伏敵人，應該都使得上力。

范統對於這樣的發展目瞪口呆，只是他呆他的，會議仍舊繼續進行。

「還剩下兩個人，總要有能跟對方好好談判協商的人，讓我去吧，我們也還沒完全放棄和平解決吧？」

璧柔略顯沮喪地這麼說，奧吉薩瞥了她一眼，很快就提出反對的意見。

「動之以情沒有意義。夜止的人談判的底線一定是夜止女王給的，就算對方被說動，單方面承諾下來，他們的女王不答應仍然沒有用，我們只需要向他們說明清楚立場與關係利害，提出我們的訴求，這樣的任務誰都可以達成。」

你！大叔你從一開始就沒打算好好談判，只想把談判當誘餌，拐他們上門來，再把他們一網打盡是吧！怎麼可以這樣啊！月退你在那裡低唸「誰說誰都可以達成，范統就不可以啊」又是什麼意思，不要偷偷損我的嘴巴！

「誰說的！只要音侍答應了，我相信他就可以說服女王的！」

璧柔抗議完，雅梅碟便以奇怪地眼神看向她。

「妳為什麼可以這麼篤定啊？」

「這是女人的直覺！」

女人的直覺……但，妳又不是人……好啦，我相信音侍大人對矽櫻女王的影響力真的不小，但這種關係重大的事情，她有可能聽他的嗎？更何況音侍大人很可能一個不小心說溜嘴，說是妳說服他的，那女王同意的可能性可就大大降低了呢……

「有私情也是個問題點，真弄到需要動手的地步，難保妳不會因為私情而縱放對方，故意留手或者造成妨礙。」

奧吉薩說出來的話一點也不討喜，同時也絲毫不給對方面子，璧柔立即就火大了起來。

「你說什麼！」

呃……大叔說的話雖然難聽，但我真的覺得妳很有可能心軟耶，面對音侍大人那張臉，妳打得下手嗎？特別是妳還欠他人情？雖然我也不知道到底是故意縱放比較好，還是狠狠打趴他們把他們留下來比較好……

「愛菲羅爾的話，什麼都有可能呢，不是為了那把劍去夜止鬼混嗎？」

天羅炎對璧柔投以極為不屑的眼光，話語中也透出濃濃的嘲諷，這件事的確是很不光采的事情，璧柔一時之間也無話可說。

「我又不知道他是……只是因為……妳、妳難道就跟綾侍沒有任何感情嗎？過去妳還在東方城的時候，不也跟千幻華服侍同一個主人？」

對璧柔抱持著懷疑而擠出的問題，天羅炎沒有絲毫反應。

「我跟他毫無接觸，沒有交流，連話都沒說過半句，談何感情？」

「妳居然完全沒跟他接觸過？」

聽了天羅炎的話，第一個表示訝異的反而是月退。

「我為什麼要跟他有接觸？我對他沒興趣，他對我也沒興趣，相安無事就好。」

「我只是覺得某方面來說你們個性似乎挺像的，應該可以相處得很好……」

范統對這句話深表贊同。

是啊是啊，我也這麼認為呢，你們兩個認真起來都殺氣騰騰，讓人覺得好可怕，我本來還想說不愧都是東方城的，但看來你們彼此之間似乎沒什麼關係？可是音侍大人跟璧柔也挺像的啊，思考上都有白痴的一面，放起閃光來也都置羞恥心於度外……嗯，怎麼都不是什麼好的形容詞？

「武器跟護甲勢不兩立。」

天羅炎的臉色變得比剛才更冷了一分，顯然她不只對人類沒興趣，對武器、護甲也一樣沒興趣，她的神態顯示她並不喜歡這個話題。

「我們回到原本的議題吧，先不論人選，陛下的意思是要活捉，問題是……活捉的難度應該很高吧，要是沒有辦法的話，是不是也得創傷他們呢？」

雅梅碟試圖將會議的氣氛導回原本的樣子，而他一提出這個問題，月退就皺眉思索了。

喔喔喔喔！對喔！糟糕！要活捉音侍大人跟綾侍大人，不容易吧？如果還要毫髮無傷地活捉，那簡直是不可能的任務嘛！他們也不可能乖乖束手就擒、放棄掙扎啊，這點大叔你一定早就想到了，只是不說吧？你一開始就想重傷他們——你這個無良大叔——

范統對奧吉薩的觀感持續往負面方面發展，其實原本他就對他沒什麼好感了，在基礎印象不佳的情況下，也很容易只去注意討厭的地方，然後就越來越厭惡對方。

「我們會盡力去做到不傷害他們，只是，希望陛下還是能給個方便，允許判定安全活捉無能為力後，便不惜傷害對方也要達到目的。」

奧吉薩緩緩地說出這樣的話來，月退的神情依舊為難，但沉默了半晌之後，還是點了點頭。

音侍大人您們還是別來了吧！別來了——別來了啊——啊啊，我這樣真的好嗎？跟月退來西方城的時候，就已經知道自己往後只可能當西方城的合法公民，也就是只能跟東方城一刀兩斷了啊，那麼我的心就不能向著東方城，要以西方城為優先才對，可是——

可是來到西方城以後也沒認識什麼新朋友，感覺還是東方城的人比較親啊！怎麼會這樣啊！我總是跟高官權貴混在一起，哪可能有什麼新朋友！根本就不可能嘛！然後我又不務正業也沒拿出什麼讓人佩服的實力，高官權貴當然也不會喜歡我……這是什麼樣的惡性循環啊——

明明大家都在嚴肅地討論國家大事，范統身在此處，卻一個人煩惱著他人際關係的大問題，說不是這塊料的確有那麼一點道理，當然，他本人也沒有很希望自己能融入這樣的環境、適應這些陰謀詭計就是了。

「所以我們到底要派誰去？」

今天一定得把這件事決定出來，簡單來說就是在現場所有的人裡面決定兩個，這不是抽籤就可以決定的事，還是得妥善討論到大家都同意才行。

「金線三紋的，兩個裡再挑一個吧，都去的話他們可能會有所警覺，感覺情況不太對。」

伊耶翹起了腿，雙手交叉抱胸往後靠向椅背，一面這樣說。他大概是有點累了，才會調整姿勢，這會議已經開了有一段時間，會感到疲倦也是正常的。

如果要在伊耶跟奧吉薩中挑一個比較信任的，月退當然會挑伊耶，只是，這是在不考量談判才能的前提下。以伊耶的囂張跟沒耐性，想讓他去跟敵國的人好好洽談什麼事情，只怕是不太可能的。

「埋伏的事情臣比較擅長，這部分可以讓臣安排，比起暴露在敵人面前，讓臣去做布網的工作，應該比較有效率。」

然而就算月退想考量奧吉薩的口才是否比伊耶好的問題，奧吉薩本身似乎也沒有好好進行談判的意願，直接便對著月退請命了。

「……那就這樣吧，讓伊耶哥哥去。」

「告訴你多少遍不要這樣叫了！」

瞬間成為眾人目光焦點的伊耶果然又因為月退這個稱呼而惱羞成怒。

「伊耶，難得陛下不嫌棄你的身高跟娃娃臉，願意喊你一聲哥哥，你為什麼要這麼抗拒呢……」

「你這傢伙是真的很想死是吧？」

矮子，整個會議室都充滿你的殺氣了，你克制一下，住手先生戳你痛處應該也不是一次兩次了吧，只可惜他不是新生居民，不能讓你殺了解氣……

「伊耶哥哥，我從來沒有在意過你的身高跟臉孔！」

月退慌張地澄清，讓伊耶更加逼近抓狂的狀態。

「你也給我閉嘴！復位沒多久就想駕崩嗎！」

唉……月退，你也稍微看一下人家臉色再講話啊，你這不是往人家傷口上灑鹽嗎？矮子很可憐耶，一大一小兩個金髮的笨蛋接連著做出白目發言，偏偏又不可以一劍捅下去，氣悶在心裡久了會生病吧？

說起來矮子好像剛好都拿金髮的沒轍？不曉得會不會也拿那爾西沒辦法呢？

「所以，最後一個是在雅梅碟跟璧柔中選一個嗎？」

被伊耶凶了一頓的月退，總算安分地繞回正經事上。范統現在已經不想睡了，但無奈的感覺依舊存在。

你們到底找我來做什麼的啦？好啦，嚴格來說只有月退找我……總之你們也不會考慮讓我去啊，雖說我的確沒有任何代表西方城的資格，而且還因為嘴巴的關係，是世界上談判最爛的選擇，不過這種被找人又被無視的狀態還是讓人很不爽啊！

「選我啦！他們來了劍跟護甲，我們也讓劍跟護甲去，不是剛好嗎？」

璧柔還是很想去的樣子。

「請讓臣去！臣一定會好好保護那爾西殿下，不讓他掉半根頭髮的！」

雅梅碟也十分積極，一點都不想出讓這個機會。

那爾西……現在是用殿下稱呼啊？我到底該說恍然大悟還是一頭霧水？住手先生你真有幹

勁，也太熱情了吧，為什麼發現他是假貨之後還能這麼死忠，你骨子裡有被虐待狂的因子被他激發出來了嗎？

「雅梅碟，你這個人實在很噁心。」

伊耶露出了極為不齒的表情，彷彿不想承認這個人是他的朋友。

「哪裡噁心？我是秉持著盡心盡力完成任務的心情發自內心這麼說的！伊耶你為什麼就是沒有這種為陛下奉獻一切的熱忱呢？」

住手先生，什麼奉獻一切的熱忱啊，我覺得已經過頭啦，過頭很遠啦，你現在想奉獻的對象到底是哪個陛下？別騙我說你是感受到月退不希望那爾西受傷的心情才這麼積極的啊，誰會相信？

「所謂的奉獻心不需要時時刻刻掛在嘴邊說！」

伊耶對於雅梅碟指責他不夠忠誠也惱火了起來，這可是個讓臣子聽了很不舒服的指控，除非他真的沒有認真付出的意思，又明擺著想讓大家都知道。

「我當然知道要化為行動體現啊！你總是對陛下大呼小叫的，還出言恐嚇威脅，我覺得你這樣的行為實在欠妥，都不給陛下留半點面子，就算陛下喊你一聲哥哥，你也不該行為這麼踰矩……」

雅梅碟的帝奴本性似乎在換了皇帝後依然不怎麼收斂，反而變成維護的對象多了一個的樣子，也不曉得月退做何感想。

「不要再提什麼哥哥不哥哥的事情了！你再提我就支持月璧柔出席！你以為陛下會聽誰的話，眼睛給我放亮點！」

伊耶拍桌震怒，講出來的話又是威脅的句子。

噢，矮子啊，你又不要人家喊你哥哥，又利用哥哥的優勢威脅別人閉嘴，你這樣……不太好吧？

「伊耶，你必須了解公私分明的重要性……」

「恩格萊爾！讓他閉嘴！不要讓他去了，月璧柔那麼想去就給她機會好了，跟這傢伙去我一定會先跟他打起來！」

「喔，好。雅梅碟，閉嘴。」

「咦——」

月退整個非常聽話，伊耶說什麼他就照辦什麼。

雅梅碟雖然很想據理力爭，也很想哀號懇求幾句，但月退都已經親口要他閉嘴了，再多說下去就是違背命令，所以，雖然不能說話抗議很痛苦，他仍閉上了嘴巴。

「喔喔，太好了，那就決定是我了嗎？」

莫名其妙漁翁得利的璧柔高興得像想現場轉圈圈，月退總覺得她看起來還是不太可靠，因此在做出最後承諾之前，他看了看天羅炎。

「天羅炎，那……讓璧柔去的話，妳們應該不會有太多摩擦吧？」

伊耶說自己會先跟雅梅碟打起來，同理可證，討厭璧柔的天羅炎也很可能看她不順眼就做出什麼事，月退不得不先問問。

「我會盡量不去做那種扯自己人後腿的事。」

天羅炎的答覆讓人覺得很難安心，她只說盡力，可沒保證一定不會。

「那……大家覺得如何呢？伊耶哥哥支持璧柔去，雅梅碟不用問了，啊，那剩下還沒發表意見的是……」

月退沿著會議室裡坐著的人看過去，看著看著就看到了范統那邊。

「范統，你有沒有什麼想說的啊？」

啊？

范統指著自己，有點不明白現在是什麼狀況。

你跳過大叔，跑來問我的意見？到現在才忽然想到問我的意見，是心血來潮嗎？

「我覺得怎樣啊，你挑的都是很喜歡那爾西的人呢，真糟糕。」

在座的各位應該都曉得我說出來的話有很高的機率會變成反話吧……我說的是討厭，不是喜歡，拜託不要誤會，天羅炎妳別用那種想殺人的眼光看我！矮子你也是！璧柔妳也——妳不是應該已經習慣了嗎！別這樣啊！

「這一定是喜歡他的人很少的緣故吧，真是個有趣的巧合。」

伊耶冷笑了一聲，說話的同時也不悅地收回了自己充滿威脅性的目光。

不，那個，如果是以這個房間的人口分布來說，其實喜歡那爾西的人並不少啊！只是剛好都不會出席而已……

「那爾西人不壞的，你們也可以嘗試了解他看看啊……」

月退有點想為那爾西平反，可惜現場這三位是聽不進去的。

「我永遠都不可能原諒他的所作所為。」

天羅炎將話說得很死，那怨毒的語氣說明了她對那爾西的深惡痛絕。

唉，那爾西，你殺了人家主人，又讓人家受了被迫易主的屈辱，真的是活該了。

「他可以證明他是個有用的人，我才考慮修改我的評價。」

伊耶說的話比較有緩和空間，只是，伊耶眼中的有用，也是很有難度的。

「那個輕浮的壞男人！誰想了解他啊！」

璧柔對自己被言語上調戲的事始終難以忘懷，月退無奈地看向她。

「他只是故意激妳玩的……」

「他居然說選我是眼光差！他居然這麼說啊！還諷刺我年紀大！」

「妳年紀確實比他大很多啊……」

就是嘛，叫妳姊姊是跟妳客氣，沒喊妳大嬸就不錯了。

「不是這個問題啦！」

月退他擺明了一點也不懂女孩子的心，妳還是別跟他囉唆了吧，只是白費功夫而已……

「總之，人選就這麼定案了，那爾西那邊，讓奧吉薩去通知吧。」

解決這個問題是件好事，只不過月退又一次逃避了去見那爾西的機會。接下來進展也順利了許多，除了埋伏事宜還得再跟奧吉薩研究研究，其他大致上都已經定案。

「今天會議到此結束，先散會吧。」

散會之後有事要做的人自然就去忙自己的事情了，因為奧吉薩必須先做好其他考量再跟月退商討細項，月退便決定先跟范統、璧柔離開聖西羅宮。

同行的路上，范統不由得還是想針對今天會議的內容，做一些確認。

「月退，你真的要這麼做？音侍大人也算是陷害過你……」

我是說幫助過你。就算不報恩，以怨報德也說不過去啊……

「我都知道。」

月退的聲音悶悶的，做出這種決定，他自己也很不開心。

「我也不喜歡這個樣子，可是，能怎麼辦呢？」

見他難過，璧柔也安慰了他幾句。

「事到如今，我們也只能盡量不傷到他們了，仔細想想把人留下來也沒什麼不好……我一定要從夜止女王那裡把音侍搶回來！況且音侍本來也是西方城的！」

她不安慰還好，一安慰，月退腳下一個失足，差點摔跤。

月退，你沒事吧？幾乎要跌倒了呢。她要搶男人，你就隨她高興就好了嘛，反正也沒有別人聽到，你的目的不會被誤會，應該不至於被傳得很難聽啦……

「還有，你們說來說去，也沒說到珞侍跟違侍怎麼辦啊，總共四個，根本不可能毫髮有傷地放走人吧？」

傷到對方幾根頭髮，然後讓他們跑掉嗎？聽、聽起來真尷尬……

「珞侍跟違侍應該比較好抓住，所以不提出來討論吧？如果依照之前資料，要抓住鮮紅色流蘇的珞侍不會有什麼難度，深紫色流蘇的違侍比較麻煩一點，但我們主要想確保的人，不包含他在內吧。」

璧柔說的是自己的見解，月退聽完，傻傻地對著她發問。

「為什麼不包含他在內？執政官應該也很重要……」

「他曾經想判你死刑耶！真正動起手來當然不管他的死活啦！」

「妳忘記他在牢裡幫過我了……」

「因為要顧及四個人不可能，相較之下選擇放棄的當然就是他啊！」

放棄活捉，也不能放著他不管讓他在旁礙事，那麼就得先把他解決掉——重傷他或者殺死他。

「我們還沒有這樣決定吧？再跟伊耶哥哥討論看看好了。」

雖然討論這種事情，奧吉薩才是比較適合的對象，但月退還是寧可跟伊耶討論。

「算了，既然沒什麼事，那我去休息……」

不，我是說我去學習。唉，反正也不重要啦……你們都這樣了，那就這樣吧，我不管了，這些通通都不關我的事，強化自己的實力比較重要。

范統在嘆了一口氣之後，決定還是置身事外，獨善其身。他的法力培養仍在進行中，那對他而言才該是最要緊的。

❀

整件事情的後續發展，范統大概是在每次旁聽都打瞌睡的情況下，輾轉由別人口中得知的。

談判的場地搭蓋在西方城外，畢竟以兩國之間現在的態勢，不可能將對方請進聖西羅宮商談，與其在西方城內另覓地點，還不如將談判場地設在城外，這樣對方也許會覺得比較安心，他們要埋伏也會因為地方廣闊而比較方便。

聽到這個理論的時候，范統的第一個反應是：「地方廣闊不是一眼看去有沒有其他伏兵都一清二楚了嗎？城裡有建築物才比較好藏人吧？」

不過他們似乎想在談判開始之後才開始埋伏的動作，靜悄悄不讓裡面的人發覺，偷偷將人送過來——那是魔法的領域，范統一點也不了解，既然他們都覺得這樣很穩當沒問題了，那他當然也不會有什麼問題。

目前他法力的應用不算得心應手，法力增長的速度倒是很令人滿意，在爆炸的狀況少到一百次也沒出現一次之後，范統就開始嘗試等級高一點的符咒了。

雖然沒能將法力結合進符力裡加強效能，但能不唸咒已經是很棒的效果了，看著一個接著一個在自己手中順利使用出來的符咒，范統心中的感動與成就感是難以形容的，只是，看著一旁快樂地把玩頭髮哼歌的噗哈哈哈，他還是會不由得產生一種無力感。

噗哈哈哈最近變成人的時間多了不少，似乎是洗髮香精用完之後感覺很好，很喜歡各種香味跟潤絲之後的效果，便覺得變成人頭髮比較長又可以玩，只能說他目的單純至極。

照理說，自家武器開開心心，他這個做主人的也該感到高興，然而看他維持著人形又沒睡覺，卻都不理人那麼自得其樂的樣子，范統實在不曉得自己該有什麼樣的反應。

哼什麼歌啊，從來沒看你這麼高興，只不過是頭髮洗得香香滑滑的，到底有什麼好高興？為了這麼點小事情就這麼開心，簡直跟小孩子一樣，那怎麼我跟你分享符咒進展的喜悅時你都充滿不屑？

這種旁邊明明有個人，卻完全不關注自己做的事情的感覺，讓范統覺得很悶，就算他這樣一直盯著噗哈哈哈看，噗哈哈哈好像也全無感覺，於是，練了一陣子後，他只好出聲喊了一下他的拂塵。

「噗哈哈哈……」

噗哈哈哈仍然完全沒注意到他的存在，看也沒朝他看過來。

『噗哈哈哈——別一直不理我啦！』

聲音沒有用，他只好用心靈溝通了，反正本來也是心靈溝通比較方便沒錯，這次噗哈哈哈總算有了反應。

「做什麼？要本拂塵教你符咒嗎？本拂塵現在心情好，可以教你失傳的符咒喔，怎麼樣？要不要學？」

真的？這麼好？失傳的符咒聽起來就很威的樣子啊，快點教我！

聽見有好處撈，范統剛剛的不滿頓時就煙消雲散了。

絕招絕招絕招！有沒有什麼大氣魄又威力強的絕招可以提供的？那種丟出去一招定生死的壓箱寶啊！雖然我知道那種東西丟了應該也會把精力抽空，接下來就無法戰鬥了，我也不太喜歡賭博性質的事物，不過人還是會想擁有一兩個可以保命的招式嘛！

范統的內心充滿期待，只可惜噗哈哈哈提出來的並非他想要的東西。

「那就來學雞啼咒吧！」

……雞啼……咒？那是什麼？

「可以變出一隻公雞按照你要的時間叫你起床。」

大概是看出范統臉上的疑惑，噗哈哈哈主動說明了這符咒的功能。

這不就鬧鐘咒嗎？這、這有什麼稀奇的啊！我也沒有很需要這個，我想要戰鬥性質的符咒啦！

「什麼表情嘛，你不喜歡啊？不然獸吼咒？」

獸吼咒？又是什麼？

「獸吼咒可以變出一隻黑黑的野獸按照你要的時間叫你起床。」

為什麼！為什麼又是叫床的！這只不過是趣味鬧鐘咒啊！難道所謂失傳的符咒就是沒有人要學的符咒嗎！因為太沒用才失傳的嗎！

與其自己在心裡困擾，不如直接問噗哈哈哈，所以范統提問了。

『噗哈哈哈，沒有實用一點的符咒嗎？』

「這個很實用啊，范統你挑剔些什麼？」

噗哈哈哈的價值觀根本跟他完全對不上。

只有你這種成天睡覺睡不醒的傢伙才會覺得很實用吧！原來這是你珍藏的符咒嗎！嫌成這樣的我真是不識貨喔！

『我是說，我比較需要戰鬥性質的符咒……』

「不然狂癢咒怎麼樣？可以讓敵人渾身發癢。」

這究竟是什麼搞笑的符咒？用這種符咒贏，那畫面能看嗎？雖然光明正大，卻會有勝之不武的感覺，而且對方如果很愛面子，說不定還要被他記恨一輩子呢？

『我想要那種氣勢萬鈞的絕招啦！彷彿一用就可以轟掉一座城的！』

范統總算直接講出了真心話，噗哈哈哈聽了卻翻白眼。

「范統你在作什麼白日夢啊？學那種東西有什麼用，本拂塵這裡還有叫了沒醒可以隔五分鐘叫一次的符咒，看你要不要。」

那只不過是鬧鐘的進階功能！我一點也不需要，請正視我的要求——慢著，你只說學了沒什麼用，沒說沒這種咒啊！所以還是有的吧，快教我！

『到底有沒有我說的那種符咒，有的話就教我那個啊！』

「學那種東西做什麼啦，范統你好討厭，好心要教你實用的符咒居然不要……」

經歷了漫長的討價還價後，范統總算以學三個他覺得很無聊的符咒的代價換到了一個他想要的「絕招類符咒」，噗哈哈似乎真的很想跟他推銷那些他覺得很棒的符咒才會這樣大放送。

糾纏完符咒的問題，范統左思右想，考慮了好幾次，才將今天忽然有的念頭付諸實行。

『噗哈哈，我可不可以拜託你一件事啊？』

嗯……我想用慎重的態度拜託還是比較妥當的吧，既然我都用這麼謹慎的態度開口了，希望你也用謹慎的態度回應我……

「又是什麼事情啊？」

噗哈哈滿臉的不滿。

你那是什麼「范統就是只會給我找麻煩」的語氣！不要在什麼都還沒聽的情況下就直接這麼判定好不好！喂！

『我想到西方城跟東方城的談判場所去看看，又不想被他們發現，你有沒有什麼好辦法啊？如果是你的話，應該可以不驚動任何人就帶我潛入吧？』

左思右想，范統還是覺得不親自去談判現場了解過程，會覺得心裡不太踏實，因此，他才對噗哈哈哈提出這個要求。

「本拂塵當然辦得到，可是你想去直接拜託你那金毛的朋友不就好了，既簡單又方便呀。」

噗哈哈哈無法理解他為什麼要選擇比較麻煩的方式，范統也不知道該從何說明起。

『我只是關心情況，實際上我也很難面對以前認識的人，光明正大進去又只是旁聽，立場很尷尬啊，我覺得悄悄潛入比較好啦，幫幫我嘛。』

噗哈哈哈倒也沒有渾然不能溝通，大概是因為今天心情不錯，他沒怎麼刁難就答應下來了。

「好吧，本拂塵會給你貼張咒在額頭上，到時候你自己去。」

貼張咒在額頭上？僵屍片子好像常常看到啊？

『你不跟我一起去？你有別的事嗎？』

「本拂塵要睡覺。」

……

這根本一點也不算重要的事情吧！大白天的就只想著睡覺！

「如果是拂塵狀態，讓你帶著睡就沒問題，但要維持符咒效果就得維持人形，范統你又不能拖著人形的我行動，還不如找個地方睡覺比較實際。」

范統無話可說了一陣子。先前提到拂塵形態不能維持施法的時候，他也想過為什麼在綾侍閣的時候噗哈哈哈就可以運作，問過之後，噗哈哈哈的解釋是「只能運作少部分保護主人的功能」，想來抽出暉侍的劍術記憶多半也是同類型的東西，總之，噗哈哈哈已經很厲害了，但還是有沒法子做的事。

『你的符咒可以維持很遠的距離依然有用啊？』

如果這樣，我就認了，你去睡你的覺，就算不跟我同進同出，我也由得你……

「那是當然的，本拂塵才不會犯這種粗心大意的錯誤呢。」

有了噗哈哈哈的保證，范統也安心了點。

接下來就是繼續鍛鍊自己，並等候談判日來臨。

❀

西方城在城外搭蓋的談判場地，在時間倉促的情況下，也無法華麗到哪去，倒是為了埋伏奇襲的需要，棚子裡加入了特殊的建材，讓裡面的人更不易感覺到外面的動靜，假如談判有望成功，外頭的人要撤離亦較為方便。

被噗哈哈哈施了隱形咒的范統，身上的氣息已經被隱匿得很徹底，除了形體無法轉換成虛體以外，幾乎可說是完美的匿蹤，只要他走路不撞到人，就不會被發現自身的存在，即使他腳部沒刻意放輕，走起來還是沒有聲音，直讓范統嘖嘖稱奇。

走進談判地點之前，他看著這蓋在遼闊空地上的棚子，不由得心裡又產生了一種「兩國的高層在這種地方談世界大事感覺好不搭啊」的荒謬感。

小心翼翼地走進棚子後，范統找了個角落安置自己。西方城的代表人員都已經到了，似乎因為這次的談判比較偏向密談性質，便不太講究排場之類的東西，眾人只在這裡等待東方城的人到來，沒有隨行僕從也沒有旁聽的聽眾。

喔喔……這麼隱密，還真的是要殺人滅口的架勢啊？表面上說私下議和，不給民眾知道，等結果出來再公開，但實際上卻設了陷阱等人來跳……東方城真的絲毫不懷疑其中有詐嗎？

人還沒到齊前，范統只能龜在這個角落胡思亂想，所幸噗哈哈哈的符咒效果太好，他就算要毛毛躁躁地抓頭髮、走來走去，也不會有任何人發現他。

西方城出席的代表，就跟那天會議說的一樣，是那爾西、伊耶、璧柔跟天羅炎。

那爾西的氣色看起來不太好，不過還是配合著到場了，整齊的衣裝稍微掩飾了他的身體狀況，讓他看起來不會太過沒精神，由於談判的進行不是交給他負責的，他的體力只需要能好好坐在這裡就夠了。

伊耶跟平常一樣板著一張臉，坐在那爾西的右側，璧柔今天沒戴面罩，因為要見的是認識的人，天羅炎則以人形出現，座位的考量似乎是「選個比較不討厭的人」，因而坐在最右邊的位子，左邊是伊耶。

這樣的組合乍看之下沒什麼不對，但范統卻覺得很悲傷。

你們……在客人來之前，說點話好不好？你們這幾個人剛好根本彼此之間都不交談的！這樣空氣都凝固啦！氣氛很冷清耶！一片死寂像什麼話，大家都是自己人不是嗎？

固然他覺得這種寂靜令人很煩躁，但他們要不要交談，也是他管不著的事。

談判用的桌子是圓桌，范統也覺得這樣的設計很奇怪。

旁邊坐敵國的人，感覺不會怪怪的嗎？還是你們只是為了開打時左右距離近，方便牽制？圓桌應該有希望事情圓滿、和諧解決的意義，卻被拿來當作打架方便的工具，這樣對嗎？

「東方城的代表到了。」

在范統思考的期間，外面便有人進來通報了這件事。

「請他們進來。」

那爾西淡淡地交代完，沒多久，外頭的人就進了棚子。

當珞侍、音侍、綾侍和違侍的身影出現在眼前時，范統一時也不知道該感慨還是懷念。真的有種好久不見的感覺呢，東方城的人們，難吃的公家糧食，啊，能夠親眼看到平安無事的珞侍跟音侍大人，還是多少令人放心一點……咦？

范統的思考，在他的眼神順著看過去，注意到某個小東西時，愕然停止。

他的視線就這麼停止在那個東西上面，那是一個灰黑色的流蘇——是一個配掛在珞侍身上的，灰黑色流蘇。

范統的事後補述

咦咦咦咦咦咦！是我看錯了嗎！我色盲了嗎！那是什麼！那個不該出現在珞侍身上的是什麼東西啊——！

還、還是他沒事跟綾侍大人交換流蘇玩？不……綾侍大人身上的流蘇依然是灰黑色的啊，那到底為什麼……珞侍他不是一直很在意自己的實力無法突破，彷彿遇到瓶頸嗎？哪有鮮紅色流蘇突然突破連跳好幾級直接變成灰黑色流蘇的道理！

人家說士別三日，刮目相看，先別提我一直覺得那只是說著玩的，就算真實呈現，這也太誇張啦！目都要刮到瞎啦！

矮子的臉色變陰沉了，那爾西皺了眉頭，天羅炎也出現了眼神的變化……只有璧柔完全沒察覺這件事情，很好，真不愧是璧柔……

我爸爸說臨危不亂的人不是大將就是笨蛋，這個房間裡兩種都有，而且同屬一個陣營，然後還是我們這邊的陣營，這實在是……該喜該憂？

要是談判破局開打，攔不下他們，兩國之間就會再度開戰了吧？呃，假如真攔下來了，也未必不會開戰，只是西方城的勝算會高很多而已，我到底應該怎麼祈禱呢……

這畢竟不是敘舊道好的場合，我所能做的，或許還是只有躲在這裡旁觀……

章之五 掌握敵人的弱點，就可以掌握全局……嗎？

『本拂塵的人生裡沒有弱點，只有汙點。』——噗哈哈哈

『哼，天真，所謂的弱點也是必須收集情報、反覆推敲才抓得出來的，別說得好像很容易的樣子。』——綾侍

『老頭，你的弱點是什麼啊？快點告訴我。』——音侍

『親口說出來的弱點誰會相信嘛？』——璧柔

『我希望我的主人無懈可擊，但這個世界上似乎很難有完美的人。』——天羅炎

從外面走進棚子的東方城眾人，在看見圓桌的時候也怔了一下，對方邀請他們坐下後，珞侍沒想太多就先坐了靠近璧柔那一側的位子，違侍順著坐到他旁邊，音侍反應過來、看向剩下的兩個位子時，忽然因為看見人形的天羅炎而臉色大變，連忙拉住正要入座的綾侍，說起悄悄話。

「綾侍，你坐那邊啦！我坐你跟死違侍中間就好了！」

綾侍瞥了他一眼，搞不懂他又是哪條神經在發作。

「我以為你不想坐違侍旁邊？」

「啊，那個還可以忍受啦！我不要坐那女人旁邊，以前我被她砍成重傷過，恐怖死了，內心有陰影啦！」

西方城送給東方城的名單，綾侍有過目，比對了一下現場的人，很容易就可以過濾出音侍說的「那女人」是誰。

「你被天羅炎砍成重傷過？你什麼時候跟她交鋒了？」

綾侍印象中不存在這樣的事情，所以他皺了皺眉頭。

「有啊！就是我一個人殺去聖西羅宮那時候嘛！她超凶狠的，我到現在都還記得……」

雖然音侍本人沒有自覺，不過，當著人家的面講悄悄話，其實是很沒禮貌的事情，伊耶冷哼了一聲開了口。

「你們有什麼疑慮需要這樣私下討論嗎？還是覺得哪裡不妥？」

談判都還沒開始，氣氛就不太妙，這可不是好事情，違侍跟珞侍也看向他們那邊，使眼色要他們快點坐下。

既然音侍堅持不肯坐天羅炎旁邊，只好綾侍去坐了，忽略掉一開始這個小插曲後，兩方的商談便正式開始。

唉，音侍大人，您怎麼還是這麼隨興不看場合地擺爛啊，這樣當著人的面咬耳朵很不妥吧，而且談話內容他們搞不好都聽得到，被聽到應該很糟糕？

隱身躲在角落的范統無言了一陣子，雖然過去與音侍的相處中，他也很習慣這種無話可說的感覺了。

至少……東方城的大家看到那爾西，沒有立即動怒，因為已經從名單上知道他會來，做過心理建設了？嗯……仔細一看，違侍大人盯著那爾西的眼神還是有股殺氣，要控制情緒果然沒那麼容易。

兩方做了基礎的禮儀交際後，很快便進入正題，范統也跟著緊張了起來。

「我們代表女王陛下前來，想重新與貴國協商王血注入儀式執行的事宜，如果貴國也願意促成這件事情，我們是否能以進行儀式為前提來做接下來的協商？」

違侍首先做的，是表明意願與確認立場。這次的談判，在協調過後，使用的是東方城的語言，答覆這個問題的人是伊耶，身為代表中唯一沒學過東方城語的人，為了出席能夠說話，他還特別惡補了語言的課程，此時聽了這個問題，他也很乾脆地說明了己方的條件。

「我們沒有辦法以進行儀式為前提來做接下來的協商，西方城調查沉月的狀況已久，由於判定沉月狀態有異，我方希望貴國提供進一步調查上的協助，如果有必要，或許會進行封印沉月的行動，這部分需要貴國留存的另一半法陣，今天的談判我們就是為了這個目的才邀請諸位前來的。」

伊耶將話攤開來說清楚後，如預期地看見了對方變了臉色，是否有交涉的空間，他們也沒有絲毫把握。

矮子負責對談的感覺真微妙呢，從表情看來，要說服他們的機率似乎不高呢，那就是要打起來了嗎……啊！

范統想到一半，才發現有件很糟糕的事情。

見鬼了！要是打起來，不就又有那要死的餘波了嗎！我藏在這裡他們根本不會顧及吧？那我豈不是死定了！

不要慌不要慌，放輕鬆放輕鬆，只、只不過是做個防護結界，這種小事情我怎麼可能辦不到，我修練符咒有成，就算不靠噗哈哈哈也可以自己擋下來的……

……

矮子，加上天羅炎，還有音侍大人的，餘波，是嗎？

擋得下來？真擋得下來？

擋得下來我都可以當千幻華了吧？我是人不是護甲啊！這麼可怕的餘波！

不過至少不是正面攻擊啊，還是有希望的……現在叫噗哈哈哈救命還來不來得及啊！

「沉月有什麼需要調查的地方？」

在對方的主張與己方衝突的情況下，違侍認為還是得先問清楚原因，才能跟自己人討論後續該如何決定，然而他問題剛問完，對方都還沒回答，音侍就以難看的神情插了嘴。

「東方城只接受以進行王血注入儀式為前提的協商，不管要談什麼條件，王血注入儀式都是必須的！」

他把話說得很死，彷彿連原因也不想聽，這樣的堅持意味著協商沒有達成共識的可能性。見到這樣的狀況，璧柔連忙開口，想稍微調節一下氣氛。

「音侍，沉月現在可能處於一種失常的狀況，連其他世界的生魂也會吸引過來，我們需要阻止這樣的失常，所以想研究完整的法陣……」

「西方城的決定……是不惜封印沉月來阻止生魂的增加？」

璧柔話說到一半，珞侍突然出聲打斷。

他這句話想問的對象，其實不是璧柔，而是某個沒有出現在這裡的人。

在那個人不在這裡的現在，他不由得將目光投向了那爾西，那爾西則在察覺他的視線後，不知該如何反應地別開臉。

「是的。」

伊耶點頭承認了這一點。這是月退的意思，他們也都同意了。

「那麼，就沒有協商的可能性了。」

音侍沒有問過同伴的意見，就自行下了這個結論。王血注入儀式與封印沉月，本來就是兩個互相衝突的事項，若雙方都堅持不肯讓步，的確沒有任何協議的空間。

「音侍！不要擅自做出結論，你的意見不能代表整個東方城！我們應該問清楚狀況，回去再請陛下裁示——」

違侍不悅地轉頭抗議，音侍則完全聽不進去。

「櫻的決定不會改變！也不要去動搖她的決定！」

「音侍……」

璧柔又喊了一次，試圖再進行說服。

「說不定……調查結果不必封印也沒有關係啊？我們沒有說一定會封印，只是有處理不了的問題才會封印，你們先把法陣拿出來，讓我們能進去看看，說不定只是個可以調整的小錯誤，那麼王血注入儀式也還是可以進行嘛？」

她以柔軟的語調說出來的話語，或許也是她的祈願。即使西方城決定照月退的意思做，但大多數人還是希望不要走到封印那一步的。

喔喔喔……這只怕是你們最後的機會了，拒絕的話，你們要面對的就是西方城早已埋伏準備好的武力，拜託你們別拒絕啊，我不想看你們打起來，而且、而且餘波很可怕——！

范統在心裡吶喊著，他也知道沒有人會理他，但還是想在腦袋裡叫一叫。

音侍大人的臉色變得有點為難，到底會不會顧念舊情？以前小柔來小柔去的喊得好不親熱，現在您就聽聽她的話嘛！把您的血光之災避掉啊！拜託！

璧柔說完那番話後，棚內便安靜了下來。珞侍看起來若有所思，音侍似乎在如何選擇中掙扎，違侍沉著臉等待音侍說話——而最後打破寂靜的，卻是綾侍的輕笑聲。

「確實沒有協商的可能性。今日的談判，只有破局了。」

「咦……」

璧柔不明白地看向綾侍，綾侍則帶著淺淺的笑意開了口。

當然那絕不是和善的笑容。

「沉月吸引生魂的事情，東方城很久以前就知道了，也一直都沒有找出過修正的辦法，所謂調整一下就能修好，根本是不可能的事情，而東方城做出的選擇就是延續水池的效力，無視生魂的問題。東方城選擇了存在幻世的所有新生居民，西方城選擇的是未來每一個被吸引來此的魂魄，背道而馳、全無交集，完全沒有必要談下去了吧？」

綾侍所說的事情，珞侍跟違侍都是沒聽過的，音侍似乎也不知情，三人都訝異地看向他。

「將活著的人的魂魄吸引到這個世界來，你們能夠認同？」

璧柔睜大眼睛問出這個問題，原先正處於震驚與茫然中的音侍，卻沒有繼續猶豫不決。

「只有王血注入儀式是最重要的，其他事情都無所謂。」

他的語氣是肯定的，就如同他方才對王血注入儀式的堅持。

「我可以代表東方城的女王拒絕你們的協商提議，這是我被授予的權力。」

綾侍接著音侍的話語，平靜地做出了正式的結論，語末，他又淡淡地回問了一句。

「與其問我們能不能認同，我倒是想問，明明你們的皇帝是新生居民，你們為什麼能認同封印沉月這樣的決定？」

這個犀利的問題刺中了不少人的心。只是，談判決裂的現在，他們已經不需要做出回答。

在判斷目的無法以對談達成的當下，他們的行動方針便轉為事先說好的武力解決，當然，也沒有告知敵人好讓他們有心理準備的必要，以伊耶的暗號為準，他們直接就朝桌子另一邊的對手做出了攻擊。

奇襲的第一瞬間若無法取得戰果，接下來就會比較麻煩，伊耶的劍瞄準的是違侍，天羅炎指尖張起的音弦則針對音侍掃去。

對方的反應並不慢，似乎原本也預料了有動手的可能，他們事先帶在身上的保護符咒起了作用，符咒的碎裂換取了承受這一擊的緩衝，劍拔弩張的戰鬥氣氛也讓他們全都離開了因餘勁而毀壞的圓桌，雙方的攻防並沒有因此停下，直接成了一場混戰。

「啊，你們這是什麼意思？」

音侍還有點錯愕，像是不敢相信他們會做出偷襲這種事情。

「對不起，音侍……」

璧柔低著頭，難以迎上他的目光，她正在連結棚外設置的魔法陣點，準備將這裡化為一個束縛的牢籠。

「音，應戰！你總該看出他們的敵意了吧？不要再顧忌什麼了，動手！」

感應到環境中逐漸增加的壓迫感，綾侍的眼神也變得凌厲，在分神擋掉伊耶斬往違侍的劍勁後，忽然一道極具威脅性的音震撲面而來，他不得不將心神凝聚到眼前的對手身上，全力應對。

「束手就擒吧，我們不會讓你們回到夜止的。」

天羅炎冷艷的容顏上帶著決絕，配合著低溫話語所做出的，是一記強過一記的攻擊。

她的劍鋒或許能讓任何人畏懼，但綾侍從不因為所處的環境而面露懼色，即使現在身陷敵陣，他美麗的臉孔上依然不見慌亂，只有對天羅炎的話反映出的傲然與輕蔑。

「除非少帝親臨，否則想攔下我們，只是妄想罷了。」

綾侍用來抵擋攻擊的，原本都是些隨手畫出的光線符咒，但在天羅炎的音弦面前，這樣的手段不堪一擊，現在已非可以留手的時候，他心念一轉，使出的防禦方法也為之轉變。

仍舊躲在棚子角落的范統，心情有點哀傷與無奈。

巧婦難為無米之炊……我事先寫好準備在身上的符咒沒有很多啊——就算我在這裡臨場學會用氣寫符，我身上的空白符紙也沒幾張！太大意了，這絕對是太大意了，雖然我手快一點勉強可以自己用符咒抵擋餘波，但符咒要是丟完了，還不是一樣沒戲唱嗎——

范統在手忙腳亂進行自保的同時，也沒忘記關注那邊激戰的狀況，少數幾句對話他當然不會錯過，聽進耳裡後，他則更加無奈了。

綾侍大人，您別烏鴉嘴了，人等一下就來啦，待會月退真的出現，您就笑不出來了吧？

原本西方城陣營偷襲的安排，是先讓違侍失去戰鬥能力，並創傷應是對方攻擊主力的音侍，發現誤判珞侍實力時，也來不及對計畫做出修正了，儘管如此，他們仍不是沒有機會，天羅炎牽制住綾侍，對方就沒有了最強大的保護罩，璧柔正籌備發動的魔法陣，在發動的同時也會毀壞棚子本體，那時在外埋伏的布署應該也能夠發揮作用了，要抓住他們，便不再有難度。

比較麻煩的是，敵方去掉綾侍之後還有三個人，雖然違侍算是累贅，但有音侍跟珞侍兩個人保護他，相較之下，伊耶得守護正在運轉魔法陣的璧柔，還得顧及實力稍差了一截又狀態不佳的那爾西，如果這不叫劣勢，那或許也是因為這個連把稱手武器都沒有的鬼牌劍衛，太過強悍。

那爾西打從衝突一開始，就自動後退了幾步，避開交戰的核心，伊耶也知道他的狀況，沒有要求他加入戰鬥，像這樣讓他待在後面，大概也已經仁至義盡了。

而獨自一人面對敵方的伊耶，攻擊的目標從一開始便沒有改變。與其對付音侍或珞侍，讓其他人有幫著出手的閒暇，還不如攻擊沒有辦法抵擋他的違侍，讓另外兩個為了援護而綁手綁腳。

「音侍，那邊……」

珞侍擲出的符咒雖然威力不容小覷，只是每次出手之前，他總得為了這次要丟防禦還是攻擊的符咒而煩惱。

「啊！小珞侍！那邊那邊啦！」

音侍當然主要進行的是攻擊，不過，他也不曉得應該先進行針對敵人的攻擊，還是先以攻擊化解敵人的劍勁。

「違侍，後退一點……」

「死違侍！靠過來些啦！站那麼遠怎麼保護你啊！」

兩個人合作的默契實在奇差無比。

「我沒有求你保護！與其被你這樣使喚，我不如死了殉國！」

違侍鐵青著臉怒吼著，就如同音侍看他不順眼，對他來說，要被自己討厭的人保護，也是自尊很難忍受的事情。

「啊，小珞侍，死違侍說他要殉國。」

音侍以一副「不如成全他吧」的商量口吻對珞侍這麼說，手下還真的暫緩了攻勢，珞侍一面灑出一把符咒充當結界，一面轉頭痛罵他。

「殉什麼國！你不幫忙就去幫綾侍，我們不用你管！」

「咦！小珞侍你雖然變強了，但是力量不熟悉還打不過矮子吧？我是開玩笑的啦，不要生氣不要生氣……」

被珞侍訓了一頓後，音侍就老老實實將違侍扯了過來，進行他所謂的「就近保護」。

「喂！音侍你放手！」

「你就這麼想給小珞侍保護？死違侍你臉皮真厚。」

音侍一面將違侍拉到身後，一面以勁力衝撞的抵銷方式，化解直線朝違侍射去的銳勁，珞侍則繼續努力配合音侍的行動做出反應，取得比較有利的攻擊機會，雖然目前為止還是沒什麼進展。

我很認真地覺得矮子的戰鬥意志沒有因為這亂來的情況而削減真是一件很令人敬佩的事情，不過對方自亂陣腳剛好是出擊的好時機吧，啊……符咒又減少兩張了，啊啊啊……我這到底是……此情此景，為什麼有點可以體會賣火柴的女孩的心情呢？可是我丟出符咒也無法許願啊？

如果不是被身上符咒不足的問題所困擾，范統應該會很高興自己有本事在這些高手戰鬥外擴出的餘勁中保全自己，難得有開心的事情，卻因為這麼蠢的原因而開心不起來，實在很有命運捉弄人的感覺。

璧柔，妳連結魔法陣要連到什麼時候？要好了沒？嗚、嗚啊！只剩下二十一張了！怎麼辦！我應該現在就從這裡逃走嗎？怎麼辦——

過於緊迫的戰鬥，會因為節奏的快速而讓人無法進行思考，只能憑著本能戰鬥，綾侍現在的狀況就是這樣，明明理智上應該想個辦法擺脫僵局，籌備魔法陣的璧柔也該解決掉以保安全，然而，一記接著一記轟上來的震擊，卻讓他沒辦法另分思緒思考對策。

天羅炎戰鬥的姿態，確實符合她武器的身分，那凜厲的身姿使起所有的攻擊招式都十分熟練、流暢，原身就是一把劍的她不需要配備任何武器，隨手運轉的光弦就是最適合她的攻擊。

身為護甲的他，先天在攻擊上就是不可能贏過階級相近的武器，他所能做的只有防守。在完全人形狀態下，受限於許許多多的條件，防禦難以做得很全面，搭配使用的符咒也無法擁有應具備的強度，所以，他必須放棄維持現在這樣的狀態，才能開啟「千幻華」的能力，而那個時機是很重要的關鍵。

空間中的壓迫感正在增加，綾侍知道，那是因為魔法的濃度越來越密了，他可以感覺到危機感，但在當前阻止不易的狀態下，他決定賭一把，將魔法陣起動的那個瞬間，做為扭轉局勢的突破點。

敵人沒有積極搶攻到不要命的程度，彷彿只求壓制、牽制到某個時間，可以猜想得到四周一定布置了陷阱與援兵，即使甩開眼前的敵人撤出棚子，也未必能順利撤離。

以各個角度撞擊在他身體上的震擊，儘管沒有對他造成實際的創傷，但在以身體抵擋這樣的攻擊時，每承受一次，都是一次麻痺般的疼痛，使他有種知覺被迫中斷，身體彷彿不屬於自己的感覺。

天羅炎因戰鬥而熾熱的瞳緊盯著他的動作，猶如想伺機打穿他的防禦，將他列為自己的戰功——那厚重的壓迫感幾乎鎖死他的前後左右，使他施展不開。

從這樣密實的攻勢中抽出一點心神悄聲聯繫音侍，要求他等一下做出配合，算是綾侍的極限了，幸好音侍回答他沒問題，沒有再添亂，那麼預計要做的事情應該就能成了。

相對於綾侍的壓力，天羅炎並沒有從面前的對手身上感覺到什麼威脅性，他只是護甲，不是武器，本來就不可能有壓得過她的凌厲氣勢，天生的優勢讓她可以在一對一的戰鬥中取得絕對的上風，然而，在「盡量不要傷到他們地活捉」這個命令下，這個對手卻變得有點難纏。

能夠發揮她最大威力的時候，是與她的主人器化的狀態。純粹自己進行戰鬥，便有部分能力不能隨意使出，而她的敵人是擅長防禦的護甲，即使千幻華最擅長防禦的不是她這種屬性的攻擊，她仍沒有辦法讓他失去戰鬥能力，又不至於重傷。

她盯著這面貌比女性還要美麗的男子，看見的只有他護甲的身分與能力。天羅炎不認為他們有辦法脫離困境，不過比起軟弱地投降，奮戰到最後一刻的敵人，確實也比較讓她激賞。

操控著音弦震盪出殺傷力驚人的音波，是天羅炎慣用的攻擊模式，多重交錯的震音由她的十指織起，構成了蘊含著可怕力量的樂曲，而後這樣的衝擊會掃到綾侍的身上，她則會加快進擊的速度，在綾侍承受化解完之前，就補上下一波，試圖擊潰他的防禦，只是目前對方都擋了下來。

她的好勝心一時被挑燃起來，想逼得他束手無策，然而無論是哪個角度的襲擊，綾侍明明看似擋不下了，卻都能在最後一瞬剛好接住卸除，只留下微乎其微的影響。

必須加深震音的效力，才能突破他自體的防禦，不過在游刃有餘的情況下，沒有必要堅持殺傷對方……天羅炎在進行這樣的思考時，猛地流竄棚內的沛然魔力，說明著魔法陣的準備已經完成，就在下一刻，如同利爪的陣壁便從四面升起，破壞了整個棚子的結構，也吹飛了鋪蓋棚架的布。

一切應該會就這麼結束。

等待陣體虛幻的爪子罩下，癱瘓他們的行動，而後埋伏在外的援兵便能介入捕獲人質，為這個任務畫下最後的句點。

原本在察覺法陣發動的當下，天羅炎便撤銷了戰意，覺得已經分出勝負，但忽然間在她視線內爆出的光采，卻使她大驚失色，立即做出判斷，跟著變化了自身的形態。

由千幻華的本體向外擴散的片片螢藍，就如同綺麗的天幕一般，強硬地撞擊魔法陣罩下的爪指，將之彈射潰散，同一時間，自螢藍中穿出的金色光刃，也化作肉眼難以細數的道道劍影，無差別性地朝前方劈斬，轉瞬中激烈起來的戰場，令所有人都措手不及。

希克艾斯的神劍之威迫使伊耶不得不閃身自保，璧柔雖然維繫著法陣不能動彈，但護甲的機能足以吸收外界的傷害，而這個時候，空間內也鳴響出四弦劍撕裂空氣的淒厲音震，全面轟上漾著流光的螢藍護罩，這不再留手的反擊散出的音波，連不是主要攻擊目標的人都覺得頭部劇痛，炸出了數秒的空白。

那爾西將手按在傾倒的椅子上，幾乎半跪著無法立起身子。做為場上最虛弱的人，在這種環境中他只能咬牙忍受——不管是尚未痊癒的身體帶來的不適，還是音震灌腦後的鑽疼。

他抬起頭想確認現在的狀況，卻在視覺接觸到那片藍色後，就再也動不了了。

千幻華的視覺幻象在他的眼前閃現，當徹骨的冰寒從腳底襲上，一片混亂中千幻華所製造出的幻形將他攫獲時，他一個聲音也發不出。

明明有一段距離，對方是怎麼過來的？

不能就這麼被抓住，必須要……

在那個冰冷的影子籠罩住他的時候，他彷彿整個人被困入了一個鎖死的牢籠，這個奇襲快到他沒有辦法做出反應，就已經被封住了反應的可能性，接著他就被轉移往戰局的正中心。

他聽見了呼喝的聲音，原先的所有聲光因西方城的埋伏人手出現喝止而消逝，現場眾人的關注，也隨之聚焦到了他的身後……

將冰冷的手掐在那爾西頸間的綾侍把目光投往此刻才現身的月退，欣賞了他驚愕的表情。

儘管他的額側與手臂都因受創而滲出鮮血，此時此刻，綾侍仍忽視身上氤氳出魂氣的傷口，露出了無畏的笑容。

范統的事後補述

人還是不該往險境鑽的，尤其明知會打起來，明知戰局險惡的情況下……硬要來湊熱鬧的我，到底在想什麼呢？

人如果要往險境鑽，也該有自知之明，防範措施要做得多層一點，至少要能保障自己的人身安全，各種保命的東西都要帶多一點，不怕用不上，只怕不夠用。

但……我根本是，什麼都沒準備好，就傻傻地跑來送死了吧？

我唯一的保命技能就是符咒，身上卻帶那麼少的符紙，這就好像家裡沒人，出門還不帶鑰匙一樣啊，做事的時候完全沒用到腦袋啊！我怎麼就不記得跟噗哈哈順便求個防護用的無敵符咒，搞不好他真的有，那我也不用待在這裡膽顫心驚地煩惱啦！

現在說什麼都來不及了，懊惱或懺悔都沒有用，想辦法活下去才比較實際。

我本來以為魔法陣啟動，一切就大勢已定，安全無虞了，但是……？

誰來告訴我那一瞬間發生了什麼事？

我覺得整場都是力量與力量的衝突，神器的威壓，還有衝撞後爆破出來的奪命氣流啊！

綾侍大人果然是那種寧為玉碎不為瓦全的人嗎？音侍大人您也稍微阻止他一下，別跟著他鬧啊！

沒有人保護我，我剛剛嚇了一跳，手一滑就把剩下的符咒通通丟出去布陣保命了……結果居然一張不剩地抵銷光光！

現在好像平靜下來了，你們應該沒有要繼續打了吧？我現在手裡半張符咒都沒有了，非常沒有安全感，我一點也不想這樣死回東方城！拜託你們留給我一條生路！

噢，爆破後的煙霧總算散開來了，目前到底——咦？那是……

✣ 章之六

玄色思念

『當你跟我說「再看看、好難」的時候，其實代表你已經打算幫我做了，嗯。』——暉侍

『當你認為我跟你說「再看看、好難」的時候代表我已經打算幫你做，那意思應該是我們需要溝通才對吧！喂！不要胡亂按照自己想要的意思曲解還一副很了解我的樣子！』——范統

魔法陣運作起來的前後，隱身在棚內的范統實在有苦說不出，一口氣消耗光了所有的符咒不說，整個反震下來，他也被震得腦袋有點昏，花了點時間，才覺得眼前的影像逐漸穩定。

確認自己沒什麼大礙後，他要做的第一件事，自然是了解現場情況如何了，西方城的伏兵已經抵達，將整個場地包圍，他很快就從空中找到了月退的身影，與魔法師一同浮空的他十分顯眼，只是，范統不明白為什麼他會露出那樣凝重的表情。

然而順著看過去，瞧見聚攏在一起的東方城眾人時，范統很快就得到了答案。

重新變為人形的綾侍，身上還留有部分變化的痕跡，他的雙手覆上了千幻華形態時的硬質甲冑，本體似乎因為硬接了天羅炎剛才那毀滅性的攻擊而受了不輕的傷，此時那不完全變化下如同藍色晶石鑄成的右手，正扣著那爾西的脖子，讓理當成定局的場面，出現了戲劇性的變化。

那爾西？什麼時候被抓的？怎麼會……

范統在看見這一幕後，忽然覺得腦袋一團混亂，他覺得要混亂應該也輪不到他混亂，但那種腦中有什麼東西激盪起來的感覺，卻十分真切——真切得無從解釋。

腦海中的狀況幾乎要演變成記憶解封時的刺痛，猶如有個封鎖起來的殼破碎了，湧現出來的卻是一種無法釐清的幽暗情緒。

於是他終於知道，那不是他的反應，而是屬於暉侍的思緒。

暉侍留給他的東西應當是死的，他從來都只能像個旁觀者般，去觀看那些凌亂無章的記憶，但這個時候，他卻初次明白地感受到暉侍的情感。

宛如銘印在胸口的疼痛，似是牽動著靈魂而來。那個時候暉侍以邪咒打散自己的魂魄，連同記憶封入他的身體，也許是真的將意識留存了下來，范統沒有因為體認到這一點而覺得恐怖，在被暉侍的情緒牽動的現在，他只能感受那些盈滿心中、來自另一個人的心感，茫然地看著前方，什麼也做不了。

瞧見這樣的態勢，天羅炎自動飄飛到月退的身側，準備隨時幻化回劍型為他所用，對方抓了人質在手，如何處理，頓時變成了一個難題。

如此態勢下，他們不該表達出重視人質的態度，讓對方看出他們在乎，就形同受制於對方，所以奧吉薩一看清楚狀況，便神色不改地開了口。

「抓住不具地位的先皇遺子是沒有用的，卸除武裝吧，夜止的諸位。」

如果是音侍，還有可能受到這種話語的影響，但現在抓人的是綾侍，聽到這樣的話，他只冷笑了一聲。

「篡位的偽帝在真正的少帝回歸後居然可以好好地存活，這個人質有可能不重要嗎？」

其實重不重要，月退在看見那爾西被挾持時的表現，就已經說明了一切，根本已經沒有辯駁的空間。

在己方的皇帝明顯會因為人質而受制於敵人的情勢下，伊耶做完判斷，所採取的行動也十分直接。

狠辣銳利的一劍極其凶猛地斬出，目標卻不是東方城的任何一個人，而是那爾西的心口——解決讓情勢陷入膠著的那個存在，是最有效的方法，人質既然不可能被釋放，那麼，只有他消失，才能讓西方城無所顧忌。

看著那朝自己削來的長劍，動彈不得的那爾西只睜大了眼，事實上他的確什麼也做不了，不過，綾侍當然不可能放任他這樣被殺。

千幻華閃耀著琉璃光采的幻象擋下了這記攻擊，一旁的音侍也不會看著敵人單方面進攻，只是在雙方再度交戰起來之前，月退就厲聲開口了。

「伊耶！住手！」

這不是請求而是命令，眼見著計畫即將功敗垂成，伊耶雖然不願，仍是咬著牙停下了攻擊。

為了防禦方便，綾侍同時也將那爾西推給了音侍，要他負責抓著，於是音侍輸出了金色的劍刃抵著那爾西的脖子，卻被綾侍瞪了一眼。

「用銀光！」

「咦？這麼狠？他不是原生居民嗎？不必用噬魂之力，殺了也會死啊？」

「少帝就在這裡呢，沒用噬魂之力，殺了就立即能復活了，那有什麼威脅性可言？」

被綾侍這麼一說，音侍只能乖乖轉成銀色劍刃。被敵軍包圍的狀況下還能這樣悠哉地對話，也只能說他們視敵人為無物了。

以噬魂之力做威脅，意義是完全不同的，只要被劃到一下，就會有十分嚴重的後果，月退顯然完全不想看到那爾西再一次在他的面前受傷，沒經過多久的思索，就提出了要求。

「放開人質，我讓你們安全回去。」

他這句話一出，也等同於放棄整個計畫了，然而綾侍並不買帳，彷彿覺得這樣的代價不夠有誠意。

「貴國才剛暗算過我們，此刻少帝陛下的保證還有多少可信度呢？安全回去，我們自己也辦得到了，讓我們放掉人質，就這點可有可無的允諾？」

因為他們挾持著敵國皇帝不願犧牲掉的人質，讓敵人無法輕舉妄動，有了這樣的條件，想從這裡離開，確實不難。

「那你們想怎麼樣啊？」

同樣感到焦急的雅梅碟問了這個問題，綾侍的回答也很乾脆。

「就恭送我們離開吧，只是，人質我們是不會還你們的，這是很好的談判籌碼，不是嗎？」

聽完他的話，伊耶立即就青著臉反對了。

「怎麼可能讓你們這麼做！」

「我也覺得老頭好陰險……」

音侍在嘴裡嘀咕著。

「音侍你閉嘴會死嗎！」

違侍已經很受不了他了。

音侍還來不及回嘴，綾侍就已經下達了指示。

「珞侍，強行突破吧，他們要不要阻止，就看他們的意思了，至於打鬥中會不會不小心讓人質受傷，那可不是我們要煩惱的事。」

雖然原本想用來困住他們的魔法陣，在綾侍護罩的展開下失去了作用，但西方城的人還是在四周布下了禁止傳送移動的魔法限制，現在綾侍要珞侍做的，就是破解這個限制，讓他們能夠傳送離去。

放著敵人的行動不管，眼睜睜讓他們從眼前揚長而去，實是難以接受的事情，然而在敵人的動作之前，他們的皇帝卻僵著臉沉默著沒有指示，這使他們不曉得該不該有所反應，全體人員都不敢自作主張攔截。

珞侍揚手擲出的符咒，以一道銳利而漂亮的直線劃破了空氣，筆直地朝著外圍的半透明限制結界射去。

融合了法力與符力的咒紙，在半空中便開始自體焚燒，從紙角燃起的是高溫的白焰，像是朝天空飛去的流星一般，直至衝撞在結界上爆裂。

由眾多魔法師架設起的限制結界，就這麼燒出一個足以使結界瓦解的大洞，符咒爆裂後流竄的星火在這樣的背景上，有種難以言喻的絢麗，只是他們沒有一個人有心情欣賞。

結界損毀的同時，綾侍臨時畫下的術法傳送陣也已經完成。

連同那爾西在內的五個人，就這麼在重重的包圍下，遽然消失。

直到敵人已經帶著人質離開，月退才終於出了聲。

「回宮。研擬對策。」

他那不尋常的沉靜，並不是因為他真的冷靜。

「重新肅清整頓……我要知道，為什麼我們如此缺乏夜止的情報，為什麼珞侍的流蘇提升了這件事，我們沒有辦法事前曉得！」

月退緊握的右手顯示出了他浮動的情緒，下達完這個命令，他隨即閃身消失，天羅炎也默默不語地跟著離開。

仍是隱身狀況，頭痛稍微趨緩的范統，帶著他也不明白的情緒，看向了自己的手。

如果剛才他手上還有符咒，說不定真的會在那股意志的驅使下做出攻擊。

對於剛剛所感受到的那些東西，暫時還沒消化的他，不由得皺上了眉頭。

❀

從險境撤離的東方城眾人，只是退到了幾區之外的地方，因為距離太長，實在不可能一次帶著五個人傳送回東方城，現在他們還得自行趕一段路才能回家，感覺有點蒼涼。

綾侍因為負傷的關係，不宜再動用消耗大量精力的術法或符咒，音侍也推托剛剛變身花了太多力量，幫不上忙，本來珞侍可以用符咒直接將大家傳回去，但他們又還有些事情得先商量好，所以就變成弄出一張符咒的毯子來，所有人一起坐在上面飄回東方城的無言狀態。

「不——老頭你抓他做什麼，還給他們就好了嘛！帶著上路多奇怪，處理起來還很棘手，你到底想要對他做什麼啊！」

音侍抱頭哀號著，似乎頗為不能接受他們一夥人綁了那爾西一起上路的事實。

「有用的人質怎能這麼輕易放掉，你好心，他們可沒這麼好心。」

比起叫得很大聲的音侍，綾侍雖然受傷，卻連大氣也沒出一個，只冷冷地看著音侍。

「啊，抓了人很麻煩的啊！後續問題一定一堆啊！小月的眼神像是要把我們吞了，他真的有用嗎？要是沒用你打算怎麼辦！」

「沒用，那抓回去刑求凌虐也好，挺解氣的不是嗎？你可別忘了，珞侍因為他死過一次。」

綾侍淡淡地點出這件事後，珞侍的臉色頓時有點不太自然，整個人被限制行動、躺在符咒毯上的那爾西，則沉默地將視線投向天空，不打算參與任何一個話題。

「你、你這麼說的話……」

音侍看向了旁邊的那爾西，注視著他的臉長達十秒之久，接著便又崩潰了。

「跟暉侍長那麼像要死啊！跟暉侍那麼像我怎麼打得下去——！」

「沒有人叫你打，你要是打不下去就交給違侍，我想他很樂意動用私刑。」

「……！」

原本正在沉思的違侍，一時好像想下意識反駁什麼，卻又不自覺地露出了很想這麼做的表情。

「啊？交給死違侍？那不如讓珞侍自己動手吧，他才是受害者啊！」

聽到要讓違侍來，音侍又有意見了。

「珞侍如果想自己動手，我們當然也沒有意見。珞侍？」

話題轉移到自己身上，珞侍顯得更加不自在，於是他也看著那爾西的臉看了十秒，接著從牙縫擠出話來。

「好啊，那麼你們都不要插手，交給我處理就好。」

他們雖然都等著聽他的回答，卻沒料到會是這樣的答案，音侍張大了嘴巴，違侍呆了一下，連綾侍也有點訝異，那爾西則將目光轉了回來，半是疑惑半是思索地盯著珞侍。

「這樣好嗎？那、那我們到底，我們必須跟櫻說吧？」

「當然應該跟櫻說。但是說了，他大概就直接被挫骨揚灰了。」

綾侍輕描淡寫地陳述了跟矽櫻說抓到那爾西的後果。

「什麼啊！鬧那麼大，你還說要談判，對方也會來要人，哪有可能不讓櫻知道！」

音侍又毛躁地抓起了頭髮，違侍也難得附和了音侍的話語。

「這又不是什麼小事情，豈可不向女王陛下報告！」

「我們會向櫻報告，只是，時間稍微晚一點。」

綾侍的視線掃過那爾西，輕輕地說了下去。

「等到回神王殿，我確認完他到底有沒有用之後。」

言下之意，似乎有種「利用價值剝削完，給矽櫻殺掉就沒什麼好可惜的了」之意，音侍聽了便又開始囉唆了。

「啊！那要是櫻真的想不開殺了他，我們還拿什麼跟人家談王血注入儀式啊！」

「我會把利害關係跟櫻說明清楚，要怎麼決定就是櫻的事情了。」

「可是——」

「再吵就把你從毯子上掃下去，你讓人覺得很煩！」

題。

因為負傷的關係，綾侍對音侍的容忍度也降低了不少，於是，音侍一臉委屈地轉變了話題。

「我們帶他回去要先把他藏在哪啊？」

「關到地牢啊！這還需要討論嗎？」

違侍憤慨地搶著接話，但綾侍反對這個意見。

「那樣會太多人知道，我們要向櫻報告，不代表也要讓神王殿的守衛與東方城的人民曉得這件事情。」

「啊，那好辦嘛，暉侍閣不是沒有人嗎？就讓他住進去然後我們用符咒限制把他關在裡面啊。」

音侍一拍手，提出了一個讓人不知道該點頭稱是還是朝他後腦打一掌的主意。

「哪有住那麼好的道理！」

違侍一聽，立即大怒，綾侍雖然對音侍無言，這時還是忍不住嘲諷了違侍一句。

「你想說的是第五殿連你都不能住是吧？違侍。」

「我……！我什麼時候說過這種話了！不要隨便汙衊我！」

違侍因為這句話而惱羞成怒，但這麼狹小的毯子空間裡，實在也不適合一怒之下動手，更何況動手也只有被反打一頓的份，所以……也就是不能怎麼樣。

「太好了，把他關在暉侍閣可以讓死違侍生氣，那就這麼辦吧！」

可以當著人家的面說出這種話的人，大概也只有音侍了。

「隨你高興。」

綾侍看起來已經累了，把人關在哪裡這種無關緊要的事，要是答應了能讓音侍閉嘴的話，他很樂意交給他處理。

「不行！我反對！」

「啊，死違侍這裡沒有你說話的份啦，我們那個什麼，生米煮成熟飯，總之沒有你插嘴的餘地了，這個話題我們已經討論結束啦。」

「什麼生米煮成熟飯啊……」

珞侍雖然沒參與討論，卻仍覺得無話可說。

「音，為了我們的安寧，你還是滾下毯子自己回東方城吧。」

綾侍也不是說著玩的，才剛說完，他立即就揮手將一道勁風朝音侍掃了過去，毯子上這麼狹小的空間，能閃的地方也不多，音侍還真的差點就摔下去了。

「老頭你謀殺好兄弟！這裡很高啊！摔下去會死人的！」

「也許會死人，但死不了一把會術法會符咒還兼通魔法邪咒的劍。叫你的小花貓來救你啊？叫啊？」

「啊！會飛的小花貓只有一隻，送給小柔了啊！而且邪咒不能用啦，我一用邪咒就會發生糟糕的事情，老頭你真的要我用嗎？啊啊啊啊別打啦！不要這樣啦——」

安靜聽著身邊鬧劇的那爾西，恍惚地想不曉得該不該覺得自己的未來處境堪憂。

做為人質，會有什麼樣的事情發生在自己身上，他想，不管再糟糕他應該都有心理準備。

畢竟在暉侍死去之前，他就已經維持著人質的身分，過了十一年那樣的生活。

❀

在伊耶家的晚餐時間──如范統所預料的，不見月退、璧柔與伊耶的身影。

喔喔喔……檢討會議開真久啊，開到都回不了家了，公事雖然重要，飯也要吃啊，嗯，總而言之，這次沒叫我去旁聽真是太好了，我對那爾西的事情其實也不怎麼感興趣啦，你們後續要怎麼處理，我等著聽結論就好了……

他們不回來一起吃飯，其實沒什麼關係，如果真要說有什麼關係，大概就是餐桌上只剩下他跟硃砂，還有艾拉桑這三個人，感覺十分讓人想快點吃完速速閃人而已。

嚴格來說，這裡除了我們三個人，還有一隻囂張地上到餐桌來覓食的鳥啦……不過，基本上無視牠也無所謂，只要不來碰我盤子裡的東西，一切好談。

相較於冷漠的硃砂，矮子他爹則是那種不說話好像會死的人，照理說我們三人的組合，融合起來氣氛應該剛剛好互補啊，但為什麼我會覺得很絕望很想逃開呢？話說回來，我可以回到這裡很冷靜地用餐，也是一件很不可思議的事情，我應該要去處理消化一下今天腦袋裡解碼的東西吧？還是就不要理它了？

范統很希望這頓飯在沒有任何人開口的情況下就結束，但這顯然是不可能的。

「怎麼都忙到沒有回來吃飯呢……難道事情不順利嗎？難、難道他們出了什麼意外，受了傷嗎？」

艾拉桑一面用叉子攪拌著麵條，一面煩惱地唸著，整個就是無心進食。

不是我在說，有本事讓您那兩個兒子受傷的人，應該根本還沒出生吧，他們好得很，別操這種無聊的心，快快將您的晚餐吃完啦。

「對自己的孩子還真是沒信心。」

硃砂毫不給面子地批評了這麼一句，同時彈了個小石子把桌上的焦巴嚇得拍翅飛離了桌面，從這個動作看來，他的心情應該也不太好，只是覺得多餘的擔心沒有用罷了。

噢，硃砂同學，你不管是想嫁進人家家門，還是娶走人家兒子，都應該多學學跟親家的相處之道啊，其實我也在心裡唸過你很多次了，但你就是不聽……慢著，我在心裡唸的，你好像也聽不到嘛，哈哈哈哈。

「因為不太正常，所以我才覺得坐立難安嘛……」

艾拉桑畏縮了一下，小聲地辯解著。

那邊那個爸爸，您也有點氣勢好不好！您被晚輩嗆了啊！被晚輩這樣言語直接地嗆了啊！您就算不拍桌震怒一下，至少也皺眉表達您的不悅吧？被晚輩壓得死死的像話嗎！就只會欺負您的大兒子！

「沒聽過擔心就能讓人平安，或者擔心可以當飯吃的。」

硃砂得理不饒人地繼續諷刺，的確他的食慾完全沒受到該回家的人還不回家的影響，消滅食物的速度還是一樣正常。

我記得好像有人因為睡過頭沒上到課就不想吃飯的啊，那個人是誰啊？好像就是你嘛？還是你終於發現那樣很蠢所以現在反過來譏諷人家啦？不過月退也真是的，捎個信回家說有事不回來吃飯，應該也不會很麻煩吧，怎麼就這樣放著不管讓爸爸憂心呢……

「我……我一定要等他們回來才要吃！」

大概是一直被硃砂嘲諷的關係，艾拉桑索性賭氣放下餐具，打算餓肚子了。

「不行啊！老爺！少爺回來要是發現您沒吃東西，一定會很生氣的！」

一旁的女僕注意到態勢不妙，連忙驚恐地過來勸阻。

「生什麼氣啊，長大了就不想跟爸爸一起吃飯了，我才應該生氣吧！」

這位爸爸，您原本不是在擔心他們出了事無法回家吃晚餐嗎？為什麼又擅自發展成不想回來吃啦？這中間的轉折在哪裡？我有錯過什麼內心變化嗎？

「我吃飽了。」

硃砂顯然完全沒興趣欣賞艾拉桑耍任性，解決完面前的食物，他便離席準備離去，焦巴也急急振翅追上，想停到硃砂肩膀上時，又再一次被他以手彈開。

我怎麼覺得這隻鳥越來越自虐了啊？明明是隻野生動物還這麼有奴性，也真是不簡單……話說我是不是也該閃人了？接下來就交給女僕們處理吧？

萬一跑得不夠快被艾拉桑纏上，那可是很頭痛的事情。范統這麼一想，就拋下了所剩不多的飯菜，火速回房去了。

一打開房門，看見人形狀態的噗哈哈還躺在床上呼呼大睡，范統的內心就充滿無言的感覺。

我們那邊都結束好久了，隱藏的符咒我也早就自己解除了，你怎麼還在這裡睡，連自己的符咒被我解除都沒有感覺啊？

他本來想藉由睡覺來嘗試今天感覺上解鎖的暉侍記憶裡有沒有什麼強烈到會自己冒出來的部分，但噗哈哈還睡在他床上，這實在讓他有點犯愁。

擠上去一起睡跟把他叫醒都是個辦法，其實也是該叫的，不叫的話，不曉得噗哈哈要睡到哪天去，床鋪一直被霸佔可不是好事情。

另一個重點就是，身邊有個一直打呼的傢伙，他怎麼可能睡得好？

利用精神呼喚將噗哈哈叫醒、聽了他幾分鐘的被吵醒抱怨，再看著他變回拂塵後，范統總算有床能睡了。

由於回來便已經先洗過澡，當下他沒再多想，探究了一下今天感應到情感的那些部分，便留待進入夢鄉再詳細了解。

如同原先被刻意模糊的影像重新調整了清晰度一般，納入夢境中的情景，終於能夠正常審視。

儘管畫面的光源與色彩，浮動得讓人疑惑這究竟是真實發生過的事，還是暉侍自己的想像，但范統還是繼續看了下去。

這是一個很奇怪的空間。

從房間的模樣來看，這裡應該是聖西羅宮，但暉侍那還是幼童的手不管推開幾扇門，都瞧不見半個會動的人。

所有的人就像是被什麼固定住了一樣，就算他大聲叫喊也沒有人有任何反應，而他想接觸對方的時候，手永遠會被一層扭曲的透明之壁擋下來，怎麼樣摸也摸不到。

只要想往宮外跑，就會被傳送回同樣一個房間，桌上的書本等待著他，他的手能碰到、拿起的，就只有這個房間裡的書而已，沒有別的事情可以做——除了吸收這些別人逼迫他吸收的知識。

他翻過一張一張的書頁，重複閱讀著這一疊又一疊的書。

翻到第十次的書被他摔了出去，猶如停滯的時空讓他只能不斷做這些重複的事情，直到時空的限制解除。

所有環境的異常都消失後，圍在他四周的大人們以一種評估的眼神打量著他，而他不發一語，只等待他們開口。

『這一次應該有效果了吧，眼神都不一樣了呢？』

『考考他不就知道了嗎？封在裡面那麼久，也早該學完了。』

他們說的話是什麼意思，范統不太能明白，面前的大人笑著伸手拍打了暉侍的臉頰，話語間帶著似有若無的惡意。

『真是可惜了，這樣的資質，如果不是陛下不准，說不定也能當上皇帝、駕馭天羅炎呢？』

另一個人在這個時候喊了暉侍的名字——范統是這麼判斷的。因為那個聲音模糊掉了，聽不出來原本的音節，所以他也無法確定。

連自己的本名都想鎖掉，到底是什麼心理？所以解鎖還是沒解得很徹底嘛？

在他仍抱持著這樣的疑問時，畫面已經轉換。

答應去東方城之後，暉侍主動要求見自己父親一面，理由是「就見個一次，看看也好」。他的要求獲得了允許，於是他被帶到了西方城前任皇帝的房間，看見了因不願治療自己，而病重臥床的那名男子。

皇帝投過來的眼光不帶絲毫的情感，即使站在面前的是自己唯二的兒子，他的情緒似乎也不因此而產生什麼變化。

范統本來以為暉侍會問的。他本以為暉侍會問出「為什麼」，或者認個親說幾句心裡話，但暉侍的反應卻不如他所想。

『你不能保護我們。』

暉侍以小孩子的聲音，沉靜地說出了這句話語。

躺在床上的皇帝聽了這句語氣平淡的話，露出了少許訝異的神情，但很快的，那分訝異又被冷笑取代。

『……你不會保護我們。』

即便稍微修改了用詞，他對他血緣相繫的父親仍舊沒有絲毫尊敬的意思，然後，皇帝輕笑出聲。

『這一次你說對了，然後呢？』

『我只是來確定這件事情而已。』

這場短暫的會面，就這麼結束了。

只能看著記憶裡的畫面，讀不到內心思緒的感覺，讓范統有點焦躁，雖然這也是沒有辦法的事情，但那種壓在胸口的悶感，依然使他難以透氣。

寫回西方城報告的信，一封又一封，寫給那爾西的信也是一樣的。

暉侍總是在寫完報告給長老的事項後，才拿出一張嶄新的紙，再度蘸墨，開始書寫要給那爾西的那封。

毛筆的筆尖在紙上寫下弟弟的名字後，他的手停頓了許久。

范統從他的視覺看出去，只能看見他一直注視著紙張，不知究竟在思索些什麼。

過去想翻找跟那爾西有關的資訊時，他就時常在暉侍的記憶裡，看見一片模糊的信紙，而這次暉侍終於提筆寫下字時，墨汁所呈現出來的黑色，卻不再看不清楚。

「我無從想像現在的你」。

「時間與空間的距離，讓我覺得無能為力」。

「其實，我一直想將你忘記」……

范統看著他拿著筆，一個字一個字地寫下這樣的字句。

但他只寫到這裡，就猛地重重放下筆，狠狠將紙揉成一團，然後像是終於冷靜了下來，他攤開了被揉爛的信紙，放到燭火前焚燒。

燭焰漸漸吞噬了紙張上的字跡，他則在焰苗燒到手之前將剩下的那一角放開，深呼吸了幾口氣，然後再抽出新的信紙，提筆重書。

如同慣例般地寫上那爾西的名字，再盡量以開朗溫和的口吻寫下自己的日常生活與慰問……完成這封信後，他連看都沒有看第二遍，寫完最後一個字就直接封起來，連同報告的信一起寄送了。

范統彷彿能感染到那種無能為力、連掙扎都不被允許的心情。

想將你忘記。

一直想將你忘記。

究竟是什麼樣的情感，會想抹煞掉弟弟這個存在？

即便他幾乎能看盡他一生的經歷，依然說不明白。

『從我們審問你到現在，花了兩年的時間，你根本只是在跟我們繞圈子，一點也不想提供正確的法陣吧？』

暉侍被強制帶回西方城、那暗無天日的兩年，在他的記憶裡，除了這最後一段，其他的部分並沒有留下多深刻的痕跡。

就好像消逝的兩年光陰一點也不重要，其中受的苦也一點都不重要一般。

『您們怎麼這樣說呢？唉，如果真出了什麼錯，可能是資料沒帶在身上，記不完全的緣故吧，法陣那麼複雜的東西，您們怎能要求我都記在腦海裡？』

暉侍嘆氣嘆得煞有其事，就好像這只是個無可奈何的誤會。

『我們給你最後一次選擇的機會，交出真正的法陣。』

『您為什麼那麼肯定我辦得到？為什麼不相信我記不清楚呢？』

『我們今天特地親自過來，你知道是為了什麼嗎？』

暉侍往他們身上看了一下，笑了笑。

『沒有刑具也沒有毒藥。有什麼特別的嗎？』

『今天沒有那些東西，我們只是要回到原本的手段。』

說話的長老攤開了手，從他掌心展開來的光芒，在這黑暗的環境中，十分刺眼。

暉侍的眼睛花了一點時間適應這樣的亮度，然後他在那團光中，瞧見了一個熟悉又陌生的身影。

熟悉的臉孔，熟悉的藍眸，他們已經十一年不曾相見。

金色的頭髮，就像是原本的他，應有的樣子。

他不願意認出這個人，卻又不得不認出他來；說是想要見到他，但或許又一點也不想看見。

暉侍不由得向前伸出了手，著魔般地想去觸碰。

魔法幻象中正在看書的，他的弟弟——猶如接觸不到也不屬於他的光明，就這麼在他的手指之前，瞬間消失。

『在你的弟弟與對夜止的無謂忠誠裡選一個吧，或者下一次，我們該嘗試不這麼溫和的影像呢？』

暉侍像是聽到了什麼可笑的東西似地笑了出來。

『什麼對夜止的忠誠？從頭到尾都沒有那種東西吧？不就是你們好端端地懷疑認真工作

的探子，不肯相信我對祖國的忠心而已嗎？』

『事到如今，你不需要說這些廢話——』

『我帶您們去總可以了吧？』

暉侍打斷了對方的話，語氣平淡地說下去。

『我知道怎麼解開沉月祭壇的結界，法陣正不正確，帶您們到現場驗證不就清楚了？』

接下來的記憶畫面逐漸遠去。

就算不去看，范統也可以知道，暉侍的提議被長老們接受了，他們會到沉月祭壇去，這已經是發生在過去的事情。

複雜而晦暗的情感，一陣又一陣地拍打上來。

其中只有幾句純粹的心語，斷斷續續地飄蕩迴響著。

『他不會保護我們，但我會保護你。』

『我會保護你，以我的生命來保護你……』

一陣頭痛的衝擊中，范統驚醒過一次，由於時間還是半夜，他便硬是強迫自己再度入睡。好不容易又進入睡眠狀態，這次出現在眼前的卻是看過了好幾次的河岸。

暉侍正抱著膝坐在那裡，一眼也沒朝他看過來的意思。

唔……這樣死氣沉沉、不來抓我過河，也不用各種奇怪的方式捉弄我的暉侍，我實在很不習慣耶，出個聲、說說話嘛！怎麼搞的啊？

『暉侍？』

范統試探性地喊了一下，於是暉侍抬起了頭，但看向他的時候，臉上卻帶著幾分冷意。

『探究別人不想被知道的心事，研究別人一直想鎖起來的記憶，這麼做很有趣？』

他忽然以這種冷冷的語調說出這樣指責的話語，一下子使范統有點反應不過來。

『什麼啊！不是我故意去破除的吧！而且你在把全部的記憶都給別人之前，就該做好被看光光的心理準備了啊！』

『是啊是啊，只可惜有些事情就算明白還是會不高興呢，你說我看起來到底像是一個斤斤計較小心眼的人，還是豁達看得開的人呢？』

『我看你應該是想豁達的時候就裝豁達，想斤斤計較的時候就放任自己斤斤計較的任性人種吧！』

『從你這裡得到這種評價，真是讓人開心呀。』

『所謂讓人開心，到底是因為說得很準還是不準啊！』

對話了這麼幾句後，范統忽然想起了什麼，然後便以一種遲疑的眼神看著暉侍。

『那個……所以，在這裡的你，到底是我的幻覺，還是本人啊？』

『本人已經死了，你也知道的。』

『所以你是我的幻覺產物？』

『虧我還那麼熱心拖你過河，你居然會認為這樣的我是你的幻覺產物，原來范統你下意識這麼想死啊，那之前還掙扎些什麼呢，真是人不可貌相。』

『你就不能好好認真回答一下我的問題嗎——！』

暉侍這種說話方式實在很讓范統惱怒，只是，這個「死人」看起來心情正在不好，原因剛好又是他看了人家的隱私，所以他也不太好意思直接跟他翻臉。

『我可不可以問一下，那個所有人都不會動的空間是怎麼回事？』

一開始看見的那個驚悚場景，范統現在想起來還是覺得很不舒服，問當事者應該會比較清楚，因此，雖然暉侍不見得會正經回答，他還是開口詢問了。

『他們選定我當間諜後，就定時把我封入時間停止的空間裡要我多學一點東西，這樣的回答算好好回答了嗎？』

暉侍用十分平板的聲音作答，他給的答案則讓范統瞠目結舌。

『你被封了多久啊？』

『前前後後加起來差不多十年吧，沒認真算。』

十年——！所以你的外表年齡跟精神年齡差了至少十歲嗎？那種只有你跟書的環境，你待了十年沒有發瘋嗎！

『暉侍，我忽然覺得你很不簡單！』

『謝謝你的稱讚，應該的。』

你可不可以不要回答得這麼理所當然啊？

『那個……法陣你為什麼不肯說啊？』

『西方城想封印沉月，於情於理，我不能害死某個人。』

某個人？誰？你認識哪個新生居民？米重嗎？啊哈哈哈，當然不可能是米重吧……

『那你後來怎麼又要帶他們去了？』

『因為祭壇的結界一動，東方城就會知道，自然會有人來處理善後，那麼，那個人自然也不會被我害死。』

『可是，你給我的遺言叫我封印沉月啊，你這樣不就前後矛盾了？』

到底是誰啦？你怕害死那個人，又不想害死那爾西，所以就乾脆死自己來解決這一切？

『因為那個人其實渴望死亡，只是這件事不該由我來做，這是情感上的問題。』

什麼跟什麼啦！越來越搞不懂了！

『那……』

『你問夠了沒有？別再煩我了，打聽我的八卦有錢賣嗎？』

暉侍才回答了幾個問題，馬上就又拒絕配合了，瞧著他瞬間冷下來的臉孔，范統感到有點棘手。

『不然，最後一個問題？』

暉侍只靜靜盯著他，沒說可以也沒拒絕，范統就問了下去。

『你的本名到底叫什麼？難道很難聽嗎？』

『一個很正常的名字。會好奇男人名字的你，到底是太無聊還是性向有問題？我雖然是個不可多得的美少年，但跟綾侍可是完全不同的路線。』

『我只是問個名字你為什麼可以歪曲成這樣！你到底想怎樣啊！』

『去救他。』

范統因為這突然冒出來的話語而愣住了，但暉侍的神情很認真，甚至還顯得有幾分痛苦。

『拜託你去救他。』

……等等，你是說，那爾西嗎？

那個身陷東方城的那爾西我哪可能救得到啊！別再強人所難了好不好！總愛做出一些你辦不到、我也辦不到的要求，要救那爾西也是月退的事情，月退都救不到的話也輪不到我了吧！你不要病急亂投醫就胡亂拜託人啦！

『你到底是喜歡你弟弟，還是討厭你弟弟啊？』

從那些凌亂的記憶裡，范統很難判斷出暉侍對那爾西的情感究竟是哪一種。

這個問題問本人會不會有個清楚的答案啊？還是本人也不清楚？

『你問那麼多做什麼，救與不救只有一句話，你要是真想知道我的名字，就去問他。』

『啊？那萬一我費盡千辛萬苦真的把他救出來了，結果他說他已經忘記你的本名，那怎麼辦？』

『那就是你的不幸了。』

為什麼不是你的不幸！是你的親弟弟又不是我的！

『我辦不到啦！太難了，誰有辦法幫你這種忙啊！』

『是嗎，算了，那就沒什麼好說的了，哈哈哈哈，我覺得累了，再見啦范統。』

喂！等等！你是什麼時候閃到河邊上船的？划船的速度為什麼那麼快？等……啊！

下意識想追上去的范統，在河邊停下腳步時還心有餘悸。

搞什麼，我差點就自己過河了……太、太大意了！這是拐人過河的新花招嗎？我怎麼可以蠢到這種地步啊！

暉侍回對岸去了，范統又不敢輕易跨過那條河，在睡醒之前，恐怕也只能自己一個人待在這片河岸無聊了。

唉，這種看了人家的祕密莫名產生出來的愧疚感，是怎麼回事呢？

就算這樣，我也沒有辦法去幫忙救那爾西啊！這太超過了啦——

范統的事後補述

我啊，想來想去，左思右想，現在想說的只有一句話。

我到底是前輩子造了什麼孽，才會惡鬼纏身、出生入死、劫難連連，攪進這一卡車理當與我無關的事情裡？

我……好吧，看了別人的悲慘經歷後，我覺得我可能、好像也沒有像我自己說的這麼不堪，比起他們，我過得可能還算不錯，這世界上有很多悽慘的人，我比上不足比下有餘，哀叫得最大聲的往往不是最慘的那一個……

不過，他們之所以慘，也是因為他們的生長環境、身家背景複雜啊，我沒涉入陰險的政局，也沒身懷讓人眼紅的資質或寶貝，只是一個平凡人的我，到底為什麼一定要跟這些我無力左右的事情扯上關係呢？我根本也只會被捲進去絞得支離破碎，不會有別種結果了吧！很多事情可不是努力了就會有好結果的！

慢著，仔細想想，我真的有讓人眼紅的寶貝……問題是，我所遭遇的這些事情，根本也不是噗哈哈哈引起的，真的是怪天怪地怪命運囉？

那爾西，你可不可以自己脫困啊？

啊，話說回來，珞侍的符咒用得真漂亮，感覺跟我以前所看過的完全不是同一個水平，這次他丟符也沒唸咒了，難道他也用了符力結合法力這一招？

說起來，在暉侍的記憶裡，我好像又看到了什麼，咳，不該看的東西？

東方城保管的那一半沉月法陣，在、在他腦袋裡就有啊！

這一次我到底要不要說出來？說出來的話，我們就形同已經具備了調查沉月，甚至是封印沉月的條件，自然也就不需要再跟東方城談判了，那麼……

那麼，東方城會拿已經失去用處的人質怎麼樣呢？

那爾西……不就沒救了嗎？

章之七 無光之處

『也許曾經比任何人都想活下去。也許時間，已經讓我忘記了想要活下去是什麼樣的感覺。』——矽櫻

軟禁那爾西的地方既然已經決定好，東方城的一行人回到神王殿後，便直接避人耳目地將人帶到暉侍閣去了。

違侍沒興趣參與接下來的活動，所以帶著那爾西進入暉侍閣的，便只剩下珞侍、綾侍跟音侍。

「我可不可以去拿暉侍的衣服跟染髮劑來把他打扮成暉侍？」

看著被綾侍丟到地上的那爾西，音侍露出了興致勃勃的眼神。

「不可以。」

綾侍看他的眼光像是在看一個變態一樣。

「咦？為什麼？又不會少一塊肉——我也常常給小花貓染色或者弄新造型啊，有什麼關係嘛——」

「你可以回去把你那些小花貓打扮成暉侍的樣子，我不介意。」

「啊！那哪有可能啊！小珞侍，你也說句話嘛，你不心動嗎？」

「誰、誰會……」

被突襲問了這種問題的珞侍，整個猝不及防，幸好沒等他說出什麼無可挽回的答案，綾侍就接口了。

「音，你滾。滾之前幫忙把暉侍閣的結界重建一下，明白了嗎？」

瞧綾侍沉下了臉色，音侍總算沒有不識相地繼續糾纏，只在離開之前不太甘願地看向那爾西交代了一句。

「乖乖待在裡面不要跑出去喔，結界殺傷力很大的，觸發會死的。」

明明當初珞侍死在戰場上的時候，音侍恨不得把那爾西宰掉，但過了這些時間，珞侍又好好地沒事了，他好像就忘了當初的心情，甚至還會擔心那爾西不小心觸動結界會受傷。

不過，這些當然是以珞侍沒表現出什麼對那爾西的恨意為前提才有的狀況。

「珞侍，在交給你處理之前，不介意我了解一下他的價值吧？」

音侍離開後，綾侍一面說出這樣的話，一面撩起袖子伸出了右手。

「你要做什麼？」

珞侍不解地問了一句，綾侍美麗的臉上則出現了淺淺的笑意。

「用我慣用的簡便方法，從他的腦問出有價值的東西，任何祕密都無法隱形。啊，這是我身為千幻華的能力，可別問我怎麼學。」

即使在聽見音侍想把自己打扮成暉侍，也僅僅臉上微微抽動的那爾西，在綾侍說完這句話後，卻驚恐地退後了。

雖然被限制了力量與行動，但他還殘存一點點、很虛弱的力氣，勉強能動作，不過這點力氣當然是沒有用處的，或許比起溺水的人的掙扎還要微不足道。

綾侍只要一隻手就可以制住現在的他所有的行動了。他想要理性分析現在該怎麼做，只是沒有一個方法可行。

主動供出對他們來說最有價值的部分——但即使這麼做，綾侍也未必會相信沒有其他的情報可讀，這麼做也阻止不了他讀自己的腦袋。

當綾侍泛著光的手往他的額頭按上來時，他除了想到過去那些不願被看見的記憶，也想起了存在於自己腦中的法陣。

他答應過月退，支持他的決定，西方城那邊保管的沉月法陣無論如何也不該從他這裡流出去……

但是他已經自身難保。

「不要……！」

那爾西知道做什麼都無法扭轉正要發生的事情，只是當異樣的力量侵入他的腦部時，他還是痛苦而恐懼地叫了一聲。

所有試圖忘卻的記憶，在被讀取的時候，便是再一次地翻上憶起。

那些曾經扭曲他性格的過往在他的腦海中翻動，滿溢出來的記憶讓他幾乎產生作嘔的感覺，等到過程終於結束，他也因為精神平衡不過來而昏厥軟倒，讀取完記憶的綾侍臉上帶著少許的驚訝，接著皺起眉頭，若有所思。

「綾侍，他怎麼了？」

見人忽然昏倒，珞侍有點擔心地詢問。

「強迫他喚起了一些不堪的記憶，精神受到了點傷害吧。落月質子的生活果然也不會好到哪裡去，難怪總是養出心靈扭曲的人。」

綾侍淡淡地做出這樣的評論，於是珞侍又接著問了比較重要的問題。

「有什麼可用的情報嗎？」

「有。」

從綾侍那雙寒色的眼中，旁人一向難以解讀他的心情。

「也許可以說是比想像中還要有用的情報呢……」

❀

情報收集不力的追究，追究到後來也沒什麼下文。原本負責收集敵國情資的，是沒什麼職務的梅花劍衛，現在梅花劍衛一職空缺，自然也沒人可以出來解釋，而且，自從暉侍的事件發生後，矽櫻便集體撤換了神王殿的人員，想滲透進去獲知消息實在不容易，最後他們也只能暫時擱置這部分，先商討接下來該如何處理整件事情。

前面討論的過程范統並沒有參與到，只是似乎還沒有個結論出來。受制於人質，要討論出一個可行的處理辦法，確實很有難度。

那爾西身上最重要的價值，就是法陣。想將人討回來，又不能被東方城察覺他們想救回人的理由，這就是困難點的所在。

伊耶冷酷地做出救不回來乾脆派人暗殺掉的提議，這當然被月退否決了，所以他們只能繼續想個更好的方法，或者等東方城主動提出交易。

用人質交換王血注入儀式的進行，應該是對方很可能提出的要求，說不定還會有更過分的版本，不過——東方城卻一直沒有傳遞來任何訊息，讓他們覺得很意外。

理應佔據優勢的矽櫻沒有主動提出任何條件，確實讓人覺得很奇怪，雖然也可能是仍在擬訂預備提出的要求，但等了七天後，月退已經等不下去了。

「向夜止的女王提出決鬥的要求。要是她輸了，就將人質交出來，至於我落敗要付出什麼代價，請他們自己提！」

矽櫻其實沒有非得接受不可的理由，但公開的挑戰，拒絕會被視為怯戰，矽櫻若要維護一國之王的尊嚴，頂多更改決鬥輸贏確定後的附加條件，直接回絕的機率是很低的。

不過，敵人實力深淺不明，就這麼提出決鬥，還是讓參與討論的眾人覺得不太妥當——所以，正式發函給對方之前，幾乎所有聽聞的熟人臣子都聚集過來集思廣益了。

當然，裡面不包含艾拉桑。

「你們如果要進行決鬥，應該會很危險吧，當初兩邊的護甲與對方的武器屬性都有一定程度的相對性，不看各自特性的話，希克艾斯是偏物理性的傷害，千幻華就是偏物理性的堅硬防禦，同理，天羅炎是近法術性的傷害，愛菲羅爾便擅長法術性的抵銷減免，但後來雙方交換了武器，護甲防禦起來就困難了許多，很可能隨隨便便都會受傷……」

身為愛菲羅爾的璧柔，首先就器具方面的問題做了說明，神色之間顯見憂慮，這樣的解說第一次聽到，一樣選擇坐在角落的范統眨了眨眼睛。

那個……不是說要決鬥嗎？決鬥不就是不死不休的意思？跟東方城提升流蘇階級的那種應該不一樣吧，還是我誤會了，可以投降還是點到為止？高手應該都很愛面子，會有人主動投降嗎？啊，那個大叔就做過，這麼說來他真是個識時務的人呢……

「所以，是我不必穿著妳去，反正也沒有多少防禦效果的意思？」

月退聽完璧柔的話，整理出的結論，讓現場的人都覺得無話可說。

「才不是！你當然要穿我去！你怎麼可以每次都不穿護甲，從認主之後一次也沒有穿過！」

璧柔聞言立即激烈反彈，維護自己的「護主權」，好像月退不穿上她會要了她的命一樣。

「既然穿了一樣會受重傷，那就代表妳也有生命危險，感覺好像不太好……」

「誰說穿了一樣會受重傷的！還是有一些保護功效，不要把我說得跟什麼沒用的破布一樣，我再怎麼樣也是高階法袍！」

月退的話語不斷刺激著璧柔的自尊心，這個話題也許先跳過比較好，許多人都這麼覺得。

「夜止的女王，到底強不強？」

伊耶這個問題問的是奧吉薩跟雅梅碟，當初他們曾經跟那爾西一起遭遇過矽櫻的追擊，至少有過那麼一次戰鬥經驗，可以當作參考。

「很強。」

奧吉薩做出了簡單的評價。

「嗯，我啊，差點以為我會死呢。」

雅梅碟回想起那場戰鬥，還是心有餘悸。要不是撤退得快，搞不好他真的會將命葬送在那裡。

「沒有必勝的把握，做出決鬥的邀約恐怕不怎麼妥當。」

奧吉薩都說強了，矽櫻自然也不會是什麼好對付的對象，所以伊耶持保守的態度，看樣子是要月退再想想，只是……

大家看向伊耶的眼光都顯得有點微妙。

噢，矮子，沒有必勝的把握就不要打，這句話從你口中說出來，違和感真是高到破表啊！你自己就從來沒考慮過這個問題吧？你總是一副打到自己一起掛掉也無所謂的樣子呀！你不覺得這句話雖然該拿出來勸，但由你來講就是一點說服力也沒有嗎！

「伊耶哥哥難道每一次戰鬥都有十足的把握？」

月退果然也面露驚愕地做出了質疑，伊耶則回答得相當不耐煩。

「我只要對我自己負責，你是皇帝，你不一樣！」

噢，雙重標準啊，不過我比較注意的是矮子這次沒否定月退那聲「哥哥」，我這樣是可以的嗎？

「哪裡不一樣……」

「皇帝的鬼牌劍衛只需要最強的人，我要是死了就是不夠強，自然該被換掉，我本來就是負責打架的，你這個皇帝沒事拿自己的命去賭什麼賭？你以為對方為了王血注入儀式就不會開噬魂之光讓你死了也無法重生嗎？」

矽櫻是怎麼想的、會做出什麼樣的選擇，他們沒有一個人猜得出來。畢竟矽櫻的情報實在太少，他們沒有一個人了解她的想法。

「但是……那只要我不會輸就行了嘛？」

月退遲疑了一下，最後說出來的是這樣的話，於是眾人又將目光集中到了他身上。

「你如何有把握不會輸？你並不知道對方的強度不是嗎？」

這次提出疑問的是硃砂，他一面說，還焦躁地以手指叩了叩桌面。

「至少我可以確認她跟她的武器沒有器化，那麼，我就有可以用來取得勝利的殺招。」

月退的前半句話，至少是大家都覺得沒必要懷疑的。

音侍大人那個樣子……的確不可能有人跟他器化吧。我記得之前就思考過這個問題了，女王也真是可憐，遇劍不淑，嗯……要是她真的深藏不露跟音侍大人器化了，那月退你還是投降吧，一定只有神才辦得到，達到那種地步你只怕招惹不起……

「什麼殺招？」

提到這種東西，伊耶果然會感興趣，坐在月退旁邊的天羅炎則淡淡地幫他回答了這個問題。

「三個小時用來殺掉三十萬人的招數。」

……

咦？慢著，我都快忘記這件非人的事情了，所以說……月退你到底是怎麼辦到的？講清楚一點啊？

「嗯，時間過了一半的時候，我發現好像會來不及，就用了那個辦法增加效率，才勉強趕上的。」

月退跟著回憶了起來，范統聽了以後，對當時在場的東方城士兵寄予深深的同情。

孩子，沒有人逼你一定要通通殺完吧？就好像你考個九十分也是很棒的，何必硬要考一百分？我覺得你使出那個什麼殺招的時候，假如特徵十分明顯，當時現場的人們鐵定內心充滿絕望了吧，你這個地獄來的死神啊……

「所以到底是什麼招數？」

伊耶皺著眉繼續追問。

月退，你不講出來，你的伊耶哥哥是不會放過你的，你就老老實實交代清楚吧，哪一招？

「就是……」

月退迫於無奈，只好簡單說明了一下自己使用的方法以及原理。聽他講解完畢，室內的氣氛頓時變得很詭異。

「你要去決鬥就去吧。」

伊耶悶悶地看向旁邊，完全失去了阻止他的動力。

「應該不可能輸吧。」

璧柔點了點頭，對月退十分有信心。

范統覺得內心一陣悽涼，這種悽涼也不曉得是針對哪一點而發的。

你真不是人啊，月退。要是這樣還會輸，那東方城女王的實力只能說天下無敵，西方城非滅不可了，但這種事情到現在都還沒有發生，就代表應該沒這回事，你就放心上陣用你的殺手鐧吧，唉，女王好可憐啊……

由於沒什麼人繼續反對決鬥，發函的事情就交由奧吉薩去處理，會議也很快就暫時告一段落。

等到回到住處，人都解散後，范統才跑去月退那裡去了解情況。

「月退，你法陣研究得怎麼樣了啊？」

范統一進入房裡，就先問了這個問題。

由於法陣這種重要的東西藏在自己腦海裡很不踏實，范統那天想來想去，最後還是告訴月退了，一方面讓他可以有比較大的彈性做決定，一方面也找他驗證一下這份存在暉侍腦中的法陣是不是真的。

月退手上有先前讓那爾西默寫出來的西方城法陣，拼湊在一起核對研究，應該比較能看出暉侍記憶中東方城法陣的真偽。雖然范統是這麼想的，但當初長老們逼問出來的假法陣，他們自己似乎也核對不出什麼來，所以驗證方面，他內心覺得不見得會有成效。

基於良心的問題，交出法陣之前，他也先假借暉侍的名義請月退不要捨棄被東方城抓走的那爾西。不過這種請求其實沒什麼說出來的必要，月退要是會捨棄那爾西，綾侍挾持人質時，他早該下令進行無視人質的攻擊了，因此，這部分倒是不怎麼需要擔心。

今天月退會做出決鬥的決定，范統很難分析出背後的狀況，總之還是來問本人比較快。

「嗯，獲得了不少有用的情報。」

當月退這麼說的時候，范統一方面訝異他看得懂，一方面則產生新的疑惑。

「你為什麼不拿開啟沉月當利誘，要求他們把人質關起來啊？」

我是說拿封印沉月當威脅，要求他們把人質放回來。我覺得這個威脅應該很有力啊，只有我這樣覺得嗎？

「如果那樣的話，他們也可以拿殺掉人質來威脅我們不能去沉月祭壇。」

月退嘆了一口氣，顯得很無奈。

「這樣下去沒完沒了，還不如提公開決鬥省事，我想，以夜止女王的自尊心，應該也不會拒絕吧。」

喔喔，原來如此，嗯……不過，仔細想想，也就是你要為了那爾西賭上性命，為了那爾西去決鬥啊……這感覺還真是微妙呢？

「可是，對方萬一拒絕了事後又認帳怎麼辦？」

我是說答應了事後又不認帳啦，女王如果打輸了又要賴不把人交出來，啊，不對，女王要是輸了大概就死了，那……搞不好他們憤恨之下乾脆殺了人質玉石俱焚？那可怎麼辦？

「我也想過這個問題，事實上只要那爾西還在他們手上，對我來說就縛手縛腳的……」

月退困擾了一陣子，最後沉下了臉色，補充了一句。

「但是無論如何我都會去沉月祭壇的，我不會再像之前那樣猶豫逃避了。」

呃？慢著，你這句宣言是？假如真的被拖住，就變成忍痛不管那爾西，封印沉月放在首要目標，是這樣嗎？我、我還以為你會為了那爾西的死活放棄一切的，到底該說你忽然想通不執著了，還是？

「所以沒有必要的話，你會犧牲那爾西？」

喂喂，別顛倒成這種把人說得好像隨便就放棄別人性命的樣子好不好？

「如果可以，我也想先確保他的安全，人如果關在神王殿，決鬥的時候，女王至少會帶上武器跟護甲，那麼留守神王殿的人力水準就會下降許多，要是有人可以趁亂去幫忙把人救回來就好了，可是……我實在找不到可以拜託的人。」

月退說著說著，也懊惱了起來，范統則毫無心機地做出詢問。

「怎麼會找得到？扣掉當你護甲的璧柔，還有三個魔法劍衛不是嗎？那都不是你的腳上啊。」

「腳……」

腳上！居然是腳上！手下的顛倒詞難道不能是上司嗎！講出這種話感覺很丟臉啊——

月退一時被這個詞弄迷糊了，有點反應不過來。

「不要忽略那個！反正就不是部下的意思啦！」

「噢……大概懂了。問題是，他們三個都不適合啊，雅梅碟比較可能以救人為優先，但實力差了一截，伊耶哥哥……我也很想信任伊耶哥哥，不過我真的很怕他為了免除後患將那爾西殺了，回來就告訴我沒救到人……」

你這憂慮不是沒有道理耶！矮子他搞不好真的會這麼做！還有，你也知道那爾西是「患」啊？偏偏你就不肯把他解決。

「奧吉薩的話，雖然他可能也希望那爾西活著回來，但受到邪咒的影響，他必須完全聽從伊耶哥哥的指示，所以，伊耶哥哥如果要他把人殺了再回來謊報，也不是不可能的事情……」

總之說來說去，你的伊耶哥哥簡直是阻礙你救人的大魔王啊，他到底多想要那爾西死？從他多想要那爾西死，也可以推算出對你而言，那爾西是多大的禍害？

「那個，如果要趁亂救人，我也許幫不上忙……」

慢著！這句話是怎麼了！我怎麼會說出這種話？

是暉侍你在慫恿我下海嗎！還好被顛倒了！

「范統你說什麼？」

月退顯然也不覺得可能是顛倒過來的意思，才會睜大眼睛做出這樣的詢問。

「我什麼都有說。」

又來啦，每次都顛倒成這一句，煩不煩啊？

不是我死沒良心，只是，萬一我救人不成反被抓，我真的不想加深月退的困擾，也不想考驗他會不會為了封印沉月而捨棄我啊！

「如果可以拜託噗哈哈哈幫忙的話，說不定還挺有希望的？」

這個時候月退轉念一想，將腦筋動到了噗哈哈哈身上，范統頓時臉上一黑，有點不太想做出回應。

對啦，我知道噗哈哈哈的能力比我值得信任啦，但我也是有進步的，你不要只看見噗哈哈哈嘛！好像我的價值只有「是他的主人」這一點一樣，這讓人覺得很不爽快耶！

「要拜託他幫忙很簡單的啦……」

很困難，謝謝。拜託我還比較容易……不！我真的沒有要去的意思！死暉侍不要再影響我了！

「不能嘗試看看嗎？」

「那就交給我吧，包在我身上，不用擔心。」

暉侍——！剛剛是你在說話吧？不然我為什麼會講出這種我完全不想說的話？你已經練到可以操縱我的身體了嗎！而且居然還沒有出現反話，這是什麼道理！

「……」

月退那副半信半疑、驚疑不定的樣子，說明了他不曉得該判定這句話是反話，還是當作是字面上的意思。

唔，總之你就快點質疑我吧，質疑一下啊，這樣我才能推翻我剛才說的話，給自己找個台階下……

「那……就交給你了，范統。」

等、等一下，為什麼——你猶豫了半天為什麼就這麼肯定了！你一點也不覺得不放心嗎？居然就這樣交給我了嗎！

「只要噗哈哈哈肯幫忙，應該就沒有問題了吧，而且他跟那爾西也沒有利害關係，不會想趁亂把他殺掉……」

聽著月退的自言自語，范統一下子又無話可說了。

對喔，我都忘記你的重點是噗哈哈哈了……唉，難怪你會這麼放心，原來只是以為我可以說服噗哈哈哈？

領悟到這一點後，范統也覺得很無奈。由於月退要繼續研究法陣，他就先回房開始思考該如何進行跟噗哈哈哈之間的溝通了。

要是噗哈哈哈願意出手，想將人救出來的確應該不難，問題是，在范統秉持著「幫忙勸說當作隨手做好事」的心情，找了外出練習符咒的時間和噗哈哈哈提起這件事後，噗哈哈哈隨即一口拒絕了他的要求。

「才不要。本拂塵為什麼要幫那個金毛的去救另一個金毛的，反正他們都是金毛的，都不是好東西。」

噗哈哈哈嫌惡地說出這段話，范統則先對他的邏輯產生困惑。

『金頭髮就不是好東西？這是怎麼判定的？』

「你身邊那個金毛的跟本拂塵磁場不合，他家那個比較大的金毛一張嘴吵得要命，還有一個毛有點捲的金毛上次在你打瞌睡的時候露出了鄙夷的眼光，只要看三個樣本就可以推估金毛的集體品質不佳，金毛的鐵定都不好。」

什麼？哪個金毛的對我露出鄙夷的眼光！頭髮有點捲，莫非是住手先生？可惡啊，我為什麼要在這種地方意外得知自己被討厭！還有，從三個案例就一竿子打翻一船人，也太武斷了啦！

『噗哈哈哈，我們不該以偏概全，光用頭髮的顏色就斷定一個不認識的人是什麼樣的貨色，畢竟還是太偏激了點……』

「住在你腦袋裡那個黑毛的傢伙本來也是金毛，他也一樣不是什麼好東西，你倒是舉一個金毛的好東西當例子來看看啊。」

……！我都忘了暉侍沒染頭髮的話也是金頭髮！真該死，金毛的果然沒好東西嗎！我快要被說服了！快給我一個金色頭髮又是好人的例子，快給我啊！

『你覺得……璧柔呢？璧柔怎麼樣？就是那件法袍。』

想來想去，范統勉強擠了個璧柔出來。

仔細算算，我認識的人裡面，最多的就是金髮耶，可是，居然找不出什麼好的代表，怎麼會這麼悲哀？其實我覺得月退還不錯，卻第一個就被噗哈哈哈否定了……

「唔……」

由於似乎是「知道是誰，但沒什麼印象」的情況，噗哈哈哈一時之間也說不出反駁的話語。

哇，璧柔，妳讓噗哈哈哈無話可說了耶！沒想到妳也有派得上用場的時候，真讓人感動！

「就算金毛也不見得每一個都很糟糕，那又怎麼樣，本拂塵才不會幫你收爛攤子，自己誇下海口說要負責，就自己處理，就算沒救到也不關本拂塵的事，只不過是世界上少一個人類罷了，對我來說根本不痛不癢。」

雖然噗哈哈哈肯在「金毛等於不好」的價值觀上鬆口，但救人一事看起來還是沒得商量的樣子。

『可是——萬一我自己去，然後失陷在裡面怎麼辦？』

范統是真的很怕這件事情發生，他不得不提出來跟噗哈哈求援一下。

「哼，反正金毛的會去救你，根本不需要本拂塵操心。」

不是這麼說的吧！我就是擔心他不曉得來不來啊！而且你這語氣又是怎麼回事，喂——！

『噗哈哈哈，我……』

「你有本拂塵可是大大提升了戰力，這樣還不滿足，你乾脆去說你辦不到不就好了。」

噗哈哈哈根本不想聽他說完，就直接打斷他的話做了結論，范統的臉立即垮了下來。

『你真的不再幫我別的了？』

就算他用可憐兮兮的表情發問，噗哈哈哈的態度也不見軟化，只是，噗哈哈哈在開口回答之前，似乎突然想到什麼而睜開了半瞇的眼睛。

「范統，我忽然想到我可以幫你什麼啦。」

嗯？

「本拂塵可以當你對練的對手，增加你實戰的應對能力。」

噗哈哈哈說著，滿意地笑了起來，同時，他舉起的手指也發出了符力的光芒。

咦？啊？欸？哈？什麼？

等等！慢著！給我住手！我——

「范統，接招吧！」

「好——！」

不！我不要體會死期將至的感覺！這種忙就可以不要幫了！

❀

矽櫻同意決鬥的消息，很快就傳了回來。如此的發展，不知能不能稱為順利，至少己方的要求沒被駁回，他們也就只須對將至的決鬥做些準備罷了。

由於上次東方城派人來遇襲，這次決鬥的地點，便依照矽櫻的要求，訂在東方城。對此，月退沒什麼意見，而對方會不會像他們一樣使計埋伏是無法預料的事，只能事前多推演，以應付一切的狀況。

隨行人員方面，東方城接受少帝帶著普通的隨行隊伍，至於高階人員，頂多只能帶一個，大概是防範他們帶人來擾亂才訂下這樣的規矩。

在接受決鬥的同時，東方城的女王也提出了戰勝後要他們付出的代價。

這部分沒有很出人意表，就是王血注入儀式罷了，只是，這麼單純又規格內的回答，反而讓人疑惑。手中握有人質，居於優勢，照理說應該會有更多附帶的要求才對，矽櫻卻沒這麼做，他們也不曉得是什麼原因。

讓誰隨行之類的細節，月退通通都交給其他人處理了，魔法劍衛們在聖西羅宮裡開會討論時，他則獨自一個人跑到了天頂花園，靜靜地吹著風佇立。

很多時候，他總覺得需要沉澱一下自己的心情，卻也不知道該從何沉澱起。

沒有不安或是躁動。思索了那麼多次之後，殘留下來的，早已只有平靜。

他聽見那個輕緩的腳步聲從後而來時沒有回頭。天羅炎總是可以找到他在哪裡，也總是能聽取他的感覺與決定。

她一直都貼近著他的內心，與他的心跳聲緊緊相依。

「為什麼呢？」

雖然只是一個沒頭沒尾的問句，但月退還是能從天羅炎的聲音裡，聽出她問的是什麼。

「因為這會是最好的結果，也是我想要的結果。」

就如同他不必聽見完整的問句就能知道天羅炎要問的問題，天羅炎也能明確地知道，他這句話是對她的問題做出的答覆，沒有任何的偏差誤會。

「只有你一個人消失，就是最好的結果嗎？」

她沒有質疑他的意思，提出這個問題，只是因為她不明白。

此刻他們言談之間所指的，並非是眾人所知的「封印沉月」這個決定。

他們所談論的，是沉月法陣上所記載，將王獻祭，便能夠在沉月終止運作的情況下，強行延續水池功能的事情。

「如果法陣寫的是真的，我想這的確是最好的結果。」

月退轉過了身子，淡淡地笑了起來。

「也許在你們看來，離開代表著我的消失，但我還是會回到這個世界，以另一種形式，另一個新的開始。雖然不是現在的我，卻依舊是我……雖然不是現在的樣子，卻依然是最適合我的樣子。」

那樣灑脫的笑容，讓她的主人看起來比任何時候都來得耀眼。

儘管如此，天羅炎還是在靠近了他幾步又停下後，繼續問了下去。

「就這麼不要封印沉月，有什麼不好嗎？當作看不見所有的生魂，有什麼不可以嗎？」

這個問題不是為了阻止他而問的。只是想要知道答案而已。

「永恆的生命沒有什麼不好。只是……也許妳可以一直陪著我，身為原生居民的他們卻會離我越來越遠。」

他思及所有放在心裡，又勢必會因為時間而失去的人，笑容漸漸地感染了一種淺淺的憂傷。

「我只是不想忘記。也一直無法忘記，我其實早已死去……」

天羅炎終於靜了下來，沒有再做發問。

因為她了解他所想要的寧靜。了解那種渴望著無聲之中與自己對話的感覺。

然而她還是沒有離開，她選擇留在這裡，留在這個有他的地方。

只要她的主人不驅趕她，她就不會離去。

如果離別終將不可避免，那麼有限的時間裡，她只願能永遠記得他的氣息……

❀

被軟禁在暉侍閣的這幾天，那爾西大部分的時間，都過著無人聞問的生活。

他的行動在這個區域不受限制，但也沒到逍遙自在的地步。像是存心不想讓他好過一樣，用來監控他的術法裡，加入了不定時發作的惡咒，而他原先身體就還沒休養好，整體上可說是雪上加霜，就算沒人來找麻煩，他依然時常痛苦得只能倒在地上忍受神經的抽動。

沒有那麼不舒服的時候，他所能做的事情，便是懷抱著複雜的情感摸索這裡的每一件事物。

儘管這是個陌生的環境，對他來說卻有著極為特殊的意義。

這裡是暉侍曾經住過的地方。這裡是曾經留有他哥哥的身影最長時間的空間。

曾經說總有一天會回來，卻再也不曾相見。

暉侍的身影，在他的心中早已不復鮮明。待在這個他的哥哥居住過的環境，即使伸手撫過每一件哥哥也曾碰過的事物，他也無法從中得到什麼。

觸摸後留下的餘溫，不可能殘留這麼久仍不消散。

主人生活過的痕跡，也早已因為旁人的整理，而什麼都看不出來了。

呼喚他的像是一種從出生就無法割捨的羈絆……即使暉侍已經死去，那壓在心頭的感覺依然不會消失。

從那個時候開始，他就一直是另一個人的負擔。

「你要做什麼？」

那爾西探往門扉的手，因為旁邊忽然出現的聲音而停了下來。

自另一個出入口現身的人是珞侍，在那爾西轉過頭面向他時，他似乎一下子有點失神，頓了幾秒，才接著說話。

「門都設了禁止通行的結界，想強行通過是會死的，難道你要親自嘗試一次才肯相信嗎？」

「……」

那爾西沒有回答他，只默默收回了視線，也將手放下，那樣的態度彷彿說明著他不是好奇也不是不小心，他是刻意想那麼做的。

「明明有人在乎你的生命，希望你能平安無事，都有人想救你了，為什麼你卻自己不想活呢？」

強行通過禁止結界會死，那爾西明知道這一點還想這麼做，那便是自尋死路，珞侍完全不能理解這是為什麼。

「……你知道有的人，光是活在世界上，就是一種罪嗎？」

剛剛在踏入暉侍閣，看見那爾西，那張與暉侍相仿的臉孔朝向他時，珞侍一瞬間產生了暉侍仍在這裡的錯覺。

好像只要來到這裡就可以找到他，就像往昔的日子一樣，而他其實也知道，自己對那樣的過去有多麼懷念。

但是外表再怎麼相似，只要一句話、一個神情，他就可以發現他們截然不同。

環繞著暉侍的氛圍總是溫暖的，他幾乎很少看到他溫柔以外的表現，不管有沒有不開心的事情，暉侍都會對他露出微笑，宛如再多的煩惱，也能因他的出現而擱置忘卻。

而那爾西的周遭，卻一直都是一種清冷而拒人於千里之外的感覺。

「只要活著就會束縛另一個人，只要活著就會讓另一個人為難著，無法去做自己想做的事情。」

那爾西在對他說這些話時，與在聖西羅宮，他去探望他的時候，流露出的情緒是十分相像的。

「也許我寧願被放棄，也不願意成為必須依靠他們的付出來保住的人。如果我不能左右他們的決定，那麼，至少我可以決定自己的生死吧？」

在聖西羅宮那時，因為背光的關係，珞侍沒有辦法看清楚那爾西的神情。

那個時候看不到，但現在他看到了。

洛侍一直覺得，不受重視、不被任何人放在心上，就如同在這個世界上沒有牽繫，是一件只要想起來，就會覺得很寂寞的事。

而說著不希望被人惦記的那爾西，臉上的表情，卻也是一種帶著孤寂的悲傷。

「可惜你就算想死，我們也會監視著不讓你死的，你要是死在東方城，會發生很多問題。」

洛侍試圖以強硬一點的語氣對他說話，但那爾西沒有因此而順從地點頭，反倒是以一種挑釁的語氣扯向了別的話題。

「國家的立場對你來說凌駕於一切嗎？我以為你應該樂見我的死亡，或者親手實現這件事情？就算你對曾經丟失的性命不怎麼計較，那個應當與你感情融洽的暉侍是怎麼死的，你難道沒有猜想過？」

提到暉侍，洛侍的臉色立時難看了起來。

他知道那爾西是在誘導他的負面情緒，也知道不可以上鉤，然而他還是無法斷然離開、拒絕聽進那些話語。

「只能藉由早已模糊的印象來猜想，連聲音容貌都已經忘記的——我的哥哥……我不知道他腦袋裡的想法，不知道他過的是什麼樣的生活，我只知道一件事。」

他如同自言自語般，一字一句地說著。

「他一定是因為我而死的。」

這像是一句沒有證據，卻莫名肯定的話語。也許是因為他的感覺，亦可能是因為他如此深信不疑。

珞侍在原地怔了好一陣子，才咬了咬牙，快步朝那爾西走了過去，強硬地把他用力拉離門邊，然後壓著他的肩膀把他按到椅子上，要他乖乖坐好。

「不要講那種話挑撥別人！我知道、我知道人很容易就往壞的方向想，可是，不管再怎麼悲觀消極，還是、應該……」

他其實也不知道自己想對那爾西說什麼。

他一向不擅長這種勸導的語言，甚至也不太擅長跟不熟悉的人說話、打交道。

那爾西那雙淺藍的眼睛，出現了幾絲混亂的波紋，珞侍則在抽回自己按在他肩膀上的手後，一股作氣地說完了剩下的話。

「如果……你想知道暉侍在這裡過的是什麼樣的生活，想知道暉侍的事情，我也可以告訴你，我每天都可以來這裡跟你說，反正我不會讓你有機會自我了斷的，我們東方城才不會讓人質隨隨便便就死掉！」

他那帶著僵硬，有點不知所措的好意，那爾西可以感覺得到。而別人的好意，恰好就是他最不擅長應付的東西。

身體不會感應到他的為難，剛好挑在這種時候發作的，而且如果真的發生那種事，搞不好還會欠下更多的人情，那鐵定是他所不樂見的情況。

『為什麼你會用這樣的表情，說出這樣的話語呢？』

『難道我看起來，就真的這麼讓人難受嗎？』

那爾西的心中轉過的話，到了唇邊，都沒有說出口。

也許他並不怎麼想知道這些問題的答案——因為不管是什麼，都不是現在的他，承受得起的。

位在第六殿的矽櫻居處，會每天拜訪出入的人，一貫只有綾侍一個人。

矽櫻答應西方城決鬥要求的事情，他們都已經知道了，隨著時間過去，決鬥的日期將至，矽櫻要求綾侍過來一趟，目的便是為了戰前準備，重新熟悉戎裝的感覺。

綾侍進入內室時，入目的光線一如往常地昏暗。長期處在這樣的環境，只怕心也會悶出病來——

只是，他的主人即便換個明亮的地方居住，大概也很難再露出真心喜悅的笑容。

「櫻。」

端坐在房內的矽櫻，那嚴肅緊繃的姿態，看起來就像是一座美麗的石像。

看著這樣的她，想起當初那個純真柔弱的少女，綾侍心中其實也很難全無感覺。

然而就算他了解她的心思、她的處境，他身為她的護甲所該做的，也只有遵從她的意志，配合她做出的選擇。

不過，儘管他一直這麼告訴自己，卻還是為了同樣的問題，再度開口。

「妳可以拒絕決鬥的。就算不跟著落月的少帝起舞，他們也拿我們無可奈何，不是嗎？」

從矽櫻看過來的眼神中，他知道，他的話語一點也沒有進入她心裡。

「如果僅僅是王血注入儀式，就如同我告訴妳的，我們已經拿到了另外一半的法陣，落月的王血，我們手中也有，雖然缺乏當事者的配合，純粹注入血液，儀式可能無法完滿，但至少可以保證東方城的水池能夠運作，單憑他們也是進不了沉月祭壇的，那麼，目的就完全可以達成了……」

綾侍拿出來放在手上，呈在矽櫻面前的，是保存著西方城王血的透明瓶子。血是在先前俘虜月退的時候取的，當時就是為了以備不時之需。

「若只是為了王血注入儀式，只是因為想要活下去的話，沒有必要冒那樣的風險，用以交換妳原本就已經可以得到的未來啊……」

矽櫻靜靜地看著他，看著那玉白手心上晶瑩的瓶子，她面上依然沒有任何表情。

有的時候她會覺得綾侍是在嘲弄著她搖擺不定的內心，冷漠地置身事外，看著她掙扎痛苦——明明他在化身護甲與她相貼時，就能讀到她所有的記憶與思緒，卻還是一再提出這樣的提議，像是唆使她主動擁抱痛苦的根源。

她很想撕下冷靜的面具跟他翻臉，但她最後所做的，只是乾脆俐落地一掌拍掉那個瓶子，瓶子摔破在地的聲音清脆而刺耳，裡頭的血液，自然也灑在地上不能用了。

「我早已不相信我的世界還能有什麼光明的未來。我所能面對的未來，絕非值得如此委曲求全、畏畏縮縮地換取。」

矽櫻以如此直接的方式，打破了綾侍所奉上的退路，似乎也說明了她的憤怒。

「……我明白了。」

綾侍知道矽櫻答應過音侍的事情，所以才會有那場談判，但那已經是她退讓的底線了。

決定以戰鬥來選擇未來，是不是因為她已對反覆的一切厭倦？

「落月的皇帝，我能殺死一個，就能殺死第二個。明白了就別再多說什麼，做你應該做的事！」

矽櫻站起身子，背對了他，看樣子已經不想再做交談。

望著那纖細的背影，綾侍平緩下嘆氣的衝動，輕輕地由後面伸手環抱住她的身體。

在他收緊雙臂的同時，他整個人也幻化成了覆蓋在矽櫻身軀上的螢藍甲冑。流轉於晶甲上的微光如夢似幻，矽櫻原先就白皙的肌膚，在這樣的光芒襯托下，彷彿也蒼白了幾分。

即便心靈相通，也不代表能夠互相理解。即使如此地靠近，卻仍只有通身的寒冷，就如同此刻映在她瞳中的蒼藍。

她必須穿上她的護甲，拿起她的劍來戰鬥。

沒有人會在開戰之前，就認定自己會輸的……

然而由內心深處蔓延上身的疲倦感，卻使她產生了一種想要閉上眼睛，不再睜開的渴望。

究竟為了什麼而戰呢？
不知道是從什麼時候開始，她就再也說不明白。

（待續）

停滯的、扭曲的空間裡，環繞著他的，只有再真實不過的萬籟俱寂。

他想，這應該是最後一次了。

臨行之前的最後一次，離開聖西羅宮之前的最後一次。

他即將離開自小生長的西方城，去到一個陌生的國度。在那個地方不會有任何人給予他幫助，他所能倚靠的，只有自己所學的一切。

長老們將他封在停滯的時空中，強迫他接受的「時間」，是他未來用以存活的籌碼。他們總說在他身上投注了龐大的心血，因為這樣消耗資源的魔法不是能無限制使用的。

而現在就是最後一次，他能把握下來、再做精進的時間。

儘管這個機會很珍貴，但這一次，他卻沒待在書本旁，而是懷著一種自己也說不明白的心情，聽著自己的腳步聲，走向了一個房間。

停滯的時空內每一個人都是不會動的。在施術完成，他被轉換到另一個平行空間時，所有可見的人便停格在那一瞬間，成為他目光所見的背景。

他知道這是睡覺的時間，也知道自己不會吵醒任何人。

房間內靜靜躺在床上的那個孩子，有著一張與他幾乎相同的容顏。

他輕輕地走到了床邊，就算知道自己處在另一個封閉的時空，不管做出多大的動靜，也干擾不到對方，他仍下意識地不製造出聲音。

緩緩地將手伸過去，然後再被扭曲的透明之壁擋下。

當他安靜地靠到床沿時，一向焦躁著希望時間停止早日結束的心情，一反常態地消失無蹤。

即便這是臨行前最後一次抓緊時間準備的機會，他仍不想離開這個房間。

即使這個空間的一切都是絕緣的影像，床上的孩子不會張開眼睛與他對視，他也寧願停在這個瞬間，直到永遠。

張開眼睛的時候就能看到他，閉上眼時，也知道他就在身邊。

透過一再地凝視，一再地記憶，將他的形貌刻劃進自己的靈魂深處，封存在裡面。

直到他再也無法忘記他的弟弟，與此刻他所感覺到的心情。

究竟是不想忘記，還是想將眼前看見的一切通通忘記呢？

他已經擁有了可以自己一個人在異國生存下去的能力，只要忘記這個人，他就再也不必回到這裡，也可以得到一直嚮往的自由了啊？

只要他能夠忘記他。

只要他願意忘記。

給親愛的那爾西：

來到這裡已經兩個月了，雖然一切都跟西方城不太一樣，但也已經逐漸適應，我過得很好，不必擔心我。

東方城有好多沒有看過的新奇東西，雖然一面想著你不知道會不會喜歡，但我目前只能領固定配給的生活費，沒什麼零用錢，就算想買禮物，似乎也心有餘而力不足呢。

因為禮物大概也不好寄回去，如果我真的買了，就先寄放在我這裡，等哪一天有機會回去，再一併帶給你吧。

這樣說起來，那似乎是很久以後的事，真是傷腦筋。

第一次寫信還不太習慣，真不知道該交代什麼才好，有點抓不到重點，看起來感覺會不會過於生疏呢？

記得好好照顧自己，讓自己的心情開朗一點。

我很想你。

夢境的明暗交錯間，總是有許多迷糊不清的影子。

他不知道自己為什麼會看見，又為什麼會感受到。那爾西不明白自己在什麼樣的地方徘徊，最後的記憶，似乎是綾侍的手按上了他的額頭，而後所有的記憶傾瀉而出，衝擊了他的精神，讓他昏迷。

現在這是什麼地方呢？

他不知道是哪段記憶將昏迷的他的精神帶到這裡，不明白之間，似乎又有那麼一點感應。

他想要逃避自己的記憶，卻在這潛意識下的動作迷失。

腦袋從茫然到清晰後，在無助之中，他也產生了一種「這樣也好」的感覺。

就如同這個幽暗且空無一物的環境，他的心裡也空蕩蕩的，像是丟失了什麼重要的東西。

那爾西努力地想要再想起一些東西，只是，所有重要的、惦記在心裡的事物，彷彿都失去了蹤影，而他也不知道該用什麼來喚回。

他的心念漸漸蔓延成黑色的絲線，交錯在四周，那樣雜亂而無規律的變化，說明著他心緒的混亂。

這應該是夢境裡的意念，就只是他所假想的虛幻世界。

而他也一直都曉得……就算所有的事物都消失，也有一個聲音，永遠不會不見。

黑色的絲線在他的身後漸漸成形時，他也非全無知覺。

幻化、具擬、勾勒出來的形體，對他來說應是陌生的。

陌生……卻又埋藏在某個角落，不斷地夢見。

理當不知道的，哥哥的面孔。

理當不知道的，哥哥的聲音。

事到如今，他也早已失去了求證那些多年來反覆的夢境，有多少真實性的機會。

冰涼的手從後方碰上他的脖子，往旁撥開他的髮絲，然後貼在他的臉側耳間。

這並非早先掐上來的，綾侍的手。

『那爾西。』

那個低低的溫柔聲音，清澈地在他身畔響起。

他沒有回頭，也沒有動作。

每當夢境轉到這怎麼樣也無法擺脫的夢魇，他便再也無法思考任何事情，只能迷離而乾澀地回應這個呼喚。

「修葉蘭……」

他的哥哥的一切，如果都是他的心魔所創造出來，那麼，也只有這個名字是他所能認知的真實。

與他的生命緊緊纏繞著，卻又分隔兩地，無法與之相見。

他所能得到的，只有像這樣的，陰影中的抱擁。

聆聽不到心跳，也無法覺得溫暖。

❀

給親愛的那爾西：

我發現在東方城要賺錢還真困難，每當身上只剩下幾串錢的時候，我就會開始思考錢都花到哪裡去了。

沒有錢什麼都不能做。唉唉，雖然冒充的是原生居民，也不過一天能多領一份公家糧食的調味料，那東西真是有夠難吃，所以我想，錢應該都是在我失神踏進餐館又出來後不見的吧？否則我流蘇階級都提升了，怎麼會到現在還存不了錢呢？

難得一次寫信給你，還是減少抱怨的部分比較好。我想，練習一下廚藝可能是不錯的選擇，這樣應該會比較省吧？只是，不曉得我料理的天賦會不會跟術法的天分一樣差勁，雖然術法的天分也是後來才變成這樣的……

萬一煮出比公家糧食還難吃的食物怎麼辦？那就完全是浪費錢了啊。

其實再難吃的食物，只要有人陪著一起吃，都不會那麼難以入口。

只可惜你不在我身邊。

不過其實我也捨不得你跟著吃這種東西啦，可別偷渡來東方城找我啊，哥哥賣身也養不起你，哥哥連自己都快養不起了，哥哥會盡量有用一點力爭上游的，你還是一樣乖乖等我回去，好嗎？

❀

有的時候，他在張眼時會不知道自己身在何處。

像是夢境，卻又不像是他能夢見的東西。

翻了很多書，做了很多的研究猜測，他猜想著，那是不是書上所說的「自體離魂」。

他的靈魂有可能不自覺地飄飛了部分，到達世界另一端的夜止，走入他哥哥生活的空間嗎？

他不相信這種事情，覺得這只是一種心病。

只要看著自己的臉孔，他當然能想像出哥哥現在的樣子。

只是因為他在聖西羅宮過得並不好，哥哥信中提到的夜止看起來又很有趣，他才會在夢中想像自己身歷其境吧？

他所看見的「暉侍」，有時是自己一個人，有時則跟別人在一起。

哥哥會對著別人展露溫柔，和別人一起開懷大笑。

那個時候，他覺得他們彷彿是兩個世界的人。

即便同在地獄，他們也不會用一樣的方式過活。

「暉侍」感覺不到他的注視，視線從來沒有停留在他身上過。

而他一直只能收信，幾乎沒有回信的機會，所以也沒辦法確認，他所看見的一切究竟是他用來催眠自己的假象，還是實際正在發生的。

等到他回來的時候，再親口問他吧？

他明白那一天或許很遙遠，但他也只能這麼想，告訴自己，不要放棄相信。

不要放棄相信希望。

不要放棄相信，那麼久遠以前的承諾。

而他又忍不住要去想，人都是這樣的，會去想的，都是眼前看得到、接觸得到的人，就好像他在看著恩格萊爾的時候，便只能思考恩格萊爾的事情。

那麼，他的哥哥，會不會也一樣呢？

他不知道應該祈求什麼，不知道應該祈求什麼樣的奇蹟。

祈求哥哥在他還沒有放棄之前快點回來？

祈求哥哥先放棄他，這樣他就可以不再有所掛念？

他總是想著，時間，到底會不會淡化情感？

他們活在沒有彼此的時間裡，已經過了那麼多年。

但若他的設想成真，那哥哥又為什麼要繼續為長老們工作呢？

如果這還不足以說明愛，那麼還有什麼能說明？
如果這並非源於愛，那麼，又是源於什麼……

❀

給親愛的那爾西：

最近天氣有點冷，不知道西方城是否也如此呢？

算來算去已經不知道是第幾封信，我在想你是不是都能猜到我要寫的內容了，我也希望信件的內容有點新意，不過公務繁忙，情感糾葛，戀愛煩惱纏身，請恕我沒有多餘的力氣思考除了天氣、心情、食物跟興趣以外還能分享什麼話題，我總不好跟你聊神王殿的八卦嘛。

上面那些是開玩笑的。只有公務繁忙是真的而已，其他請不要當真，哥哥雖然長得很帥，但早就被包養了，而且事情都這麼多了，當然不會有時間談什麼戀愛，你還是有機會比我先娶老婆的，放心。

噢，如果你要結婚，我絕對會不惜一切代價回去參加婚禮。這麼重要的事情，身為你唯一的哥哥怎麼可能缺席呢，有喜帖記得發給我好嗎？侍當了幾年，總算有存款了，就算沒有錢，也可以跟音侍借錢，禮金一定包最厚重的，只要你不介意哥哥喜酒喝到一半就得因為國際通緝犯的身分而逃亡的話。

那爾西，你現在的髮型是什麼樣子啊？

只要不是光頭或者平頭，我都可以考慮剪跟你一樣的，頂著一樣的頭髮似乎也在心理上貼近許多，你覺得這樣好不好？

好吧，其實我也知道不會有你的回信。

❀

那爾西總是試圖從那帶著距離與玩鬧的信件中，去接近哥哥面具下的心情。

只是，越是猜測揣摩，負面導向的幻影就越來越逼真。

他的心所創造出來的「暉侍」，從他的哥哥死去那一刻開始，就成為他再也無法控制的形影。

當他真正被帶到暉侍閣來，看見那與他自以為的幻覺無異的擺設格局時，感覺到的是什麼滋味，他怎麼樣也咀嚼不出來。

『正是因為我不得不保護你。』

幻影在抽回他的手後，仍沒有繞到他面前。

『所以，你才會令我如此厭煩啊……』

就算不看他的表情，也可以察覺他話語中的冷酷。

「我從來沒有說我希望成為你的負擔……」

那爾西輕聲的辯駁，連他自己都覺得，聽起來是那麼無力。

於是那個幻影終於走到了他面前，以一雙帶著笑的眼睛，近距離盯著他。

『我一直很想忘記你。』

他看著對方嘴唇張開又閉合，聽見這樣的話語，只覺得心臟一陣緊縮。

『因為我不可能一個人過得幸福，而不管你。』

幻影在說這句話的時候，聲音是十分輕柔的。

『你怎麼能希望再從我這裡，得到任何一絲溫柔呢？我親愛的弟弟？』

他不知道這個由罪惡感與痛苦衍生出來的幻象，到底有沒有心。

也許就是因為由他的心誕生，才越是了解如何能折磨他的精神，讓他崩潰吧？

他希望哥哥的幻影能夠恢復溫柔的一面，能夠對他展露他曾經看過的，為另一個人而露出的溫柔笑容。

兒時曾保有的，關於哥哥的影像，他已經幾乎要回想不起來了。

那爾西在自己的面上摸到了淚，「暉侍」與他之間，則出現了一面透明的阻隔，像是鏡子一般。

他看著他的時候，就像是看著自己心中的黑色倒影。明知這一點，卻又想要否認。

鏡面後那張俊美的臉孔，卻在這個時候，如他所願地微笑了。

『你知道我是你所想像出來的幻影。』

他說出來的話，如同要撕裂夢境的平衡。

『為什麼呢？如果覺得痛苦的話，忘掉我，不要去想，不就好了嗎？』

幻影說著他自己也辦不到的事，讓他撐著模糊的視覺，朝他走近。

「因為我再怎麼等，你也不會回來。」

只有在此刻，在這個人的面前，他沒有辦法做出平時針般的尖銳。

「我只能擁有在這裡的你。無論尋到哪裡，我都再也不可能見到你……」

他不曉得為什麼要跟他說這些。

明明他只是假的。只是因他的痛悔而出現，因他的願望而成形的影子。

「暉侍」聽完他的話，面上溫柔微笑的神情，依然沒有改變。

他將手貼上了透明的鏡面，柔聲對他開口。

『碰觸我的手，閉上眼睛，你就會從這個惡夢清醒。』

那柔和的聲音像在唸誦著咒語，要他照著他說的去做。

這應該是解脫的途徑，也是夢境的出口。

然而，他搖了搖頭。

「若是如此，我寧願就這樣，一直夢下去……」

那爾西想著，很久很久以前，在他送他的哥哥離開西方城，看著他的背影漸漸遠去的時候。

他沒有能力留住那個身影，也沒有告訴他，其實他很害怕恢復只剩一個人的生活。

如果那個時候這麼告訴他，其實一切還是不會改變吧。

他仍然必須失去他，也仍然只能在陰冷的宮殿裡等待他的隻字片語，最後盼來他的死訊。

既然說了也不能改變什麼，為什麼他會那麼在意這件事呢？

就只因為，那是他最後一次可以主動握住他的手，而他沒有做？

就只因為，那是他們的最後一面，卻什麼深刻的東西也沒有留下？

他還是不知道。

那是他的哥哥，但他對這些問題，始終得不到一個解答。

❀

給親愛的那爾西：

也許這是我最後一次寫信給你，但我想，你也收不到這封信。

我已經很久沒有寫信給你了，不是因為不想寫，也不是因為忘了寫，這兩年的時間，我待在距離你很近的地方，雖然你很難察覺這件事情。

今天我看見你了，算是一個驚喜吧？跟我想像的差不多，也沒比我帥，哥哥總算放心了，這樣我還是可以自傲於自己的容貌，不用擔心年紀大你兩歲被你比下去。
一直以來，我總是有很多很多，無法通通顧及的事情。每一個人我都不想傷害，但我終究沒有能力保全一切。
我知道你在西方城過得不好，我知道你可能生活得不怎麼開心……其實我都知道。
但無論幾次我還是會選擇你，希望你活下去。
不是因為其他人都不重要，只是因為你比誰都來得重要。
總之，仔細想想，收到這種遺書應該不會開心，恐怕還會造成很大的壓力，所以信寫了也跟沒寫一樣，哥哥會把它燒掉的，這種事情哥哥做得很習慣了，不必擔心無能的我會做不好。
反正你也不會看到，我愛怎麼寫就怎麼寫，通體舒暢。
真正想跟你說的話，累積得就跟我房間裡山堆般的禮物一樣多吧。
我愛你。

他在很小很小的時候，就學會了不哭不鬧。
那個時候他還搞不清楚自己的父親是皇帝，也不知道自己住的地方是皇宮。
世界對他來說是朦朧而模糊的，直到一個比他大一點的金髮小孩，進入他的生命。

『你是誰呀？』

『……修葉蘭。』

『所以，你到底是誰？』

『我是你哥哥，那爾西。』

那是他第一次知道親人這樣的存在，第一次發現自己不是一個人。

當時的他不會曉得的事情很多。

像是入目的第一眼就讓他印象深刻的金髮，在後來會被染成黑色。

像是那個自稱他哥哥，格外早熟的男孩，只能陪伴他那麼一點時間。

如果緣分這個說法真的存在，那麼他一點也不能明白，為什麼血濃於水的親人，在他已經不能失去他之後，會突然距離他那麼遙遠？

星空上的月亮，會橫過夜止。

而他追隨月亮的視線永遠只會迷失在星空中，感應不到哥哥的氣息。

不是每一件事情都能有重頭來過的機會，即使他的遺憾，並非因為做錯了什麼才留下。

『你該不會是那種，當了三天就跑走的僕人之類的哥哥？』

『那是什麼啊？哥哥是一輩子的，就算我死了，也一樣是你的哥哥，不會跑掉的啦。』

童稚的聲音失笑著說出的話語，言猶在耳。

所以他也會一輩子都是他的弟弟。

即使那個人已經不在，也是一樣的。

『我為什麼要認你當哥哥，誰知道你是真的還是假的。』

『唔！怎麼這麼麻煩啊？有哥哥你就會有糖果吃，還會有人聽你說心事，這樣不好嗎？』

所謂的糖果他其實也沒吃到幾次，畢竟，說話的那個人自己都沒有了，要怎麼弄來給他，實在是個很困擾的問題。

『我不管，我要叫你修葉蘭，我不要叫你哥哥。』

『那就沒糖果了，一拍兩散。』

那樣帶著幼稚的普通對話，是他僅存的懷念。

夢不可能就這麼持續下去……

不管再怎麼不願意清醒，他終究還是得回到沒有那個人的現實。

『我會常常給你寫信的，要是你覺得普通的信太無聊，我還可以給你寫情詩。』

『我會回來的，總有一天一定會回來的……好嗎？』

『那個，你到底要不要叫我一聲哥哥啊？』

他在張開眼睛的時候，胸口的疼痛已經逐漸化淡消失。

他以為自己哭了，眼角卻沒有想像中的淚濕。

在他終於自己進到這個地方時，房間的主人早已不在。

也許他沒有很想回去西方城，只因為這裡是暉侍閣。

「修葉蘭……」

那爾西不知道還要多少個夢才能將他忘記。

但或許，也只是越來越清晰。

The End

外篇——好兄弟

無論是武器還是護甲，最初接觸的對象，一定是將其打造出來的匠師。

那些技藝高深的匠師，一輩子可能就只有一、兩件傑出的作品，他們多半住在一些偏遠的地區，將精力全部投注在鍛造上，而與他們作伴的，也就是那些由他們灌注了靈魂的靈能武器。

他們真正滿意的傑作，在為其尋到適合的主人之前，通常都留在自己的身邊，因此，武器的性格常常也會受匠師影響，特別是一些觀念的潛移默化。

「希克艾斯，男人可以沒有老婆、沒有情人、沒有兒女，就是不能沒有好兄弟！」

『好兄弟？好兄弟是什麼？』

「老婆會跟你離婚，情人會劈腿拋棄你，兒女長大就不認老子自己去經營事業跟家庭，只有好兄弟會永遠跟你在一起！一輩子都陪在你身邊！」

『咦？真的嗎真的嗎？我要去哪玩都會陪我，我要說什麼都會聽，我有什麼要求都可以滿足我？』

「對！好兄弟是你一輩子最重要的人，你誰都可以不要，就是不可以不要好兄弟！」

當時喝醉酒的豪邁匠師，是這麼跟他心愛的傑作說的。

『那我要去哪裡找我的好兄弟？怎麼樣我才可以跟他當好兄弟？』

「第一，一定要是男的！第二，第二……」

匠師說到這裡就醉倒了，於是也沒有後續了。

於是，當月牙刃希克艾斯被送到很久很久以前，不知道哪一任西方城皇帝手中時，他便開心地提出了要求。

『我們要當好兄弟喔！』

「好啊，我們的感情就要像好兄弟一樣，互相扶持。」

然後，過了五十年，西方城皇帝A，駕崩。

『怎麼會這樣，好兄弟是要當一輩子的啊！他死了我要怎麼辦？』

希克艾斯陷入了極度煩惱之中。

『再找一個。』

匠師在天之靈這麼說。請不要追究希克艾斯為什麼聽得到。

於是，新任皇帝繼位，希克艾斯認主的時候又提出了要求。

『你要當我的好兄弟，我才要讓你當我的主人喔！』

「沒問題啊，武器跟主人之間的感情本來就是深厚一點比較好嘛。」

結果，二十年後，西方城皇帝B，腦中風駕崩。遺言是武器太囉唆。

『怎麼會這樣！他怎麼又死了！好兄弟是這樣一個換一個的嗎！』

希克艾斯抓狂。

『找個不會死的。』

匠師在天之靈又這麼說。想來匠師即使歸天了，還是很關心他打造出來的傑作。

『不會死的？不會死的是什麼？跟我一樣的嗎？』

抱持著這樣的想法，希克艾斯試圖去接近其他的武器，不過大家只要接觸到他銳利的氣息就會尖叫，如果要找把品階低的武器當兄弟，恐怕這個好兄弟會直接被他剋死。

『夜止的天羅炎怎麼樣？他應該不會受不了我的氣息吧？』

希克艾斯帶著一點希望這麼問。

『不行喔，她是女的。』

匠師慈祥地在天上搖了搖頭。

晴天霹靂。

緊接著，西方城的新帝又要繼任了，由於聽說希克艾斯有把皇帝逼瘋的潛能，新帝為了自己的壽命著想，決定秉持著友好鄰邦的精神，和東方城交換武器，以鞏固兩國之間堅定的情誼。

來到了東方城的希克艾斯，發現主人是女王後大失所望，但在看見女王的護甲千幻華之後，頓時眼睛一亮。

『啊，你好，你叫什麼名字？』

『哼。』

是男的！是男的！這個總不會死了吧？看起來很耐命的樣子，怎麼殺都殺不死的德性！

哇！好有男子氣概！太棒了！就是他了！

認定了目標後，希克艾斯緊接著糾纏。

『我們不是都才被做出來沒多久嗎？你怎麼就這麼老氣橫秋、人生無趣的樣子……你再這樣，我要叫你老頭喔。』

『那我叫你智障？』

『啊！你怎麼可以那麼不友善啊！』

『你好吵，別說話好嗎？』

於是，在一番……懇談之後，希克艾斯又做出了好兄弟宣言。

『我們要當好兄弟、好兄弟。』

『誰理你啊。』

『啊！好過分！』

雖然一開始就慘遭拒絕，但希克艾斯還是以無比的毅力與誠摯（絕對沒有這回事）打動了

（也絕對沒有這回事）千幻華……

啊，我們似乎也該給受害者千幻華一點說明的機會。

『他硬要跟我當好兄弟，但在我們化為人第一次相見後，他就指著我的臉慘叫，說我長得一點也不像陽剛的男人，接著還不知羞恥地以武器的優勢逼我跟他打架，說什麼打贏了我就要叫他老大……我到底該拿他怎麼辦呢？』

聽起來千幻華十分逆來順受，總而言之，好兄弟的事實大概已經大勢底定。

於是過了不知道多少年後……

「當初打造你的那個死老頭，不是被女人甩了就是同性戀吧？」

綾侍聽完音侍過往白爛的經歷後，臉孔扭曲地做出結論。

「啊！什麼話！他講的話都很有道理的！」

音侍不滿地為打造自己的匠師辯護。

「根本就是亂教！」

「哪有！要不是他，我怎麼會有你這個好兄弟！」

「所以根本全都是他的錯！」

「啊！什麼嘛！你不想當我的好兄弟嗎！怎麼那種嫌惡的表情！」

「你找的根本不是好兄弟而是全職保母！你這個大白痴！」

總而言之，現在希克艾斯終於找到了一個可以陪他一輩子的好兄弟，這應該也算是可喜可賀吧？

『匠師，我找的好兄弟還不錯吧？』

希克艾斯默默地祝禱詢問。

『他居然敢說我不是被女人甩了就是同性戀！快跟他分手！』

匠師慈祥地……匠師臉孔猙獰地怒吼。

『咦？』

好不容易找到的好兄弟卻過不了父母這一關，真令人遺憾。

『不行啦，可以不要父母不要老婆不要情人跟兒女，就是不可以不要好兄弟，您安息吧。』

『混蛋！我沒有說可以不要父母啊！』

所以，希克艾斯從此以後就跟他的好兄弟過著幸福快樂的日子。

「幸福快樂的只有他一個人。」

綾侍這麼說。

「什麼啊！哪來的好兄弟理論啊！」

照理說是元配的愛菲羅爾抓狂。

……所以，希克艾斯從此以後，還是我行我素地過著他幸福快樂的日子。

The End

無論是武器還是護甲，最初接觸的對象，一定是將其打造出來的匠師。

那些技藝高深的匠師，一輩子可能就只有一、兩件傑出的作品，他們多半住在一些偏遠的地區，將精力全部投注在鍛造上，而與他們作伴的，也就是那些由他們灌注了靈魂的靈能武器。

他們真正滿意的傑作，在為其尋到適合的主人之前，通常都留在自己的身邊，因此，武器的性格常常也會受匠師影響，特別是一些觀念的潛移默化。

嗯？好像在哪裡看過？不會吧，哈哈哈哈，那可能是個巧合吧。

「天羅炎，人都要立定志向，妳有沒有將來預定的目標？」

被創造出自己的匠師問到這個問題，四弦劍天羅炎毫不猶豫就以斬釘截鐵的語氣做出了回答。

『我要成為一個頂天立地的男子漢！』

「……」

匠師確認再三，裡面置入的確實是女性的魂，他頓時無法明白過去的教導與循循善誘，到底是哪裡出了問題。

「一定要男子漢嗎？妳……不再考慮一下別的？這好像有點難……」

『你的意思是說我辦不到嗎？』

不，不是辦不到的問題，是根本就不可能啊。

「這個……」

匠師其實有點害怕他打造出來的這把武器，大概是天羅炎太強悍了的關係。

『我要走出我自己的路，才不要成為像你這麼軟弱的人！我一定會在經過歷練之後，讓人人都認為我是個鐵錚錚的男子漢，你等著瞧！』

個性軟弱的匠師實在不敢再反駁她的話語，只盼快點幫她找到合適的人，讓她自己去尋找她的男子漢之路。

『妳為什麼都不帶我去殺人？成天悶在宮裡，我要怎麼成為男子漢？』

在被送到第一任主人，也就是很久很久以前的某任東方城女王手中後，天羅炎隨即提出了無理的要求。

「……天羅炎，妳這麼嬌小玲瓏的身子，怎麼會有成為男子漢的想法呢？」

看著精細的劍身上冒出來的器靈，東方城女王甲完全不能理解。

『那是我的人生志向，妳這個弱女子不要囉唆。』

「我不是什麼『弱』女子。」

東方城女王甲因為臉孔抽搐而導致臉上的濃妝剝落。

『沒有我強的女人通通是弱女子！男人通通是懦夫！』

無法溝通。

沒有戰爭的情況下，沒事是不會殺人的，就算有戰爭，多半也輪不到女王出手，深信男子漢就是要戰鬥的天羅炎對於這種狀況，自然難以忍受下去。

『我是一把生來就為了奪取人性命的神兵，不是佩掛在弱女子身旁的裝飾品！妳們這些嬌滴滴的女人，連殺個人都辦不到，就不要當我的主人，蹧蹋我的才華！』

相較於她遇人不淑的感覺，處於和平盛世中歷任女王只覺得她是一把凶性很高的劍，嗜血又難相處，適逢西方城以友邦情誼為由提出交換武器的建議，當下立即將天羅炎解除契約打包送過去，也絲毫不考慮一下將說話口氣這麼差的劍送去，會不會引發兩國之間的戰爭。

來到了西方城的天羅炎，在遇不到什麼足以讓她認可的主人的情況下，凶性變本加厲。能夠達到認可的皇帝搞不好三、四任才會出一個，而自從她能自由化成人形後，更是到處找人決鬥殺生，把西方城搞得雞飛狗跳，於是，西方城皇帝在迫不得已的情況下，平時只能將她封印起來，使得她只有在認主受管制的那任皇帝任內，可以自由行動。

不過，認為男子漢不該屈居於懦夫之下的天羅炎，也不會願意為了自由就隨便認主，長期禁閉使得她的脾氣更加凶暴，幾乎生人勿近，西方城皇帝也常常處在沒有配劍的尷尬情況之下，只能選擇其他品階沒那麼高的武器當配劍使用……

過了很久很久以後，天羅炎終於破例認了一個幼小的男孩為主，也終於隱隱約約了解想當男子漢還是必須是男的才行，後來，在與東方城商談要事，見到了著名的希克艾斯與千幻華的時候……

「喂，老頭，我覺得她在瞪你耶。」

音侍貼著綾侍的耳朵，說著悄悄話。

「我又沒有哪裡惹到她。難道是不甘心鑿不穿我的護甲嗎？」

綾侍皺眉，百思不得其解。

『他長那個樣子也可以成為男子漢，為什麼我就不行！』

天羅炎在看到千幻華那超越許多女性的美貌後，再度焚燒起對於男子漢夢碎的怒火。

「女孩子不要開口閉口都是男子漢，會嫁不出去的啦……」

西方城少帝．恩格萊爾忽視了那幾乎要捏碎他手骨的力道，苦笑著回答。

國國有把難搞的武器，各人有各人的孽緣，大概就是這麼一回事了吧。

The End

人物介紹（艾拉桑版）

范統：

啊啊，這個，據說是恩格萊爾的朋友，雖然伊耶說他應該是恩格萊爾的拖油瓶才對，但……身為一個好爸爸，當然不可以嫌棄兒子的朋友，就算他一直在我們家吃我們的用我們的，都沒見他做什麼事、幫什麼忙也沒關係，只要恩格萊爾跟他投緣，即使他再怎麼一無是處，爸爸還是會忍耐的，爸爸會支持你們的友情直到永遠——頂多去找雅梅碟問一下暗算人不被發現的方法。

珞侍：

我其實不太關心國際情勢，別國的人我不太清楚，但這個名字勉強有一點印象，應該是夜止的王子吧？至於長什麼樣子，什麼個性，我問伊耶他也說搞不清楚，這樣真有點困擾，為什麼兒子總是不能幫爸爸分憂解勞呢……

月退：

就是恩格萊爾嘛，我自小被迫分離的兒子。說到他小時候，那簡直是個無人可比的可愛小動物啊，能生出這麼可愛的孩子，我真是異常感動，雖然現在不像以前那麼小隻了，但也還是挺可愛的，反正在爸爸眼中，恩格萊爾永遠是爸爸可愛的天使，就算他砍過三十萬人，那也只是個，嗯，帶了很多人上天堂的天使而已，就是這樣子。

硃砂：

伊耶說他將來可能會是我的兒媳婦還是兒婿……我覺得非常恐懼！我家恩格萊爾條件那麼好，既是皇帝，容貌又帥，而且還實力堅強，理當有很多女孩子仰慕才對啊！為什麼圍繞在我兒子身邊的傢伙都是男人！爸爸不能接受、爸爸不能接受啊——可是兒子好不容易失而復得，萬一抗議得太激烈，兒子一個反彈就不要爸爸了怎麼辦？男、男的也就算了，這個也太凶了吧！可是仔細想想，其他人也沒比較順眼，恩格萊爾他到底喜歡哪一個啊？

璧柔：

我兒子的護甲，唉。為什麼是護甲，不是人呢？好不容易有個女的，萬綠叢中一點紅，結果居然不是人，爸爸真是受傷。就算她身材有點平板，感覺有點發育不良，只要是女人就勝過其他所有人了啊！偏偏就不是人！

米重：

這個……該不會是在說范統吧？

綾侍：

因為我實在不知道他是誰，只好問伊耶，伊耶說他可能是有戴眼鏡的那一個……有戴眼鏡的那一個又是哪一個啊？

音侍：

這個我也不知道是誰，所以又跑去問伊耶，伊耶說他應該是長得很像女人的那一個。這、這到底是什麼意思？是說他不是女人，卻長得很像女人嗎？然後呢？所以呢？

違侍：

好吧，這個我當然也不曉得是誰，這次伊耶說是一開口就會顯露其無腦，可以憑空做出發光劍刃的傢伙。伊耶為什麼都不給我深入一點的介紹呢，這樣介紹起來，會讓我變得好像很沒深度啊，真是的。

暉侍：

這個我又跑去問伊耶了，結果伊耶把我趕出來，說不要拿一堆不知道是誰的奇怪傢伙一直煩他……爸爸錯了嗎？爸爸只是想做好人物介紹啊，要是通通都以不認識帶過的話，會被人家笑的——

矽櫻：

這是夜止的女王！這次問的是恩格萊爾，應該沒什麼問題，幸好恩格萊爾曉得夜止女王的名字，不過我跟他說了前面那幾個問伊耶的人的介紹後，他露出了很微妙的神情呢，該不會有什麼不恰當的地方吧？難道要重新介紹嗎？

恩格萊爾：

看到這個名字就悲從中來，我的恩格萊爾，為什麼、為什麼你要自己取別的名字，不肯用爸爸給你取的名字，你討厭這個名字嗎？嗚嗚嗚嗚。

那爾西：

啊啊啊！搶了我兒子的地位還殺了他的凶手啊！提到這傢伙我就生氣，為什麼就這麼放過他了——憑什麼啊——恩格萊爾到底在想什麼，那麼多年的隔閡，爸爸都猜不透他的想法了，我真的不能叫伊耶去暗殺他嗎？真的不能嗎？恩格萊爾身邊的陌生人到底為什麼都這麼讓我胃痛——

伊耶：

我的寶貝養子。他十五歲的時候我領養他，到現在也破十年了呢，我覺得應該來辦個慶祝會盛大慶祝一下，要多麼難得的緣分才能讓我們成為父子……只是，每次提到慶祝之類的溫馨快樂活動，伊耶總是會板著臉一點也不老實地拒絕參與，爸爸我真的很失落啊，明明長得這麼可愛，多撒撒嬌多好，像是半夜傾聽兒子的煩惱、在兒子哭訴失戀的時候安慰他的這些夢想，我這輩子都沒有可能實現了嗎？

雅梅碟：

雅梅碟是個好孩子，很久以前我還住在他家隔壁的時候，就跟他認識了，那個時候他年紀還很小，就已經很有志氣，對長輩也很有禮貌，現在他長成一個斯文有禮的俊秀青年，叔叔我看了也覺得心裡甚感安慰。要是我有女兒，一定嫁給他，就可惜我只有兒子，唉，人生不如意事十之八九啊……但叔叔我又想了想，萬一他在跟我女兒約會的時候忽然冒出一句「該是跟蹤陛下的時間了，「下次再見」，那似乎也不太妙，嗯，這麼一想突然就沒那麼惋惜了呢。

奧吉薩：

我年輕的時候就聽過他的名字了，年紀似乎跟我差不多吧，但我覺得我保養得比較好一點。孩子的媽當初也對他著迷過呢，說什麼冷酷俊美又散發著禁慾氣質的臉龐……現在年紀大了不也就是個沉默的中年男子嗎？好像還是不少女人覺得他很有男性魅力，最近鬍子刮掉又年輕了好幾歲之類的……有嗎？我實在不了解啊……

天羅炎：

恩格萊爾的劍，也是西方城的傳國武器。我真不知道該不該說就是她害我們父子失散的，因為這就是讓我哭了很久的事實啊，可是……她好像也對恩格萊爾挺好的，而且人選也不是她決定的……還是終歸一句話，為什麼她也不是人啊？這到底是為什麼啊？我兒子的未來該怎麼辦？

焦巴：

這隻鳥挺不錯的，我吃不下、吃不完的東西，塞給牠都會幫我吃掉，最近煩惱一多就沒胃口嘛，又怕伊耶看我沒吃飯就生氣，這種時候家裡有一隻肚容量無限大的寵物真是方便，雖然我越來越憔悴，某隻鳥卻通體圓潤越來越肥，但我想伊耶應該不會那麼細心注意到的啦，哈哈哈哈……欸？忽然好像有點難過，到底有沒有人關心我瘦了啊？

噗哈哈：

這……這到底是？這看起來不像人名啊！

艾拉桑：

這就是我啦。長年在外旅遊到伊耶都跟人家說我死了，說起來還是會有點傷心啊，既然好不容易回來了，為了享受天倫之樂，這次應該會先住下來吧，我知道伊耶雖然表面上不歡迎我，實際上還是很高興爸爸回來的，而恩格萊爾雖然還跟爸爸不太親，但還是很開心有爸爸的！總之爸爸也會繼續擔心種種的事情，堅強地度過每一天，可是你們……可不可以多陪爸爸一點時間呀？

國家圖書館出版品預行編目 (CIP) 資料

沉月之鑰．第一部（愛藏版）/ 水泉作．--
初版．-- 臺北市：臺灣角川股份有限公司,
2024.01-
　冊；　公分

ISBN 978-626-378-301-0(卷 1：平裝). --
ISBN 978-626-378-302-7(卷 2：平裝). --
ISBN 978-626-378-303-4(卷 3：平裝). --
ISBN 978-626-378-304-1(卷 4：平裝). --
ISBN 978-626-378-305-8(卷 5：平裝). --
ISBN 978-626-378-306-5(卷 6：平裝). --
ISBN 978-626-378-307-2(卷 7：平裝). --
ISBN 978-626-378-308-9(卷 8：平裝)

863.57　　112017496

【愛藏版】

沉月之鑰

第一部・卷五

作者　水泉
插畫　竹官

2024年1月25日 初版第1刷發行

發行人　台灣角川股份有限公司
總監　呂慧君
編輯　溫佩蓉
書衣設計　單宇
設計主編　許景舜
印務　李明修（主任）、張加恩（主任）、張凱棋

台灣角川

發行所　台灣角川股份有限公司
地址　104台北市中山區松江路223號3樓
電話　(02) 2515-3000
傳真　(02) 2515-0033
網址　http://www.kadokawa.com.tw
劃撥帳戶　台灣角川股份有限公司
劃撥帳號　19487412
法律顧問　有澤法律事務所
製版　尚騰印刷事業有限公司
ISBN　978-626-378-305-8